U0657666

谨以此书

致敬那些在青春岁月里砥砺前行，

与时代共成长的奋斗者！

致本书主人公孙春丽

在曾经的青春岁月里，二十八年来她搏风击雨，踏浪而歌，创造了无悔人生无悔初心的恢宏事业，让生命之花在奋斗之中绽放了绚丽多彩的光芒。在一往无前的人生之路上，不管岁月如何风霜雨雪，如何曲折跌宕，她那种栉风沐雨的勇气、毅力和信念，始终未减，始终写在她的眼睛和脸上；她那种源于内心深处的温情、善良与刚毅，任岁月的沧桑与磨砺，从未改变，反而历久弥坚；让每一个与她相识相交的人，都能从言谈举止之中、细节细腻之中，深深地感受到她那种砥砺前行、志存高远的奋斗的精神和力量……

为纪念郑州金马电脑学校（今郑州理工职业学院）走过的16年创业历程，2009年春天，郑州理工职业学院在校园内用汉白玉制作了"一马当先"的雕塑。此马马头朝向北方，寓意理工人永不忘记金马学校在郑州创业的铿锵历程和奋斗精神。

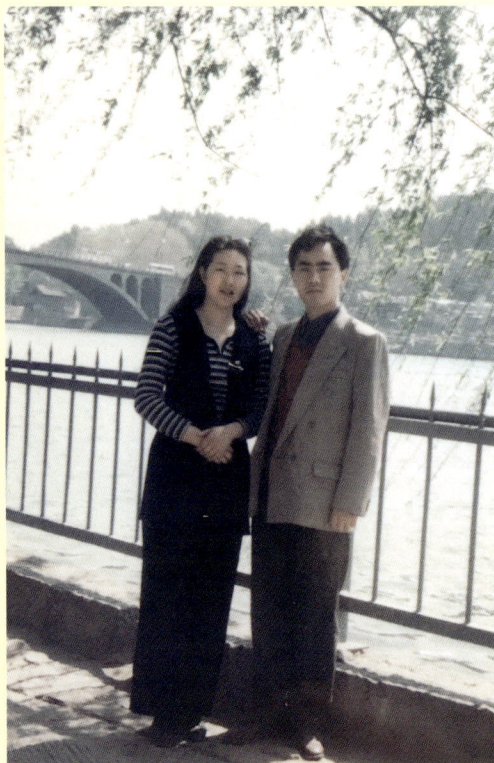

1996 年 10 月，年轻而青涩的孙春丽与丈夫马振红从豫西老家归来，途中在洛阳龙门石窟旁的洛河岸边合影（当年两位年轻的创业者，如今双双取得了博士学位，成为郑州理工职业学院师生们的榜样）。

2003 年春天，时年 28 岁的孙春丽，在郑州居住的小区里留影。

2006 年 4 月，河南金马电脑专修学院郑州科技市场校区长期 284 班电脑班毕业照（二排左八为孙春丽）。

2013 年 6 月，郑州理工职业学院"金马礼堂"建成。金马礼堂紧邻学校的人工湖"云湖"；不远处是"二十四孝"桥。

2013 年 6 月，郑州理工职业学院在学校广场南侧，安放了一尊"鼎铸中原"大铜鼎。寓意郑州理工职业学院从此扎根炎黄故里，放眼中原发展教育。

2014 年 4 月，孙春丽在西安交通大学研究生毕业典礼上留影。

2016 年 11 月，孙春丽带领郑州理工职业学院党员干部来到陕西梁家河村参观学习。

2017 年 3 月，在郑州理工职业学院举行的春季运动会上，全校师生 8000 人一同表演太极拳。

2017年6月，孙春丽（中排左三）、赵金昭（中排右二）率郑州理工职业学院部分党员干部到江西井冈山参观学习。

2017年6月，孙春丽（左六）、赵金昭（右六）率郑州理工职业学院部分党员干部到江西于都参观学习。

2018 年 5 月，郑州理工职业学院与湖州市南浔区人民政府，在郑州理工职业学院签订了战略合作协议，并举行了人才工作站揭牌仪式。

2023 年 12 月，郑州理工职业学院新郑开源新校区行政办公楼竣工（此图为行政办公楼效果图）。

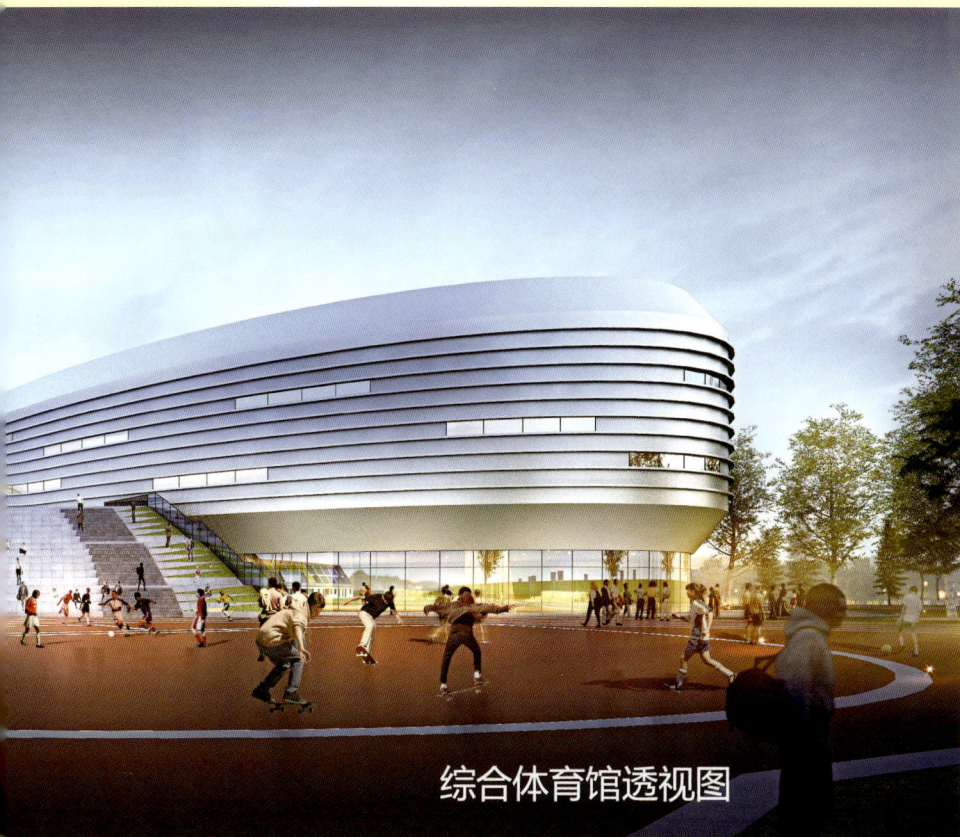

综合体育馆透视图

2024 年 5 月，郑州理工职业学院新郑开源新校区大型室内体育馆竣工（此图为体育馆效果图）。

2024 年 6 月，郑州理工职业学院新郑开源新校区崭新的图书馆大楼落成（此图为图书馆大楼效果图）。

2024 年 1 月 20 日至 23 日，郑州理工职业学院执行理事长孙春丽（左四）、党委书记贾菁菁（右三）、校长张久铭（左三）、理事长助理马闻硕（右四）一行，来到安徽安庆、浙江义乌、浙江杭州开展"访企拓岗"参观考察活动。此图是孙春丽一行在义乌市参观陈望道首译《共产党宣言》展览馆时的合影。

目录

目录
Contents

目录

目录
Contents

引章
青春的岁月是用来奋斗的

28 年的奋斗拼搏和高远追求，孙春丽和她的团队在中原大地上勾勒演绎出了一部铿锵跌宕、气势恢宏的民办职业教育的创业传奇，永远值得回望与怀念。28 年的奋斗历程和创业历程，孙春丽和她的团队在时代的大潮中搏击，始终坚守初心使命而踔厉前行，始终保持勇气信心而创造创新。他们奋斗的精神、拼搏的精神、创业的精神和人生的精神，应该是这个时代可歌可泣、催人奋进的壮丽华章之一。

一

人生于世，乃万物之灵。

生命于我们而言，无比珍贵，无比骄傲。

在这个世界上，我们的生命可以与日月星辰、高山大海相伴相生，共荣共存；我们的人生，虽然不能像宇宙苍穹、大地天空一样无际无涯、恒久恒远，但却一样有灼灼其华、灿灿生辉的青春岁月。所以，我们每一个人都当珍惜此生此世，让我们的生命不负岁月、不负韶光、不负时代。所以，我们的青春是用来奋斗的。

奋斗的青春最精彩。

奋斗的青春最壮丽。

奋斗的青春岁月，终将让人的生命多姿多彩，像大地一样博大而厚重，像天空一样辽远而无垠，像青山一样挺拔而坚毅，像大海一样深邃而壮丽；也会让生命变得如诗如画一般绚烂无比，让生命从此踏上化苦为乐、淡定从容、灿若星辰的境界……

二

此生此世，或许命运使然。

回顾孙春丽的人生之路，拼搏与奋斗、创造与奉献，已经成为她生命中最动人的旋律和最壮丽的色调。

这个从豫西南农村，一步一步走进省会郑州的女孩子，在最艰难困苦的人生岁月里，在无比艰难的人生抉择中，她从未想过"放弃"二字，从未向命运低头，她用生命、用青春、用奋斗，改变了人生的命运，创造了灿烂的成就，人生所有的不可能，都在她的奋斗中成为可能；在最青涩的年轻的青春岁月里，在最艰难困苦的人生历程中，奋斗的青春和岁月，最终成就了她壮丽多姿、熠熠生辉的人生之路。

从懵懂的乡村小女生到考上大学的大学生，从在这个城市里艰难打工的女孩子到对爱情充满浪漫怀想的青春少女，从面对人生和未来的迷茫和彷徨到最终勇敢地选择创业与奋斗，她最终成为一个历经磨难而成功的奋斗者。

在她的生命历程中，她一次次地经受着曲折和磨砺，一次次地化茧成蝶创造着人生的奇迹。

最终，她和她先生马振红成为郑州金马电脑学校、河南金马电脑专修学院、郑州炎黄科技中等专业学校的创立者；最终，她成功创办了郑州理工职业学院这所今天在河南乃至全国都出类拔萃的国家教育部备案成立的全日制高等民办职业教育院校，成功走进了国家高等教育的序列，一步步华丽转身，实现着自己人生的理想和奋斗的目标。

而今，孙春丽已经担任了郑州理工职业学院的党委副书记、副院长，她感到无比地光荣，更感受到了一份从未有过的沉甸甸的责任。

今天，有多少人知道她曾经的艰难困苦？又有几个人知道她曾经的痛苦抉择？那些即将崩溃时的坚守，那些痛定思痛后的顿悟，那些扑面而来的风霜雨雪，那些乌云压顶的曲折坎坷，最终都在她不屈的奋斗中，一次次突破重围，踏上光明的前途。

孙春丽，是这个伟大时代的一位奋斗者、创造者、奉献者。

她的人生，她的青春，她的奋斗，她的事业，既艰难困苦，又绚烂多姿；既曲折跌宕，又辽远壮丽。

她所经历的一切，让我这个了解她创业历程、奋斗历程和人生历程的写作者，无比激动；也让我不得不重新面对这个世界而思考我们的生命，思考人生与事业、理想与信念，思考奋斗者所拥有的无穷的激情和力量。

站在大中原这片无比辽阔的土地上，作为一个作家，我为奋斗者所拥有的那种永不言败、锲而不舍的奋斗追求的精神，而心情激荡、感慨万端……

三

1992 年，17 岁的孙春丽以优异的考试成绩，从宝丰县第一高级中学（宝丰一高）被推荐到郑州信息工程学校（原郑州科技开发学校）上学，学习电子通信专业。

1994 年，孙春丽从郑州信息工程学校毕业，应聘到《经营消费》报社工作，并很快成为一名优秀的记者。她深入全省各地不辞劳苦地采访，写出了鲜活生动的一大批新闻稿件，如：《架起政府和群众之间的"桥"——记郑州市二七工商分局大学路工商所》《开拓前进创新路——郑州色织一厂厂长张惠文建批发市场小记》《跟细流汇成河——记郑州市工商局纬三路工商所》《市场经济大潮中的"保护神"》……工作期间，她多次受到《经营消费》报社领导和同事们的夸赞。

1995 年春末夏初，她又被《河南经济日报》录用，写出了多篇优秀的经济类报道文章。

然而，正当事业干得风生水起的时候，孙春丽却突然辞职下海，在郑州科技市场里面租房办起了小小的电脑培训班，而后就是一年又一年地打拼，然后就有了郑州金马电脑学校，直至最后成功创办了一所全日制高等民办高校——郑州理工职业学院。

今天，原《经营消费》报的负责人之一王新顺先生和老编辑苏小萌先生等曾经的同事们，提及孙春丽在报社当记者的时候，对她的工作能力和才华，依然是赞不绝口。

而对于那时间事业蒸蒸日上的孙春丽，突然有一天义无反顾、毅然决然辞职去创业这件事，他们当时多有不解，甚至认为她有点太冲动和幼稚。毕竟，那时间报社的工作好、待遇高，当记者更是十分令人羡慕的好职业，许多人对孙春丽的离职表示了遗憾。

今天，看到孙春丽一步一步走来，通过自己 28 年风风雨雨的奋斗打拼而创造出的这份辉煌壮丽的事业，大家才终于欣慰而释然，感佩她与常人不同的生活理念、人生追求和奋斗精神。

苏联伟大的作家和革命战士奥斯特洛夫斯基曾经这样说：人最宝贵的是生命。生命属于人只有一次。人的一生应当这样度过：当回忆往事的时候，他不会因为虚度年华而悔恨，也不会因为碌碌无为而羞愧……

孙春丽说，她对奥斯特洛夫斯基这段经典的话语，记忆非常深刻。

今天，回望自己所走过的人生之路，那些曾经的艰难困苦和曲折磨难，都未曾让她丧失对人生的信心和追求，在人生最宝贵的青春年华里，她一直在砥砺前行，在奋斗中成长，就像奥斯特洛夫斯基所说的，她没有辜负自己的生命。

她在自己的日记本的扉页上恭恭敬敬写下了印度大作家泰戈尔的名言：生活以痛吻我，我却报之以歌。

她奋斗成长的故事，她 28 年创业打拼的经历，曾经的那些酸辣苦咸、痛苦委屈乃至光荣和幸福，一幕一幕，像刻进了生命里一样，令她永志不忘。

四

孙春丽给人的印象，是一个美丽、阳光、知性、乐观的人。

其实，她骨子里还是一个执着、坚韧、刚毅、侠骨柔肠的人。

她当时之所以毅然决然地辞职下海，除看准电脑行业是未来发展的大方向之外，还有一个根本的原因，是她的男朋友马振红那时正处在创业遇挫的事业低谷期，人生和事业都面临着极度的彷徨迷茫而精神萎靡不振。

她发誓要以一己之力，依靠奋斗和创业，来拯救自己的爱情。

她曾经对自己的男朋友这样说："从现在开始，努力去奋斗，我发誓：五年之内，一定会打拼出一份事业来，让我们从此拥有广阔的人生舞台。"

或许，这就是她人生中的第一个"辉煌"的"五年计划"吧。

如果生活在一个富足的家庭里，像她这个年龄的女孩子，其实还是父母手心里的宝，又怎会忍心让她一个女孩子放弃光鲜的工作，而独自去历经磨难创业打拼呢？！

执着、倔强而刚毅的性格，决定了她人生的命运。

五

孙春丽还是一个十分勤奋而聪慧的女子。

当时，她只用几个月的时间，就学会了电脑操作的基本要领，并不分昼夜地进行思考和操作，直到能够非常熟练地进行电脑软件的自由操作和使用。

1995 年 10 月，正是创业之初的艰难时节，其情形颇为尴尬。开始招生后，迟迟没有报名的学生，直到几天后的一个下午，她才终于招收到了第一个女学员，收到了第一笔学费 430 元。然而即便是这样的尴尬收获，也让此时的她十分喜悦。她觉得万事开头难，只要有了开头，就会有希望和未来，所以，她特意将这个好消息，打电话告诉了男朋友马振红。

然而让她万万没有想到的是，那笔学费只在她的抽屉里仅仅待了大概不到一个小时的时间，就被人盗窃走了。后来，在科技市场的一个角落里，她只找到了自己空空如也的钱包。钱没了，她不知道这件事情该如何跟男朋友解释，感觉好像是她自己在故意说假话一样。刚刚到来的一点喜悦心情，一下子变成了失落和委屈。

然而即便是这样，她还是擦干眼角的泪，依然面带微笑，去认认真真地给这第一个女学生讲课。毕竟，这是她创业以来的第一个学生啊！不能辜负了学生对她的这份信任。

就这样，日复一日，年复一年。从一个老师、一个学生、一台电脑开始，她的电脑培训班慢慢地开始发展，随着学习电脑的学生越来越多，培训班变成了"郑州金马电脑学校"。后来，学校还在郑州开设了大小五家分校，每年为社会培养电脑操作实用技术人才上万人。

随着电脑培训市场需求越来越大，郑州的电脑培训学校如雨后春笋般冒出了一家又一家，各家电脑学校为了争取生源开始大打广告战。这期间，金马电脑学校也因种种原因，在广告大战中走过一段弯路，致使大量的学费不计成本变成了广告费，造成学校的财务危机。在关键时候，她发现问题后果断及时制止，才使学校度过危机，重新回到了良性发展的路上。

但在这一过程中，她也因此不被学校一些高管理解，但她像创业时一样地毅然决然，对事关学校生死存亡的原则问题，据理力争，寸步不让。

在创业的风雨洗礼中，在学校发展的关键时期，她的坚韧、坚持和坚守，最终被证明是完全正确的，在最关键、最严峻的时候，保证了学校的生存和发展。

六

前进的道路，既不可能永远荆棘密布，也不可能永远一帆风顺。

2005 年，已经走过 10 年创业之路的孙春丽和她所创立的金马电脑学校，遇到了事业发展中的又一次危机。学校因为遭到一家软件销售公司的诬陷举报，而遭到了工商部门的打击，一次被罚款 50 万元，而学校的实际损失，要比这大得多得多。

那段时间里，几家有竞争力的电脑培训学校以此为由，对金马电脑学校进行抹黑攻击，一时之间，造成学校生源的大量流失。

孙春丽说："那段时间，我们既要维持学校正常发展，又要克服生源流失的不利情况，真是疲于应付，有点焦头烂额。但真金不怕火炼，最终我们靠着十年磨一剑的口碑，靠着多年来打造的业界品牌和知名度、信誉度，在《大河报》主持正义的客观报道宣传下，重新赢得了河南乃至周边数省学生和家长的信赖，前来学校报名学习的学生每天都排着长长的队伍。"

这一年，在学校全体教职员工齐心协力下，在社会各界和有识之士的支持下，学校最终将磨难变成了磨砺，又一次度过了危机，走上了蒸蒸日上、阔步发展的道路。

还是这一年，郑州金马电脑学校又迎来了一个发展机遇，被河南省教育厅批准升格为"河南金马电脑专修学院"，在同类的电脑培训学校中脱颖而出，独树一帜。2007 年，金马电脑专修学院又申报"郑州炎黄科技中等专业学校"这一中专学校，并被国家教育部核准。2008 年，

"郑州炎黄科技中等专业学校"正式面向社会招生，统招代码为：330，学校初步迈入了技能教育 + 学历教育的时代。

那一时期，河南金马电脑专修学院每年培训的学生超过万人，学校的电脑总配置达到 2000 多台，无论是其学校的规模、学生的人数，还是其在社会上的美誉度、知名度，都当之无愧成为河南省内电脑培训学校行业的翘楚。

至此，郑州金马电脑学校的发展之路，已经将其他电脑培训学校远远地抛在了后面，成为业界的领跑者。"走进金马，马到成功。"这不仅仅是金马学校最响亮的广告词，也是他们长期打造而成的在电脑培训行业响彻中原大地的最有影响力的品牌价值。

从一个教师、一个学生、一台电脑开始，郑州金马电脑学校历经十多年风风雨雨的发展，为社会培养了 10 多万有用的专业技术人才，不仅让千万个孩子通过学习专业技能走上了就业之路，成就了他们未来的人生和事业。同时，学校也经风沐雨，像一棵小树苗一样，在岁月的磨砺中、催生中，由小到大、由弱到强长成了蓬蓬勃勃的大树，一天天、一步步发展成为一所可以培养被国家承认的具有中专学历的知名职业教育学校。

郑州金马电脑学校 10 多年孜孜以求、踔厉奋发的创业之路，让他们赢得了社会各界的好评。学校先后被授予"郑州市职教先进单位"和"全省社会力量办学先进单位"等荣誉。2005 年，学校被《大河报》等部门评选为"最强师资奖""最佳就业奖"及"影响中国中部十大职业教育品牌"单位。2006 年，学校荣获民政部"全国诚信先进单位"荣誉。

无数的实践证明，一份事业的功败垂成，与创业者、奋斗者、管理者的人生态度、理想信念、职业操守及其目光远见、志向情怀、战略布局等因素，有着十分密切的关系。

孙春丽，无疑是创业者、奋斗者、管理者之中的佼佼者。

七

前进的道路，总是曲折跌宕，风雨兼程。

孙春丽和她所创立的金马电脑学校，不仅在时代的大潮中，在前进和发展之中，一次一次搏风击雨，迎接挑战。同时，学校也在不断寻找着更高的发展目标，尝试着在已经到来的困境中实现突破，探索民办学校更广阔的发展空间。

2006 年，学校主校区白庙校区面临着城市拆迁学校不得不搬迁的难题；当年国庆节过后，学校整体搬迁到了位于郑州北区的"劳动干部学校"。但时间不长，就遇到了一系列的纷争和麻烦，一年多后，不得不面临再次搬迁的难题。

这一时期，随着电脑的广泛普及和大量电脑人才的普及，电脑培训学校已经面临着走入夕阳末途的困境，小的电脑培训班和培训学校都关门大吉，即便是原来一直跟金马电脑学校激烈竞争的几家比较大的电脑培训学校，比如当时规模比较大的"方圆""绿叶""创维"等电脑培训学校，这一时期也都已经穷途末路，距离关门大吉为时不远。

郑州金马电脑学校该去何从？未来的发展能否再次突破重围，实现异军突起的战略发展目标？

这些摆在面前的种种难题，每一个都关乎着学校的生死存亡，考验着孙春丽和她的合作伙伴们的远见卓识和战略规划。

这一年，孙春丽和马振红未雨绸缪，果断运筹，终于在轩辕黄帝故里新郑，为学校买下了 300 多亩的建设用地。金马电脑学校要在这里建立自己的"根据地"，要在自己的"根据地"里建设属于自己的理想的学校，要在这里向着更高、更大、更远的办学目标前进。

令人感动和难忘的是建校初期，学校领导和教职员工发扬艰苦奋斗、自力更生的精神，经常利用节假日星期天参加义务劳动，在新校区的校园里栽树种草、开挖下水道、手拉肩扛架电缆……经过一年多的建设，到 2008 年 8 月，学校初步达到了建设目标和搬迁的要求。

学校搬迁的情景，至今历历在目，此生此世，难以忘怀。孙春丽回忆说：2008 年 8 月 24 日至 26 日，金马电脑学校北校区，就是在劳动干部学校的校区最先开始向"根据地"——新郑龙湖新校区进行大搬迁。这次大搬迁，前后经过三个日日夜夜的战斗，成功完成了"劳动干部学校"分校区的搬迁。此后，总结搬迁经验，其他几个分校区开始陆续搬迁。2008 年 9 月份，北大学城校区近 400 名学生按计划搬入了新校区；2008 年 10 月份，陇海路分校区 400 多名学生按计划搬入了新校区。至此，郑州金马电脑学校三所分校在新校区胜利实现了"大会师"。

孙春丽也不无遗憾地说："这次搬迁，像经历了一次长征一样，虽然实现了大会师，但学生损失了过半！教师队伍也损失了过半！"

但她也坚定地说："2008 年是东南亚经济危机蔓延的开始，是大浪淘沙时代我们必须要面对的抉择。虽然因为这次搬迁等原因，我们损失了大量的学生和老师，但它仍然是我们在发展过程中的完美的跳跃。这次大搬迁胜利会师于新校区，使我们从此有了自己的根据地，有了发展的资本和底气，为学校今后的跨越发展奠定了基础，创造了有利条件。正因如此，才有了学校 2010 年 5 月顺利升格为郑州理工职业学院的重大的发展机遇和转折。"

在这次大搬迁中，很多人很多事很难忘。

作为学校创始人之一的孙春丽，在三天三夜的大搬迁中，亲自指挥在一线，战斗在一线，既是指挥员，也是战斗员。搬迁之中，有 1000 多张床要往宿舍楼上送，她亲自开卷扬机，启动吊车将床一张一张送往宿舍楼上，并指挥工人连夜安装。

连续三天三夜，她没有休息，磨疼了腿，磨破了嘴，喉咙在指挥中都喊哑了，最后都发不出声音了。除了搬送床板、电脑、办公桌椅等物品，学校领导和老师，还有施工的工人师傅们，三天三夜连轴转不休息，全力通水通电、清扫道路、打扫宿舍。

三天的大搬迁，累倒了学校的几位领导和老师。

三天之中，新校区旧貌换新颜，发生了翻天覆地的变化。

三天后，当学生们来到新校区的时候，看到的是干干净净的校园，整整齐齐的宿舍，原本垃圾满地、一片狼藉的正在施工的学校，变成了一座道路平整、有花有草、窗明几净的崭新的校园。

三天后，孙春丽病倒了，一病就是五六天，天天打针吃药。她不无后怕地说："这次真是因为学校的大搬迁而累趴下了，累病了，累倒了。当时，身体像被掏空了一样，软绵绵的四肢无力，甚至感觉自己的命，可能只剩下半条了。一个星期后，身体才慢慢地好起来。庆幸自己当时年轻，如果是上了年龄，这样不休息，日夜加班拼命干三天三夜，恐怕是事业辉煌了，人可能就找不到了，以后不敢这样了。"

道阻且长，行则将至；行而不辍，未来可期。

从此，郑州金马电脑学校在自己的"根据地"中，披荆斩棘，踏浪而行，迎来了下一步更大的飞跃性、转折性的大发展。

八

百尺竿头，更进一步。

在新郑龙湖新校区的大门口，大搬迁"大会师"后的学校挂上了两块牌子，一块是"河南金马电脑专修学院"的校名，一块是"郑州炎黄科技中等专业学校"的校名。

这个校园不是租赁人家的，而是属于自己的。作为学校创始人、创业者，这是孙春丽多年以来梦寐以求的理想。因为在这块属于自己的"根据地"里，她将可以无限地展现自己的才华，可以将她心中的梦想朝着更高更远的目标迈进。

为了今天，为了打造这块干事创业的"根据地"，为了拥有这个真正属于自己的学校，她与同人们已经奋斗了整整十三载的时间，曲曲折折、跌跌宕宕、栉风沐雨、披荆斩棘，她和她的团队携手并肩，用青春和奋斗、用热情和汗水、用拼搏和勇气、用创造和奉献，在中原河南的大地上创造了一份恢宏壮丽的事业。

在新校区这块土地上，他们依然面临着发展中的诸多问题和困难。因为学校距离主城区远，因为地处荒凉、生活不便，因为女教师的家庭负担重等因素，大搬迁之后的学校又经历了一批教师"迫不得已"的"离职潮"。此时的学校，因为初建而各方面条件不足，包括影响力不够而面临的生源不足、师资不足、高级管理人才不足等问题一一显现。

面对困难，克难攻坚。

孙春丽和学校的高层提出了"感情留人，事业留人，待遇留人"的发展方略。学校以此向社会上年轻的没有后顾之忧的教师伸出了橄榄枝，大量引进年轻人才，解决了师资不足的问题；学校广泛宣传自己的教学实力和优势，努力将"金马"的价值品牌推广出去，化解了学校生源不足的问题；学校八方寻觅，请来了赵金昭、万振松、胡文帅等一批有经验、有才华、有情怀的教学和管理人才，解决了高级人才不足的问题。

师资、生源和管理人才的解决，为学校向着更高的目标迈进，创造了条件。2009 年，学校开始向申报大专院校的目标努力。

赵金昭，是教育方面的专家型人才。为学校升格大专院校进行了把脉问诊，指出了学校在硬件、软件方面的不足。赵金昭说："目前学校的条件，除土地面积一项够格外，其他很多的项目条件都不足，需要几个亿的资金投入去完善。"

孙春丽和她的先生马振红面对这些困难，两个人都下定了决心，要排除万难，争取成功。两个人作为这个学校的奋斗者、创业者，发誓要为学校美好的未来和光明的前途而奋斗！

2010 年 1 月，学校顺利通过了河南省教育厅组织的专家考察组的验收。2010 年 5 月，经河南省人民政府批准并报国家教育部备案，学校升格大专院校的努力和愿望终于圆满成功。

2010 年 5 月 19 日，天空碧蓝，阳光灿烂；彩旗飘飘，鼓乐声声。这一天上午，"郑州理工职业学院"正式举行了盛大热烈的揭牌仪式。

升格后，学校的名称变更为"郑州理工职业学院"，正式成为国家承认的一所全日制大专院校。从此，这所学校在这个崭新的时代踏上了崭新的征程。

从 1995 年到 2009 年，孙春丽和她所创办的郑州金马电脑专修学院走过了 14 年的创业历程，从一名教师、一台电脑、一个学生开始，学校一步步发展成为业界的领导者。

从 2010 年学校升格成功到 2023 年，又是一个 14 年，郑州理工职业学院从当初国家核定招收的第一批学生 600 多人开始，发展到今天在校学生 2 万人的一所民办高等职业院校，他们创造的辉煌成就激动人心，令人感佩。

河南省教育厅一位副厅长，在郑州理工职业学院考察调研后，曾激动地说：郑州理工职业学院的成长历程，就是河南职业高校发展历程的一部创业史，是一部催人奋进、非常优秀成功的创业史，可圈可点，值得学习！

九

不积小流，无以成江河；不积跬步，无以致千里。

从 1995 年到 2023 年，孙春丽和她所创办的学校已经走过了 28 年铿锵跌宕的奋斗之路、光荣之旅和创业历程。

仅仅是 2016 年，学校就获得了"河南省品牌专业建设院校""河南省民办教育先进学校""河南省普通高等学校先进基层党组织"等荣誉称号。在 2016 年中国教育发展高峰论坛上，学校又斩获"2016 全国综合实力十强专科院校"的殊荣。

2021 年，郑州理工职业学院毕业生的就业率超过了 96%。

2022 年 3 月，郑州理工职业学院又获评"河南省高等学校省级样板党支部"光荣称号……

近年来，孙春丽个人也先后荣获了"郑州市民办教育杰出人物""河南省民办教育系统'巾帼建功标兵'""河南省民办教育工作先进个人"光荣称号……

2022 年 9 月，孙春丽被中国人力资源开发研究会授予"优秀指导老师"荣誉称号；2023 年 7 月，孙春丽通过勤奋学习，获得了中共中央党校函授学院硕士学位证书；2023 年 8 月，孙春丽被评选为"河南省教育厅优秀教育管理人才"；2024 年 4 月，孙春丽通过数年的努力学习，又获得了哲学博士学位。

望奔腾不息的黄河之水，看中原大地的辽远辽阔，在这片神奇、厚重、古老而绽放勃勃生机的土地上，有多少值得抒写的河南人物、河南故事和中国故事啊！

孙春丽的奋斗历程，代表着"金马人"的奋斗历程，更是"理工人"奋斗历程的精彩缩影，也无愧于出彩河南人的典范和榜样。

28 年的奋斗拼搏和高远追求，孙春丽和她的团队在中原大地上勾勒演绎出了一部铿锵跌宕、气势恢宏的民办职业教育的创业传奇，永远值得回望与怀念。

28 年的奋斗历程和创业历程，孙春丽和她的团队在时代的大潮中搏击，始终坚守初心使命而踔厉前行，始终保持勇气信心而创造创新。

他们奋斗的精神、拼搏的精神、创业的精神和人生的精神，应该是这个时代可歌可泣、催人奋进的壮丽华章之一。

他们以教育为初心和理想所创造的非凡的事业，必将融入中原文化和中华文明的滚滚洪流之中而熠熠生辉……

第一章
走出故乡，人生路志在远方

对于孙春丽来说，故乡是她魂牵梦萦的地方。这里有她的童年、少年和青年，这里有她的亲人、老师和朋友，这里的一草一木、一山一水，这里的民风民俗、文化积淀，早已深深地潜入了她的心中，留下了许多刻骨铭心的记忆。踏入社会后，孙春丽曾经历过一次又一次艰辛、痛苦和迷茫，但始终没有改变她对人生和世界的希望。对人生，对社会，孙春丽永远心怀感恩之情。

第一节 故乡，多么美好而骄傲的地方

青山绵延，河水奔流。

山是八百里伏牛山的余脉，河的名字叫北汝河。在山水的怀抱里，是一望无际的平原，生长着蓬蓬勃勃的草木和庄稼，点缀着一个又一个村庄，其中还有大大小小的几十座古老的寺院庙宇。

这个地方在河南这个大平原的偏西南方向，距省会郑州140多公里。此地名曰"宝丰县"。

孙春丽的故乡正是这里。

1975年，她出生于宝丰县杨庄人民公社（现为杨庄镇）马街村。无论是宝丰县，还是杨庄镇，抑或马街村，其实都是很有名的地方，值得在此费些笔墨介绍介绍，不然就可能会给读者留下阅读的缺憾。

宝丰县是个颇有历史的地方。据史学家说，远在旧石器时代，就有古先民在这块土地上依山依水而居，畜牧种植，劳作生息。到了商周时代，天下诸侯百家，大小王国林立，此地成为应国的土地；春秋之初，此地是郑国的地盘；到了楚国强盛的时代，此地又成了楚国的属地；战国初期，韩国兴起，此地归韩国治理。

历史的车轮滚滚向前，这片土地的归宿随着王朝的兴衰更替而变迁。大秦王朝一统华夏时，划郡县而置，此地始称"父城县"，一直延续到汉代；隋唐之时，又先后被更名为汝南县、滍阳县、武兴县、龙兴县。

而"宝丰县"这个好听的名字，让人听上去有美好感觉和想象的名字，则开始于宋代。当时，县境之内白酒酿造、汝瓷烧制、冶铁作坊很是兴盛，又因道路通达、河运方便而商贾云集、物宝源丰。

宋徽宗宣和二年，即公元1120年，大宋皇帝特赐名此地"宝丰县"。明崇祯十六年，即1643年，李自成农民起义军攻克宝丰县，特改"宝丰"为"宝州"；清朝初年，又将"宝州"复名为"宝丰"。

今天的宝丰县境内，文物古迹星罗棋布，历史文化可谓源远流长。这里现存的古遗址有清凉寺、汝瓷窑址、庄科洞穴遗址、东关新石器时代遗址、父城遗址、贾复城遗址等；古碑刻有塔里赤墓碑、香山大悲观音菩萨传碑、重修香山大悲观音大木塔记碑等；著名的古建筑有文峰塔、香山寺、龙兴寺、清凉寺、万寿寺、中岳庙、龙山真武庙、汉高帝庙、青光寺等。

由此可见，古往今来，宝丰乃是钟灵毓秀、物宝风华的一块宝地。

而杨庄镇，则是这块宝地之中的宝地，历史十分悠久，文化十分丰厚。这里有国家级重点文物保护单位小李庄遗址等；省级文物保护单位有豫西行政干校旧址、文笔峰塔等；有市级文物保护单位商周至汉代聚落遗址——小店遗址等；县级文物保护单位有世界闻名的马街书会遗址等15处。

这里还是红色革命根据地，有豫陕鄂五地委机关驻地、中共中央中原局豫西行政干校旧址、中原解放纪念馆等。其中，1947 年 11 月成立的豫陕鄂五地委机关，驻地就设在杨庄镇的马街村，至今当地还流传着许多脍炙人口的革命故事，教育着一代又一代的后人。

说起孙春丽出生的村庄马街村，也特别值得在此介绍。

马街村西倚伏牛山，东临黄淮大平原，距离宝丰县城七八公里。一条河从村东流过，这条河名叫应河，老百姓也称作马渡河；一条大道又从村中穿过，沿路成街，商贸繁华，故名马渡街，老百姓直接叫作马街。这条古大道，就是非常有名的"宛洛大道"，风风雨雨，不知历经了多少朝多少代。

特别让马街人骄傲的是，马街村是红色的村庄，是有着革命传统的村庄，这里是中国人民解放军陈谢兵团九纵司令部曾经驻扎的地方，是解放战争时期豫陕鄂五地委机关驻地。

1947 年 11 月 2 日晚，陈谢兵团九纵 26 旅旅长向守志奉命攻克并解放了宝丰县城。11 月 3 日，陈谢兵团九纵司令员秦基伟查看宝丰的地形后，最终决定将司令部驻地设在马街村，同时宣布建立豫陕鄂五地委、五专署、五军分区，五军分区与九纵司令部联合办公。在此办公的九纵主要军事领导有司令员秦基伟、政委黄镇、副司令员黄新友、政治部主任谷景生，参谋长何正文；在此办公的五军分区主要军事领导有司令员蔡爱卿（兼任）、政委冷裕光、副司令员刘自双、牛子龙。

今天，这一旧址对研究解放战争时期的政治、军事、文化，具有越来越重要的历史价值。2021 年 12 月，此处革命旧址被河南省人民政府公布为第八批省级文物保护单位，被河南省文物局公布为第二批河南省革命文物。

马街村还有个名扬全国的曲艺活动值得特别介绍。这里每年农历正月十三至十五，都要举行一次曲艺盛会，艺人云集、曲种繁多，俗谓"十三马街书会"。岁月更迭，一年一度，来自河南各地及河北、山东、山西、陕西、甘肃、湖北、安徽、四川和北京、上海、天津等地的民间艺人，负鼓携琴，汇集马街，以天作幕，以地为台，亮书会友，交流技艺。

那时的马街内外，田野之上，吹拉弹唱，鼓乐争鸣，书棚林立，人头攒动，听书"写书"，摩肩接踵。书会期间，方圆百里数十万群众，每天扶老携幼前来听书赶会，省内外热爱曲艺的人士不顾天寒地冻甚至大雪飘飘，也会纷纷赶来。此时此地，真是喜气洋洋、热闹非凡，一片节日的繁华景象，其宏大热闹的壮观场面，堪称中国民俗文化史上绝无仅有的一大奇观。

马街书会，历史久远。据马街村火神庙及广严寺碑刻记载：书会最早起源于元延祐年间（公元 1316 年前后），至今已 700 余年。据传，700 年前，当时马街村有一位叫马德平的老艺人，桃李满天下，农历正月十三这天，是马老先生的寿诞之日，他的弟子们从四面八方赶来为其献艺祝寿。年复一年，相沿成习，这里就形成了"马街书会"。

马街村这一盛大的曲艺民俗传承至今，让马街成为全国曲艺和曲艺人士的天堂，也是艺人们以书会友的舞台、切磋技艺的擂台。每年这里的书会，聚集了不同曲种、不同流派、不同地区的艺人，演唱曲目繁多，书目浩瀚，蔚为壮观。

艺人们在这里表演的曲艺种类有 40 余种，传统及现代书目上千个，唱腔曲牌达 500 多类；曲种主要有河南坠子、三弦书、大调曲子、大鼓书、山东琴书、凤阳花鼓、湖北渔鼓、四川清音、道情、越调乱弹、山东柳琴、徐州琴书、西河大鼓、相声、快板书、评书、评词等；书目有《杨家将》《呼家将》《包公案》《大红袍》《响马传》等。

艺人们在书会上亮艺卖书，写书人从中挑选，以演唱水平确定演唱三天书的价格，在这个过程中，每年马街书会最终会产生出一名书价最高的"书状元"。"争当书状元、写出最高价"，也是马街书会吸引全国各地艺人不远万里朝圣般前来马街村说书亮艺的精神动力。人们说，在这里可以享受到"一日能看千台戏，三天可读万卷书"的大美乐趣。

人们也因此赞誉说，"书山曲海看马街"。

700多年的文化传统，让马街人与马街书会结下了深厚的情缘。在马街村民的眼里，春节是年，但过年并不十分重要，正月十三到十五，才是他们真正意义上的过"大年"。直到今天，每年一过正月初五，马街人就开始忙碌起来，割肉买菜炸豆腐、磨面蒸馍炸油馍、打扫庭院、收拾房间，全心全意准备接待四面八方赶来马街的成百上千的艺人。

淳朴厚道的马街村老百姓有句话，叫"无君子不养艺人"。马街人善待艺人的美德代代相传，使马街书会得以延续传承。说唱艺人选择马街村，除马街曾经是历史上的交通要道外，最重要的就是马街人热情豪爽、厚道质朴，他们把艺人当成了亲人，接待艺人管吃管住，分文不取。

马街村有这样的说法和习气：春节过不好事小，十三的书会得排场排场。谁家接待艺人最多，谁家就最风光，谁家在村中便受人高看。

2006年5月，河南省宝丰县申报的"马街书会"项目，经中华人民共和国国务院批准，正式被列入了第一批国家级非物质文化遗产名录；2012年12月，马街村被国家住建部、文化部列入第一批"中国传统村落"名录……

孙春丽生于斯，长于斯，源远流长的文化土壤，忠厚淳朴的民情民风，山水相依的广阔视野，从少小时代就浸润了她的心灵，对她宽厚豁达、乐观向上、至诚待人的性格影响至深。

对于孙春丽来说，故乡是她魂牵梦萦的地方。这里有她的童年、少年和青年，这里有她的亲人、老师和朋友，这里的一草一木、一山一水，这里的民风民俗、文化积淀，早已深深地潜入了她的心中，留下了许多刻骨铭心的记忆。

第二节 古老村庄美丽，人生命运传奇

孙春丽在马街村度过了她的童年和少年。

她有兄弟姊妹五个，她在家排行老三，上有哥姐，下有妹妹小弟。母亲一直在家务农，勤勤恳恳，照顾着几个孩子吃饭、穿衣、上学，在这个家里可以说是劳苦功高。父亲是个国家干部，一直在宝丰县广播电视台工作，靠工资贴补家用。虽然那时的经济并不发达，生活还有些清苦，但在当时的农村，这样的家庭，生活还算是比较不错的。

少小时的孙春丽，就特别聪慧、懂事。在学校她勤奋学习，总是成绩很好，是老师眼睛里的好学生；在家里她热爱劳动，而且很要强，总是在家里干力所能及的家务活，是父母心里的好孩子。

记得她 10 岁那年五月，她家的麦子该收割了。父亲不在家，她就想着帮家里干点活。早晨，天不亮她就拿上镰刀，跑到了地里割麦子。她家这片麦子有三亩多地，她这样一个小人，就那样在地里一直割麦子，直到母亲去到了地里，她俩割了一天，才把麦子割完。

父亲对这个特别聪慧、勤快、懂事、要强的女儿，一生都特别喜欢，也特别操心。许多事令孙春丽永生难忘，每每提起，泪流满面。

孙春丽从小就是个开朗乐观、积极向上的女孩子，在最朴素的生活和时光里，她也能活出她的快乐和美好。她的心是纯净的，她的眼睛是清澈的。故乡的风景，故乡的人物，故乡的一切，在她的眼睛里、在她的心里，都是那么美好，记得那么清晰。

穿过村子的那条河，从村东流过，她小时候不知道这条河叫应河，只知道村里人都叫它"马渡河"。她清楚地记得，马渡河河面宽阔，河水清澈，河面上还有小船在行走，载着人从河这岸走到河那岸，有时还有抓鱼的老翁，划着小船、带着鱼鹰在河里抓鱼。鱼鹰潜入水中，一会儿就将鱼逮到了水面上，然后老翁就会将鱼鹰嘴里的鱼拽出来放到小船上；河的两岸长着密密麻麻的草木，春天的时候开着各种各样的野花

儿，很是好看。

小时候她记得村里有很多老房子、大院子，其实那都是过去大户人家留下的大宅院。后来慢慢长大了，她才知道，其实那就是豫陕鄂五地委办公地旧址、杨现元老宅、卢增凡老宅、马街遗址、马街书会会址等。

村里还有一座观音堂和一座火神庙，经常会看到前来烧香许愿还愿的人；还有几棵老槐树和皂角树，都是历经沧桑的百年老古树。在她的眼睛里，这些老树好高好高、好大好大，自己的村庄好美好美呀！

一年四季，村里都有好风景。

春天来时，村里的桃树、梨树、杏树，开满了洁白如雪、粉红如霞的花儿，引得蜜蜂们在那里成群结队地飞来飞去辛勤地采蜜；此时，各种各样的小鸟也成群结队地在村里觅食，时而鸣叫，时而盘桓，时而落在枝头，时而落在农家的瓦房上；此时，马渡河的两岸早已草木葳蕤，知名和不知名的野花次第开放；抬头望天空，杨絮柳絮，纷纷扬扬，随风飘洒，如落雪一般。

盛夏时节，远处的河面有阵阵的风，从村外徐徐吹进村里，挟裹着泥土与河水特有的味道和草木的清香，给静谧的村庄带来阵阵清爽。夜晚，月亮会从云中穿越而出，挂在村中那棵高大粗壮的老槐树或皂角树的头顶。明亮的月光之下，蓬勃一片的老树的枝叶在风中摇曳，真如一幅巨大而壮美的水墨风景画。

秋天的时候，田野里五彩斑斓，大豆、红薯、玉米、高粱、谷子这些秋庄稼，都在蓬蓬勃勃地生长，还有地里边那些瓜果也成熟了，空气里弥漫着秋庄稼和成熟的瓜果散发出的特有的芳香味。风吹过田野，饱满的玉米、高粱和谷穗随风舞蹈，一浪接着一浪，摇曳生姿，一片丰收在望的景象。

冬天终于来到了，雪花纷纷扬扬地飘落，覆盖了村庄、大地、房屋和大片大片的麦田，村里的大人们在街上堆积了雪人、雪狮子、雪房子，小孩子看啊看，然后男孩子女孩子会在村子里边跑边打雪仗，你用雪砸我，我用雪砸你，一个个小脸小手通红通红，脸上满是笑容。偶尔也会有小女孩被砸疼了，于是就会呜呜地哭，然后就有小孩或大人来哄她。下雪天的小孩子，玩得特别开心，内心有无比的欢喜。

孙春丽的童年和少年，应该是很开心的，许多美好的记忆，至今在心里还温暖着她。

这其中，也发生了一件让她大难不死的事情，令她终生难忘。

人生命运，平凡平淡者居多。然冥冥之中，偶有神奇之处，令人神秘而不解。记得那是 1989 年的夏天。孙春丽清楚地记得，那年她 14 岁。

这年夏天的一个夜晚，她一个人在自家的老房子里睡觉，突然就听到了家里那条黄狗汪汪的、呜呜的近乎疯狂的叫声，那声音听上去有焦躁不安、委屈悲凉的感觉。那条黄狗一直在叫，叫个不停，惊醒了睡梦中的孙春丽。

被惊醒的孙春丽一下子就睡不着了，她内心突然涌起一丝又一丝莫名的不安和惊恐。于是，她身不由己地就起身跑到了屋外。

她刚刚跑到院子里，而就在那一刻，她家的房子就轰然倒塌了，倒塌下去的老房子，在她的眼睛里腾起的灰尘像蘑菇云一样。这个月明星稀、夜色迷离的夏天的晚上，伴着村庄里的一声接一声的狗吠，令她不寒而栗。

孙春丽那一刻就傻傻地站在自家的院子里，就这样莫名其妙地逃过了一劫。

多年以后的今天，她依然清楚地记得这一幕。如果没有那条老黄狗一阵一阵汪汪的、呜呜的叫声把她叫醒，那倒塌的房屋下面压到的就会是一个 14 岁的女孩子熟睡的身体，不知道自己的命运在灾难突然来临的那一刻会如何？！

但命运就是如此地神奇，让一个原本平凡的生命，在黑夜里被另一个生命所惊醒，让她安然脱险，大难不死。

这个女孩子的生命，由此看来，平凡而有些幸运和神奇，也让村里的人对这个世界的神秘和神奇，充满了好奇和不解。

村里的老人们知道了这件事情后，许多人说了那句老话：大难不死，必有后福。如果今天对比孙春丽后来所创造的辉煌的事业来说，老人们所说的话倒是颇有道理。

侥幸躲过那场灾难之后，在宝丰县广播电视台工作的父亲，就回到村里把女儿接到了县城，送到宝丰县第一高级中学，开始在这里求学。

从此，孙春丽从马街农村老家来到了宝丰县城，有了更好的学习条件，接受到了更好的教育，直到在这里高中毕业，以优异成绩被推荐到郑州信息工程学校读书。

古人说：福兮祸所伏，祸兮福所倚。那就是常说的"福中有祸，祸中有福"吧。对照回顾孙春丽后来的人生和命运来说，倒是颇为应验。

由此可见，劳动人民在长期生活和劳动实践中所总结感悟的东西有多么神奇，想来其实也是人们在长期与命运的抗争中，所崇尚的一种积极乐观、豁达勇敢的人生精神和智慧的体现。

第三节　生命中，曾经的迷茫和希望

宝丰县第一高级中学是宝丰县的名校。

据说，学校始建于 1948 年，位于宝丰县城的东大街。学校南对面就是巍峨高耸的文峰塔，院内矗立的古朴庄严的文庙大成殿，曾是中原大学的旧址。这里是宝丰文化的发祥地之一，文化底蕴十分丰厚而博大，造就了一大批遍布海内外的优秀人才。

孙春丽在这样的环境里学习，更加激发了她努力学习天天向上的理想和信念。青少年时期的她，时时在为自己的未来编织着美好的梦想，一直在向往着走向远方的大千世界。

1992 年夏末秋初，孙春丽从宝丰一高毕业，就要到郑州信息工程学校学习了。记得父亲送她去郑州的时候，一再叮嘱她说："这次是你一个人出门远行，父亲就照顾不了你了，除了努力学习，还要自己照顾好自己。"

父亲临别时叮嘱了很多，眼睛里有泪花，看上去很是不舍的样子。

在郑州求学的日子里，孙春丽每天都把精力用到了学习上，偶尔逢上星期天的时候，会到街上去看看去转转，感受一下这个繁华的省会都市的生活和风情，顺便也给自己买一些女孩子喜欢的日用品。

时光如流水一样匆匆而过，生活每天都有新的变化。

1994年夏秋之时，孙春丽从郑州信息工程学校毕业了。求学的美好日子就要结束了，可此时国家已不再负责大学生的毕业分配了，每一个大学生毕业后，都面临着要到社会的大海里去尝试着如何生存了。

父亲对孙春丽说："毕业了如果没有好的理想工作，就考虑回到宝丰老家吧，在宝丰广播电视台工作也很好，有正式编制。虽然老家的工资不高，但是工作会很稳定。"

孙春丽很坚定地对父亲说："既然在这里上了大学，我就不想就这么回老家去，想在外面这个城市里闯一闯。人生千条路，总有适合我自己的那一条路，相信女儿总有一天能干出一份事业来。"

父亲对自己这个女儿很了解，知道她是一个很有抱负理想的孩子，是他所有孩子中心气儿最高的一个，而且独立生活的能力也很强，不是那种很柔弱很柔弱的女孩子。

父亲最后很是关爱地对她说："我尊重你的意见，那就在郑州努力找一份工作去干干吧，如果万一以后觉得那里干得不理想了，就还回到咱老家来，人熟地熟，也好找工作。"

那时那刻，孙春丽既能感受到父亲对她在外闯荡的信心，也能深深地感受到父亲对她的疼爱。一想到父亲，她的内心就很温暖，觉得父亲永远都是她背后的那一座高大的靠山和头顶上温暖的阳光。

即将走出校门踏入社会的她，内心对未来充满希望和渴望，却也有几丝惆怅和迷茫。自己到底何去何从，去往哪里呢？自己的未来到底该在哪里发展？自己一个女孩子孤单单地在这个城市里能走下去吗？

躺在即将要离开的学校宿舍的床上，望着窗外的星光，她一遍一遍地问自己，自己的人生到底在何方？自己到底该往何处去？站立在郑州的街头，望着川流不息的车流人流和一座座高耸的楼房，想想自己在此举目无亲的孤单，面对着心中的希望和迷茫，她一直在思考着，思考着在郑州这个城市该如何走好自己未来的路。

学校规定了毕业生离校的最后的时间，学生们纷纷离开了学校。一家电子厂在学校招工，孙春丽就决定先到郑州西郊这家电子工厂打工。工厂在附近安排了破旧的老房子供她暂住，她便将从学校里带出来的行李包放了进去。而让她想不到的是，仅仅住了一天的时间，她就突然被人赶出来了。

那天晚上她下班有点晚了，回到她暂住的房间时，看到屋里的灯亮着。她很奇怪，自己还没回来，谁把灯打开了？而且门也虚掩着。当她推门进去的时候，看到一男一女住在里边。她问，你们是谁？那个男人问，你是谁？她就把她在这里住的情况跟他说了一遍。

那男的说："这是我的房子，我从外地回来了，这房子你不能住了。"说着，就直接把她的提包和一些东西扔到了门外。然后听到了"砰"的一声，门就死死地关上了。

这情景的突然性、戏剧性、故事性，今天听起来就像小说和电视剧里发生的情节一个样，但此时此刻的孙春丽却真实地遇到了。面对此情此景，孙春丽很无助，也很无奈。她想了想，最后只能默默地流着泪，捡起自己的包走了出来。

此时此刻，走在郑州西郊的大街上，她漫无目标，不知何去何从？一股悲凉之气，突然从她心中止不住弥漫开来，泪水霎时就止不住地在她的脸上流淌。在清凉的夜风之中，她擦去脸上的泪，提着自己的包在街上慢慢地往前走。

举目无亲的她，此时衣兜里也没有几文钱了，找个旅店的钱也不够。她一边走一边想，这个流浪的晚上，自己到底该走向何方，去往哪里呢？突然她的脑子里闪过一个人来。她想起了在郑州东区人民路那一块儿，她有个宝丰一中的同学叫柴广奇，家就住在人民路上，她上学的时候，曾经被这位同学邀请去过他家里，一家人待人都很热情。于是，无可奈何的她决定：从西郊赶到东区，投奔这位同学的家，暂时借住几日。

想到这里，她的心中忽然有了一丝光亮和温暖。

就这样，她一步一步从郑州西郊赶往东区的人民路。她的脚走得很疼，腿走得很僵硬。但她内心抱着对那丝光亮和温暖的希望，一直朝前走。终于，她看见了位于金水路和人民路的那座矗立的高高的紫荆山商业大楼。她曾来过这个地方，知道这座大楼，再往前顺着人民路走，就能找到同学的家了。

天已经蒙蒙亮了，她看见道路两旁的梧桐树的枝叶在微风中摇曳，看见了路旁一座座高高的楼房，她开始凭着自己的记忆寻找同学的家。终于，她找到了同学家所在的那栋楼，凭着记忆又找到了同学的家，轻轻地敲响了他家的门。

听到她的敲门声，里边传出一位女士问话的声音。孙春丽听出来那是同学柴广奇母亲的声音。她说她是孙春丽，是广奇的同学。门开了，柴广奇的母亲将她迎了进去，看着她提着包失魂落魄的样子，同学的母亲吓了一大跳。等她坐下之后，问她是怎么回事。她一五一十地将情况跟同学的母亲说了一遍。同学的一家人对她都很同情，安慰她在这里就安心地住下吧。

就这样，孙春丽暂时住到了同学柴广奇的家里。

孙春丽住在同学柴广奇的家里，总算有了暂时的栖身之所。白天她到外面找工作，晚上就借住在同学家。大概住了两三个晚上，她找到了另一家电子厂，然后就搬出了同学家。这家电子厂可以工作，但不管住宿，孙春丽就在附近找了一个十分破旧的楼房，暂时欠着人家的房租住了下来。

几天后，她衣兜里只剩下了五块钱。自己在电子厂干了还没有几天活，不可能发工资，眼看着就要面临弹尽粮绝的窘迫景象了。

也许真是天无绝人之路吧。那天，当她骑着那辆破自行车上班时，一阵风突然刮过来，一卷东西顺着那股风刮到了她的面前，就停在她的自行车的轮子旁不动了。她看了看，眼睛突然睁大了许多。她突然看清楚了，原来那是一卷钱！

她下车赶忙捡起来，打开，数了数，整整 2130 元！四下没有人，不知道这是谁的钱。她站在那里等啊等了好半天，到底也没有一个人来寻找，那时她还要等着去上班，就只好把钱装进衣兜里，骑上自行车走了……

这笔钱在最关键的时候，真是救了将要弹尽粮绝、山穷水尽的孙春丽。难道真的是大风给她送来了救急救命的钱？孙春丽用这笔钱一下子交了半年的房租，而且还留足了至少一个月的生活费。对于这件事情，孙春丽一直心存感激和感恩。

"我们常说上天有好生之德，天无绝人之路，这笔大风送来的钱确实是救命钱。那时自己已经山穷水尽疑无路了，也没有想其他的了，顾不得将这笔钱上交给警察了，只能用来救急救命了。"孙春丽后来谈起这件事时，依然很动情，她说，"从那时起，我就认定了一个道理，那就是人在任何时候都不能失去信心和期望。那时我就发誓，自己一定要干出一番事业来，用自己的能力，为这个社会做出自己应有尽有的贡献，报答这笔钱的功德，报答上天的好生之德，报答这个社会在自己最艰辛困难时给予自己的呵护和温暖。"

数年之后，孙春丽这个女孩子真的有了自己的事业。

踏入社会后，孙春丽曾经历过一次又一次艰辛、痛苦和迷茫，但始终没有改变她对人生和世界的希望。对人生，对社会，孙春丽永远心怀感恩之情。

此乃天意人意也!

第四节 相识，在那个深秋的时节

孙春丽在电子厂干了一个月后，就辞职不干了。

此时，人生的机遇和机会，终于来到了她的面前。

那天，她穿戴一新去街上买东西，意外地看到了《经营消费》报社在招聘工作人员，便决定去试试自己的运气。

那时，已经 20 岁的她，身材高挑，亭亭玉立；一头秀发，飘飘洒洒；面色红润如霞，眼睛清澈有光，一眼看去给人的是青春靓丽的美好印象。

她走进报社的招聘办公室时，第一个见到她的就是报社的吴扬主任。吴扬见到孙春丽时，突然就对报社的社长喊道："社长，社长，来了个大美女应聘呢!"然后，报社领导和吴扬主任就问了她一些问题，比如她在哪儿毕业，有什么工作经历等，她都一一面带笑容地回答。

然后，就听吴扬主任对她说："留下吧，试用一个月，行了就在这儿好好干下去。"

就这样，孙春丽成为《经营消费》报社试用的工作人员。试用的一个月里，她的聪明勤快，她的思维敏捷，她的文字功底，都得到了报社的肯定，这样就让她正式入职了报社，并开始参加员工的业务培训。培训了一段时间后，又让她作为实习记者跟随老记者到一线采访，进入了正式工作的角色。

在报社里，她干得很开心。记得第一个月实习结束后，报社给她发了 260 块钱的工资，她用 80 块钱付了房租，80 块钱买了一个米黄色的风衣，剩余的钱买了生活用品。这是她踏入社会挣到的令人开心的第一笔工资。成为报社的正式员工后，她的工资每个月就涨到了 1400 元，她非常非常高兴，也更加努力地工作，报答报社对自己的培养。

此后的时间里，有时与单位的老记者一起采访，有时自己单独去采访。采访归来后，就会在自己的出租屋里勤勤恳恳、认认真真地写稿子，写出了一篇又一篇生动鲜活的稿子。如：《架起政府和群众之间的"桥"——记郑州市二七工商分局大学路工商所》《开拓前进创新路——郑州色织一厂厂长张惠文建批发市场小记》《跟细流汇成河——记郑州市工商局纬三路工商所》《市场经济大潮中的"保护神"》……她采写的稿子，多次在社会上引起很好的反响，她的工作成绩，也多次受到报社领导和同事们的夸赞。

在她自己的人生进入坦途之后，爱情也不期而遇了。

那年深秋的一天。她去采访郑州一个商品展销会。在一个展销摊位上，她看到了一个年轻的展销员，在展销工厂的锅炉产品。年轻的展销员口才很好，侃侃而谈，介绍他们的产品，这让孙春丽很感兴趣。她走上前采访这位长着浓眉大眼睛的小伙子，询问有关产品的生产、销售、用途等问题。采访结束后，这个年轻人将自己的名片给了孙春丽一张。此时，她才知道面前这个人叫马振红。让人想不到的是，这个长着浓眉大眼睛的青年马振红，后来竟成为她的男朋友。

记得他们相识不久，马振红就主动跟她联系了。她对这个长着浓眉大眼睛又有才华的青年很有些好感，于是两个人就慢慢地开始了交往。

1995 年元旦前夕，马振红又打电话，说要来报社看她。那时，孙春丽和同事们正在编稿子，就在电话里对马振红半开玩笑地说："随便买点好吃的带来吧。"很快，就见马振红提着两只烤鸭和一兜核桃来到了报社。那时，同事们已经编好了稿子，于是几个同事都欢欢喜喜高高兴兴坐下来一起吃东西聊天。

这一次，马振红给孙春丽留下了诚实而美好的印象。

1995 年元旦那天，报社放假了，马振红邀请孙春丽到他住的地方玩。那天下午，天上飘着雪花，这是个很浪漫很有诗意的天气，孙春丽就跟马振红一起去了他家。

马振红那时租住在郑州文化路白庙城中村的一处房子里，跟母亲一块住。见了孙春丽，马振红的母亲很热情。晚上，马振红做了满满一桌饭，热情招待孙春丽。

可是，那天的雪越下越大，吃过饭的时候，雪下得更大了，天地之间，全是白茫茫飘飘洒洒的大雪，地上已经是厚厚的一层雪了，足足埋过人的脚脖。看着这样的大雪，也没法回到自己住的地方了。马振红和他的母亲，就一直劝她住下来。于是她犹豫了犹豫，最后还是在马振红和他母亲的一再挽留下，决定在马振红的家里留宿一晚上。

这次交往之后，他们两个人确立了恋爱关系，成为正式的男女朋友。在此后的交往中，他们有过甜蜜，有过幸福，有过争吵，有过矛盾，甚至有过一些怨气。但一切，都没能阻挡他们最终走在一起干事创业。也许，这就是冥冥之中的缘分吧。

从 1995 年到今天，她与他已经走过了 28 个年头。

两个人先后创立了郑州金马电脑培训班、郑州金马电脑学校、河南金马电脑专修学院、郑州炎黄科技中等专业学校。2010 年 5 月，两个人又将学校成功升格为一所国家承认的全日制大专院校，一跃成为"郑州理工职业学院"，进入了国家民办高校的序列。

而这其中的酸甜苦辣，艰难困苦，曲曲折折，风风雨雨，孙春丽最是清楚，最是难忘……

第二章
勇敢创业，奋斗者改变命运

从此，孙春丽踏上了自主创业的道路。从一台电脑、一个学生、一个老师开始，走过曲曲折折、漫漫长长的创业之路，一直走到了 28 年后的今天。她与他不仅为社会创造了亿万财富，更培养了 20 多万名身怀技能的学生，从当初的一个小小的金马电脑培训班，靠着艰苦创业，拼搏奋斗，一步一步由小到大发展成为今天的郑州理工职业学院，跨入了国家全日制民办高等院校的发展序列。

第一节　父亲的背影里，她泪流满面

记得那是她与他相识相处不久的一天。

那天，是个周末，天气晴好，两个青年人一起在街上散步，你一句我一句讲述着自己的见闻和经历。

突然，马振红对孙春丽说："春丽，你想不想拥有一套自己的房子？"

孙春丽看着马振红，没有思索就笑着说道："当然想了！做梦都想！"

听到孙春丽这样回答，马振红立马说道："那我们不如就合伙买一套房子吧，要不租个房子一起办个公司也好啊！"

望着眼前这个浓眉大眼、精精神神、很有事业心的人，孙春丽有点激动。她爽朗地回答："好呀，那咱们就一起合伙买个房子，或者办个公司，自己闯一闯吧。"

原本以为，这只是说说，是年轻人的兴之所至，理想所在。让孙春丽没有想到的是，说过此话之后，马振红就牵着她的手要去看房子。这个时候，孙春丽才知道眼前的这个马振红，已经想这个事情很久了，两个人"合伙"买房子这件事情，是马振红很认真的一件事情。

不久之后，他们又看了一套房子。这套房子是马振红做业务，人家一家房地产公司欠他的钱，抵账之后变成了他欠人家 8 万块钱。看起来应该说非常合适，既抵去了人家欠自己的钱，又有了一套房子，而且房地产公司给的价格也比市场价低一些。

马振红首先从亲戚朋友那里东拼西凑了 4 万块钱，交给了房地产公司，剩余的 4 万块钱，原则上应该由孙春丽负责交付，因为一开始两个人商量的就是"合伙"买一套房子。

此时此刻，孙春丽才知道那句轻松回答的话，是多么地不容易。自己还是一个打工者，虽然在报社做着记者，收入在当时来说也还可以，但距离买房子，显然是有大差距了。

既然说过要合伙买房子，而且此时的马振红也一直在催着她赶快筹钱，孙春丽只好想办法筹集资金了。除从报社里筹集来的 1 万块钱外，她在郑州也没有亲戚朋友可以借给她钱。最后，她想到了她父亲。她给父亲写了一封信，告诉父亲要在郑州和男朋友一起买房子的事情。

父亲很快回了话，对在郑州买套房子的事情表示支持和理解，并表示会筹集资金给她送到郑州去。后来，父亲真的赶到了郑州，给她送来了 6000 块钱。其实，这 6000 块钱来之非常不易。

父亲叫孙广申，是个党员干部，在宝丰县的广播电视台工作，每个月也就几百块钱的工资，还要养活一家老小，也仅仅是够着紧张的生活，并没有余钱。为了给宝贝女儿筹集资金，父亲跟母亲商量之后，又将自己地里种的树苗一下子全部卖了，将卖树苗的 5000 块钱和自己家里筹集的 1000 块钱，一共 6000 块钱全部给女儿送到了郑州。

宝丰距离郑州有 130 多公里，那时道路也不好，没有高速路，坐长途汽车从宝丰县到郑州需要几个小时的时间。那个时间，社会治安也非常不好，据说路上时常有坏人，会在路上或者长途车上偷盗或直接抢劫。

为了将这6000块钱送到急需用钱的女儿手里，父亲颇费了心思。他从家里带了一小袋面粉，将这6000块钱放到面粉里面，然后背着这一袋面粉，坐上了从宝丰县城到郑州的长途汽车。一路上颠颠簸簸、起起伏伏的，父亲一直看护着身边的那袋面粉，那里面有他送给女儿的急需的钱啊。

那天午后，父亲赶到了郑州，又按着孙春丽给他的地址，坐公交车一路问着最后才找到了女儿。

孙春丽记得十分清楚，那天，父亲风尘仆仆赶到自己的住处，见到自己时，父亲的脸上满是汗水和尘土，肩上扛着那袋面粉。见了女儿，他将面粉轻轻地放下，然后又打开面粉的袋子，从里面掏出了一个塑料袋，小心翼翼地打开塑料袋，里面是一沓厚厚的钱。

父亲说："春丽，我和你妈把咱家的树苗全部卖了，一共给你凑齐了这6000块钱，不知道你还需要多少？如果差得多的话，我回去把咱家的房子卖了，也要给你筹集。你在这里放心，有什么困难都及时给家里说。"

顿了顿，父亲又说："钱交给你，我就赶快要回去了，回去路远，到家可能就是晚上了，明天还要上班。你也不用操心，我知道公交站牌和车站。"

说着，父亲把钱递到孙春丽的手上，然后就转过身，走向不远处的公交站牌去坐车。

此时此刻的孙春丽，望着父亲远去的背影，她霎时百感交集、泪流满面……

那时的钱，还是比较值钱的，人们的月工资，大多也就是几百块钱。4万块钱的房款，实在是一笔巨款。孙春丽还是一个单枪匹马在郑州闯荡的女孩子，在这里没有亲戚朋友能够给予她更多的帮助。所以，这笔巨款她无论如何也筹集不到。父亲告诉她，如果钱不够，可以把老家的房子卖了。可为了自己买房子，她怎么能忍心让父亲回家再把老家的房子卖掉呢？！

最终，因为孙春丽没有筹集到4万块钱的房款，情急之下的马振红忍不住说出了让孙春丽伤心的话，气得孙春丽拉上自己的箱子就要走人，是马振红的亲戚们一再地劝说，才留住了孙春丽的人。

冷静之后的马振红，决定卖掉这套房子。

因为这套房子地理位置很好，价格也不贵，很快就出手了。买房子的人付了应付的房款，将剩余的8万块钱交给了马振红。这样马振红手里就有了8万块钱。他将从亲戚朋友那里借到的4万块钱还了账，然后回到自己嵩县的老家，用剩下的4万块钱，将老家破旧的就要倒塌的房子重新盖了一下。

孙春丽曾经跟马振红一起去过地处嵩县深山区的家里。马振红的家是一个小山村，家里十分地贫寒，住的房子破破烂烂的，站在房子里面，从屋里抬头看，能从房顶的漏洞里看到天。

马振红有姊妹五人，马振红排行老四，家里只有他一个男孩子。他家庭的境遇很悲惨，父亲在马振红14岁的时候，就因病早早地去世了，因此而受到刺激的母亲，精神状态很不好。幸运的是，14岁那年，他以全县第二名的优异成绩，考上了洛阳的一所中专院校，成为一名中专生，而且那时他这个学校毕业了还能包分配。

毕业之后，马振红因为没有背景和人脉，就被分配到了郑州上街的一个锅炉厂。他在锅炉厂里负责搞销售，有时经常会到全国各地跑业务。也是因为搞销售，在郑州搞展销会，才有缘认识了孙春丽。

年轻时代在外打拼的人，都有这样那样的困境。艰难困苦也是对青春的磨砺，对于年轻人未来的成长，未尝不是一件好事……

卖掉了原本想要买下的房子的马振红与孙春丽，生活和人生重新回到了原点，依旧是一贫如洗。但两个年轻人并不是物质青年，而是都有着抱负和理想的人，她与他并未为现在的艰难困苦而失望，两个人在一起继续勾勒着自己的未来，不甘心自己的命运就如此地贫困和无奈。

那天，两个人就未来的人生，又一次开始商量和谋划。

马振红告诉孙春丽，他要和朋友合伙注册一家电子公司，经营电脑组装、电脑工程安装的业务。马振红说："现在锅炉厂也倒闭了，我也下岗了，总不能这样一直挺下去。那些同学，有人脉有关系的，现在早都当了科长主任了。而我要人没人，要钱没钱，现在混得一塌糊涂，跟人家有天地之别。我要再不努力，闯一闯，干一番，将来都无脸面对家人和同学朋友了，更对不起你对我的信任。所以，这次下定决心要注册个电子公司试一试。"

面对想干一番事业的马振红，听了他内心的苦衷和干事的想法，孙春丽很感动，也很支持，她觉得注册这样的公司，搞这样的业务应该很有前途。

孙春丽说："现在电脑刚刚兴起，以后无论是单位还是个人，会越来越多地用到电脑，电脑组装和电脑工程安装肯定有市场。坐而谈不如起而行，应该试一试，闯一闯。"

那时，386电脑刚刚兴起，所有的电脑系统都是DOS操作系统。马振红有个朋友刚好学习的是计算机专业，马振红找到这个朋友，将自己的想法一五一十地说了。朋友听后非常感兴趣，两个人一拍即合，很快就在郑州市文化路与东风路交叉处的郑州科技市场租下房子，注册了一家电子公司。

怀揣着创业的梦想和对未来的渴望，公司成立之后的马振红，兢兢业业地跑业务。因为马振红原来是搞销售跑业务的，建立了一定的人脉关系，很快就找到了几笔电脑安装的活，公司的业务算是做起来了，看上去也还可以。但不久之后，科技市场就雨后春笋一样，冒出来了很多这样的电子公司，与他们所做的业务一模一样，都是搞电脑组装和电脑工程安装。

那时候懂电脑的人很少很少，电脑给人家安装之后，还要负责对客户进行售后服务。因为他们资金有限，实力有限，所以公司规模很小，只有他们两三个人，售后服务根本跟不上，比不上人家资金雄厚的公司，人员多，人才多，售后服务到位。一段时间之后，他们的业务就做得不如意了，所挣到的钱仅仅也就是够交房租，工资都发不下来。在这样的情况下，他的合伙人看不到未来和前途，就决定退出不干了，两个人为此搞得很不愉快。

第一次创业的理想到此失败，人生的前途不知道在何方？马振红一下子陷入了悲观情绪之中，往往是想想前，想想后，唉声叹气，感叹人生之艰辛。

但此时此刻，孙春丽却对未来燃起了新的希望，产生了再创业的想法，也让马振红因为她的创业热情而重新振作了起来。

第二节　创办"金马"，要打拼一份事业

年轻的孙春丽，应该是一个有思想有前瞻性思维的人。在她 21 岁年轻亮丽的眼睛里，那时她就能看到市场看到商机，这应该是她能够成功的重要因素之一。

在马振红创业注册电子公司的时候。她不仅是一个支持者，更是从中思考了自己的未来。她认为，电脑的发展必定会随着社会的发展而如澎湃之水，将来必定是每一个单位都要用到电脑，每一个家庭都要用到电脑，全社会都要实现电脑普及化的办公环境。谁来操作电脑？谁来维修电脑？卖出去的电脑越多，需要学习的人就会越多，这里面有多么广阔的市场啊！

于是，她便决定学习电脑操作这项实用的技术、超前的技术。父亲曾经对她说过："人的一生，总是要学一门技艺的，这样才能更好地生

存。古人说，无技最苦。就是说人这一生，如果没有一项技术的话，生活就会很艰苦。"

回想父亲的话，让她对学习电脑操作技术更是下定了决心，充满了信心。于是，她利用业余时间，在郑州找到了一家电脑培训公司，交了几百块钱的学费，便开始认真地学习这项实用操作技术。原本她就是一个喜欢学习而又特别聪慧的人，她抱着学习的明确的目的去学，学习的热情特别高，特别地认真。老师每讲一个细节，她都认真听认真记，几个月以后，她已经把电脑的操作掌握得一清二楚，而且达到了很熟练的程度。

马振红的电子公司创业失败之后，陷入了悲观情绪之中。孙春丽劝慰说："我们不要灰心丧气，我们还年轻，还有的是机会。"其实，她是一边在劝慰着马振红，一边也在思考着未来的路。

如何才能帮助马振红渡过公司的难关？如何与他一起将事业开创下去，将濒临倒闭的公司的业务开展起来？孙春丽一直在思考这个问题。

突然有一天，她对马振红说："科技市场电子公司的房子还在，我们不如就在这个房子里创办一家电脑学习班，搞电脑培训学习。现在电脑的普及越来越重要了，将来用电脑的人和单位必定会越来越多，会有越来越多的人需要学习电脑技术，否则，他们买回去的电脑也就成了摆设。我们如果能创办一个这样的电脑培训班，相信一定会有人来学习，肯定会有越来越多的人来学习。机会就在眼前，未来的希望就在眼前，抓住了我们就可能有大的成功。"

孙春丽的话让马振红眼前一亮。他打量着眼前这个人，想不到她竟然有这样大胆的想法。这个想法确实让马振红的心里燃起了一团火焰，看到了一片光亮。他有点激动地说："是的，是的，你这个想法太好了，这个想法太好了！就这样办，就这样创办一个电脑培训班，专业在科技市场里搞电脑实用技术的培训，相信肯定有大前途。"

马振红激动地说完这句话之后，又突然心有疑虑地说道："电脑培训班怎么搞？我一个人也搞不成啊，我只会电脑硬件，电脑软件技术我不行。你在单位报社里上班，又帮不了我。这也不成啊！"

孙春丽此时笑了笑说："我已想过这件事情了，你电脑硬件很过硬，我软件学得也差不多了。我想了，虽然在报社工作很光鲜很不错，记者还有无冕之王的称号。但我想了一遍又一遍，这终究不是我想要的。我们都从农村出来，我们都年轻，我们应该在社会上闯一闯，闯出一番属于自己的事业。这才是我想要的。所以我想好了，决定辞去报社的工作，来科技市场办电脑培训班，无论前面的路怎样，既然认准了，就闯一闯，拼一拼，或许我们将来有广阔的天地。"

面对胸有成竹、毅然决然的孙春丽，此时的马振红又是佩服又是担心。佩服的是她毅然决然创业的决心，担心的是万一电脑培训班搞不好，就会是钱没有赚到，事业没有搞成，反而会让孙春丽在报社的好工作也丢了。

他将自己内心的担忧说了出来，请孙春丽好好想想这件事，千万不要心血来潮做决定辞了报社的工作。毕竟，所有的创业都是有风险的，就如他当初跟自己的朋友热血激情注册电子公司搞电脑组装业务是一样，当时的理想很好，但现实却是这样地骨感和糟糕。

面对马振红内心的担忧，孙春丽表情和态度很坚定，她说："我是一个非常执着的人，一旦有了自己的决定和想法，就是八头牛也拉不回头，这件事情就这样定了，你很快会看到我辞职了。这件事我已经给报社领导汇报过了，虽然他们劝我不要辞职，但我已经决定了。既然想干一番自己的事业，就破釜沉舟，全心全意地投入。"

此时此刻，两颗年轻的心，因为对未来燃起的希望而热烈地跳动。这份创业的理想，让她与他感受到这个世界的广阔，也感受到了人生潜藏的力量，从前灰色的心情和对人生对生活的忧郁情绪，一下子都随着天上的云彩和地上的微风飘走了。

1995年5月12日，当孙春丽完成了最后一次采访任务，写出了《市场经济大潮中的"保护神"——记郑州市工商局金水分局行政区工商所》这篇通讯稿后，她就向报社领导正式提出了辞职的请求，并说明了理由。报社的领导和同事们对她一再地挽留，但都没能改变她辞职的想法和最终的决定。

1995 年 9 月，在同事们不无遗憾的目光里，孙春丽离开了自己工作过的留下了感情、热情和激情的报社。她的心中充满了对报社的感恩，也充满了对未来独立打拼一份事业的向往之情。

孙春丽辞职之后，与马振红两个人一起开始筹办电脑培训班。他们给电脑培训班起了一个好听的名字，叫作"金马电脑培训班"。她与他一直都认为，"金马"是一个寓意美好、吉祥的名字，也是一个能让事业像奔马一样腾飞的名字。

两个人对"金马"这个名字，情有独钟。

电脑培训班的名字有了，还要有电脑培训班的培训设备，那就是电脑。两个人将自己所有的积蓄拿出来，购买了一台 368 电脑主机，还有教学所需要用的桌椅板凳。这台 368 电脑主机，就成为培训班最值钱的家当，培训班唯一的老师，就是孙春丽自己。

1995 年 10 月 12 日，孙春丽的金马电脑培训班在郑州市文化路科技市场正式开始招生，并招到了第一个女学生。

从此，孙春丽踏上了自主创业的道路。

从一台电脑、一个学生、一个老师开始，走过曲曲折折、漫漫长长的创业之路，一直走到了 28 年后的今天。她与他不仅为社会创造了亿万财富，更培养了 20 多万名身怀技能的学生，从当初的一个小小的金马电脑培训班，靠着艰苦创业、拼搏奋斗，一步一步由小到大发展成为今天的郑州理工职业学院，跨入了国家全日制民办高等院校的发展序列。

孙春丽，也从当初金马电脑培训班的一名最普普通通的老师，成长为今天拥有 2 万名在校大学生的一所在河南全省颇有影响的全日制高等民办高校的党委副书记兼副校长。

第三节　艰难困苦，坚毅坚强闯出一条路

人的一生会经历很多很多的事情，有些事情或者很大，或者很小，但因为事情的特殊性，可能都一样很难忘记。风雨岁月已经过去28年的时间了，直到今天，孙春丽还能清楚地记得，她招收第一个学生时的情景。

金马电脑培训班开始招生的时间，正是孙春丽和马振红他们最艰难困苦的时候。

那时，两个人连租住房屋的房租都交不起了，已经欠下人家一两个月了。如果不是房东比较善良好心的话，如果把他们真的给赶走了，都不知道两个人下个地方该到哪里去？她与他现在的命运，已经跟金马电脑培训班紧紧联系在了一起。此时的电脑培训班里也是一样的贫穷，只有一台386电脑和几张破桌子，这样的家底，跟一穷二白也差不多。

即使在这样艰难困苦的情况下，孙春丽的内心里依然燃烧着一团火。她觉得眼前的一切困难，都只是暂时的，认准的道路就要坚定地走下去，终有云开雾散时，终究能走到光明大道上。

那时间，马振红的妹妹和孙春丽的妹妹都没有工作，两个人就把两个妹妹叫到了科技市场，帮着给电脑培训班做招生宣传工作。现在回想起来，那时的招生条件也太简陋太简陋了。他们在科技市场的门口，摆上一张破桌子一只破凳子，两个妹妹轮流做宣传和招生。一个妹妹今天做宣传发传单，另一个妹妹就守在那张破桌子破凳子那里等待着报名的学员。到了第二天，她们两个再换换工作，她发传单，她坐那里招生。

那时间，他们制作的宣传单也很简单，向路人散发的就是用B5纸打印的黑白的宣传简章。但是这样简单的宣传单，也是先赊账印出来的。与此同时，科技市场还有另外一家电脑培训班在科技市场门口招

生，人家公司因为有实力，印制的宣传单也就比"金马"的好。人家招生的桌椅板凳也是崭新的。

孙春丽后来说："说实在的，当时我们根本没有实力、没有条件、没有底气跟人家对比。人家老师有多个，电脑有多台。我们老师只有我一人，电脑也只有刚刚买来的一台，但是我内心并不气馁，也不畏惧，觉得困难都是眼前的，一切都会好起来的。而且当时会时不时想起苏联电影《列宁在1918》里说的话：面包会有的，牛奶会有的，一切都会有的。那时的心中，怀揣着创业的梦想，确实有一种革命的乐观主义。有时，还会想到毛主席他老人家在井冈山所讲的话：星星之火，可以燎原。一想到这些，内心就充满了力量。"

孙春丽讲述了招收第一个学生的情形。

那时，正是夏末秋初，天气很热。两个妹妹轮流值班招生做宣传，忙活了两天也没招到一个学生，两个人都有点泄劲，再加上她们刚从农村来到城市里，对于抛头露面的工作，也有些不习惯不适应，就有点不好意思再出去做宣传和招生了。

第三天中午，她们都回去休息了，我就在科技市场门口负责值班招生。恰在这个时候，有几个咨询的人来到了我招生的桌子前面，你一言我一语，开始咨询电脑培训班的事情。

他们问什么，我就回答他们什么。我的态度很热情，而且很诚恳。我告诉他们："来我们这里学习，虽然条件不是最好的，但教学一定是最负责任的。凡来我们这里的学员，一定包教包会，学不会就免费学，直到学会为止，做到让每一个来这里学习的学员，学有所值不后悔。"

我的话，打动了他们其中一个女孩子。她走到我面前，掏出了430元学费递给我，填写了报名的资料。这430元，是我们电脑培训班高级班学员的学费，当时学员一共分了三个学费的档次，初级班学员240元，中级班学员320元，高级班学员430元。

这位女学员填完资料报完名，就跟我来到了位于科技市场2楼南角处的教室里。

终于招收到了第一个学员，而且是个高级班学员，学费430元。说实话，这430元，对当时的金马电脑培训班来说，十分重要，因为我们的经济，此时已经到了吃饭都要精打细算的地步。

收到学费之后，我内心很激动很激动，当时就给马振红打去了电话，兴奋地跟他说了招收到第一个学员的事情，还特意告诉马振红是招收了一个高级班的学员，收到了430块的学费。

记得马振红当时听到这个消息以后，也很激动，在电话里连续说着："太好了，太好了，培训班终于开张了！"

古人常说，乐极生悲。那天我招完第一个学生不久，就遇到了这样意想不到的事情。当时，我把收到的430元钱装进自己的小皮包，又锁进培训班我的办公室里那张办公桌的抽屉里，然后就带着那名女学生到教室里开始教课。

第一节课我很卖力，很认真，那天连午饭都没顾得上吃。当上完第一节课回来的时候，我发现办公室抽屉的锁被撬了，放在抽屉里的小皮包也不见了。瞬间，我意识到钱肯定是已经被盗了。当时，我有点慌了神，就顺着楼梯下来寻找，可是盗贼的踪影早已不见。

后来，在科技市场的花坛里，我找到了被盗窃的小皮包，里面的钱和贵重物品都不翼而飞了，只有空空如也的包。

刚才还高高兴兴说招到了第一个学生，收到了430元的学费，转眼之间学费就一分不剩地被盗贼偷跑了。这突如其来发生的意想不到的事情，让我突然有一种感觉，好像我是在骗马振红一样，实在是有点说不清楚。

很快，我就想开了。事情到了这个地步，也没有其他的办法，只有想得开，放得下，继续朝前走。学费是丢了，但学生是无辜的，该教给学生的课，一点都不能少，需要好好地教，认真地教，耐心地教，手把手地教。

此后的一段时间里，我开始在这里教学生，空闲时间就在科技市场门口继续招生宣传。

有一天，我正在科技市场的门口招生，一个熟悉的人影走到了我面前，我一看这个人我认识，他原来是漯河市工商局的局长。

这时这位局长看着我，问我说："你不是孙春丽孙记者吗？咋在这儿干这个呀？"

我内心有点尴尬，但表面装得很镇静回答他："是我男朋友搞了个电脑培训班，我不忙了，过来帮帮他。"

那个局长点了点头，然后又问了几句话，就跟我告别，说："孙记者，我还有事，就先走了，欢迎你再到漯河采访去。"说完，跟我握了一下手，又挥挥手，就走了。

望着这个局长消失的背影，想到他刚才问的话和吃惊的表情，我想了很多。想到自己从原来的一名女记者，现在成了一个在科技市场门口搞招生宣传的人，心里不禁生出了几丝莫名的惆怅，但这种感觉只是很短很短的一会儿，心情很快就平静下来并投入到工作中。

辛勤的努力和劳动，换来的是幸福和快乐的成果。很快，我们的招生工作就有了突破。从最初的一个学生，很快就发展到了6个学生。因为电脑只有一台，学生不可能同时练习，我就把学生们分成几个时间段分别上课，这个上午上课，那个下午上课，还有的晚上上课。

为了增加学生操作电脑练习的机会，一个月后，马振红利用一台主机，装配了1拖6的辅机，这样学生们分时间段练习电脑操作就基本不成问题了。

随着学生人数的越来越多，我们的电脑培训学校也有了一定的资本。为了让每个学生都有上机操作的机会，马振红将电脑先是由一台主机变成1拖6，然后再变成2拖12和3拖18。几个月后，学生越来越多，我们的电脑也越来越多，无论是学生的数量，还是电脑的配置，都在不断地翻倍。

看着越来越多的学生，我们的干劲也越来越足。

这时的金马电脑培训班的课程，已经变成了上午一个班，下午一个班，晚上一个班，每个班大约有学生40个左右。我从早上7点开门，到晚上12点结束，忙得有时饭都顾不上吃，饥一顿、饱一顿成了正常的事情，自己的胃病就是那个时候落下的病根儿。

记得有时忙得很晚了，会跑到科技市场南面的白庙城中村，吃上一碗那个地方的刀削面。那个做刀削面的小店是个夫妻店，做的刀削面味道很正宗，来这里吃饭的人很多，很有烟火味。在这里吃饭的时候，会暂时忘却忙碌的工作，会有一种轻松和幸福的感觉。

原本也想过招收一两名教师，可是那时这样的人才实在太少了，而且事业初创，也没有资金实力去招聘人。那时间，马振红一直在联系其他的业务，很少到培训班里来，没办法，我只有自己一个人硬撑着。最忙的时候，有时一天我会轮流给8个班的学生上课。

这样大的工作量，撑着撑着，有时身体就受不了了。有一次，讲着讲着课，声音就嘶哑了，身体也有四肢无力的感觉，只好讲完课抽时间一个人去打点滴，打完针输完水，再回来继续给学生们讲课。想起来，那时间真是拼着命在干呀！

后来，我就有意发现并培养最优秀的学生当老师。其中有一个女孩子，是高级班快要毕业的学员，我发现她头脑聪明，学习认真，学什么都学得很快。于是，我就尝试着带她跟我一起去上课，让她跟我一起辅导那些新来的学员，有意培养她做教师。结果这个女学生学得很快，适应得也很快，一个月之后，她就能够独立地教学带学生了。

几个月之后，又有学生从这里毕业了。我就从这些毕业的学生中挑选了最优秀的两名学生，招聘他们做老师，兼做我的助手。我手把手地教他们如何辅导学生，言传身教把讲课的一些要领和基本方法教给他们。就这样，我们的金马电脑培训班从自己培养的学生中招聘到了合格的三名教师，由他们分别负责初级班、中级班、高级班的教学，比起培训班刚开始时完全由我一人教学，师资力量翻了几倍。

1997 年 6 月，在金马电脑培训班创办两年的时候，马振红认定了电脑培训业务的前途和希望，就决定放弃其他的业务，回到科技市场的电脑培训班，与我一起专心做电脑培训的业务。

马振红擅长电脑的硬件技术，我擅长电脑的软件教学，我俩各有分工，各司其职，开始了携手并肩创业的路。此时，金马电脑培训班开始稳步发展，已经成为科技市场里一家有一定规模和影响力的电脑培训学校了。

第四节　与时俱进，创新才是发展硬道理

年轻的孙春丽，生命里有一种与生俱来的干事创业的拼劲和韧劲，还有一种认识新事物、接受新事物并与新事物共发展的前瞻性意识和思想。

这是一个人优秀的潜质，是一个人走向成功的重要的潜质。

23 岁的她，就已经认识到"创新才是发展的硬道理"。这不仅是一种人生的潜质，更是一种人生的觉悟，这是将事业做大做强、做到长远的思想和智慧的充分展现。

她的"五年创业计划"一直在实践中、在发展中。

在创办金马电脑培训班的这个过程之中，她一边创业，一边观察，一边思考。她认识到，电脑是这个时代崭新的科技，是与人类的发展密切相关的科技成果，同时这种科技成果会不断地推陈出新，不断地更新换代，不断地给人类创造发展的机遇。

从 1995 年开始创业，到 2000 年这段时间，她发现电脑的硬件从 386 黑白电脑更新到了 486 系统，后来至 586 彩屏电脑，直至液晶电子屏电脑的出现；电脑的软件系统，则由 DOS 操作系统，发展到 95Windows 桌面软件系统，再后来发展到 Windows97、Windows98 桌面系

统；电脑专业从原来的 DOS 系统五笔教学，逐渐过渡到桌面五笔、桌面方正排版、有 WPS 平面教学，直至后来发展到 3DMax 三维教学。

孙春丽在敏锐观察电脑科技的发展，以及不断探索的教学中认识到，金马电脑学校如果想有大跨步的发展和长远的发展，必须将招生、教学、就业密切结合起来，将电脑培训班的教学与市场接轨，社会需要什么样的电脑操作人才，金马电脑学校就要根据社会和市场的需求来培养学生。

电脑培训市场现在的竞争越来越激烈，市场里面和周围大大小小的电脑培训班、培训学校不断涌现，如果学校跟不上市场发展的形势，学校没有自己教学的特点、特色和优势，金马电脑学校就会在市场激烈的竞争中被挤压，甚至被淘汰。

为了突出金马电脑学校的优势，总结学校在发展中所积累的经验，孙春丽经常与老师们在一起探讨研究，力争使每一个老师都能在教学当中扬长避短，尽心尽力教好每一个学生、每一个班级。

这一时期，孙春丽还在不断地注重从学生中选拔优秀的学生作为教师来培养使用，使金马电脑学校的教师队伍不断扩大，教师水平不断提升，终于解决了师资不足的问题，使她个人有了时间进行有关教学改革和教学研究方面的思考。

孙春丽认为，不断创新，才是发展的硬道理。积累经验，与时俱进，不断创新教学的方法，才会让金马电脑学校越来越有特点和特色，越来越能够适应社会和市场对电脑培训专业的需求。

在不断的学习、探索、实践中，金马电脑学校的教学越来越生动有趣，学校的教学方式，也由最初的边理论边实践的教学模式，拓展为案例教学法、兴趣教学法，往往能够用最短的时间、最快的教学方法，来提升学生的学习成绩，并培养学生的爱好和兴趣。

前来电脑培训学校报名学习的学生，有不少学生刚来的时候，并不心甘情愿接受学习，也没有多大兴趣在这里学到什么技术。孙春丽了解到，很多情况下，都是家长们逼着孩子来学习的，无论是家长还是孩子，并不知道选择什么专业，将来对自己最需要最适合。作为家长来说，只是想让孩子们学到一门技术，好在未来的社会中生存发展。对于孩子们来说，他们是被动来选择专业学习的，他们心里是糊糊涂涂、迷迷茫茫的，也就不甚情愿了。

面对这些被动前来学习的孩子，孙春丽和教师们非常耐心。学校首先是耐心地接受家长和学生们的咨询，做到面带笑容、不厌其烦地解答问题，也会耐心地循循善诱地了解孩子们平时的兴趣爱好，帮助他们分析电脑学习专业的发展方向和适合他们自己学习的专业。同时，给他们讲解电脑操作技术在当前社会和市场上的需要，鼓励他们树立学习电脑操作技术的信心。

很多很多的家长和学生就是在这样的情况下，很高兴地报名参加了金马电脑学校的培训，成为这里的学生，在这里学得了一技之长，然后走向了社会，为自己的前途和未来找到了一条路。

孙春丽十分重视金马电脑学校新生的第一节课。她认为规范第一节课是十分重要的，因为它是新生入校后对电脑培训的第一印象和认识，关乎学生们对电脑培训课的兴趣，更关乎学生们今后的学习态度、学习成绩。新生来到金马电脑学校后，无论是孙春丽本人，还是老师们，第一节课都会手把手带领学生进行电脑操作，一步一步让学生们由不熟悉到逐步熟悉操作的基本过程，让学生们在自己亲手操作的成功喜悦和收获中，不断感受到学习电脑技术的热情和兴趣。

热诚的态度，认真的教学，生动的实践，学生的成长，通过一批学生和家长们的口口相传，"金马"的声誉在社会上产生了越来越好的影响，越来越多的学生都愿意到金马电脑学校报名参加学习。

孙春丽曾这样说："为了让学校在市场竞争中永远立于不败之地，为了让学校能够在市场的不断变化中跟上发展节奏，为了让学校在前进中能够朝着远大的目标不断发展壮大，我们每一个人都付出了很多。在电脑系统和软件的不断更新换代中，学校的每一个教职员工都在不断地努力学习提升自己，因为跟不上教学的节奏就会面临市场和学校的淘汰。特别是学生用的教材，我们要求必须与教学软件是同步的，而且会时时更新，更新周期基本不超过半年，永远保持最新的版本。所以，几年发展下来，我们的学校发展得越来越好。那时，我们所有的人，都能感觉到金马电脑学校未来的路会越来越宽阔。"

在时代发展的大潮中，金马电脑学校应运而生。在拼搏、奋斗、前进的道路上，学校在创业者孙春丽的引领下，触摸时代的脉搏，紧跟时代的脚步，不断探索求新，终于走出了一条通向成功的光明的道路。

第五节　传授知识，感受生命的价值意义

孙春丽在金马电脑学校有一句名言，也是她多年以来在面对学生时一直坚守的人生信条。

她说："假若我有一碗水，我会给学生们一碗半。"

孙春丽解释她这句话说："为什么我说我有一碗水，会给学生们一碗半呢？我把一碗水比作电脑学习方面的知识，我有多少这方面的知识，就全心全意地毫不保留地教给学生们。另半碗水，我认为是做人做事的道理和经营好自己人生的方法。我不光要教给他们电脑操作的知识，还要启发学生们懂得做人做事、经营人生的道理，所以，我说'假若我有一碗水，我会给学生们一碗半'。这么多年来，我一直是这样说的，也是这样做的。"

孙春丽认为，一个人在做一件事情之前，首先是要非常喜欢它，只有喜欢了，才能够去认真做好它。很多刚刚来到学校的学生很迷茫，对学习没有多少兴趣。作为老师，首先就是要引导这些孩子爱上学习，对学习产生兴趣。

所以，她对这些初来乍到的孩子非常关心。在教育教学方面，只要

是学生们初次找她问询有关问题，她都会认真地回答，并根据学生们的爱好，帮助学生选择适合自己的专业学习。

在实际教学中，孙春丽最善于用案例教学，她会和这些学生一起在电脑上边教学边实践，教他们在电脑上制作图案。比如，她在教学中为了鼓励学生，她会问："体验过会飞的感觉吗？今天我可以带领大家一起飞翔。"

然后，她就会一步一步地教学生在电脑上制作飞翔的图案。原来对电脑不感兴趣的孩子，当初次体验了自己在电脑上成功制作的一张桌子、一个圆球时，看到桌子上的球会上蹿下跳时，就会感觉到是那么地神奇有趣，一下子就进入了状态，对电脑充满了好奇，甚至是热爱。

接下来，她会按照教学计划，一个月至少教会学生们 10 个案例，让学生们一一掌握操作的要领，争取人人都学会电脑软件的操作。孩子们在学习中兴趣越来越浓厚，然后就会以发自内心的热爱去学习电脑，整个金马电脑学校的学生，学习风气就被带起来了。

孙春丽把传授知识、教育学生，当成了自己生命中重要的事业。

只要是在课堂上，她的精神就非常兴奋，内心就自然而然地有那种轻松喜悦的感觉，而且越是学生多的时候，她讲课的状态就会越好。她已经将讲课的教案烂熟于心了，根本不用拿教案就能熟练地讲课。

在教学时，她大脑清晰，语言生动，面带微笑，姿态优雅。在讲台上，她就像在舞台上一样，像一个艺术家，在展示自己的信心，在传授自己的知识。她觉着这样的生活，这样的事业，正是她生命中的渴望和追求，是她生命的价值和意义。

孙春丽曾经这样动情地说："我非常喜欢给学生们上课，每一次在课堂上，我都会把自己的心态和精神调理到最佳的境界，我会让自己的教学风格和特色发挥到最理想的状态，像一个有实力的优秀的表演艺术家一样，将最美的东西奉献给学生们，将每一节课都努力上成精品。看到学生们在我的指导下，在电脑上成功制作一个个案例，他们由当初什么都不懂不会，到比葫芦画瓢能做得像模像样，而且越来越好，我的内心非常欣慰，非常激动。那一刻，我好像看到了孩子们最美好的未来。"

孙春丽还说："那时候加班熬夜是很正常的事情，不加班不熬夜才是不正常的事情。有时候为了研究一个新的案例而苦思冥想，不停地反复地去做去实验，有时会跟同事们一起集思广益，共同去探索解决的办法和最好的操作流程。反正不将这个案例研究出来，是绝不会睡觉的，而且每一个新的案例研究完美之后，都会很快教给学生们，在课堂上让学生们去操作完成。这种执着的敬业的劲头和精神，今天说来，还能感动自己和同事们。"

在整个金马电脑学校，她既是校长，也是老师，她还应该是老师中讲课最优秀、最吸引学生的老师。她讲课熟练到不用教案，就能井井有条、生动鲜活地讲解，达到了心随书讲、书随人讲的境界。对于每一个案例的操作，她都可以做到自由掌握，完美无缺。

每一次只要她站在讲台上，下面所有的学生立即就会停止小动作，课堂上寂静得好像掉下一根针都会听到声音。偶尔，也会有哪个班级的某一个学生学习精力不集中，那时她就会停下课程，朝着那个学生微笑着看去，直到那个学生不好意思地低头，然后再抬头开始集中精力听课了，她才会继续微笑着讲课。

她教过的学生和金马电脑学校其他老师教过的学生，后来一批批走上社会，90% 多的人都找到了适合自己的工作，有的还开办了自己的公司做了老板。还有的学生，走出学校，自己创业很成功，没有几年的时间，他们有的就买了房、买了车，过上了比较富裕幸福的生活。

孙春丽说："爱学生，爱我的事业，我无怨无恨。因为热爱，所以执着，我把传授知识、培养学生，当成了我生命的价值和意义。我的心，愿意和我的学生们永远在一起。"

"假若我有一碗水，我会给学生们一碗半。"

　　孙春丽是这样说的，也正是这样做的，她这一生，都在践行着自己这个无私的、可贵的人生信条。

　　或者，这就是奋斗者的初心。或者，这就是孙春丽人生的追求和生命的价值。

第三章
勤勤恳恳，兢兢业业谋发展

金马电脑学校在发展之中，知己知彼，善于发挥优势，扬长避短，将自己所拥有的优势发挥到了极致，促进了学校的规模性发展、跨越性发展、转折性发展。在时代的大潮中，在河南的同类电脑培训学校中，金马电脑学校应运而生，出类拔萃，茁壮成长，声名远播，打造出了"金马"这个金光闪闪的"金字招牌"。在孙春丽的心中，能够打造一番造福社会和国家的壮丽的事业，这是自己愿意穷极一生，也要追求的至高理想和目标。

第一节 知己知彼，发挥优势扬长避短

孙春丽曾经这样说："办学校，其实跟打仗是一样的。战场上要知己知彼，才能百战不殆；不知彼而知己，只能一胜一负；不知彼不知己，每战必殆。在竞争激烈的电脑培训市场上，如果不知道自己的优势和劣势，如果不讲究策略和方法，如果不知道竞争对手的优劣和强弱之处，就很难做到发挥优势，扬长避短，然后带领学校走向成功和长远。"

年轻的孙春丽，面对打拼的事业，能说出这样深刻的道理，足见她的智慧和才能，也足见她对金马电脑学校的发展和未来是如何的用心良苦，她是把全部身心都投入了这个学校的发展之中。

金马电脑学校的快速成长和发展，与她的智慧和才能分不开，与她的用心和谋划分不开，也与马振红的努力分不开，是两个人携手并肩在开创这份远大的理想和事业。

她与他在事业发展之中，能够审时度势，扬长避短，将学校的优势发挥到了极致。当时与其他同类的电脑培训学校相比，金马电脑学校在战略上，显然是略胜一筹的。

金马电脑学校的位置非常好，地处郑州文化路与东风路交会处的郑州市科技市场里面，这本身就是非常大的优势。郑州市科技市场，不仅是郑州的繁华地带，也是中原河南的"硅谷"。当时，全省各地乃至周边省份的不少大客户都来这里批发电脑电器，郑州及周边市县的个体商户和单位家庭一般也来这里购买电脑及办公用品，所以科技市场里聚集了数百家经营电脑、维修电脑的商户，这里每天人头攒动，生意兴隆。

金马电脑学校在科技市场里创立诞生，占尽了地利优势、人和优势，自然也拥有天时的优势，因为这一时期正是电脑普及并不断升级换代的时代。

金马电脑学校的品牌打响之后，前来报名参加电脑培训的人越来越多，加之科技市场的人也是一年比一年多，这让来金马电脑学校报名参加培训的人，每天都要排起长队了。金马电脑学校每年招收的学生，都成倍成倍地增加，从 1000 人到 3000 人，从 3000 人到 5000 人，从 5000 人到 10000 多人。面对越来越多的学生，原来的培训教室已经远远不能满足需要了。

怎么办？科技市场已经没有可租赁的房子办学校了。孙春丽和马振红决定：在科技市场周边建立金马电脑学校的分校区，满足越来越多参加电脑培训学习的学生。

如今担任郑州理工职业学院教务处处长的李庆标，当时是金马电脑学校的学生，也是后来留校执教的老师。李庆标亲身经历并见证了金马电脑学校由小到大、由弱到强一步步发展壮大的历程。

李庆标回忆说：那时金马电脑学校的培训规模不断地扩大，招收的学生越来越多，科技市场的校区已经远远不能满足需要，最后孙院长和马院长他们两个人就决定建立分校。可是建立了一家分校后，还是不够用，就再建立一家分校，就这样不断地发展，学校建立了五六家电脑培训的分校。

2000年以后，我们发展的分校有：在东风路欧洲印象小区租赁房子，建立了学校的机房，供学生们理论学习之后的实践操作；在康复医院租赁了两层楼，当作教室和老师的办公室。后来，这些地方还是不够用，于是在2002年，我们就在科技市场南面不远的白庙城中村的同乐花园小区租赁了一栋楼，将欧洲印象和康复医院的机房设备、学生教室和老师办公室全部迁到了这里，合并形成了一个重要的分校区，我们称它为"白庙校区"。

再后来，还是满足不了越来越多参加电脑培训的学生的学习。于是，孙院长和马院长他们就决定继续扩大校区，继续寻找合适的地点和房子建立分校区。于是，后来我们又在距离科技市场不远的东风路租了一栋楼，用这里的大会议室建立了一个大教室，能容得下300多个学生。

但即使这样，教室还是不够用。2003年，我们又在花园路东风路交叉口北500米的郑州汽车北站对面的黄家庵这个城中村，租赁了一栋楼建立了一个分校。在这里，我们建立了两个教室、两个机房，还有学生的宿舍和餐厅，我就被孙院长马院长派到这个校区做了教师。还记得负责这个校区的老师是马东辉。

在这里要说的是，我们每一个分校的班级建设都很齐全，完全就是按照正规学校的标准去建设。每一个班级里都设有班长，有生活委员，有学习委员，有小组长，还有寝室长，还建立了学生会组织，学生在学校的生活和学习井然有序。个别学生偶尔也会出现吵架、打架等事情，学校就会通过班委会和学生会组织的学生，能够很快地处理平息，保证分校区正常的学习环境。

2005 年，学校发展的规模更大了，年培训学生要达到上万人。当时，我们在郑州高新区石佛村租赁房屋场地，建立了郑州金马电脑学校的数控教学分校区，主要负责机床操作的教学和实习。

这一年，我们还在郑州陇海路与兴华街那里，租赁了一栋 5 层楼加一个小院，建立了一个分校区，也是教学、住宿、餐厅齐全。此外，这一时期孙院长和马院长他们还在科技市场北面的东风路数码港大楼 15 层，买下了 200 平方米的写字楼，在那里建立了一个教室和一个机房。

值得一说的还有，2005 年，我们郑州金马电脑学校经河南省教育部门批准，升格成为"河南金马电脑专修学院"。当年的 5 月 6 日，举行了学校升格揭牌的庆典活动，这是郑州金马电脑学校发展历程中的一个重要节点。2008 年，我们又升格成为"郑州炎黄科技中等专业学校"，跨入了"技能＋学历"的中专学校的行列，这对学校的发展来说具有里程碑式的意义。

从此，我们学校就有了更大的实力和发展机遇，买地建学校搬迁到了新郑龙湖区。金马电脑学校后来也成功升格成为"郑州理工职业学院"，跨入了国家全日制普通高等院校的序列，成为河南省职业教育的特色高校……

孙春丽说："当时我们的电脑培训学校发展势头迅猛，报名的学生每天都有上百人。为了让这些大多数来自农村的孩子能够学到一技之长，也为了学校更大规模地发展，我们就只有建立分校。但我们建立分校有一个原则，就是尽可能地依托科技市场这个优势，把分校建立在科技市场周边，这样就能充分发挥科技市场的诸多优势，更好地培养培训学生，使学生们毕业之后好就业，利于学校的良性发展。"

孙春丽讲述了科技市场这里的诸多优势。

在郑州科技市场这个地方办学，除地理位置优越和人流量特别大之外，它还有很多优势。学生们在学校里学习了电脑硬件和软件的专业知识后，出了校门就可以到科技市场里走一圈长见识，很多在课堂上学不到的知识，在这里都会耳闻目睹，亲身感受，有利于启发和提升他们的学习兴趣和理解能力。

金马电脑学校针对科技市场里边有很多电脑组装企业和商户的优势，与他们签订了合作协议，将大批的毕业生输送给他们，或是由他们向外面的有关企业推荐安排学生的工作。金马电脑学校跟每一个学生都签有就业协议书，在这里培训毕业的学生，学校负责给他们安排工作。

学生们来这里学习电脑操作技术，就是为了自己今后能有一个好的工作机会和一个好的前程，这方面学校为他们解决了后顾之忧。除自主择业的学生以外，90%多的学生一毕业，就能在郑州科技市场或在郑州市的其他单位和企业找到满意的工作。

孙春丽说："我们安排学生就业的优势，是郑州其他同类培训学校无法相比的，这其实就得益于科技市场的天时、地利、人和。"

金马电脑学校在发展壮大中，还积极发挥自身的优势，在电脑培训行业形成自己独特的优势：

学费优势。用最优惠的学费造福学生，占领市场，发展壮大。无论是孙春丽，还是马振红，两个人都来自农村，孙春丽来自豫西南的宝丰县马街村，马振红来自国家级贫困县——嵩县的一个小山村，两个人最熟悉农村农民，也最了解农家孩子成长路途的不容易。

考虑到大部分学生都来自各地的农村，家庭条件都不是太好，学校就把学费收到了最低。那时，学生学习每一个专业的一个软件，只收350元的学费，并且做到包教包会。那时间，北京和周边一些大城市的收费标准一般为1000元到3000元不等，很多来自农村的孩子，因为交不起这样昂贵的学费而不能参加学习。

金马电脑学校知道农村农民和这些孩子的经济困难，就决定将学费彻底降下来。低廉优惠的学费，让学校赢得了全省乃至周边省份农村孩子的青睐，他们口口相传，纷纷找到金马电脑学校报名学习。这也是金马电脑学校能够不断扩大学校规模，不断建立分校的原因，在"舍"与"得"之间，学校赢得了发展的机遇。

实习优势和就业优势。给学生们创造最好的实习环境，让他们更快更熟练地学会一技之长，以利于他们未来的就业。孙春丽认识到，无论学校规模怎么扩张，无论学生有多少，根本的重要的是让学生们有良好的学习和实习环境。况且，报名时学校已经跟每一个学生都签订了包就业的协议，要想让学生们有好的未来，就得拥有好的教学环境和好的实践环境，"进口"容易，"出口"也得顺利。

为此，学校积极与科技市场里面一些有影响的大公司签订了实习就业协议，负责向企业输送人才，而对方则为学生们提供实习环境。这样，就解决了学校部分专业人才的输送问题，给学生们的学习系上了"安全绳"，也帮助学校解决了学生就业的大问题。尤其是学习计算机硬件专业的学生，老师们利用课余时间带着学生们到市场里转一圈，就能让学生们认识很多知识，不仅老师们教学方便，学生们也更容易接受理解课堂上的知识。一些在实习中表现优秀的学生，更是早早地就会被那些老板和企业看中，有不少学生还未到毕业的时间，就已经确定了自己毕业后去往哪个地方了。

包教包会的优势。要让每一个在金马电脑学校学习的学生能够学会技术。学校从当初办学开始，就一直实行包教包会政策，只要学生进了金马电脑学校的大门，不用说你学不会了，就是你不想学，也会引导着你去学习。针对个别资质天赋确实比较差的学生，一个学期学不会的，就第二个学期免费学，直到学会为止，满意为止，找到工作为止。

还有一些学生，因为家里有特别的困难或事情不得不请假，从而影响了一些课程的进度。如果是一两节课或者三五节课，学生回到学校后，老师们都会单独陪他们补课，直到把学生们缺席的课补满并能够跟上班级的学习。如果时间超过太久了，老师们就有权让学生选择跟着下一个新班级的课免费重新学习。

为了让老师们对学生们的学习尽职尽责，学校里特别将老师们的工资奖金与毕业就业的学生数量挂钩。学生的就业率越高，老师的工资奖金就越高；反之，老师就要被降低工资和奖金，这样，就调动了老师们的积极性和责任心。所以，金马电脑学校培训出来的学生，大多都会顺利找到就业的地方，走出校门就能真正成为一个对社会有用的人才。

学校的管理优势。尊重人才，培养人才，一直是学校不变的宗旨。学校一直努力创造条件，让老师们工作得舒心愉快，让每一个老师人尽其才，给他们展现才能的机会。金马电脑学校经常会拿自己跟其他同类学校相比，总结经验，扬长避短，克服自己的不足，发挥自己的长处。

老师们的工作很繁重，很辛苦，学校一直在待遇和人员配备上不亏待大家。每个专业、每个班级都配两位教师，一个主教，一个助教。主教负责理论课和实践课的全部指导工作，助教负责学生机房上机、安全管理及班级日常发生的一些问题。

在工资待遇上，2000年以前，每个主教老师一般工资都能拿到3500元以上，每个助教老师的工资能拿到2000元以上，这在1997年前后，是相当高的工资了，据说比当时普通大学教授的工资水平都高。2000年以后，老师们的工资奖金就更高了，所以大家教学的积极性都很高，老师们谁都不愿意离开"金马"，大家都在努力地教好自己的学生，奉献着自己的才华和力量。作为助教老师，如果代课时间久了，需要向上再发展的，学校就会安排他们到分校区做主教代课，余下的助教位置会有新的员工代替，形成了人才互补的良性发展环境。

金马电脑学校还比较重视人才的引进，把那些优秀的老师引进到学校，参与教学，参与管理，使学校的师资人才实现了良性的补充和更替。而在同一时间的一些同类的学校，因为管理上的失误而留不住人才，就出现了师资短缺的问题。

孙春丽认为，人才的流失，会影响学校的教学质量；教学质量的下滑，又会影响生源；缺少了生源，学校就什么也不用谈了，就无法把学校发展下去。

孙春丽说："我们利用各种优势，发挥各种优势，使学校得到了蓬勃发展的机会。当时，我们的教师人数、学生人数、教室数量、电脑数量和学校规模、学校声誉，可以说在同类学校中是佼佼者。1997 年前，我们教室只有 200 平方米，1998 年扩增到了 600 平方米，2000 年又扩增到了 2000 多平方米，2000 年以后更是迅速扩大到多个分校区。"

正如孙春丽所言，金马电脑学校在发展之中，知己知彼，善于发挥优势，扬长避短，将自己所拥有的优势发挥到了极致，促进了学校的规模性发展、跨越性发展、转折性发展。

在时代的大潮中，在河南的同类电脑培训学校中，金马电脑学校应运而生，出类拔萃，茁壮成长，声名远播，打造出了"金马"这个金光闪闪的"金字招牌"。

第二节　制止风险，关乎学校生死存亡

前进的道路上，总会难免有这样那样的曲折，总会遇到这样那样关乎事业进退的风险，也会因种种原因出现决策、谋划上的战略失误，给蓬勃发展的事业带来风险和危机。

在此生死存亡的关键时刻，就需要一个有远见卓识和战略决断的人，刚毅果断地制止风险的发生，化解有可能到来的发展危机。

2002 年，金马电脑学校就遇到了这样的危机事件。

当时，随着郑州市场上电脑培训学校的增多，以及那些电脑学校采取的不正当的竞争手段，导致了金马电脑学校生源的一部分流失。那时，各家电脑培训学校，特别是那些有实力的电脑培训学校，普遍都加大了广告宣传的力度，深知"酒香也怕巷子深"道理的金马电脑学校，为了在竞争中能够占取先机，也紧跟着加大了广告宣传的力度。

孙春丽是个有清醒认知和战略思考的人。她认为，企业在发展过程中，广告不可少，广告策划很重要，但广告宣传、广告策划如何做？却关系着企业的生死存亡。如果企业能把广告策划做得好，做得恰到好处，既能获得社会和市场的信任，还能让企业进入良性发展的轨道，企业会越做越好；如果没有正确的战略的策划，盲目地不计成本地进行广告宣传的投入，就会给企业带来困难甚至灾难，轻则给企业造成损失，重则会危及企业的存亡。

孙春丽说："广告费投入如果过大，使企业不能承担，造成收不抵支的情况，就会造成企业流动资金的短缺，给企业带来不利发展的局面，甚至会将企业拉入危机重重的泥潭。"

孙春丽回忆说，2002年的"金马"，就遇到了盲目的广告策划，险些给学校造成重大的损失和危机。

2001年的时候，围绕科技市场金马电脑学校的周边，大大小小冒出来了十几家电脑培训学校，他们都在跟金马电脑学校抢学生。有的学校的宣传标语上打出了"学什么内容，送什么东西，学多少专业，免多少项目"等宣传内容，优惠的措施也不断地花样翻新，对不明真相的学生确实很有吸引力，对金马电脑学校确实造成了不小的压力。就连自己的一个亲戚，那时也离开金马电脑学校，与她的男朋友在科技市场附近开办了同样的电脑培训学校，开始与金马电脑学校抢生源。

在这种宣传攻势和抢生源的大战之中，孙春丽与马振红制订了战略宣传的规划。他们原本要在郑州的每条街都做上"金马"的宣传标语，但无奈市政不允许，最后决定与郑州的有关商户联合做门头广告，费用由金马电脑学校负责。大的门头广告每个需要2万元左右，小的门头广告每个需要5千元左右，商户占广告2/3的位置，金马占广告1/3的位置。说干就干，"金马"的这项广告宣传计划，迅速在郑州推开，广告费先后大约花了有200多万元，也达到了预期中的良好效果。

金马在竞争中自身就占据着地理优势、规模优势，现在又占据了广告优势，培训业务迅速发展，势不可当。在这次广告布局中，金马电脑学校站得高，看得远，谋划到位，舍得在出资上"吃亏"，一下子就赢得了发展的优势。

如果按照这个广告策划发展下去，金马电脑学校在一定规模的广告宣传推动下，培训业务的发展应该是健康的、良性的。但事情的发展，有时往往会随着时间的推移和人事的变化而变化。

2002 年的时候，孙春丽怀孕了，她的老公马振红就把伯父请来帮助做些管理方面的事情。伯父到来之后，确实减轻了孙春丽的压力，这样她就不用天天在学校盯着了。但与伯父之间，毕竟是两代人，思想是有代沟的，往往在一些事情上、看法上，意见不能够统一，有很多事情的处理方法也不一样。

于是，这位长辈在管理方面就出现了一些问题，使学校的部分老师产生了一些不满和意见，可碍于这种亲戚关系，老师们心里有意见，却又不敢告诉孙春丽和马振红，使一些工作出现了小小的被动。

如果说这些管理上小问题小意见出现之后还可以纠正和弥补的话，而他在广告宣传上所做的一个可怕的方案，一旦开始实施，将会给学校的发展带来致命的损失。

那天，孙春丽在家里坐不住，心里总感觉有什么事情，于是她就赶到了学校。在学校里，她突然发现伯父已经策划制定了一个可怕的宣传方案，相关的广告公司已经来到了学校，正准备要签订广告合作的合同。

孙春丽拿过合同的文本仔细地查看，发现伯父制定了一个在全省全面铺开的庞大的广告宣传方案。按照合同约定，将要在全省各地制作 500 个门头广告。这些年来，孙春丽不但负责学校的教学管理，而且负责学校的财务管理，她对学校的家底自然十分清楚，收入多少，支出多少，心里也有合理的规划。但如果按这个广告合同来执行的话，每年的广告费至少需要 1000 万元，甚至 1000 万也打不住。

她心里十分清楚，按照学校目前的收入，根本不能支撑这样庞大的广告开支。因为目前学校的收入每年大概也就在 600 万左右，而且这只是毛收入，利润有限，学校还需要给教职员工发工资、发奖金，还要购置相关的教学设备，就算是再创办同样规模的三两所学校，收入加在一起，也不一定够一年广告费的开支。

如果这个合同签订了，执行了，恐怕学校三五年内都将入不敷出。如果学校出现其他意外的风险，那就将是致命的！

孙春丽细思极恐。于是，她很郑重很严肃地将这些道理跟这位伯父讲了，不管伯父明不明白，愿不愿意，孙春丽最终果断将这次待签的广告合同废止了。

孙春丽说："如果这个合同不废止，一旦开始执行的话，那金马学校就将陷入负债的危机，就可能在以后的教学中天天要应付广告公司的讨债，因为学校不可能有那么多的钱给广告公司付广告费。这次合同的废止，惹得这位伯父非常不高兴，对我很有意见。但事关学校的生死存亡，我绝不会让步。我一直很庆幸，那天我刚好去到了学校，发现了这一问题，如果不是这样的话，我真不敢想象那可怕的后果！"

孙春丽还说："我觉得学校的发展是需要内外协调统一的，外部宣传固然重要，但绝不能为了面子不计成本，不计代价，盲目扩张，盲目策划，盲目宣传，这不仅不能通过广告宣传推动学校的良性健康发展，而且还要为此付出不可预测的沉重的代价。只有通过合理的广告投入和宣传，才能给学校和学生带来实质性的利好，才能赢得越来越好的口碑，才能使学校能够在商海中抵风雨、抗击打，一步一步持续稳固地发展，学校的前途命运才会越来越好。"

年轻的孙春丽，不断地在时代的大潮中遨游搏击，在电脑培训的市场中摸爬滚打，已经历练得越来越成熟，越来越富有实践实战的丰富经验。

远大的奋斗理想，点燃着她生命中的激情，激励着她不断地迈向更高远的目标。

第三节　投身事业，做人格独立女强人

人在这个社会上生存，有时会面临难以抉择的事情，但又必须要抉择；在这个世界上走路，不可能一直有平坦的路让你走，有时你必须在十字路口选择一条正确的前行之路。

人生不可能让你永远沐浴春风雨露，最终会让你尝尽这世间的酸甜苦辣咸。但正是这样的生命之路，才会让一个人的人生，历经人世间的风霜雨雪而长大成熟，最终像一棵青绿的树苗一样，经风沐雨长成伸向天空的大树。

20多岁的孙春丽，在她的青春岁月里，经历了打工的艰辛，经历了工作的历练，经历了创业的磨砺，又经历了婚姻生活的沉淀和感悟，使她对自己的人生之路，很早就有了明确的选择。

一边是婚姻和生活，一边是人生与事业。

她毅然决然地选择了以事业为重。

她认为，一个女人，除了婚姻和生活，最重要的是自己的人生，要有事业做支撑。

她热爱家庭，她更热爱事业。她说："女人一定要努力尝试着投身事业，努力实现经济独立和人格独立，做一个独立自强的女人。"

在努力做好金马电脑学校这份事业和努力经营自己的家庭生活的同时，她反思总结自己的人生之路，从生活的点点滴滴之中感悟生命，厘清婚姻和生活、人生与事业的关系。

她认为，女人要有独立的人格。女人不能有"嫁皇帝不愁、嫁王侯不忧"的思想，更不能有"嫁鸡随鸡、嫁狗随狗"的思想。无数的事实证明，作为女人不能有依赖思想，你越是想依靠男人，你就越无法自强，最终受伤的是自己。

孙春丽说，作为女人，要努力做经济独立的人。这就需要女人努力去干一份事业，把自己的人生与事业衔接到一起。如果女人没有自己的一份事业和工作，就很难做到经济上的独立。没有经济上的独立，也就很难做到人格上的独立。女人无论嫁得有多好，都需要有自己的事业，自己的爱好，自己的追求，这样的人生才可能活出精彩和价值。

女人要有一种积极向上的心态，有一颗善良热情的心，这是一个女人做人做事的根本。有了这种积极向上的心态、善良热情的心，就能热爱自己的家庭、热爱自己的事业。

女人爱这个家，就要不断地为这个家做美好的事情，用乐观的向上的心态，去引领这个家庭的成员改变自己，努力上进，让丈夫有干事创业的目标，让孩子有学习奋斗的目标。也许会有这样那样不满意的地方，但如果一个女人能够坚持去引领和助推，这个家庭一定会变得越来越好的。如果一个女人只靠温柔的付出，就想赢得男人的理解、尊重和爱，美好的梦想有时往往会落得一身的空。

有人问孙春丽：在生活中，你是愿意做一个追马的女人，还是种草的女人？

孙春丽非常果断地回答："种草！"

孙春丽说，追马的女人有时会付出惨重的代价，就算你追上了那匹马，有一天外面的草吃完了，它还是会跑的。而种草，看似很辛苦的事情，但却会把马儿引回来，围着你吃草奔跑。这世间有很多女子，因为没有悟出这个道理，才导致了婚姻的矛盾，又因为矛盾而破裂。

女人爱事业，就要大胆地去创业。在创业的路上，要和自己的爱人保持同一个高度。像老子所说的"上善若水"一样，你高，我便退去，你低，我便涌出，时刻保持着不离不弃、似近非近、似远非远，既不显耀，也不自卑，永远保持热情乐观、积极向上的人生态度。

在前进的路上，陪伴是最好的，但是大多数男人讨厌女人的捆绑，总觉着这样自己没面子，男人会活得没有尊严，会因此把自己所有的无能全赖在女人的身上，所以，两个人保持一定的距离，也是很重要的分寸。在家里，可以卿卿我我，在单位里，一定要保持尊重，像与同事们一样地相处。

有个朋友曾经问孙春丽，你跟你老公在单位里怎么相处？怎么才能相处好并有利于工作？

孙春丽回答了她这个问题。她说："你怎么跟外面的人相处？就跟老公怎么相处，你心里知道是一家人，但是你要把他当领导、当同事看，该讨论讨论，该说事说事，该做事做事，甚至意见不合时，该争论争论。但我的分寸是，尽量给爱面子的男人一点面子，不必当面争得面红耳赤。时间会证明一切，实践中的工作，也会证明一切，对的就是对的，错的就是错的。这样，男人可能就会对女人更尊重，也会从心里更热爱自己的家庭，甚至从心里对女人产生敬佩。"

孙春丽对她的朋友讲过一个道理。她说："如果你把男人禁锢得太紧，他反而会挣脱了你手里的缰绳跑掉。女人如果非要男人在所有的事情上都听自己的，肯定是大错特错。有人把男人比作手中的沙子，你越是握得紧，沙子就会从手心里流得越快，手中的沙子就会越来越少。你轻轻地握住沙子，它反倒不会流失，至少不会流失得那么多。"

孙春丽告诉了她朋友一个生动的例子，这个例子就发生在她身边的一位女性朋友的身上。

这位女性朋友的男人在外面打拼事业，女人在家做贤妻良母，应该说，也算是让人羡慕的一个很不错的家庭。可是二零零几年，他们的事业正在向上爬坡的时候，两个人发生了矛盾。女的说，男的天天不回家；男的说，女的好像泼妇一样，回家就害怕两个人闹。一闹二不闹，后来男人的公司就垮掉了，男人也就此玩起了失踪，女人就发了疯地找。这样失踪的日子，一晃就是 10 年，在孩子 15 岁那年，两个人经法院宣判，终于离婚了。这 10 年，两败俱伤，男人一事无成，女人带着孩子穷困潦倒。

如果用很形象的比喻来形容他们家的情景：这一家人就像同时掉进了大海里的人，三口人谁都不会游泳，更不懂得怎么自救，妻子拽着丈夫的腿，女儿拽着妻子的腿，丈夫拼命向上游，可是力量太小，最后选择了自暴自弃。现实中像这样的婚姻越来越多，年轻的夫妻经不起现实的考验，往往因生活中的一点波折和困难，就会分道扬镳。其实夫妻之间，应该更多的是相互支持，相互包容，相互理解，不要把对方看得太紧，否则对方窒息了还怎么创造未来？

孙春丽还告诉她的朋友："做一个有职业的女人，或者说做一个女强人，就要专注于一件事，爱上这件事。只有把自己的事业做好，才能够让自己在经济上独立，人格上独立。"

除此之外，她的感悟是：女人们一定要多读书，尤其在闲下来的时候，读书可以解决你的精神寂寞，可以提高你的修养内涵，可以让你的口才变得越来越好，人也会变得越来越有精神、气质和自信。

孙春丽在她当年的工作日志上，曾经记下了网络上一段励志的短句，是专门讲给女人们的话：

女人的存在，才是男人飞向成功的翅膀。

女人，也许你的生活并不富裕，甚至并不幸福，但请你在出门的时候，一定要把自己打扮得清清爽爽，漂漂亮亮。然后，昂头挺胸，面带微笑，从容自若地面对生活，这就是精神。

女人，你是撑起自己强大内心的唯一的风帆，只有你自己真正自立自强起来了，那才是真正的精彩和强大。

女人，请你对生活多一份热爱，多一份憧憬吧，不要把幸福系在别人的身上，仰望别人的生活。

女人，请你不断地给自己充电吧，去书中遨游，用丰润的知识静静地滋养你的内心和灵魂。

女人，你的服饰不一定非要是名牌，只要你穿着得体而自信，你就一定会穿出自己的风格，那也是一种优雅。

女人，你越是在逆境中的时候，越要把脊梁挺得直直的，脸上始终要保持着明亮的阳光一样的笑容，你需要的就是这份自信。

女人，请你一定要为自己投资，因为你是上帝安排来到滚滚红尘增光添彩的人，你一定要努力把自己变成一道亮丽的风景。

……

孙春丽说："我爱家庭，更爱事业，我一直在努力干事，想做个女强人，不负自己的理想和追求。人这一生，生不带来一根草，走也带不去一块砖，能多为这个社会培养人才、创造财富，这才是我人生最大的快乐和价值。"

面对孙春丽这样一个积极、乐观、向上和坚强、刚毅、勇敢的人，面对这样一个在青春岁月里就如此有思想、有见地、有追求的人，她的事业，她的成功，她的精彩，都将会如约而至。

人生虽有曲折跌宕，然奋斗的生命，多有圆满功成。

第四节　"就业课"，给孩子们希望和光

如果一个孩子在学校里能够学到基本知识和技能，能学到做人做事的智慧和本领，那么对他走出校园、走进社会、经营好自己的人生和未来，将有极大的裨益和帮助。

在金马电脑学校里，孙春丽教给孩子们的就不仅只是电脑的理论知识和操作技能，她还教给他们如何在未来经营好自己的人生的方法。她通过她的"就业课"，启发孩子们如何走出校门后，先就业，再择业，然后再创业的道理和实践经验。

在此，特将她当年给即将在金马电脑学校毕业的毕业班学生，所讲授的"就业课"的主要内容整理记录于此，以期让本书的青年读者，能够读到当年孙春丽在讲坛上那生动鲜活的"就业课"，更希望能够对他们今天的人生和事业有所启发、感悟和帮助。

各位同学好！今天，我们不讲电脑的理论课，今天我给大家讲一节关系到我们毕业之后就业生存的课，名字就叫《我的就业课》。

在人类历史和社会的进步与发展之中，无论是直接经验，或者是间接经验，都是人生最宝贵的财富。丰富而宝贵的社会经验、人生经验和实践经验，将是你用多少金钱都买不到的无价之宝。我们在人生的路上、择业的路上、创业的路上，这些经验如果我们悟通了、悟透了、悟懂了，就会帮助我们省去很多金钱和关系，帮助我们去实现人生的理想和追求，帮助我们最终走向成功的彼岸。

你们马上就要从金马电脑学校毕业走上社会了，你们未来的人生面临的将是就业、择业和创业。希望这节《我的就业课》，能够给你们一定的启发和感悟、帮助和裨益。

作为校长，作为老师，我希望你们每一个学生从离开学校的那刻起，就脚踏实地地去学会打工。对，就是打工，因为打工可以锻造我们、磨炼我们，培养我们吃苦耐劳的精神，同时，也会从打工中让我们成长、成熟，并从中总结人生的经验和认识社会的经验。

我们毕业之后先打工，其实有着很多有利的东西。打工可以让我们掌握很多在课堂上学不到的东西，它既是人生历练的开始，也是掌握宝贵经验最好的地方。也许，我们打工的地方环境会不太好，甚至很艰苦，但有时越是环境相对艰苦的地方，越能锻造人才，磨炼你的意志。假如你能够遇到愿意培养你，在背后支持你、磨砺你的老板，那就更应该感谢、感恩、感激。因为老板对你越严越狠，越是能够锻炼你的心智和毅力。

其实，这是你人生成长的开始，请不要觉得委屈。

唐僧取经，历经九九八十一难，最终到达西天见到了佛祖，取回了真经。中国工农红军走过两万五千里长征，才摆脱了国民党的重兵，安全到达陕北延安。想一想，历史上许许多多的人与事，没有什么事可以随随便便地让一个人成功。我们不能幻想，幻想一走出校门就当上老板，成就一番事业，迎来人生的辉煌，那是虚无缥缈不可能的事情。

知道我们很多的学生，其实都是家中的宝贝，是父母心中的希望和骄傲。你们在家时，父母可能很少让你们干过家务活，只是要求你们努力学习，希望你们将来有一个好前途。其实，这样培养孩子本来就是个误区，使你们日后进入社会时缺少独立生存的能力。

我所知道和了解的是，在欧美一些西方发达的国家，不少家庭在教育孩子方面，他们从小就开始了，既严格又宽松。他们比较注重孩子的个性发展，孩子从小喜欢什么？爱好什么？父母都会随着孩子的成长，支持他们，鼓励他们，让他们亲自动手去操作，失败了也不重要，锻炼孩子们的能力而已。

我觉得这样的教育方法是对的，是比较科学的。

比如孩子在学走路的时候，如果孩子摔倒了，他们做父母的看着就笑笑，鼓励孩子自己站起来，能不帮助就不帮助，能不拉一把就不拉一把，孩子有时就能一下一下地努力地站起来。那么在我们中国，很多家庭的孩子在小时候学走路时，只要一摔倒，父母就会非常心疼地拉起孩子，或者是抱起孩子，这就有点娇惯溺爱孩子了，不利于培养孩子的自信心，不利于孩子们的锻炼成长。现在许多的孩子，在家靠父母养着，走入社会了还在做"啃老族"，还在依靠依赖父母，像是永远也长不大的孩子。

现在的社会，是一个竞争越来越激烈的社会，是一个有脑要动脑，有手要动手，甚至是手脑并用的时代。如今的社会你要想生存，就必须要独立，要克服从小在家庭教育中养成的不良习惯。成长的路上，不是用金钱就能换回成功的。有的孩子会说，反正我家有钱，我父母有钱，我爷爷奶奶有钱，我不用去打工，就不愁吃不愁喝，会有很好的生活。有的孩子甚至会说，只要我学习了，等走入了社会，父母会资助我，给我钱来创业当老板的，我不用去选择打工，直接就可以当老板。

是的，同学们，创业是需要钱，钱固然很重要，但比金钱更可贵的是干事创业的宝贵经验，你有吗？你没有。你直接拿上父母的钱当老板，看上去风风光光，其实那是很危险的事情。

如果你没有成熟的经验，你就不要一开始就创业当老板，如果是小打小闹，风险还可控，如果是大干大投资，你会在创业之中尝遍艰辛，甚至会走向惨败，那损失可能就会很大。因为你不知道如何组织团队，如何引领员工们开拓。也许你的钱能够支撑一年两年，但三年五年还能这样干吗？在生活和实践当中，一年都支撑不下去，就会关门大吉。因为你不是天才的创业者，因为你不是美国的比尔盖茨、中国的马云。

我认为，我们要有正确的认识，要把自己当作一般的普通人，我们不要一毕业，一走出校门就去创业。一般来说，这样容易在人生的起跑线上摔跟头，或者摔大跟头。最好的办法是，你喜欢哪个职业，就去哪个职业的公司单位打工，少则打上一年工，多则打上两年工，甚至更长的时间，这样就能够不断总结经验，为自己未来的创业打下好基础，这样稳步地走，一步一步地来，才是稳妥的人生，才会走向成功。

我的总结和建议就是：先就业，再择业，然后再创业。这是青年学生们应该考虑的人生事业之路。

我曾经遇到过一个很成功的酒店老板，他曾经谈了他的就业、择业、创业的经历。

这个老板毕业前在职业学校学的是调酒专业。毕业之后，他就应聘来到一家酒店打工。他刚开始找工作非常不顺，因为这个专业是冷门专业，有的酒店不需要这样的人才，大的酒店人家看不上他的学历，包括他的形象。无奈，他只好选择一家星级酒店做服务生。

这家酒店恰巧有调酒这项工作，但他的形象一般、技术一般，就是个刚刚毕业的学生，即便酒店老板知道他学的是调酒，也不可能让他去调一杯几百元、几千元乃至上万元的好酒。他知道自己的不足，就踏踏实实、安安心心地做自己的服务生，非常认真卖力地干活，赢得了师傅和经理的好感和信任。

他是个很用心的人，利用自己工作期间的便利，在不断地偷偷地学习酒店那位调酒师傅的调酒技巧，看他先倒什么酒，再倒什么酒，然后按什么比例、什么方法调制出颜色美观、口感舒适的美酒。一天一天地，慢慢地他就将那位调酒师傅调酒的技术方法熟记于心了。

人们说，机遇都是给有准备的人准备的。这话经过无数人的验证是正确的。你看，这个做酒店服务生的朋友，他人生的机会终于来了。

有一天，这个酒店的调酒师傅家里有大事了，不得不请假回家去处理，这下子让酒店的老板慌了神。因为这个酒店每天都要招待客人，不少客人都要喝这个调酒师调出来的美酒呀。正在这位酒店老板为此忧心忡忡、抓耳挠腮的时候，这个服务生来到老板的面前，大胆地说："总经理，我可不可以试一试为酒店调酒？"

这个酒店的老板一看，说话的正是那个学调酒专业的服务生，并知道他已在酒店做服务生快要两年了，就说道："你可以试试。"

这个服务生就开始试着调酒，很快调出了一杯五颜六色的鸡尾酒。酒店的老板品了之后，很惊诧也很高兴地竖起大拇指说道："好，好！很成功！"

于是，总经理就让他给客人开始调酒。他调的酒很好喝，无论是颜色，还是口感，都很受客人们的喜欢。

在酒店急需调酒师的关键时刻，这个打工的酒店服务生，以自己平时学习的技术，帮助酒店度过了尴尬时刻，保住了酒店的美好信誉。同时，他也以此给自己创造了人生的机会，迎来了事业的成功。

从此之后，他就成为这家酒店的又一名调酒师，从酒店的一名服务生，直接调升为前台的调酒师，工资比起服务生翻了几倍。当服务员时，他只有 1200 元左右的工资；当上调酒师后，他的工资发到了 5000 多元。

又经过 5 年的时间，他从前台的调酒师，干到了前台的销售、前台的经理。五年的时间里，他学到了许许多多酒店管理的知识和经验。

他从一个身无分文的穷学生、打工仔，变成了一名有高薪的调酒师，最后干到了酒店的高层领导。再后来，他就自己做了一家大酒店，因为有丰富的经验，懂经营，会管理，善用人，生意干得红红火火。现在，他更是打造了一个规模很大的酒店集团，形成了全国连锁经营的模式。

用他自己的话讲，如果不是打工的生涯，如果不是勤学苦练的这些经历，就不会成就他现在红红火火的人生和事业。

是的，从他的摸爬滚打的人生经验和创业成功的经验来看，我们走出校门的每一个青年学生，不要好高骛远，应该踏踏实实地去走自己的人生之路。只要我们有理想、有目标、有追求、有方向，奋斗和努力，早晚会让我们成就自己的人生和事业。

我记得北京清华大学的一位教授，在传授他教学的经验时说：30 年前，我对自己所教的那批大学生曾做过毕业前的调查：一个班有 50 多个学生，其中 1/3 的学生是有人生规划的，并且人生目标十分清晰，他甚至清楚地记得每个学生今后的职业规划。30 年后的一次师生大聚会上，他印象中的那 1/3 的学生，事业很成功，人生之路走得很好，有的成了企业领导，有的成了国家干部，有的自己当了大老板。

这位教授说："我很欣慰！"

教授还不无遗憾地说："那些人生目标不清晰，或没有人生规划的学生们，如今生活比较平平淡淡，人生和事业比起那些有理想有目标的学生，差得比较远。"

这位清华大学教授所举的例子告诉我们：人生不能没有目标，不能没有理想，不能没有计划，哪怕是短暂的规划也得有啊，不能浑浑噩噩、糊糊涂涂地去生活。那样，你就会毁掉自己的人生和前途，到了你五六十岁一事无成的时候，你就会不住地叹息，不住地后悔，但为时已晚。

专家们曾经调查过，在这个社会上，大概 70% 的人碌碌无为，只有 30% 的人能够靠着规划赢得成功，而且人生的规划是分阶段性的。大约 30 岁能干什么？40 岁能够成就什么？50 岁能完成什么？60 岁还能驾驭什么？随着年龄的增长，要不断地给自己的人生以规划。尤其是而立之年，这个时期的规划最为重要。如果 30 岁之前将自己的功底打实了，今后就会比较容易地去发展自己的事业，实现自己的理想和目标，创造一番事业甚至是辉煌的事业。

人生成长的过程不仅需要经验，还需要在经验中不断提炼智慧。同样是两个人，同时进了同一个企业或单位，若干年后，一个成了领导，一个还是在基层默默地干着，而命运的背后，靠的是你有没有掌握人生的经验，拥有智慧的大脑。

我讲一个故事，大家就会明白，人与人之间为什么随着时间的推移会有不同的差距？会发生比较大的变化？

这个故事中有两个人物或者叫主人公，两家人都住在高高的山坡上。因为这里缺水，两家人都靠挑水养活自己的家人，一天两天，一年两年，都过着这样艰苦的生活。后来，其中的一家人跟另一家人商量着造渠引水，另一家人不同意，说那太苦太累了。倡导造渠引水的这家人并没有失去信心，一家人开始为造渠引水艰苦地劳动，一年两年过去了，三年五年过去了，10 年过去了，一条引水的渠终于流到了山坡上。造渠引水的这家人，从此喝上了清凉凉的山泉水。而另一家人，因为山坡隔着山坡，只能一桶一桶地往家里挑水吃，望渠兴叹，苦不堪言。

这个故事告诉我们：一个人在年轻的时候，一是要有理想、有目标、有追求；二是一个人不要怕吃苦、怕劳动，只要努力奋斗，持之以恒，就会赢得应有的成功。

同学们，你们即将要踏入这个社会了，就要面临生活的百般考验了，请记住老师的话，记住关于就业、择业、创业的例子和经验，沿着你理想的道路去追求和奋斗吧！

亲爱的学生们，老师愿你们每一个人都能在未来的人生之路上，靠努力和奋斗成就自己的梦想和事业，把人生的命运牢牢掌握在自己的手中……

今天，我们再看孙春丽的"就业课"，依然对即将走出校门踏入社会的大学生青年们有很大的帮助和裨益。

她的"就业课"，给予孩子们的是希望和光。

多年来，从金马电脑学校走出的千千万万个学生，因为他们有技术、有追求、有目标、有方向，很多都找到了自己的归属，成就了自己的事业。有的进了国有企业、民营企业当了高级行政主管，有的进了党政事业部门成了公务员或地方领导，有的自己创办企业当了老板，成就了一番红红火火的事业。

让每一个孩子都有一个美好的人生和前程，是金马电脑学校最大的愿望和理想，也是学校创立者孙春丽永远的初心和追求，是她最开心最快乐的价值追求。

第五节　学会管理，其实是一门大学问

一个单位的兴衰荣辱，某种意义上与管理大有关系。

从 1995 年到 2005 年，郑州金马电脑学校走过了十年的风雨历程，这其中有多少酸甜苦辣？有多少委曲求全？有多少光荣骄傲？作为一个创业者、奋斗者，孙春丽丝丝缕缕最清楚。

她不断从中感悟总结，深深懂得，学会管理，其实是一门大学问。

许多企业创业初期，都曾遭遇过没有经验、不善管理的情况。因为创业者不懂管理，不善经营，最终导致企业在发展中走下坡路，半死不活，或者最终垮掉。而有一些企业的创业者，因为勤学习、善总结，从实践中感悟学习并懂得了管理，而使企业在激烈的市场竞争中脱颖而

出，事业得到蓬勃发展。

金马电脑学校在发展过程中，在管理上也存在这样那样的不足，即便孙春丽很努力，试图在管理上上一个层次，有时也挡不住企业高层管理者因为不善管理缺少经验，而给学校带来失误和损失。好在她一直有清醒的认识，一直在用自己的力量和整个团队的力量，在改变着学校高层管理者管理经验不足的问题，有时甚至是为了团结和大局忍辱负重地去工作，为的是让来之不易的金马电脑学校，能够在激烈的市场竞争中生存下去并不断发展壮大。

孙春丽说："创业起初，全靠领导带头，员工跟着走，但随着学校的不断壮大发展，管理需要更上一个层次。我们除了自身管理的不足，也在不断地寻找新的高水平的管理者，但前来应聘的管理者，要么不懂技术，要么不懂管理，造成的管理者管理水平不足的问题，使领导与员工之间出现信任上的危机，在工作中有时导致不能有效地最大可能地激发员工的积极性、创造性。最后，学校只能换掉管理经验不足的管理者，继续在社会上招聘中高层的管理者，从中发现人才、培养人才。"

创业中摸索出的工作经验告诉孙春丽：一个企业要想发挥好管理的作用，需要每个月或者每个星期开一个例会。但是如何开会？怎么开会？开什么会？安排什么工作？每个人的职责是什么？一定要有目标性、目的性、计划性，不能漫无边际地空谈。要让员工能够通过例会去总结成绩，发现不足，并执行落实学校新的工作，这才是会议的宗旨。这就要求学校的高层管理者，不能在每次会议上没有目标、没有计划、大脑不清、随意发言。如果是这样的话，下面的员工就不知道自己听的是什么？下一步该做什么？就起不到开会应有的作用。

孙春丽一直主张学校的高层管理者要有担当勇气、有责任意识。工作中如果出现了失误或者不足，不能总是怪教职员工，首先要问问自己，问问自己有没有直接的责任，在工作的执行中自己有没有有效地督促、指导和管理？若是没有这些情况，不要一味地指责下属，因为领导首先要做到的，是如何策划好一个方案，如何引导每一个下属去做好本职的工作。

在学校的管理中，针对有的员工做得不到位或者有失误的工作，高层领导首先要自我检讨、总结经验，然后再帮助下属制定详细的策划方案、执行方案，改正工作中的失误和不足。如果高层管理者只是训斥员工、粗暴批评，不能指出改进的方法，长此下去，很难把任何一项工作做好，也很难纠正工作中的不足，使工作更上一个台阶。如果领导不思考不认识自己管理经验的不足，总是埋怨下属的工作能力差，那久而久之，高层管理者就成了下属们眼里的"怨妇"和"祥林嫂"式的人物。

对于学校的中高层会议，孙春丽一向倡导大家开会时，要简明扼要说重点，不要把会议拖得太长太久，那样所有的人听着就会感到无趣，听着听着就会感到心累、神累，最终使会议起不到实际的应有的效果。如果高层领导发言时漫无边际，那么中层干部听起来就会漫不经心，这个耳朵听，那个耳朵扔，领导讲再多的话，下属们也抓不住重点，最终一塌糊涂。

高层管理者应该把自己的讲话控制在 30 分钟以内，无聊的话，无关主题的话，应该不要说。既然讲话了，就要直奔主题，要解决问题，要鼓舞士气，争取每句话都有分量。高层管理者要为自己的每一句话负责任，无论是大事或小事，说话要算数，这叫"君子一言，驷马难追"。

高层管理者不能总是批评下属，更不能指责下属为"无能""笨蛋"等，喋喋不休、絮絮叨叨地指责下属无能，那就会让下属员工失去应有的自尊，失去工作的信心，变得畏手畏脚。如此一来，他们又怎能会发掘自己潜在的能量，去做好自己的本职的工作呢？

孙春丽总结说："做好管理开好会，是企业发展中必不可少的。但是要开好会，做好管理，必须要做好企业发展的方案，认真对待会议议程，尊重每一位员工的工作和自尊。高层管理者讲话要减少啰唆和指责，必须要提升自己的修养和素质。只有这样，才能开应该开的会，收到应该收到的效果，才能通过有效的会议和管理，促进事业的发展和壮大。"

金马电脑学校一路走来，风风雨雨，曲曲折折，一直在稳步发展，并最终在激烈的市场竞争中脱颖而出取得了成功。这得益于高层管理团队不断改变自己，不断取长补短总结管理经验，修正自己的不足和错误，提升自己的修养和素质。

在具体管理学校的过程中，金马电脑学校的高层管理者，做到了尊重下属、信任下属、放权下属，并运用相关的管理制度进行有关细节的监管、审核，调动了中层干部和教职员工的积极性，推动了各项工作健康、顺利地开展，使学校在发展中凝聚了团队的力量，凝聚了集体的力量。

金马电脑学校多年的发展实践，证明了上述理论和工作方法正确。在面对 2003 年的非典疫情时，在面对 2004 年、2005 年竞争对手和有关部门的无情打压时，学校上下出现了团结一致、齐心协力抗疫情，携手并肩、同甘共苦渡难关的局面，整个学校在危急、危难的情况下，形成了前所未有的强大合力。

孙春丽说："聪明的领导培养的员工大多聪明智慧有创造力，不聪明的领导培养的员工个个唯命是从缺少主动性。作为高层领导，尊重下属，学会管理，确实是一门大学问。"

所谓聪明的领导，一定会和下属打成一片，当下属和员工向你请示汇报一件很重要的事情，一定要耐心地倾听，并要耐心冷静地与下属们进行分析研究，共同研究商讨如何将某件事情办得更好。这时候千万不能以工作忙为理由，拒绝下属的汇报，以免影响下属工作的积极性、主动性和创造力。

聪明的领导，学会了尊重下属，就会收到事半功倍的效果，那些下属们就会有一种"士为知己者而死而生"的力量。换句话说，聪明的领导学会了尊重下属，学会了管理员工，自己的人生和事业就成功了一半，自己所管理的企业也就会迈向成功，即便前进的路上有曲折有风雨，也最终挡不住企业的发展。

在金马电脑学校后期的发展之中，学校的高层管理者克服了原来管理工作上存在的简单、粗暴、急躁等缺点和不足，变得越来越成熟，养成了尊重下属、信任下属、放权下属的良好工作作风和管理水平，带动了学校各方面工作的蓬勃发展。

综观金马电脑学校的发展之路，孙春丽与这个团队，不负青春，不负生命，不负时代，不负国家，二十多年来走出了一条铿锵跌宕的发展之路，在时代的大潮中搏风击雨、轰轰烈烈创造了壮丽的事业。

在电脑科技时代来临的时代，孙春丽抓住机遇，勇敢创业，在时代的大潮中展现了青春和奋斗的价值；在电脑培训行业激烈竞争的时代，金马电脑学校以自己富有成效特色的管理，始终在河南业界保持最强的实力；在电脑培训行业即将走入穷途末路的时代，金马电脑学校又实现了华丽转身，跨入了国家全日制高等学校的序列，走上了前途远大、更加辉煌的创业道路。

孙春丽在管理中的思考与思想、认识与认知、高度与魄力，独具个性和魅力。她在创业中所展现的智慧、思想、精神和勇毅，令人钦佩。

金马电脑学校一路走来，能够披荆斩棘，创造辉煌的业绩，孙春丽功莫大焉！

第六节　奋斗初心，爱生活更执着事业

时间如飞花流水，在不经意间静静地变幻，在变幻中变得有声有色。

大千世界，万事万物，都会在时间的变幻流逝中，发生万千之变化。

人生也在岁月的变幻流逝中，随大千世界的变化而变化。对奋斗

者来说，生命在不断的追求与拼搏、创造与奉献中，会变得更加多姿多彩，壮丽无比。

对于孙春丽来说，在流逝的时光里，她没有辜负青春，她一直在奋斗和创造。10 年的打拼，让郑州金马电脑学校声名鹊起，名扬省内外，成为河南省内最优秀最受社会欢迎的电脑培训专业学校。

而立之年的她，已经用一份红红火火的事业，为自己的青春和生命涂抹上了一层最绚烂壮丽的色彩。

面对如此的成就，有的人可能会飘飘然。但孙春丽没有，她始终在思考着自己的人生，更思考着这份事业的未来，也思考着生活与工作的关系。

如何把生活过好？又如何把工作做好？用她的话说，就是爱生活更执着于事业。

她对生活和工作的关系思考了很多，认识得也很深刻。

有的人，面对生活和工作，只说不做；有的人，面对生活和工作，只做不说；还有的人，面对生活和工作，能说会做。孙春丽认为，说和做要具体看情况。当一个人的实力不够时，要多做少说；当一个人的实力达到了，具备领导者的能力了，要边说边做。

金马电脑学校创业的阶段，她选择了多做少说，因为她知道，什么事情你说得多了，做得少了，就不利于事业的发展。她一直认为，在单位里多做事情，就能替员工和下属多分担，自己因为充实而开心，员工们也会因为看到一个踏踏实实、兢兢业业的领导而高兴。

而在自己的家庭中，她选择了边说边做。她认为，在家里多做事情，就是替家人分担，她很开心。她说有时累了一天，回到家里本来是该好好地休息休息，可是看到孩子的时候，一切的累就全部消失了。当自己陪孩子玩的时候，特别开心。那时候，自己在家里展现了一个人最真实的一面，像孩子一样无忧无虑，无比开心。

看到母亲在做菜，就会不由自主地来到厨房，帮着母亲一起做饭。

当看到自己与母亲一起做出几个好吃的菜放到桌上的时候，看到家人们高高兴兴分享自己和母亲一起做的饭菜时，心里会美滋滋地高兴。当看到母亲打扫的房间还有不干净的地方时，自己就会拿起拖把一点一点地把屋子打扫得干干净净，一尘不染，然后很开心。

有时，孙春丽会陪母亲聊天，在轻声细语中就帮着母亲纠正一些生活中的不足。母亲是一个非常勤劳的人，在家里从来都是闲不下来的一个人，从没有因为家里的劳动而叫苦。但母亲爱唠叨，有时候活也干了，唠叨的话也说了，有时会惹家里人不高兴。

孙春丽会跟母亲软声细语地讲：为自己的家人劳动是快乐的事情，如果你心里有烦躁或者不高兴的时候，就不去干，不去做家务，好好地休息休息。您是长辈，没人敢说你什么。可是你又是劳动，又是唠叨，不是出力不落好吗？母亲大多时候听了孙春丽的话，会很理解她的心意心情，有时候就会笑笑。自己的闺女，说什么她都能听得进去。

孙春丽自己说："我喜欢干家务活，家里的人都是自己的亲人，家里每一份付出，都是为了自己最亲最爱的人。我把劳动当成了锻炼身体，把干活当成了对家人最好的爱。上班下班，原本很累，回到家里干起活来，就忘记了累。看到家人们因为自己的劳动而享受到劳动带来的成果，如美好的环境，如可口的饭菜等，就会觉着自己很有成就感、收获感。我一直认为，人活一种精神，当你认为是什么的时候，那就是什么，当你把劳动当作奉献或爱的时候，劳动就是快乐。"

在单位里，孙春丽的角色时而变换。有时候她是领导的形象，有时候她是普通员工的形象。作为学校的领导，每天她都要到每个岗位上走一遍，看一遍，检查一遍。工作中的小细节，别人看不到，但她作为领导的眼睛，看得到，有时她看到了并不去批评员工，而是用行动去做，去做员工没有完成的工作。比如说，她看到办公室的地面打扫得不是很干净，角落里乱七八糟放着拖把和扫帚，她就会顺手帮助整理一下，看到他们办公室的花草已长久没有人修理了，黄枝烂叶都在那儿，她就会顺便帮他们修剪花草的枯枝烂叶。

她说："之所以这么做，是因为环境的干净舒适，能够影响一个人的心情，影响员工们的工作效率。"

对待员工和下属，她从来没有百分之百地要求他们必须完成某一件工作，从来没有要求他们达到完美无缺的地步。因为她认为，从来没有一位员工会在做每件事情的时候，能够达到领导要求的100%的满意度。她用一颗宽容和爱的心，去对待自己的员工和下属，去接受他们把工作做到80%、90%的效果，她觉得员工能做到这个地步，已经是很努力了。工作中，她即便是遇到了一些不满意的事情，也不会当面训斥员工，而是会利用开会的时间，采用对事不对人的方法，讲出那些工作中的不足和不好的现象，同时讲出自己的要求和看法。

孙春丽在工作中很在意细节，她曾经告诉下属和员工：看一个单位、一个公司的管理好不好，就看看他们卫生间的卫生搞得好不好，就会发现问题，就能知道个八八九九。虽然不能因为卫生间的干净与否，就决定他们企业的好坏，至少来说，成功的企业应该注重细节，才能将自己良好的形象展示给外界。

孙春丽说："30岁之前工作和生活几乎不分家，工作中吃简餐那是常有的事情，生活中还想着如何做好明天的工作，天天把自己搞得晕头转向。因为事业在初创阶段、在爬坡阶段，在单位里看到什么做什么，完全没有多少计划，工作怎么做好？生活怎么搞好？很难分得清楚。现在想来，当时真是太拼太拼了，当时吃的是青春的老本，如果是上了年纪这样干，那身体肯定是吃不消的，甚至早就累倒了，累趴下了。"

孙春丽也曾这样感叹说："当我有了孩子后，我才对生活和工作有了新的理解和认识。自己既是母亲、是妻子，更是几千人的学校的负责人、管理者。上班的时候，要准时甚至提前到学校去，做好学校的每一项工作。下班的时候，没有特别的事情，要尽可能地赶回家去，因为家人还等着自己回家一起吃饭。这个时候，我才知道，才意识到，不能拼命去做一切事情，而是需要有计划、有秩序地去开展一切工作，要让生活变得更有意义，让工作变得更加开心。"

作为学校的领导，面对学校在市场竞争中的发展任务，她总是走在员工的前面，引领着员工去做一件又一件的事，干的活和做的事，每每要多于员工。大事情要考虑，小细节要注意，可谓是大事不辞，小事不拘。当然，有时候也因为做事多，忽略了别人的存在，甚至会让一些高层管理者产生不适感。

孙春丽说："我所做的一切，其实都是为了让学校朝着更好的方向发展而努力，有时确实很难让所有的人都满意。"

在拼命干工作的时候，孙春丽有时候也认识到，身体的健康才是革命的本钱。自己也是上有老下有小的人，作为校长的职责，母亲的职责，妻子的职责，儿女的职责，每天除了精精神神健健康康地工作，还要快快乐乐高高兴兴地生活。该吃饭的时候必须吃饭，该工作的时间必须工作。一天之内角色的转变，有时确实能使自己忘了自己是谁，一会儿大，一会儿小，一会儿老，一会儿少，但是自己觉得，这既是没办法的事情，也是自然的事情。

一个爱生活、更爱工作的女强人，生活大概只能如此吧。

为了家庭的安宁，为了事业的稳定和发展，有时委曲求全的事情，忍辱负重的事情，孙春丽也曾一次次地经历，品尝苦辣酸咸的滋味。

在家里，也会跟自己的老公吵架，因为一些家务事儿而生气；在单位里，也会因为一些意见的不统一、不一致，跟同样是学校管理者的丈夫马振红产生分歧，并因为个别原则性问题而激烈争执。可想起自己所创立的事业由小到大、由弱到强，一步一步经风沐雨发展起来、壮大起来，那些委屈，又算得了什么呢？！

在孙春丽的心中，能够打造一番造福社会和国家的壮丽的事业，这是自己愿意穷极一生，也要追求的至高理想和目标。

　　她那颗奋斗的初心，从未改变，也永远不会改变。

　　在匆匆流逝的岁月里，她没有辜负自己的青春和生命，她始终以创造、拼搏和奉献，完美着丰富着自己的人生和理想。

　　奋斗的人生，也从未辜负自己的青春和生命。

第四章
岁月峥嵘，忆往昔奋斗不止

人生与事业在前进和发展过程中，永远不可能是一帆风顺的，有时，还会遇到波折、风险、打击、危机，如果在这样的关口不能沉着冷静、扭转困顿不利，就有可能给人生与事业带来不可预测的风险。年轻的孙春丽，在面对人生与事业的艰难困厄之时，她沉着而冷静，果断而睿智，化不利为有利，变压力为动力，她的魄力和勇毅，她的思想和情怀，决定了她人生之路的宽广，决定了"金马"走向远方的路。

第一节　非典侵袭，团结战斗奋起抗疫

孙春丽说，2003 年的非典疫情虽然过去 20 年了，但当年金马电脑学校全体教职员工和学生团结战斗抗疫情的情景，至今难忘。

那是学校与国家共患难、共风雨、共发展、共成长的岁月。

现在的年轻人，因为没有亲身经历，可能不记得 20 年前的那场疫情。其实，早在 2003 年，人类就经历了一次席卷全球的非典疫情。这是一场令人胆寒的灾难，传染性极强，据说当时全球 32 个国家和地区在短时间内就沦陷其中了，而且致死率高达 11%。

在此，还原一下当年那场令人恐怖的非典疫情的情景。

2003 年年初，正值中国阖家欢乐、团团圆圆的春节即将到来之际，整个中国大地却被非典所带来的乌云深深地笼罩了……

2003 年 2 月 11 日，广东省的各大主流媒体相继报道了广东省出现不明原因肺炎的情况。当时，这些报道的发布，并没有引起人们多大的恐慌，人们都以为这不过是有些人吃了不该吃的东西所引发的病状罢了，凭借着现代医学发达的技术，治好它不是什么问题。就连这些报道病情的媒体，往往都会在文章的最后标注，说有关专家已经将其控制，只等进一步的研究结果出炉之后，就能将其彻底消灭。

当天上午，广州市政府召开了新闻发布会，向大众公布了广州非典的传播情况。当时发言人也在发布会上指出，所有的感染患者的病情均已被控制，请民众放心。有了媒体的报道说明，有了官方的公开表态，人们更加放松了对非典的警惕性。

当时，中国足球队与世界冠军巴西的足球赛照常在广州天河体育中心隆重而热烈地举行，现场有超过 5 万名观众观看了这项赛事。在此之后，罗大佑演唱会，还有其他的一些大规模聚集性活动也照常举行，没有得到任何制止和阻拦。当时，正值广州的旅游高峰，有关部门也没有去控制人口的流动。

然而，就在人们以为这是一场普通的病情会悄然无息地消失时，它却开始暴发了。中国各地和世界各地相继发生了因非典病情而死亡的病例，其所带来的危害、威力，很快让人们开始目瞪口呆、惊慌失措。于是，中国各地开始出现了抢购风，各种食品在抢购，各种消毒产品在抢购，一袋几块钱的板蓝根冲剂，因为据说具有抑制病毒的作用而被疯抢，一夜之间疯狂涨价到 50 元、100 元一袋。

这情景何其相似！让我们想到了全人类从 2020 年开始所共同经历的三年的新冠疫情！

非典的恐怖，很大程度上表现为人们魔幻式的恐怖。毕竟，这是中国人第一次经历的如此大规模、全球性的传染病。

2003 年 3 月 15 日，世界卫生组织正式将非典病情定名为 SARS。

2003 年 4 月 3 日，当时的国家卫生部部长张文康向国内外记者宣布：

中国局部地区发生的非典型肺炎，已经得到了有效控制，现在中国大陆社会稳定，人们工作生活持续正常，在中国生活、工作、旅游都是安全的，在座的各位戴不戴口罩，都是安全的。

事实上，他并不知道当时北京有多少非典病例。2003 年 4 月 20 日，张文康和北京市市长均被免去党内职务。同时，国家公布了北京的病情，当时全国患者共有 1807 例，其中北京占 339 例，最新数字是五天前数字的近十倍。从此，SARS 疫情全国改为每天一报，全面公开，全国人民展开了大规模的抗疫行动。

2003 年 5 月 1 日，北京各大医院非典患者陆续转移到了新建成的小汤山非典定点医院。2003 年 5 月 29 日，北京非典新增病例首现零记录，全国其他省市的疫情也几乎全部停止增长，中国的非典疫情得到有效控制。

2003 年 6 月 24 日，WHO 将中国大陆从非典疫区中除名。

2003 年 7 月 13 日，全球非典患者人数、疑似病例人数均不再增长，世界非典疫情基本结束。根据数据显示，非典期间，全球一共有 8422 个人不幸感染了病毒，死亡人数大约是 919 人……

2003 年春节之后，全国各地的非典疫情不断地传出来，因感染非典而死亡的病例，增加了人们的恐惧心理，医院，火车，飞机，公共场所，都成了不安全的地方。人们都害怕了，尽量不出门，每天都小心翼翼地外出，还要戴着口罩与人交流，人们都不知道什么时候这场疫情才能结束，像极了我们刚刚经历过的新冠疫情。

作为金马电脑学校，因为教职员工和学生比较多，疫情防控面临的形势就更加严峻了。郑州市卫生防疫中心几乎天天要来学校检查消毒记录，问询学校的防疫部署情况、执行情况。

学校招生处受非典影响，前来咨询的学生和家长寥寥无几。刚刚租赁下的分校新校舍，学生减去了一大半。此时此刻，作为学校创立者的孙春丽，压力很大，忧心忡忡。因为学校的房租，一年就需要几十万元，现在的情况是几乎招不到新生，学校也不能正常上课，而学校的后勤杂事的开支，因为疫情的到来反而越来越多。如果疫情无休止地发展蔓延下去，一年将近 200 万的租金和花费从哪里来？长此下去，学校就将面临关门倒闭的那天。

孙春丽带着全体教职员工，每天除了加大疫情防控力度，就是期盼着疫情早日过去，烟消云散。

中国人常说，祸不单行。当学校全力抗击疫情的时候。孙春丽的老公马振红作为学校重要的负责人，那天在办公室突然病了，说是染上了非典病，很厉害，不让人靠近。

这让孙春丽大吃一惊！

孙春丽有一种直觉，她坚决不相信马振红染上了此病。她心里很奇怪，怎么会突然染上非典病呢？她和孩子一直跟他在一起，早上还好好地来上班，怎么突然就染病了？

孙春丽顾不上什么，赶快往楼上跑，几乎是冲上了楼。在楼上遇到了办公室王主任，这个人死活不让孙春丽上去。孙春丽很恼火，觉着王主任太不可思议了。

孙春丽怒不可遏，说道："马老师生病那么严重，又不去医院，又不让我见面，你到底什么意思？我是他的家属，为什么不让我见？走开！"

在孙春丽的怒斥下，这个王主任不敢再阻拦。就这样，孙春丽硬是冲到了马振红的办公室。等她推开门时，看到了让她吃惊的一幕。只见马振红一个人躺在沙发上，目光僵硬呆滞，口角流着白沫，全身不住颤抖。

孙春丽心想，难道真如他们说的，是非典感染了？但她心里不相信这是真的，因为她和马振红包括孩子一直在一起，如果马振红感染了，自己和孩子肯定也会感染，为什么她和孩子没有一点症状？！

孙春丽要靠近马振红，但马振红不让。再靠近，马振红就很急躁愤怒，他大声呵斥，让孙春丽赶快离开这里。

孙春丽很冷静，她没有离开，一直在劝慰马振红。

马振红说，今天一大早，他跟二伯父接触了。他的二伯父刚从南方回来，听说他坐的那趟火车上有病毒感染者。新闻里说，凡是坐这次列车的旅客，一律要进行隔离检查。他的二伯父也是其中一位，但不知是否已被感染?！担心他已经感染上病毒了！

孙春丽冷静地劝说道："坐这趟车的人也不一定所有人都会染上这种病，你不用疑神疑鬼，怀疑自己被感染了，二伯父也未必就被感染了。据说非典的症状是咳嗽，容易传染，你现在又不咳嗽，哪来的肺炎? 我和孩子怎么一点症状都没有? 我们一直在一起，如果你感染了，那我们也早就被感染了。你应该是感冒发烧了，不用担心，如果你感染了，我陪你一块隔离治疗。"

孙春丽的一番话，让马振红平静了下来。然后，孙春丽又劝马振红回家去，马振红同意了，两个人一起下了楼，一起开车回到了住的地方。虽然如此，马振红的内心还是有些担忧和不安，开车的时候禁不住开得很快。孙春丽劝他要冷静，不要有那么多的担心，肯定不是病毒感染了，一定是感冒了。

后来证明，马振红果然是感冒发烧了，之所以出现那样的症状，是受二伯父坐那趟火车的影响，心里担忧过度了。

安排好了马振红在家里治疗身体，孙春丽回到学校还要安排好学校的疫情防控。学校里还有上千名老师和学生，一旦有感染，那就是天大的事情。

在抗击疫情的日子里，金马电脑学校全体教职员工和学生达到了空前的团结，大家每天自觉地量体温，对教室内外进行消毒。虽然有疫情，但学校在做好疫情防控的同时，学生和老师坚持上课，未因疫情而将学习落下了。

2000 年就来到学校的李庆标，对当年金马电脑学校抗击疫情的事情，至今尚历历在目，记忆犹新。

"2003 年春节过后，国内的疫情开始蔓延。孙老师和马老师特别重视疫情的防控工作，不管疫情防控部门过问不过问，都要求我们自己做好防控工作。学校里有这么多学生和老师，而且除了科技市场总校区，还有白庙分校区，一两千人的学校，如果有一个人感染了病毒，那就不得了。"李庆标说，"为了搞好疫病防控，在孙老师主持下学校一遍一遍地开会，大会小会给老师和学生们讲病毒的严重性，提高大家对非典病毒的认识和防范的意识。"

2003 年 11 月 6 日，全国发起了所有地区所有人禁止活动自动隔离七天的防疫措施，李庆标详细讲述了当时学校进行疫情防控的具体措施。

"在严格的七天隔离时间里，学校里像平常一样，每天除了定时上课，就是定时量体温，定时消毒杀菌。孙老师和马老师还从医院里买来防治非典的中草药熬中药汤防疫，光是买中草药的钱听说就花了好几万元。当时学校里架起一口大锅，每天熬汤药，要求每天每人至少量两次体温，消两次毒，喝两次中药汤，每个人都必须做到。"李庆标说，"除此之外，学校的教室、寝室和操场的每一个角落也不放过，每天都派人定时用酒精和 84 水消毒，将学校的每个角角落落都打扫得干干净净，做到消杀灭毒不留任何死角。由于疫情防控做得好，我们金马电脑学校无论是科技市场的总校，还是白庙等地方的分校，在整个疫情防控当中，那么多学生，没有一个学生出现发烧和咳嗽，没有一个学生出现非典感染。"

2003 年这次非典疫情，虽然暂时影响了学校的招生工作，但因为学校的防疫措施搞得好，没有出现一例非典感染者，学生中甚至连感冒发烧的人都没有。学生们口口相传，学校防疫工作如何如何好，在学校里学习如何如何安全，这在社会上引起了良好的反响。疫情解除后，前来金马电脑学校报名参加培训的学生，又重新排起了长队。

谈及 2003 年那次疫情防控，孙春丽很有感慨地说："这次非典疫情，虽然短期内给学校造成了一定的损失，长远地看给学校带来了很多有利的改观。一是通过防疫抗疫，在社会上树立了金马电脑学校正规、可靠、安全的正面形象，为学校今后更大的发展创造了有利条件；二是通过疫情期间严格的环境卫生防控措施，不仅给全校师生创造了一个安全可靠的学习环境，同时也督促学生们由此纠正了很多平时存在的不良的生活习惯，大家从此养成了讲卫生、爱环境的好习惯；三是通过这次疫情防控，让金马电脑学校的高层和中层管理人员、教职员工变得更和谐、更团结、更有凝聚力，同时让学生们增强了在突然来临的自然灾害面前的抗打击能力和信心。"

孙春丽说："一切事情都有利有弊，在这次非典疫情防控中，我们短期内看似损失了一些生源和钱财，但通过好的疫情防控措施，我们不仅没让疫情在我们学校里发生，我们还锤炼了教职员工队伍和管理层的管理水平、自身素质，应该说，我们收获了很多意外的东西。"

当非典疫情彻底结束时，孙春丽的心放松到了极点，再也不因为疫情而为师生们担忧得夜不能寐了。

孙春丽讲述了非典疫情结束时，她异常轻松高兴的心情。

她说，全国七天的疫情隔离期结束之后，全社会的每一个人都彻底恢复自由了，学校的老师和学生都可以大胆地呼吸新鲜的空气了。那时，那刻，我们每一个人的心情都特别地舒畅放松，一下子看到了久违的蓝天和白云，感受到了冬天里那特别特别温暖的灿烂的阳光，感觉到眼睛里的一切的一切，都是那么地美好。

第二节　树大招风，遭遇最大是非厄运

人生与事业在前进和发展过程中，永远不可能是一帆风顺的，有时，还会遇到波折、风险、打击、危机，如果在这样的关口不能沉着冷

静、扭转困顿不利，就有可能给人生与事业带来不可预测的风险。

如果一个人或者一个团队，能够在波折与风险、打击与危机中冷静思考、果断处置，人生和事业就极大可能会化解风险、化害为利，乃至突破重围，走上正确的光明的发展之路，甚至抓住机遇，迅速发展，使人生和事业登上风光无限的高峰。

孙春丽与她所创办的金马电脑学校，就经历过这样曲折跌宕的历程……

2004 年，是金马电脑学校比较麻烦的一年，堪为多事之秋。孙春丽说："这一年，我们遇到了一道难过的坎儿，学校遭遇了意外的难关。"

这一年，学校遭到了郑州市某职能部门的刁难和高额的处罚，不仅使作为学校负责人的孙春丽经受了心理和精神上的磨难，也使学校遭受了巨大的经济损失。

2003 年的非典疫情刚刚过去，学校迎来了快速发展的势头。孙春丽说："学校没有名气的时候，没有人管你，学校有了名气，随之而来的各种矛头也指向了你。"

2004 年春天，北京三维公司的一位销售人员，来到了金马电脑学校，直接找到了孙春丽，目的很明确，就是要推销他们的三维电脑软件。

推销员开门见山说："孙校长好！我是北京三维公司驻郑的销售员，咱们学校有大量的电脑，需要使用三维软件，看看能不能多买几套？"

孙春丽问道："三维软件多少钱一套？"

"我们的三维软件每套 4.3 万元。"

"我们买一套吧。"

听到孙春丽买一套三维软件的话，这个推销员显出很不高兴的样子，说道："一套我们不好卖，你们学校是全郑州全河南最大的电脑培训学校，机房的电脑台数是最多的，根据你们学校的实际情况，你们至少需要买我们 10 套三维教学软件，你们这次就先买 10 套吧。"

可能是认为他们北京三维公司的三维软件当时比较权威，这个销售员说话有点强买强卖的意思。孙春丽对这种强买强卖的行为有点反感。

孙春丽回道："我们暂时用不了那么多软件，这么贵的教学软件，还是先买一套吧。"

两个人的买卖没有谈到一个点上，买卖协议没有达成，这个推销员就悻悻地走了。后来，学校就通过另一家公司订购了两套三维教学软件。

当这个推销员听说学校通过郑州另一家软件公司订了两套三维教学软件后，就又找上了门，非常不高兴，而且态度傲慢地说，他们才是北京三维软件公司中国代理总部驻河南的责任人，他觉得学校订购的这两套三维教学软件没有经他的手，是不对的。于是，他就向北京三维软件中国代理总部打去了电话，要求北京的总部不要以批发价给金马电脑学校提供软件。

他在电话里叽里呱啦地说了一通，最后说："要么这个学校买 10 套三维教学软件，要么就不卖给他们。"

这个推销员还要求学校退掉原先订购的两套三维教学软件。

此时，金马电脑学校已经将购买两套软件的钱，打到了三维软件公司的北京总部，并且总部已经下发了知识产权的许可证。

于是，孙春丽将三维教学软件知识产权许可证拿出来，让这个推销员看了看。这个推销员看到孙春丽拿出的北京总部的三维教学软件支持许可证之后，脸色变得很难看。

而后，他撂下一句话："等着瞧吧！"说完，就愤愤地走了。

这个推销员从学校走后不到一个星期，郑州某部门的人员就闯进了学校。从此，学校的麻烦事就接踵而来了。

那天下午，金马电脑学校白庙校区正在上课。突然，有一帮喝酒喝得醉醺醺的人冲过门卫的拦截，强行闯入了学校，而且直奔学校的三维教学机房。来到机房门口的时候，什么话也不讲，直接破门而入。

他们中一个看上去像头儿的人，指着机房里正在操作实习的学生们，大声地呵斥："快出去，快出去，你们都赶快出去！"

其他几个人听到这个头儿的话，也跟着大声呵斥学生们，驱赶学生们。不等学生们离开教室，就听那个领导模样的人恶狠狠、凶巴巴地对手下的人说道："搬！"

只听一声令下，这些醉醺醺的人就开始搬机房里的电脑。

这时一个叫陈海洋的学校学生，领着几个学生来到了孙春丽的办公室，慌忙忙急匆匆地报告孙春丽："孙校长不好了，不好了，人家抢咱的电脑、抢咱的电脑了！"边说边指向三维教室。

孙春丽说："是什么人敢光天化日之下抢咱的电脑？我们去看看！"

于是，学生们跑在前面，孙春丽赶在后面，急匆匆奔向学校的三维教室。

孙春丽他们赶到三维教室的时候，那帮人已经抱着几台电脑冲出了学校。陈海洋等学生追出学校，与他们在学校外开始抢夺电脑，最终从这群人手中抢回来了被抱走的两台电脑，还有两台电脑被那帮人强行放到车上拉走了。

很快，孙春丽就打听到，原来这帮人是郑州市某管理部门的人，说是他们接到了三维电脑软件公司的举报，举报学校使用了盗版三维软件，侵犯了知识产权，将要对学校予以查处。

果然，一周之后，金马电脑学校就接到了来自某管理部门对学校的高额罚单，罚款金额 50 万元。罚款理由是学校用了盗版软件，侵犯了知识产权，罚单的行政处罚复议期限是 15 天。

从前后发生的事情来看，种种迹象都表明，这肯定是北京三维郑州代理公司与郑州市某部门联手搞的事情。孙春丽认为，既然事情已经发生了，尽快处理才是办法。

孙春丽考虑来考虑去，最后找到了郑州市一家自称能办理此事的律师事务所代办此事。这家律师事务所一直声称，此事没有多大的事情，这个执法部门的依据不足，不能够处罚学校，即使处罚，也不能够使用这种巨额的罚单。

学校也认为，执法部门的 50 万元罚单是没有法律依据的，学校已经拥有知识产权的许可证。根据有关规定，在教学方面，一个教师只需要一套原版的教学软件就足够了，学校的一个机房买一套昂贵的三维软件怎么就不行了？明明学校拥有知识产权许可证，怎么说学校是用了盗版软件？另外根据有关规定，供学校学生学习所用的软件，不能作为盗用，况且学校此时已经拿到了三维软件公司北京总部的授权书和知识产权使用许可证。

学校的工作很繁忙，要处理的事情一件接一件，孙春丽不愿意在这样的烂事上消耗太多的时间。于是，她决定全权委托这家律师事务所与执法部门进行有关交涉，并按照律师事务所的要求，给了他们总共 20 万元的费用，由律师事务所负责将执法部门的事情处理完毕。同时，按照律师事务所的要求，提供了学校所拥有的相关的证明材料。

后来，很长一段时间没有了什么消息，也没有看见执法部门的催交罚款的通知书，学校以为这件事已经被律师事务所处理完毕了，此事已经到此为止了。让学校没有想到的是，这件事情并不是他们想象的这样处理完毕了，而是还没有结束。

2004 年年底的时候，学校再次收到了执法部门的通知，主要内容就是催促学校尽快缴纳罚款，否则将加重处罚。

孙春丽立即给代理此事的律师事务所拨通电话，负责律师事务所事务的人告诉孙春丽，这是他们执法部门的一些人在找事儿，事情已经处理完毕了，20 万元已经请客送礼交罚款了，不用理他们，他们催一催就罢了。

于是，孙春丽就将这件事情放下了。又过了一段时间，到了 2005 年 2 月份快要过年的时候，执法部门又一次发来了催交罚款的通知单。孙春丽感觉到这件事情并不是律师事务所所说的那么简单，此事并没有处理完毕。

这一次，孙春丽自己跑到了这家执法部门的办公楼了解情况。

孙春丽将自己学校已经拿到的授权书知识产权许可证放到执法部门有关人员的办公桌上后，将有关部门对学校的相关规定说了一遍，不认为金马电脑学校侵犯了知识产权。

孙春丽说："这样高额的罚款，在全省从未有过，我们学校实在也很难承受，恳请执法部门对学校宽宏大量，免予处罚，或者象征性地罚一点。"

"你们虽然有什么授权书，但这合理不合法，合法不合理，总之你们已经违法了。"执法部门的相关领导很严肃地告诉孙春丽，"必须对金马电脑学校进行罚款，因为你们学校当时在执法过程中打了执法人员，抢了被执法的电脑，这是很严重的问题，不抓你们的人已经是轻的了，如果再不罚款，那你们就无法无天了，我们的执法人还有什么面子？还有什么尊严？"

事情到了最后，执法部门的领导拍板说："鉴于你们后来的态度比较好，罚单由原来的 50 万元，更改为 25 万元。"

孙春丽认了，这件事情已经前后快要一年的时间了，她真的没有心思在这件烂事上耗费心血了。

本以为学校缴过罚款就完事了，但让孙春丽万万没有料到的是，执法部门并未到此为止，反而将这件事情捅到了媒体，目的就是显示一下他们执法部门的权威，也警告其他电脑培训学校，不要做出类似违规违法的事情。

当时，大小报社都刊登了金马电脑学校因侵犯知识产权被巨额处罚的事情。一时之间，沸沸扬扬，全省各地都知道了金马电脑学校被执法部门处罚的事情。金马电脑学校本来在全省已经很有名了，但"被处罚"这个负面新闻，更将他们的名字宣传到了千家万户。

当时，全省各地有大大小小几百家同类的电脑培训学校，而被罚款且如此高额度罚款,只有金马电脑学校一家,而且还被当作反面典型上了报纸。某市级报纸,甚至用整整一个版的版面,报道了金马电脑学校被执法部门严格处罚的事件。

孙春丽说:"虽然这件事很不公平,但在当时执法混乱的情况下,学校也确实无可奈何。"

面对此事,孙春丽事后很冷静地说:"遇上了这个事情,也是没有办法,这是事业在发展过程中的一道坎儿和灾难,而且很难躲过去。你拿出再多的材料,讲出再多的道理,可执法部门不认你的什么授权书、知识产权许可证,运用他们的执法权力强行进行处罚。如果为此事去打官司的话,可能耗费更长的时间,而且作为一家民办的学校,恐怕官司打下来,也不一定有100%胜算的几率,有可能因为此事给学校带来其他方面的损失。"

孙春丽打定主意:"不在烂事儿上纠缠,努力拼搏向前看,想尽一切办法,搞好我们学校的发展,才是最重要的事情。"

处事不惊,遇事不慌;努力争取,顺其自然;不在烂事儿上纠缠,努力拼搏向前看。年轻的孙春丽,在人生与事业的关键时刻,以她的果断和勇毅,带领着金马电脑学校,披荆斩棘,拼搏向前。

第三节 正义永在,冬去春来柳暗花明

这次高额的罚款事件和媒体的负面报道事件,并没有击垮坚毅沉稳的孙春丽,也没能阻止金马电脑学校的发展。

虽然在短期之内,这些事影响了学校的声誉和生源,但在孙春丽采取的一系列的措施下,金马电脑学校不仅走出了不利局面,而且走上了更好更快更稳健的发展之路……

整个事件发生后,孙春丽带领学校的教职员工不争辩、不埋怨,开始更大力度地致力于学校的内涵建设、文化建设、队伍建设。

孙春丽对这件事思考了很多。她认为，企业面对生存压力、生存危机的时候，企业的领头人非常重要，一定要有坚毅果敢、无所畏惧的精神，一定要针对问题有相应的处置办法，要让员工们看到希望，感受到力量。

孙春丽深刻地认识到，金马电脑学校现在面对的是"三座大山"的压力。这所谓"三座大山"，就是来自社会舆论的压力、同行激烈竞争的压力、外界信任危机的压力。面对这种"生"与"死"的压力，孙春丽认为，必须带领全体教职员工忍辱负重、奋力拼搏，必须杀出一条血路，走出困顿的"死局"，才能走出一条生存发展的道路，好好地活下去。

孙春丽在全校教职员工的大会上说："事情已经过去，我们不能把它当成包袱背在身上，我们要放下包袱，轻装前进。我们不气馁，不泄劲，充满必胜的信心。我们每一个人都要认识到我们学校的优势，并进一步建设好我们的学校，让我们的优势在校园环境、校园文化、教师整体素质上充分体现出来。我们还要全力抓好学校毕业生的就业率，争取让学生就业率保持在 95% 以上。我们一定要有信心并树立这种信心，把我们学校建设成为同类学校中无法超越的学校，以我们无可比拟的实力，告诉全社会：金马电脑学校是河南最优秀的电脑培训学校，是家长们和学生们最值得信赖的学校。"

从此之后，金马电脑学校开始在学校的软实力、硬实力上下功夫，发挥自己的优势，逐步克服"三座大山"带来的不利因素。

为了让全体教职员工对"金马"充满信心，孙春丽帮助大家认识学校的"四大优势"。

孙春丽说："第一，我校地处科技市场这个'硅谷'胜地，学生实习就业环境非常良好，郑州市的其他学校无法对比；第二，学生在我校报名学习的各个专业，收费都是全市全省最低的，没有学校比我们的学费更低更优惠的；第三，我们学校针对不同的学习专业，推出了不同的岗位就业政策，并且与每一个学生签订了包分配包就业的协议，这是其他学校无法做到的；第四，学校和学生之间永远实行一家人的政策，保持零距离，只要在我们学校学习毕业的学生，无论多长时间，什么时候想回来学习，一律免费学习深造，直到学生顺利完成就业或再就业，这更是其他学校做不到的。"

金马电脑学校的这四大优势，通过广告宣传，通过学生的口口相传，在社会上一步一步赢得了良好的信誉，使"金马"因被执法部门巨额处罚，并被媒体相继报道而造成的负面影响越来越小，正面影响越来越大。

前后通过几个月的学习、整顿、建设、提升，"金马"学校的环境面貌焕然一新，校园文化墙令人流连忘返，电脑机房的电脑更新换代，教职工队伍兢兢业业焕发精神，全校学生学习气氛更加浓厚，学校管理层的管理水平也得到很大提高，整个金马电脑学校的总校区和分校区都呈现出一派生机勃勃的景象。

孙春丽说，在那段时间里，金马电脑学校遭到了同行的恶意竞争和挤压。当时郑州的几所实力比较大的电脑培训学校，趁着金马电脑学校被执法部门处罚和媒体进行负面报道的这一机会，出于竞争的需要，就想彻底搞垮搞臭"金马"。

他们一边在媒体上进行大量的广告宣传，以此抬升他们学校的形象；一边组织一些社会闲散人员，围绕金马电脑学校科技市场这个主校区和白庙城中村这个主要的分校区，广泛散布"金马"的谣言，制造"金马"是个黑学校，"金马"是个被执法部门处罚的学校，"金马"是个被媒体批判的学校，以此阻止社会上的学生到"金马"报名参加学习。

鱼目混珠之中，谣言蛊惑之下，确实造成一部分听信谣言的学生，离开了"金马"的报名咨询台，跟随他们到另外的电脑培训学校报名学习。比较惨的是，有的家长和学生被一些"学托"骗到了不正规的"黑学校"，钱财被诈骗一空。即便是有的学生到了其他比较正规的学校，他们的学费也比"金马"的学费高得多。

　　针对这种不利的情况和广告竞争白热化的局面，孙春丽制订了加大广告宣传力度的计划，广泛在郑州有影响力的电视、报纸、杂志等媒体上进行宣传，努力消除前段时间因媒体负面宣传所带来的不利局面，消除那些与"金马"竞争的学校所散布的谣言，全面树立金马电脑学校崭新的形象。

　　特别值得说的是，当时影响力巨大，在全省发行量数十万份的《大河报》的一位女记者，在与孙春丽的接触、了解中，对金马电脑学校的创业发展非常感兴趣，对"金马"前段时间所遭受的处罚以及相关媒体的负面报道有根本不同的看法。她在学校深入采访之后，围绕金马电脑学校这些年的创业发展，以及学校的校园建设、文化建设、责任担当、社会贡献等方面，写出了满满正能量的长篇通讯，在《大河报》上发表了整整两个版面的正面报道。

　　《大河报》的长篇正面报道，社会上引起强烈反响。许多学生和家长在参观了其他电脑培训学校之后，都会慕名来到"金马"学校参观。当他们看到"金马"学校的软件和硬件的实力建设都很过硬，各个方面都远远超过其他自吹自擂的学校时，他们就高高兴兴地在"金马"报名参加学习了。

　　孙春丽回忆说："记得从 2005 年五六月份以后，我们学校招生处的咨询量，每天都会有上百人甚至更多，每天报名上学的学生能够达到 50 人左右，学校的口碑有了彻底的大扭转，压在学校头上那沉重的'三座大山'，彻底被我们推倒了！"

　　冬去春来，柳暗花明。

　　令人骄傲的是，进入 2005 年的下半年，每天前来金马电脑学校报名的家长和学生排起了长队，学校的招生工作异常繁忙。整个下半年，科技市场主校区学生满员，白庙城中村分校区学生满员，陇海路分校区学生满员，花园路计划生育干部学校分校区学生满员。

从此之后，金马电脑学校牢牢地占据了河南电脑培训行业的老大地位，学校多次被评为省市职业教育先进单位，年在校学习的学生突破1万人。

提升品牌质量，推倒"三座大山"；提升内部管理，加强队伍建设；重视校园文化，增大广告宣传。"金马人"用自己的拼搏、奋斗，走出了有自己特色特点的发展之路。

孙春丽十分感慨地说："我们学校的迅速崛起，来源于市场竞争的压力，来源于被打压所造成的各种危机。没有压力，哪能有动力？没有动力，何谈发展？没有竞争，就没有对比；没有对比，就找不出差距，质量和品牌就是在不断的竞争和各种压力的催生下诞生的，既是市场经济的潜在原理，也是人生与事业发展的内在规律。"

"如今，我非常感谢这些外力的助推力量，不得不说，正是因为有了他们的存在和所带来的重重的包围和压力，才有了涅槃重生的我们，才推动了'金马'的不断发展和腾飞。"

从2005年开始，"金马"推倒了压在头上的"三座大山"，开始重新走上跨越发展的道路，犹如一匹腾空而起的"金马"，在中原大地上驰骋奔跃而向前。

2005年7月25日，经河南省教育厅审核批准，郑州金马电脑学校，正式升格为"河南金马电脑专修学院"，河南省教育厅为其颁发了"中华人民共和国民办学校办学许可证"。从此，郑州金马电脑学校名副其实成为河南省唯一一家被国家认证的省级电脑专修学院。

同年，郑州金马电脑学校还先后荣获了如下荣誉：被共青团中央、信息产业部指定为"中国青少年数字文化节郑州组委会"；被《河南科技报》《领导科学》杂志授予"河南科技人才优秀培养基地"；被全国首届媒体信赖的教育品牌评委会评为"品牌教育最强师资奖""品牌教育最佳就业奖""影响中国中部十大职业教育品牌"；被郑州市人事局、郑州市劳动和社会保障局授予"河南省郑州市职业技能教育先进单位"。

年轻的孙春丽，在面对人生与事业的艰难困厄之时，她沉着而冷静，果断而睿智，化不利为有利，变压力为动力，她的魄力和勇毅，她的思想和情怀，决定了她人生之路的宽广，决定了"金马"走向远方的路。

第四节 广告大战，学校陷入风险境地

时间进入 20 世纪初，中国的电脑市场进入了迅猛发展的阶段，计算机不仅成为各个单位办公必不可少的设备，也形成普及之势快速进入了千家万户，成为人们工作、学习、娱乐的工具。

在电脑普及的浪潮之下，电脑技术的培训成为最热门的行业之一。全国各地的计算机学校雨后春笋般诞生，大到都市，小到县城，电脑培训机构、培训学校遍地开花，许多有实力的电脑培训机构和学校开始跨省区开办电脑培训学校。

郑州作为河南省的省会、中国交通大动脉的铁路枢纽，不少办学机构将目光投向了此地。2005 年前后，围绕金马电脑学校和科技市场周边，诞生了几家比较大的电脑培训学校，它们分别是方圆电脑培训学校、绿叶电脑培训学校、新华电脑培训学校等。这些电脑培训学校，多是从外地来到郑州投资开办的，都有比较强的实力。

"狼来了！"

"狼"，真的来了。

每一匹"狼"，都带着野性，非常凶猛。

几家大的电脑培训学校在郑州落地之后，就开始了凶猛的广告投入，不惜代价地在河南的广播、电视、报纸、杂志上做广告，每天的广告宣传密密麻麻、铺天盖地，到处都可见"方圆""绿叶""新华"的广

告。通过这些迅猛的密集的势不可当的广告，短时间之内就在郑州的电脑培训市场上占据了主动地位，对金马电脑学校形成了包围之势、分割之势、打压之势，此等情况对"金马"十分不利。

从 1995 年创办金马电脑学校，一直到 2005 年，金马学校一直采用的是滚动发展的模式。在发展之中，一直也很重视广告的投入，但一直也保持着合理的广告投入，广告投入一般在总收入的 20% 左右，处于正常的良性的发展的阶段。

但进入 2005 年，随着几家比较有实力的电脑培训学校在郑州的崛起，随着他们铺天盖地、不计代价的广告投入，郑州的电脑培训市场的上空，硝烟弥漫，你争我抢，杀声震天。金马电脑学校的广告投入，达到了总收入的 30%，突破了 20% 的常规幅度。

此时的金马电脑学校，正处于爬坡发展的阶段，软件硬件的投入都很大。环境要改善，校园要美化，教职员工工资要提升，奖金也不能少，而广告投放，则更不能少，所有的这些花销开支，使学校全年的收入勉强持平。年底的财务核算数据表明，学校账面上的钱所剩无几，只有区区不足 5 万元。

此时，马振红已经担任了学校的校长职务，主持学校的全面工作。孙春丽担任副校长，主抓财务兼后勤工作。面对这样一个拥有几千名学生、一百多名教师的学校，面对年底财务账面盈余只有区区不足 5 万元的情况，作为主抓财务后勤工作的学校负责人，孙春丽的内心很着急，一直想着如何改善财务状况，提升学校的抗风险能力，为学校后期的发展积累实力。

但此时，业界激烈的竞争情况，使她的这一美好想法很难实现。

进入 2006 年，同行之间的竞争更是进入了白热化。如果金马电脑专修学院广告投入不到位，就会使学校在同行的竞争中处于劣势，甚至会葬送金马电脑学校多年来发展壮大的成果。

学校已经进入了"不在广告中求生，就在广告中死去"的危险境地！

面对如此高压危险的境地，作为学校负责人的马振红和孙春丽，对学校未来的发展思前想后，忧心如焚，两个人围绕着学校的发展和广告的投入问题，进行了多次研究商讨。

马振红决定大幅度增加广告的投入。

马振红认为，占领计算机市场的高地非常重要。针对其他几家电脑培训公司在河南各地狂轰滥炸的广告宣传，金马电脑专修学院的广告宣传不能落后，宁肯压缩其他方面的开支，也必须通过不惜代价的广告宣传，保住金马电脑专修学院在全省计算机培训行业第一名的老大地位。

"酒香也怕巷子深。"虽然此时金马电脑专修学院在河南乃至周边省份都很有知名度，但面对那几家大公司在河南各地，特别是在郑州的疯狂宣传，如果金马电脑专修学院的广告跟不上，可能短期内学校的招生情况还会很好，但从长期看，金马电脑专修学院的发展的势头，势必就会被它们压下去，甚至"金马"的业务会被电脑公司瓜分。

面对计算机行业广告白热化的状况和已经对金马电脑专修学院构成的威胁，孙春丽并不同意马校长"不惜代价"的广告宣传战略。

孙春丽认为，从学校发展的角度看，马校长这一安排的初衷是正确的，是具有战略高度的。校长看的不是眼前的一点利益，而是看到了学校更长远的发展，这一非常时期非常安排，也符合当时市场竞争的激烈局势，此时一定程度上加大广告的投入，没理由不支持。

在这一问题上，此时孙春丽与马振红两个人，意见基本一致，两个人想的都是如何保证学校的生存和发展。

但两个人在有关广告宣传问题的商议之中，孙春丽也提出了自己的建议："金马"不能盲目地投放广告，既要有战略规划，还要有合理的计划，在财务收入允许的情况下，尽最大可能地扩大广告投入，但不能不惜代价，否则学校发展的风险就会急剧加大。因此，广告宣传必须要有度，要考虑风险的可控性，为学校未来的长远的发展保存实力，积蓄力量。

马振红对孙春丽的建议表示赞同。

然而形势的发展，却超出了两个人商议的范围。

学校压缩了其他项目的开支，把学校收入的大部分费用都用作了报纸、电视的广告投入，特别是在招生旺季的 9 月份，每天投入的广告费高达 3 万多元，也就是当时每天学校所有收入的钱，全部投入了广告费。

表面上看，当时的财务收支平衡，财务数据显示为零；实际上，学校已经入不敷出了，因为学校还需要其他方面的开支。这样，就造成了学校外表光鲜，内部财源枯竭的不利状况。

在孙春丽的极力遏制下，2006 年年底的时候，账面实现了收支平衡。但细分之下，广告费已经比 2005 年上升了 10%，达到了总收入的40%。这就导致全年学院的设备投入比 2005 年减少了 10%。

孙春丽深知，这样的广告投入，在短期内还看不出有什么大问题，但如果长此下去，一旦学校遇到不可控的风险发生，那学校的风险就真的不可控了。也就是说，这样的发展模式是十分危险的，决不可取。

孙春丽将这一担忧告诉了校长马振红，但马校长对孙春丽这一担忧，并没有过多地表达自己的意见，对加大广告投入的战略规划，丝毫没有改变的意思。

2007 年的前几个月，为了保持"全省第一"的老大地位，金马电脑专修学院的广告投入几乎到了疯狂的地步，除个别部门增加了一些开支外，50% 的收入全部用在了广告费上。那段时间里，金马电脑专修学院的广告也达到了铺天盖地密密麻麻的地步，无论是在东风路科技市场附近，还是在郑州市的主要街道，随便捡起一张纸片，差不多都是"金马"的广告，而且广告印刷得还非常精美。

不惜代价的广告投入，确实让千家万户重新认识了金马电脑专修学院，广告的力量，确实让金马电脑专修学院继续占据着河南电脑培训行业中的老大地位，将"新华""创维"几家学校的优势完全压了下去，与"方圆""绿叶"两家学校呈鼎立之势，"金马"则成为业界公认的"皇冠明珠"。

但是，这样的发展模式，也给学校的发展带来了很多的麻烦，特别是在各项财务支出上，让主抓财务的孙春丽疲于应付，捉襟见肘，到了焦头烂额的窘迫地步。

作为学校的财务管家，广告费拿走了总收入的50%，使学校的财务出现了危机。但你不能因为这个事情，就不给教职员工发工资吧，包括大家的奖金，该发的一分钱也不能少，因为这些事情直接关系着教职员工的工作积极性。还有后勤办公开支的正常支付，也不能耽误，一旦耽误了，就会影响学校的正常运转。

除了这些不能不支出的费用，没办法只能是减少学校在设备投入上的钱了。因为学生多，班级多，硬件需求量也就比较大，今天这个班需要更换维修一批电脑，明天另一个班也来了，需要再增加电脑设备。他们来了一次又一次，财务上只能推一次是一次，实在推不过去了，就拨一少部分资金，更换一小部分设备。因为资金紧张，导致开支分配不均，进而导致领导与管理层、管理层与执教老师、班主任之间的争执，意见纷纷。

争执归争执，争吵归争吵，但这些毕竟都是内部的问题，大家都知道学校为争市场进行了大量的广告投入，心里大概也都理解，最终互相忍一忍、让一让就过去了。

最难堪的是，面对白庙村的村干部和村会计讨要房租的事情。

人家跟学校的关系是房东与租户的关系，不是一个单位，不是一家人的关系。因为白庙校区就在人家的地盘里，就占用了人家的楼房和院子，村干部和村会计时不时地就会催交房租，可学校一时又凑不齐房租。孙春丽只好亲自给村干部和村会计打招呼，说明情况，恳请缓一缓。碍于"金马"多年打交道都很诚信的基础，村干部和村会计也只好摇摇头，不情愿地答应。

天天守着学校这么一大堆的事情，件件样样都要钱。作为主抓财务的负责人，孙春丽此时真有那种就要崩溃的感觉。

学校的财务已经如此告急，但马校长为了实现他的广告战略，此时对广告费的投入，依然没有丝毫压缩，后来发展到学校已经与有些广告公司签订协议了，可财务还不知道，是在广告公司找到财务要钱的时候，才发现马校长又"不惜代价"扩大了广告宣传的投入。但此时，学校的资金已经所剩无几，只能保证学校的紧急开支，根本不能够支付广告公司的费用。

广告公司的人一遍一遍找财务要钱，财务人员一遍一遍与孙春丽联系，问到底该怎么办？

到底该怎么办？孙春丽实在为难。

广告公司的人有时会找到马校长，马校长就会直接给财务打电话让支付。财务人员没办法，只能给广告公司支付一部分，却因此造成学校的正常开支都不能够支撑。

此时的孙春丽忍不住了，她觉得如果再忍下去，任这种情况持续下去，必定给学校带来极大的风险。孙春丽认为，学校的名声固然重要，但是不能因为广告无度的投入，而让学校没有发展的钱财，一旦学校遇到风险怎么办？如果学校在关键时候失去抗风险的能力，保住了第一名的"皇冠"，又有什么用？如果市场行情有什么意想不到的风云变幻，学校又该怎么应对？会不会给学校带来灭顶之灾？

2007年5月的一天，两个人终于因为广告费的投入问题发生了强烈的争执。一个人要继续加大广告投入，一个人坚持有计划地投入，两个人各有各的道理。

孙春丽说："为了学校的发展，我们可以拼，但是风险不能不防控，最起码要保证学校有序发展吧，保证不被市场所淘汰吧。为了增强学校的抗风险能力，财务一定要留足'生命钱'。"

两个人在一番争论后，马振红校长冷静了下来。他认为，孙春丽说得有道理，学校目前的发展模式，确实有很大的风险。

说风险，风险很快就来了。

2007 年 5 月份，就在两个人激烈争论后没几天，学校就接到了整个科技市场，包括白庙都市村庄全部面临大拆迁的消息。这个消息无异于头顶上的炸雷，因为此时的金马电脑专修学院已经有 3000 多人的规模，如何搬迁？搬迁到哪里？搬迁的费用要多少？如果不提前谋划搬迁，如果不准备足够的搬迁资金，那学校就面临着生死存亡的危险。

此时的马校长，真正感受到了危机的到来，风险的到来。只有此时此刻，他才感受到孙春丽不惜驳他的面子，而与他激烈争执的根源和意义了。

作为一校之长，他必须为学校的前途命运、生死存亡而着想，而这又是个比较棘手比较麻烦的事情。因为搬迁来得太突然，而让学校有些措手不及。两个人整夜整夜地睡不着，到了食之无味的地步，一直在思考学校的未来。

在风险终于来临的时候，两个人的思想最终达到了高度的统一。那就是不能坐以待毙，必须尽快找到适合搬迁的地方，将学校尽快搬迁出去，避免到时间慌手慌脚，无路可走。

中国古人讲，福之为祸，祸之为福。对于金马电脑专修学院的发展来说，也是这个道理。这次政府通知大拆迁的消息，如当头一棒，一下子警醒了金马电脑专修学院的负责人马振红和孙春丽，一下子让金马电脑专修学院对自己的前途命运有了崭新的设想和规划。

马振红说："我们现在一是考虑搬迁的事情，二是要下定决心购买地皮，建立我们自己的学校。"

马校长这个关乎学校整体发展的方案，可谓是 180 度的战略大调整。孙春丽表示完全同意，双手赞成，同时为马校长这个崭新的战略调整，感到激动和高兴。

思路决定出路。继续参与广告白热化的争斗，已经毫无意义。保住学校的生命，规划未来的发展，才是金马电脑专修学院最重要的最长远的战略任务。

于是，学校开始大幅度减少广告费的投入，开始囤积资金，为学校下一步的大搬迁和购置土地建立自己的学校，悄悄地积蓄实力。

危机，危机，危中有机。

河南金马电脑专修学院即将在风雨跌宕之中，迎来它崭新的变局……

第五节　何去何从？呕心沥血搬迁新校

学校搬迁的事情已经刻不容缓，迫在眉睫了。

白庙社区和有关部门一直在催促着学校尽快搬迁，要求学校一定不能影响了都市村庄的拆迁。

"没有困难就没有压力，没有压力就没有前进的动力。"孙春丽和马振红此时感受到了这句话的力量。这句话对他们和学校目前的处境来说，就是最真实的写照。

进入 2007 年下半年，面对搬迁，学校经历着诸多的困难和压力。如果不考虑学校的搬迁问题，那唯一的一条路就只能是等死，让学校自生自灭。

"金马"从创立到今天，已经整整 12 年了。从一个人、一台电脑、一个学生开始，历经风风雨雨，曲折跌宕，由小到大，由弱到强，一步步发展成为中原河南第一大第一强的专业计算机教育培训学院，在校学生达到 3000 多人，年培训学生达到 1 万多人，在校教师达到 150 人左右，学校开设学习专业达到几十项，多次获得国家、省市级荣誉。

面对自己亲自创立的学校，面对自己呕心沥血亲手养大的"孩子"，怎舍得让它自生自灭？如果这样的话，怎么对得起那 100 多名与学校同风雨、共患难的老师？怎么安排这几千名对"金马"充满信任和希望的学生们呢？又怎么能对得起自己的人生和奋斗呢？

孙春丽与马振红无数次都在考虑着学校搬迁的问题。两个人认定了一条路，那就是必须奋力一搏，尽快找到一个新的办校的地方，将白庙校区搬迁过去，为学校和学生们找到新的出路。

说时容易，做时难。要找到一个能容纳这么多学生，并且符合办学条件的地方，实在是太难太难了。两个人走遍了郑州市寻找，拜托朋友们帮忙找寻，尽一切努力寻找办学的地方。

此事一日不定，一日寝食难安，真是心都要操碎了。

最终，经朋友推荐介绍，在郑州市北环外新柳路与索凌路交会处，找到了一所名为"劳动干部学校"的学校，比较适合"金马"学校的搬迁。

这所学校是一所公办的干部培训学校。学校校园很大，环境也很好，学校有老师30多人，但学生却只有百十个人。学校里有很多空出来不用的教室、寝室和其他地方。对于劳动干部学校来说，他们有这么多的房子空闲着，确实是资源的浪费，所以中间人牵线之后，马振红和孙春丽就去见了学校的校长，商谈了合作的事情。其实，也不算是合作，就是租用人家的教室、宿舍、操场，将自己的学生和老师搬迁过来，为"金马"暂时找到一个生存发展的地方。

经过一番商议，劳动干部学校的校长同意了"金马"搬迁到这里办学的想法。当商定好了有关租用学校的条件和租金后，双方很快就签订了协议。

搬迁的问题终于要解决了，不用再为此事睡不好吃不好废寝忘食了，暂时也不用为学校的生死存亡发愁了。大事已定，马振红和孙春丽为此都特别特别地高兴。

金马电脑专修学院的学生，一般分为长期班和短期班。短期班的学习时间一般在三个月以下，长期班的学习时间一般在半年以上。学院共有100多个学习班，长期班占学校学生总人数的一半多一点，短期班的学生相应少一点。要想将这么多的班级和学生搬过去，实在也不是一件容易的事情，面临着许多问题要处理，而且要制定相应的搬迁方案。

长期班的学生吃住都在学校，如果要搬迁，只要学校的环境条件比较好，学生应该没有什么大的问题，只要组织好搬迁的工作就行了。短期班的学生大部分都是郑州附近的学生，他们吃住都不在学校，如果搬迁到新的校址，距离上比现在的学校要远上10多里的路，肯定对他们的学习和生活都会带来不便，如果搬迁新校，可能会出现有的学生愿意搬、有的学生不愿意搬的问题，需要做大量的思想工作。

对长期班和短期班两类学生的搬迁问题，马振红组织学校管理层召开了专题的搬迁会议。在这次会议上，马振红讲述了他和孙校长寻找新校址的过程，把劳动干部学校的大概情况给大家进行了通报，然后发动大家集思广益商讨搬迁的方案。最后，学校综合大家的意见，针对长期班和短期班的学生，制定了两个搬迁方案，并制定了整体的搬迁方案，包括搬迁时间和搬迁之前的各项准备工作。

方案一：凡是三个月以内的短期班的学生原地不动，利用拆迁前的时间完成学业；对于部分不能完成学业的学生，原则上分流到其他教学点完成学习；如果有个别学生因为分流不便而自愿退学的，学校将学费如数退还学生本人。

方案二：凡是半年以上的长期班的学生，决定全部搬迁到新柳路索凌路所在的劳动干部学校学习；如果因为搬迁给个别学生带来不便，学生自愿退学的，学校将部分学费退还学生本人。

搬迁时间初步定在国庆节之后，搬迁之前的各项准备工作，统一由马振红校长亲自领导。

李庆标作为"金马"的元老级人物，这次搬迁给他留下了很深刻的印象。至今，李庆标还能清晰回忆起当时的一些情景。

李庆标说，当时，我们学校在劳动干部学校租了他们一栋办公楼，两栋宿舍楼，操场也允许我们使用。搬迁之前，马校长和孙校长经常来劳动干部学校，参加搬迁之前的劳动和各项准备工作。尤其是马校长，他不仅带着后勤上的人员来劳动干部学校干活，自己往往都是身先士卒，率先垂范，从来不怕脏，不怕累，干活干得实在，干得投入，很感人。如果不是我们学校的人，外人根本不会知道那个大汗淋漓、浑身是土的人，就是领导几千师生的金马电脑专修学院的校长。马校长这样带头干活，我们作为当兵的，那有什么说的，都跟着他，干得嗷嗷叫。

还记得，那一天在教室里装投影仪。马校长对于这些东西很擅长，我们给他打下手，他亲自安装。到了中午的时候，马校长一边擦着脸上的汗，一边高兴地说："这一段时间大家实在是太辛苦了，我们的各项准备工作也马上差不多了，今天我好好地安排一桌饭，按婚宴的标准安排，好好地犒劳犒劳大家。"

大家听了马校长的话，很是高兴，拍手称赞。

那天孙春丽校长也在场，孙校长亲自在饭店安排了丰盛的午餐。吃饭的时候，马校长很动情，他给每一个人敬酒，说着感谢的话。孙校长被感动了，也端起酒杯给在场的每一个人敬酒，对大家这些年与"金马"同甘苦、共患难的情谊，表示感谢。那天大家都很感动，后勤处处长刘素珍被感动得都落了泪。最后，大家说着说着、喝着喝着，眼里都禁不住掉泪了。

国庆节一过，白庙校区的学生开始搬往劳动干部学校的校区。在学校的精心安排下，三天的时间里，白庙校区的学生顺利地搬入了劳动干部干校。当学生们看到这里的环境比原来的白庙分校区还要好时，学生们心里的担忧，都一下子消散了，脸上都露出了满意的笑容。

劳动干部学校搬迁顺利完成后，学校召开了由全体教职员工和学生参加的开学仪式。马校长在开学仪式上讲了话。他讲了学校的发展，讲了学校所遇到的一次一次的困难，讲到了学校这次顺利搬迁劳动干部学校的过程。

他在讲话中，感谢每一位教职员工的努力和团结，感谢每一位学生对这次搬迁的配合。讲着讲着，马校长的眼泪就流出来了，很多人也都被感动地落泪了。

所有的教职员工和学生们，对搬迁到劳动干部学校都抱着希望和信心，希望能在这个良好的学习环境里，有更安静的学习条件。但很快他们就发现，这里并不是他们所希望的学习环境，一些令师生们委屈、尴尬、生气的事情，接踵而来，不断发生。

第六节　寄人篱下，百般委屈甚是窘迫

劳动干部学校本来就是一所国家公办的学校，这里的教室、宿舍、餐厅、操场，包括校园的绿化，都是按照规划和设计标准建设的。

学校的操场宽阔，篮球场、乒乓球台等各种常用的体育设施也很齐全；上课的教室宽敞明亮，给人的感觉很舒畅；餐厅也很规范整洁，给人的感觉就是很正规的学校餐厅；宿舍楼的设施也很齐全，老师们和学生们都比较满意。总之，这里的学习环境给人的感觉看上去很不错。

但师生们忘了一点，他们毕竟是寄人篱下，是租用人家的地盘。他们到来，并不是劳动干部学校所有的人都欢迎，接下来发生的一些事情，让他们意想不到。

工作千头万绪，往往百密一疏。当初租赁学校的时候，有些细节没有在商谈中具体化、细致化，比如，师生们吃饭的问题，就没有在协议上体现出来。作为金马电脑专修学院来说，自认为劳动干部学校的食堂，可以给"金马"的师生们提供一日三餐。但作为一所公办学校来说，没有考虑这么细，也没有给餐厅交代那么清楚，这就很快导致餐饮上出现了问题和矛盾。

当师生们拿着碗筷来餐厅打饭的时候，餐厅的工作人员对金马电脑专修学院的师生很不友好。一是打饭要加钱，二是不提供免费的开水，

三是加了钱打饭时态度冷冰冰的。面对此等待遇，金马电脑专修学院的师生们很有意见，心里很不舒服，个别性格直爽的人，后来就跟餐厅的人发生了口角。

学生们质问餐厅人员：为什么不提供免费的开水？为什么打饭要加钱？

餐厅的人态度就是一个样：你们愿在这儿吃饭就吃饭，不愿在这儿吃饭就走，我们没请你们来这儿打饭，也不想挣你们的钱，你们自己要来打饭，我们就这样的条件！

争执来争执去，也没人负责处理这些事情。劳动干部学校的领导对这些事情置之不理，一问不问，好像这些事情没有在学校发生过一样。他们学校的老师，更是"事不关己，高高挂起"。

这让金马电脑专修学院的师生们，因为吃饭的问题窝了一肚子的火。

事情反映到马振红校长那里，他一方面安抚师生们暂时先忍一忍，另一方面很重视这件事情，亲自找到了劳动干部学校的校长，协调这个问题。几番交涉之下，餐厅的态度算是好了一点，但师生们与餐厅，双方始终是"两张皮"，关系一直处得很尴尬，总有那种寄人篱下看人脸色的不舒服的心情。

马校长和孙校长也仔细分析了这种情况出现的原因。

作为金马电脑专修学院来说，搬迁到劳动干部学校，并没有少出一分钱租金，某种意义上因为搬迁着急还出了高价。金马电脑专修学院收长期班学生的住宿费，每个学生的费用是 1100 元。劳动干部学校按人头收费，每个学生收取住宿费 1400 元。金马电脑专修学院搬到这里来，每个学生光是住宿费就亏损 300 元，这些亏损只有从学费当中弥补。教学楼的租金，也高于郑州市正常的租金标准。

虽然当时劳动干部学校的条件有些苛刻，但考虑到在这个地方办学的方便和搬迁任务紧迫的情况，负责商谈租赁事宜的马振红，综合考虑之后，也就接受了这些条件。

按道理说，租金没少出，服务应该跟得上才对，其实则不然。对劳动干部学校来说，一开始对金马电脑专修学院来这里办学就是不冷不热，作为一家公办学校，这些租金对他们来说，有也行，没有也行。如果不是马校长一而再、再而三地找校长恳谈，他们可能也就不对外出租了，他们已经过惯了那种日出而作、日落而息的平静生活。老师少、学生少，也没有那么多事情，平平静静的感觉很好，现在一下子来了1000多名外面的学生和100多位外面的老师，吃、喝、拉、撒、住等一系列的事，给他们平添了很多麻烦，等于一下子打破了他们的安定、安宁、安逸的生活，他们一下子就有点受不了了。

其实从一开始，劳动干部学校就没有深入细致地想过，让外面一个学校搬迁过来之后的很多事情，只是签订租赁协议收房租，没有进一步做自己应该准备的服务工作。作为一家公办的学校，长期养成的不急不躁、按部就班的生活习惯，使他们在管理上很少去考虑为"租户"服务的事情。

两个学校的师生们在一起生活学习，教学和学习上的巨大反差，也让他们的老师和学生很不舒服。金马电脑专修学院的学生都是自愿来学习技能的，他们在课堂上大都很认真地听老师讲课，几乎没有人在课堂上聊天，或者趴在课桌上打瞌睡。而劳动干部学校的学生，可能因为长期的纪律松弛，老师在讲课的时候，原本就上课不多的学生，有一半的学生，或窃窃私语，或趴在课桌上睡觉。两个学校的学风一对比，显得他们的学风很差，这让他们的老师和学生们心里都不舒服，如此就对金马电脑专修学院的师生们产生了不满的情绪。

现在突然看到这么多外面的学生和老师，给他们平静的生活和教学环境带来的嘈杂和麻烦，他们从领导到学生都很不满意，自然把金马电脑专修学院的师生们看作了是干扰他们正常学习和生活的人。于是，就在平常的学习、生活和工作中产生了摩擦，而且在某方面愈演愈烈，时不时地就会发生一件不愉快的事。

有一天，金马电脑专修学院的校车来到劳动干部学校的大门口，大门口值班的保安突然不开门，不让校车进到校园里。

司机下车问保安："咋回事？为什么突然不让进去了？"

保安爱理不理地说："学校通知，以后不是本校的车辆，一律不能进入。"

金马电脑专修学院的司机一听这话，心里有点愤愤不平。这是明显把金马电脑专修学院的车排除在外了呀！

司机就又问保安："你们学校什么时候有这个规定？哪个领导说了？我们租你们的房子，给你们交了钱，我们怎么不能进去？你们光收钱，不办事，这是啥道理？"

保安一听司机这样的问话，没好气地回答道："我们学校的规定还要告诉你？还要给你说？哪个领导说了，还要给你汇报？你是几级大干部？反正现在就是这样规定的，非本校车辆，一律不准入内。"

双方就这样僵持在学校的大门口……

这件事情发生不久，金马电脑专修学院与劳动干部学院在学校的大门口，又发生了一件不愉快的事情。

那天，金马电脑专修学院招生咨询处的老师来到学校的大门口，被保安告知："你们招生处的人，不能随随便便来来回回地从大门口过，不能一会儿出去了，一会儿回来了，一会儿这几个人出去了，一会儿那几个人又回来了。"

保安的话，让招生咨询处的老师们如鲠在喉，窝了一肚子的火。好在老师们素质比较高，并没有跟保安吵架。

这两件事情反映到马振红校长那里之后，耿直的他，突然又联想到前面发生的事情，一下子就火了。

马振红说："我们发展也不是，不发展也不是。我们占人家的地盘办学就这样难？！我们钱没有少出一分，他们为什么这样对待我们的师生们？真是岂有此理！"

孙春丽知道，这一次马校长是真的被惹火了，如果不劝解的话，他可能会做出不理智的事情。孙春丽劝道："人家跟咱们本来就不是一家人，很多事情需要磨合，毕竟在人家的地盘上，我们生气也不解决问题，还是找他们的校长和有关负责人谈谈，尽可能地化解矛盾，解决问题。现在我们只能忍一忍，度过这一段艰难的时候，反正我们已经在新郑那里买地了，建设好我们自己的学校，我们就有底气。"

听了孙春丽的话，马校长心里的火消了不少。在办公室里想了一会儿，然后他说："我找焦校长去，好好跟他再谈一谈。"说完，匆匆下楼，开上车，直奔劳动干部学校而去。

这次马校长跟人家谈得很诚恳，还请人家相关人员吃了饭，谈判的结果还算是比较理想。此后的一段时间里，双方基本上没有太大的摩擦和争执。

2008 年春天，在跟劳动干部学校打过招呼征得同意之后，金马电脑专修学院召集了其他几个分校区的学生运动员和学生代表，来到劳动干部学院的操场上，举办了一次隆重的体育运动会。

此次体育运动会，算是搬迁到这里后的一次比较美好的回忆吧。

压力就是动力。没有压力，也就没有动力。金马电脑专修学院在搬迁后所受的委屈和尴尬，成为激发他们迅速建设自己的学校的最大的动力。

2008 年 8 月份，金马电脑专修学院将从这里开始大搬迁，搬到自己位于新郑的属于自己的校园里。从此，师生们再不受寄人篱下的百般委屈和尴尬，走上了一条跨越发展的崭新的办学之路……

第七节　父亲是山，永生永世难报恩情

2007 年的冬天悄无声息就到来了。

这个城市的冬天，干冷干冷的，萧瑟的凉风，有时会带着尖厉的哨声划过这个城市的上空，然后吹打这个城市里道路两旁高大的梧桐树的枝叶。枯黄的落叶，在风中像蝴蝶一样飞落，一片一片的落叶纷纷扬扬，层层叠叠厚厚地一层一层覆盖了这个城市的道路，给人一种苍凉沉重的感觉。

阳光有时会穿过浓重的云层，将冬日的几丝温暖送给这个城市里生活的人们，让寒风中匆匆行走的人们在温暖的感觉中，暂时忘却冬天带给这个城市的萧瑟与寒凉。

在这个初冬的季节里，孙春丽的内心有时会感到一种莫名其妙的忧郁和寒冷，有时还会有一种隐隐的不祥的感觉。在这种不祥的感觉中，她的心里和脑海里总是会想起念起父亲的身体。

父亲前一段的身体不是太好，因病曾住过一次医院，孙春丽有些担心。她几次打电话问父亲的身体现在怎么样？可父亲总是告诉她，自己的身体好好的没什么，让她好好干自己的事儿，别总操心他。

父亲的名字叫孙广申，是 1943 年出生的人。他在宝丰县广播电视台工作了一辈子，一辈子不贪不占国家一分钱的便宜，是单位里多年的优秀共产党员。他为人正直、忠诚、热心、善良，对人生和事业永远充满着热情，再苦再累，他从没有抱怨过生活和工作。

他曾经被下派到基层工作，驻村住了十年。农民有了什么麻烦的事情，或有了什么矛盾，都会找到他帮忙解决问题，或者请他评评理，化解化解矛盾。因为他热心肠、爱帮忙，处理事情又公平、公道，叫人信服，农民送给他两个称呼，一个是"大好人"，一个是"包青天"。

前几年，父亲到了退休的年龄，孙春丽就将父亲和母亲接到了郑州，与自己住到了一起。记得那是 2003 年，那时孙春丽刚生过孩子。父母到来后，又是做饭，又是帮她带孩子，真是帮了她的大忙。因为那时间婆婆也在郑州跟自己住，两家人都在一起很拥挤，有点不方便，孙春丽就在郑州的南阳路又给父母租了一套房子，这样带孩子做饭就比较方便了。父亲母亲都在郑州的时间里，孙春丽的心里很温暖。学校的事情一大堆，每天工作都很累，可是每一次下班回到家里，看到二老都在等她吃饭的时候，心里就是满满幸福的感觉。

父亲很怀念老家，然后就留下母亲在郑州照顾孙春丽的孩子，他一个人回到了宝丰县老家马街村。再后来，父亲又得了一场病，住了一次医院。孙春丽要接他来郑州住，他说还是老家住着好，有乡里乡亲，有街坊邻居，自己在老家生活更随便。

父亲这样坚持，也就随他的心意吧，只要他高兴，身体好，就行。这样，父女之间就只有打电话联系，或者孙春丽抽时间回老家看一看父亲。每一次见面或者是通电话，父亲都会说："不要操我心，不要操我心，你那里一大堆事情，天天忙得要命，你自己照顾好自己就是最好。你好，我就放心了。"

在孙春丽的心里，自己的父亲，是这个世界上最亲、最爱、最慈祥的父亲，是最好的父亲。

父亲是海，永远是自己最温暖的港湾，无论女儿是好是坏，都在他的心里装着。

父亲是山，永远是自己最坚强的靠山，是自己背后那无穷的精神力量的支持者。

父亲是树，永远是自己最可靠的大树，无论自己走到哪里，都在他的庇护之下。

孙春丽希望父亲能够平平安安，长命百岁。

然而有一天，却突然传来了父亲病重的不幸的消息。

2007年11月7日。那天早上，孙春丽总有一种预感，感觉家人好像有什么事似的，但说不清楚谁有事情，心里有种胸闷气短的感觉。她脑子里时不时闪过自己父亲的模样，让她突然就有了一种强烈的想回老家看看父亲的想法。因为上午学校里有事情要处理，她便决定下午或者是明天上午回老家马街村去。

　　然而当天下午 2 点的时候，突然从老家传来消息，说父亲病重了，需要亲人们赶快回去，不然恐怕就见不到最后一面了。闻听此讯，孙春丽的脑子"嗡"的一下，差点儿晕过去。她定了定神，赶快通知母亲和弟弟，然后开车带着母亲、弟弟和自己的孩子，往宝丰老家赶去。

　　一路狂奔，走到中途的时候，家里传来电话，说父亲已经快不行了。再晚，恐怕见不上最后一面了！

　　这消息如五雷轰顶，让孙春丽一下子就感觉天塌地陷了。她此时此刻突然感觉自己无依无靠又无助，像寒风中飘浮的一片羽毛一样轻飘飘的。她边哭边在电话里求家里人，赶快抢救父亲，不惜一切代价。

　　她的眼泪如雨，自己一边开车一边哭，朝着太阳下山的方向，一路狂奔，生怕太阳此时此刻落山了。她心里冥冥之中知道，太阳下山的方向，就是自己家乡的方向。

　　那时从郑州通往家乡的路还没有高速，车上也没有导航，走着走着，晕头转向的她就走岔路了。等他们回到马街村自己的家时，父亲已经咽下了最后一口气去世了，院子里和屋子里都是乡亲们和本家的人，自己的老父亲就静静地躺在床上。

　　此时此刻，阴阳两隔。

　　孙春丽痛彻心扉，泪如雨下。

　　守在父亲的身边，望着慈祥的父亲的脸，想着灵魂远去的父亲，孙春丽有一肚子的话想对父亲说。要是知道是这个样子，就不能让父亲回老家，如果在郑州自己的身边的话，或许父亲的生命就能够抢救回来，父亲就不会走了。

　　父亲走时，一个人孤零零的，亲人们都不在身边，也未能最后说上一句话，太遗憾太遗憾了，太后悔太后悔了！

　　孙春丽的眼泪止不住横流。

　　这些年为了在外打拼，后悔忽略对家人对父亲的关心。父亲撒手人寰，他此生的大恩情，作为女儿再也无法报答，此生此世是欠父亲太多太多的恩情了。

乡亲们告诉孙春丽，她的父亲最牵挂的就是她，曾经给别人不止一次地说过："春丽在郑州做那么大的事业，在银行贷那么多的钱，怎么能还得了？可惜自己无能为力帮助她，知道她是个要强的孩子，可也怕她因为干事创业而受委屈。"

乡亲们还告诉孙春丽："你父亲病重期间，为了不麻烦你，不让你分心，病已经很重了，也不让邻居和亲人告诉你。也不让告诉你妹妹，说你妹离家远，不耽误她的工作。你父亲这人一辈子为你们孩子们操心，人都要走了，还在考虑着子女们的困难，为子女们操着心，可唯独没有想过他自己呀！"

孙春丽太了解自己慈祥的父亲了。

当年自己去郑州上学的时候，父亲将她一路送到郑州，千叮咛，万嘱托。自己在郑州学校毕业的时候、创业的时候，还一再叮嘱，如果不如意了，就回老家去上班，老家一切都好。当听说自己要在郑州创业、要买房子时，就把家里唯一值钱的一片树林卖掉，凑了6000块钱，小心翼翼地放到面粉袋里，一路来到郑州交给自己。临走时还说，如果钱不够，就把老家的房子卖掉，也要支持自己的女儿创业。然后，父亲连口水都没有喝，就又急匆匆地坐车回了老家。

这就是她最亲、最爱、最慈祥的老父亲……

送走父亲后，孙春丽更加想念父亲。那天晚上，她做梦了，梦见了父亲，真真切切地见到了父亲。

父亲是专门给她见面嘱托叮咛事情的。父亲还是用那样熟悉的关爱的语气说："孩子，要坚强，一定要坚强啊！"说完，父亲就转身走了，就像那时他到郑州送钱时一样转身走了。

孙春丽赶快追父亲，可是父亲却突然被几个人拉走了，回身好像很想拉自己的手，但那些人推着他很快就走远了，只有他说话的声音"孩子，要坚强，一定要坚强"回荡在空中。

孙春丽突然就惊醒了。

孙春丽知道，这是父亲在梦里给她做最后的告别，最后的嘱托。乡亲们说："这是你父亲挂念你，在给你托梦了。"

"孩子，要坚强，一定要坚强。"这句话成了父亲在梦中给自己的叮咛和嘱托。

逝者已去，生者坚强。自己现在成了家中的老大，任重而道远。母亲和弟弟妹妹，还有许多事情要解决，需要自己这个女儿和姐姐去努力。除了亲情，还有一份事业，正在不断地爬坡，也需要自己"坚强"地去支撑起来。

经历了生离死别的孙春丽，对生命有了更加深刻的认识，也更加珍惜人生和事业。父亲的恩情，永生永世难以回报，唯有拼搏努力，创造一份成功的事业，才能告慰天国里最亲爱最慈祥的老父亲。

父亲的叮咛嘱托，永远铭记于心。

"坚强"是必须的！奋斗更是必须的！一定要办好学校，对得起老父亲深深的无尽的爱……

第五章
居安思危，未雨绸缪定乾坤

站立在这块土地的高坡之处，放眼望去，金色的阳光之下，他们好像看到了一栋栋正在拔地而起的教学楼、宿舍楼、图书馆、办公大楼……未来就在这里，希望就在这里，理想就在这里，"金马"学校无限光明的前途就在这里。建设一座现代化大学的宏大而美丽的理想，像种下的一粒种子，像栽下的一棵树苗，将在这片古老而厚重的土地上，生根发芽，展露生机，开花结果，梦圆初心。

第一节 失之东隅，收之桑榆，终于选定校址

在奋斗的青春岁月里，孙春丽是一个有梦想有远见的人。

从 2003 年起，创业成功的孙春丽就有了一个更远大的理想，起初这个理想隐隐约约、明明暗暗的，时不时地在她的脑海里浮现，在她的心里荡起波澜。

她想自己买一块地，买一大块地，建一所自己的学校。这里有宽敞明亮的教室，有规范整齐的学生宿舍，有专门属于老师住宿的公寓，有教学楼，有图书馆，有宽阔的操场，还有各种各样的花草树木。整个学校，就掩映在高大的树木和美丽的花草之中，完全就是一所花园式的学校。

从金马电脑学校的创业经历看，自 1995 年创业以来，金马电脑学

校一直是租用人家的房子办学。起初是在郑州科技市场里租房，随着创业的成功，学生人数成倍成倍地增长，科技市场的教室容量已经远远不够用了。在科技市场对面的东风路，一个叫"欧洲印象"的住宅小区，他们在这里租房办了培训班。不久，又租了"康复医院"的办公楼，当作学校的教学办公楼。

随着学校规模的不断扩大，再后来，学校又在科技市场南面的城中村白庙村，租了人家村里的一所大楼——"同乐花园"，改为教学楼，办了一个比较大的分校区。

白庙分校区建成后，依然不能满足求学的学生们的需要。在郑州市花园路郑州汽车北站所在的黄家庵村，又租房建起了一个分校区。在花园路河南省计划生育干部学校建起了一个分校区。2003 年前后，又先后在陇海路新华街建起了以培训手机维修为主业的分校区，在郑州市西开发区的佛岗村租赁房屋建成了主要培训工业机床操作技能的数控分校区。

2007 年 10 月，因为城市拆迁，白庙分校区不得不搬迁到新柳路索凌路所在的劳动干部学校院内，租人家学校的教学楼、宿舍楼办学，受尽了寄人篱下的尴尬和委屈。

28 岁的孙春丽，萌生了买一大片地，建设一所属于自己的学校的想法。

她时常为自己的这个大胆想法而激动。

后来，她终于将这个想法告诉了马振红。让她没想到的是，马振红也正有这个想法，两个人真是想到了一起。于是，两个人就下了决心，要买地建学校，将这个心中的理想付诸实践。

两个人都为这个"远大、宏阔而壮丽"想法而激动不已。

经过多次商议，两个人达成了共识。郑州市内不可能有地方供他们买地建学校，只有考察郑州周边的县区。他们知道，现在地方政府都有招商引资的任务，会有土地可以提供给愿意入驻的企业单位，而且当地政府一般都会比较支持在他们的地盘里建设学校。

2004 年，两个人经过对周边市县的考察和朋友的推荐介绍，他们决定把距离郑州比较近的荥阳，作为买地建学校比较理想的地方。两个人对荥阳的几个地方进行了多次考察，认为荥阳这个地方不仅距离郑州比较近，交通比较发达，而且人文历史也比较厚重，特别适合在这里建一所学校。

荥阳的地名起源甚早，有深厚的历史文化背景。追根溯源，荥阳之名由济水而来。古时，太行山中之水南下至济源，称济水。夏禹治水时，将济水自温县引入黄河，南溢为荥，聚集成泽，称为荥泽。战国时期，韩国灭了此地的郑国，此地归属韩国，韩国在此地之北筑城，名曰荥阳城，随有"荥阳"之名。

荥阳市是河南省辖县级市，由郑州市代管。荥阳地处郑州市西部，距郑州中心城区 15 公里，西望古都洛阳，南眺中岳嵩山，北濒九曲黄河，东接省会郑州，境内有黄河、索河、汜河、枯河、贾峪河、须水河6 条河流，自古就有"两京襟带，三秦咽喉"之称。

荥阳这个地方，自上古以来，就是政治、经济、文化、军事之要地，堪称人文厚重、历史悠久。荥阳是郑氏发源地，有"天下郑氏出荥阳"一说。郑国从郑武公开始，励精图治，蓄积力量，并把最初的国都定在了荥阳的京城，不仅奠定了郑国雄厚的经济基础和政治基础，而且奠定了郑国在中原地区长达 397 年的霸业，因此特别受后人的尊重。

历史上郑桓公、郑武公、郑庄公是郑国开国后的三代君王，分别被郑氏后裔称为太始祖、二世祖、三世祖，被尊"郑氏三公"。这里现在矗立着高大的"郑氏三公像"，以示纪念。郑氏三公的雕像，就坐落于荥阳城东南角郑上路与 310 国道的交会处。

荥阳市西北部的汜水镇，也是个历史名镇。境内的虎牢关和玉门古渡历史上就闻名遐迩。尤其是虎牢关，南连嵩岳，北濒黄河，东接汜河，西连巩义，山岭交错，沟壑纵横，险自天成，有"锁天中枢，控地四鄙"之称，是中国著名的古战场，历来为兵家必争之地。"楚汉之争""三英战吕布""关羽温酒斩华雄"等著名历史事件都在此地发生，群雄争霸的战火硝烟为虎牢关留下了三义庙、吕布城、点将台、张飞寨、跑马岭、饮马沟、养马沟、绊马索等丰富的历史遗迹。这些著名的历史遗迹星罗棋布，至今演绎着千古不绝的人文故事，依稀可寻千年古战场的雄壮和烽烟……

2004 年 5 月前后，孙春丽和马振红在荥阳的一个乡镇，看到了一块方方正正的土地，大约有 200 亩。镇政府介绍，这块土地的性质属于商业用地，可找有关部门变更为教育用地，双方共同努力，争取将这块地尽早投入使用，建成学校。满怀着对未来一个崭新学校的期望，金马电脑学校给镇政府交了 50 万元的定金，草签了这块地的用地协议。

商业用地要想变为教育用地，并非一句话的事情。为了尽早将这块地的手续变更，马振红和孙春丽多次跑荥阳和郑州的有关部门，前后跑了大概有两年的时间，但商业用地的手续一直没有最终变更为教育用地。在两年的时间里，一切都在变化之中，两年的时间，土地增值了很多，成倍地增长。

2006 年年初，镇政府终于挡不住利润的诱惑，将这块 200 亩的土地以高价卖给了一家房地产开发公司。据他们所说，此事是上级政府牵头办理的，他们也没有办法，只能卖了。

不管怎么说，也不管什么原因，反正这块地就是没有了。在这里在这块地上建学校的梦想，在滚滚的商业大潮中是破灭了。两年的期待，两年的努力，两年之中不知跑了多少路，找了多少部门和领导，最终这块地还是跑到了房地产商的手中。两个人虽然为此事很苦恼，很生气，但是也没有办法，只能以后再寻找合适的地方买地建学校，实现自己的理想。

寻找一块合适的土地，早日建起自己的学校，一直是孙春丽和马振红两个人的梦想。城市拆迁带来办学不稳定的危机感，促使他们加紧了寻找土地购买土地的脚步。

2007年，他们将目光锁定郑州南面的新郑市的新村镇。这里有一块将近400亩的土地，非常适合他们建学校，而且这样的土地面积特别适合建一所职业教育的大学。两个人经过对新郑这个地方认真地了解和考察，觉得新郑这个地方是个办学的好地方。

新郑这个地方跟原来他们考察的荥阳一样，也是河南省辖县级市，由郑州市代管。地理位置处于河南省中部、郑州市东南部，历史悠久，有"黄帝故里"之称。仰韶文化中晚期，新郑为有熊国；龙山文化中期，新郑为祝融氏之国；夏商时期，新郑为夏都、商都京畿；西周时期，新郑为郐国；春秋时代，新郑为郑国所辖；战国时期，韩国灭郑国，迁都新郑，此后建制多用"新郑"一名。

新郑这个地方交通发达，教育也发达。境内有京广铁路、京广高铁、京港澳高速公路、107国道等交通干线贯穿全境，区域航空枢纽郑州新郑国际机场，就位于新郑的东北部。新郑有黄帝故里、裴李岗遗址、郑韩故城等历史文化遗迹。这里拥有以中原工学院、河南工程学院、郑州升达经贸管理学院、郑州西亚斯国际学院、郑州工业应用技术学院为代表的高等院校10多所，在校师生达20万人左右，形成了河南省重要的科技教育培训基地，有"新郑大学城"之美誉……

2007年春三月，在朋友们的帮助下，他们来到新郑市新村镇考察，镇政府给他们介绍了那块将近400亩的土地。

新村镇地处新郑市区东部，南接许昌长葛市官亭乡，西邻新烟街道，北靠薛店镇，镇人民政府距新郑市城区不足3公里。这样好的地理位置，又有这么一块方方正正400亩的土地，真是太难得了。经过进一步了解，这块土地前两年已经被三家买主买走了，可是他们因种种原因一直没有开工建设。

随着国家划定18亿亩耕地红线不容侵犯的严厉的土地管控政策的出台，对于两年之内占用的土地没有开发建设的一律退耕还田。为了这块土地的建设问题，镇政府已经被上级通报批评数次了，这个时候，对于金马电脑专修学院的到来，镇政府十分欢迎。当得知金马电脑专修学院是一所全省乃至全国知名的电脑培训专业技能学院时，新村镇政府就下定了决心，一定要把这块没有建设的荒废的土地变更给学校，彻底处理掉这块土地的遗留问题。

2007 年 6 月，镇政府做通原先三家买主的工作，将 400 亩土地中的 330 亩土地成功变更了手续，交给了金马电脑专修学院。金马电脑专修学院与镇政府签订了正式的购买土地建设学校的合同。

失之东隅，收之桑榆。孙春丽和马振红经过几年的奔走和努力，如今终于实现了他们买地建学校的初心。正式签订合同的那一刻，两个人都感到是如此地幸运，内心的激动无以言表。

330 亩方方正正的土地，虽然现在看上去杂草丛生，荒芜一片，但这块土地在孙春丽和马振红的眼睛里和心里，就是未来一座崭新大学的根据地。

站立在这块土地的高坡之处，放眼望去，金色的阳光之下，他们好像看到了一栋栋正在拔地而起的教学楼、宿舍楼、图书馆、办公大楼，看到了宽阔的建设了各种体育运动设施的大操场，看到了贯通学校学习区、生活区、运动区的一条条内部道路，看到了道路两旁的花草和树木……

未来就在这里，希望就在这里，理想就在这里，"金马"学校无限光明的前途就在这里。

建设一座现代化大学的宏大而美丽的理想，像种下的一粒种子，像栽下的一棵树苗，将在这片古老而厚重的土地上，生根发芽，展露生机，开花结果，梦圆初心。

第二节　万事开头难，新校区建设屡遇风波

2007年7月，金马电脑专修学院在这块儿自己购买的土地上拉开了建设一所属于自己的学校的序幕。

中国有一句古话，叫"万事开头难"。新校区的建设之初，遇到了一桩又一桩的麻烦事。开弓没有回头箭。孙春丽与马振红两个人只能迎难而上，克服一切困难建设自己的学校。

对于金马电脑专修学院来说，购买这块土地，该掏的钱一分不少地都掏过了；对于这里的老百姓来说，政府该给他们的利益，可能有所偏颇，导致附近的老百姓对于这块土地的出售不太满意。于是，有些村民就将矛头指向了学校，阻挠学校的建设。还有附近村里的个别不法之徒，竟然开始盗窃学校的建设物资，给学校初期的建设造成了不小的阻碍和经济损失。

2007年7月，金马电脑专修学院新郑新校区开工之后，首先是把这块土地的四周拉上围墙。学校的围墙刚刚垒好，不料当天晚上，就有附近的村民在夜里把墙推倒了很长的一截。没办法，只能让工人们重新把推倒的墙垒上，然后在这块地的东面和南面分别建了两处门岗简易房，委派几名保安住在这里，轮流值班，意在看守校园里面的建设物资。

除此之外，为了在夜里能够让保安听到学校周围的动静，更好地守护学校的安全，马振红校长还买来了三条狼狗放在新校区里，有什么动静了，狼狗就会汪汪地叫，提醒保安们注意安全。

有了这些安保措施，新校区里平静了几天。然而，让人意想不到的是，几天之后的一个晚上，三条狼狗突然就被不知道什么人下药了，悄无声息地被带走了，消失得无影无踪。问保安，保安竟然说一点动静都没有听到，也没发现什么人进来，不知道几条狗怎么就被人带走了？！肯定是被下了药。

　　这件事莫名其妙，这让马校长很是生气，但又无可奈何。然而，事情还远远没有结束。

　　就在几条狼狗丢失数天后的一个晚上，学校里刚买的 10 万元的电缆线，竟然也不翼而飞了。10 万元的电缆线可不是小物件，怎么可能那么轻易地就让小偷给偷走了呢？！正常情况下，没有三五个人，十个八个人，是绝对弄不走这么多电缆线的，而且门岗还住着几个保安人员。难道就一点动静都没有？！一点察觉都没有？！

　　保安说："当天晚上值班的时候，睡得可能比较死，没有发现什么可疑的人，也没有听到什么动静，醒来查看校园时，就见电缆线突然不见了，知道是被人悄悄偷走了。"

　　先是墙被推倒，后是狼狗被弄走，现在 10 万多元的电缆线也不见了，就差没有把这几个保安偷走了。学校报了警，但最终也没有查出来，没有破案，不了了之……

　　新校区的北半部区域，原来里面曾经有过一个企业，后来破产了。企业现在没有了，但是还留下了一栋办公楼。孙春丽和马振红经过认真的考虑，计划在新校区的北部，先建两栋宿舍楼和一栋教学楼，配上原来企业留下的那栋办公楼，学校就有了建校初期的教学楼、宿舍楼和办公楼，就可以搬迁过来一部分学生。

　　2007 年 8 月底 9 月初，此时正是金马电脑专修学院白庙校区准备搬迁到劳动干部学校的时候，金马电脑专修学院的新校区主体建筑正式开工建设了。

　　随着新校区北部校区主体工程的开工建设，南部校区也开始修路、修下水道、绿化。但此时，南部校区这块土地上还长着 100 多棵大杨树，学校就准备给有关部门请示，看这 100 多棵树怎么办？谁知道还没等请示呢，在一个月黑风高的晚上，一夜之间 100 多棵大杨树就又不翼而飞了。

　　一夜之间，那 100 多棵大杨树无影无踪，太不可思议了！

学校立刻报了警。

很快，当地公安局的林业警察就来了。他们勘查了地形之后，开始到附近的村庄明察暗访。几天之后，林业警察发现那些被盗走的100多棵大杨树，就躺在几个村民的院子里，而且用东西严严实实地伪装覆盖着。

至此，当地公安局破获了这起盗采盗伐树木的大案。

当地公检法部门，为了震慑不法分子，打击当地的村霸地痞，为本地的招商引资创造一个比较宽松、和谐、安定的环境，最终将这个案件在当地作为公审案件进行了公开审理。

这个盗采盗伐树木的大案，共计抓捕了八名村霸地痞，通过公开审理，被判刑的犯罪分子，最轻的是一年，最重的是八年。公开审理并判决之后，在当地引起很大震动，很长一段时间，这里的治安案件和刑事案件都没有发生过，确实为学校的开工建设，创造了一个安定的环境。

时间就是一切，建校刻不容缓。

为了赶在 2008 年 9 月底之前让第一批学生搬迁入校。学校建设紧锣密鼓，一边进行主体建筑的建设，一边进行基础环境的建设。主体建设就是两栋宿舍楼和一栋教学楼，同时开工建设；基础环境建设就是道路建设、下水道建设和校园绿化。这几项工作都在同一时间内昼夜不停、加班加点地施工。这样大的工程量，按照正常的施工建设情况，预计需要一年半到两年才能完成。但金马电脑专修学院计划一年之内就要完成这些基本建设，要全力保证 2008 年 9 月份新学期开学之前将工程完工并投入使用。

新校区的建设由马振红校长主抓负责。他是个"拼命三郎"式的人物。主抓基建的日子里，他基本上是吃住都在新校区，与建设工人们和几位学校基建处的老师同吃同住同劳动。

在这期间，曾发生在马校长身上几件很危险的事情。多年以后，回想起这些事情，马振红校长依然心有余悸。

　　2008 年 7 月的一天晚上，天气骤然大变。先是狂风大作，然后就是倾盆大雨，整个校园很快就成了一片汪洋。马校长看到这种情况，首先想到了下水道。肯定是下水道有点堵塞了！要马上疏通下水道，不然这样的大雨，很快就会让学校淹没在大水中，给学校的各项建设带来不可估量的损失。

　　于是，他带着学校的一位老师，穿着雨衣，打着手电筒，深一脚浅一脚地来到下水道的入口处。这个下水道有两米多深，马振红二话不说，拿着工具就跳了下去。他哪里想到，因为此时水流太大，下水管道又粗，下水道管道的吸力很大，他一个站立不稳，就顺着下水道的大水被吸到了下水道的入口。如果不是下水道入口处的一道铁箅子还挡着，那这一次他这个人肯定一下子就会被下水道的水吸走，生死难以料定，后果不堪设想……

　　马振红曾经跟学校的老师们讲过，有一次，一帮村民在一个村霸的煽动带领下，他们手拿铁锹和棍棒，不讲道理地来到学校里面，吵吵闹闹、气势汹汹要学校赔偿他们的"青苗损失费"，而且要求立即赔偿，赔偿的数额还很大。

　　学校在购置土地开工建设之前，早已将该补偿的款项全部都补偿到位了，怎么还会有如此的事情？！纯粹就是无理取闹，想讹诈学校。

　　想起学校建设以来发生的一件一件被偷被盗的事情，想起学校开工以来事事处处都要拿钱铺路、好话说尽的委屈和愤懑，加之这段时间因劳动干部学校里发生的一些不顺心的事情，马振红早就憋了一肚子的火气没地方发泄。

　　今天见这帮人来到学校无理取闹要讹钱，马振红"腾"的一下，心里的火气就蹿了上来。只见他二话不说，抓起一根木棒，怒气冲冲就来到了这群人的面前，那样子就像当年《三国演义》里的猛士张飞张翼德。

　　只听他大声喝道："今天，你们是要钱没有！要命有一条！我们学校购买这片地，该付的钱，一分不少地已经付出去了，你们所说的什么青苗费呀补偿呀，都应该问政府要，不应该问我们学校要。我们买地盖房是东借西借，欠了一屁股的债，现在你们这样不讲道理来要钱，就是不想让人活呀！今天就一句话，要钱没有，要命有一条，你们不给我活路，我今天也让你们不好过，大不了咱们鱼死网破，今天咱就拼吧，一命换一命！来吧！"

俗话说，光脚的不怕穿鞋的，横的还怕不要命的。看着怒气冲冲、杀气腾腾、一副不要命样子的马校长，这帮人一下子被吓住了、震住了，最后想了想，在领头人的带领下，气哼哼地从校园里撤了出去。

一场即将到来的危险冲突，这次在马校长不要命的勇气威慑之下，算是化险为夷了。如今想起这些事情来，不禁感叹，人要干一件事情，干一件大事情，真是不容易呀！

孙春丽说："干这件事情，今天想起来，感觉有时真是用生命在开路，用汗水和心血在浇灌，一辈子只为做好学校这件心心念念的大事。想想当年新校区建设的情景，至今历历在目，有艰辛，有坎坷，有曲折，有委屈，酸甜苦辣咸，全都尝尽了，真是感慨万千！"

今天的一切成功，都是拼搏与奋斗赢得的！

拼搏的路上，有风有雨；奋斗的路上，荆棘密布。但勇敢者从不会迎难而退，自会栉风沐雨而前行。跋涉远方的路上，一定会有鲜花盛开的季节，一定会有诗意盎然的天空。

第三节　激情如火，自力更生建设美好校园

世界上没有随随便便的成功。

要想在这片荒芜的土地上建起一座美丽的学校，理想灿烂而美好。而要实现这个理想，让一座崭新的学校拔地而起，却需要付出大量的心血和汗水，还需要面对艰难和曲折。

能够在举世闻名的黄帝故里新郑，如愿征得土地 330 亩建设自己心中的学校，这是一件让人激情燃烧的事情，值得用此生此世所有的努力，去克服一切困难完成这一最美好的愿景。

根据初期规划的建设任务，新校区前期投入的建设资金最少不能少于 1.5 亿元，而孙春丽与马振红 10 多年创业所积累下的财富，距离实现这一目标差得很远很远。面对建设资金的巨大缺口，他们动用了所有的社会关系。找亲戚借，找朋友借，找朋友的朋友借，凡是能够想到的联系的人，不管能不能成功，他们都向人家伸出了求助之手。

除了亲戚朋友，他们还通过各种社会关系，与当地的银行联系，申请贷款。那时，他们只有一片荒芜的土地，银行对他们的未来并不十分看好，所以银行的贷款并不是那么好贷，往往需要陪人家喝酒，给人家送礼，看人家脸色。即便如此，也不是他们找到的所有的银行，都会最终给他们贷款支持，有的银行考虑到风险，就拒绝了他们的贷款申请。

今天想来，这需要多大的勇气？如果不是宏大的理想在他们的心中燃烧，如果不是干事创业的勇气在支撑着他们的奋斗精神，那一道道艰难困苦的坎，那一个个像攀登山崖一样的困难，他们将如何承受？如何克服？如何在失败和挫折之下勇敢前行，直至克服所有的困难，在这片曾经荒芜的土地上，最终建起了一座现代化的大学校园？

今天，当你走进这座大学校园，会发现学校的每一条道路的两旁，都是蓬勃高大的树木，所有空地上都是花草和灌木，到处都可以看到梧桐树、银杏树、国槐树、垂柳树、木瓜树等绿化树，掩映在绿草花木之中的是一个名副其实的花园式的现代化大学校园。

但让人惊诧的是，这里的一草一木，都不是园林绿化公司所种下的，校园里的每一棵草木，都是马振红、孙春丽带着几个分校区的老师，利用节假日加班加点亲手种下的。

许多老师至今还记得他们当年在马校长和孙校长的带领下，参加新郑新校区义务劳动栽花种树的情景。现任郑州理工职业学院学生处副处长的李小军，是 2006 年入职金马电脑专修学院的。2007 年、2008 年的时候，他在金马电脑专修学院陇海路分校区工作。新郑新校区建设的时候，他就多次参加义务劳动，对当时在新校区参加劳动的情景记忆犹新。

李小军说："我们学校现在的绿化率达到了 45% 以上，有不少人进了这个花园式的学校，都会对学校的绿化留下很深刻很美好的印象。也会有很多人好奇地问我们：你们学校的绿化是请哪家绿化公司做的？其实哪有什么绿化公司，全是我们在两个校长的带领下，不怕风吹雨淋，不怕酷暑炎热，甚至流血流汗一下一下、一棵一棵种下的。"

"我们能这样参加义务劳动，是因为我们的领导不怕吃苦，不怕累。我们很多人都记得马振红校长当年带头干活的样子。栽树的时候，他亲自把树坑大小画出来，然后又带头拿起铁锹挖树坑。我们的男老师和女老师在马校长的带动下，有的挖树坑，有的栽树苗，有的浇水，大家分工合作，干得热火朝天。"李小军说，"记得学校里铺设电缆线的时候，马校长带头将比胳膊还要粗的电缆线，手拉肩扛拖着往施工地点送。他是学校的领导，他没有一点架子，每一次干活，他都不分轻重，总是不怕苦，不怕累，不怕脏，带头干。他那种身先士卒、率先垂范的精神，真是感动人！"

现任郑州理工职业学院学生处处长的李长江，虽然比副处长李小军晚来了几年，但赶上了新校区的义务劳动，对学校这种"自力更生，艰苦创业"的精神，除了感动，还有敬佩。

李长江说："新校区的义务劳动从 2007 年开始，一直持续了多年。我是 2010 年 3 月份入职理工学院的。学校的义务劳动主要集中在节假日，特别是暑假期间。那时候，我们在马校长和孙校长的带领下，干活时大家都不怕脏，不怕累，每天都是一身泥一身汗地干活。有时炎炎烈日，有时大雨滂沱，但不管是啥样的天气，不管是怎样的活，大家没有人叫苦叫累。其实，这就是榜样的力量。因为你看着身边的校长，跟大家一样同吃同住同劳动，最苦最累的活儿干在前面，我们是又感动又敬佩，所以，大家干起活来，都劲头十足。"

李长江还说道："有时我想，看上去在学校领导的带动下，我们参加的是义务劳动，栽下的是一棵草，种下的是一棵树，可是通过这种自力更生、艰苦创业的劳动，确实起到了锤炼我们意志的作用。通过这种义务劳动，也凝聚了我们教职员工团结奋斗的精神和力量，使我们在互帮互助互相配合的艰苦劳动之中，变得无坚不摧，变得一往无前，也变得更团结更和谐更融洽了。"

王娟是 2008 年 2 月入职金马电脑专修学院的老师。她入职后在科技市场数码港大厦培训点负责讲建筑装饰课。节假日的时候，多次到新郑新校区参加绿化校园的义务劳动。

王娟回忆说："记得马校长和孙校长他们在新校区的义务劳动中，每次都是带头干活，有时还给我们改善生活。记得有一次，孙校长和我们学校后勤处的刘素珍老师，负责给我们参加义务劳动的老师们做饭，她俩在大石头支架起的大铁锅里，一下子炖了一大锅鸡肉，我们劳动后吃得好香好香啊！"

王娟说："今天，每当在学校里看到自己亲手种下的那些花草和树木，看着它们蓬蓬勃勃生机盎然的样子，看着它们春夏秋冬一年四季里色彩变化的样子，不管是花开了，还是叶落了，不管是下雨天，还是下雪天，一看到校园里的花草树木，就想起过去我们劳动的快乐。每一次从校园里走过，看到自己栽下的每一棵草、每一棵树生长的样子，都感觉那么亲切，就觉着它们生命的气息，在岁月的变幻流逝中，已经跟自己生命的气息融合到了一起。"

王娟还激动地说："我们许多的老师，跟这个学校的一草一木都有着很深的感情，看着学校今天一步一步不断地发展和变化，同时也看着我们自己在学校这个平台上一步步向前走，在学校的关心培养下一步步地提升和发展，我们的心里充满了骄傲和自豪。"

新校区这种自力更生、艰苦劳动的精神，不仅感动了学校自己的教职员工，也感动了校外的很多人，包括给学校干活的附近的农民。有一次，下过小雨之后，附近村庄的十几个农民来到学校，想要学校前段时间干活欠他们的工资。

那天，马校长刚在学校里干完活，正扛着几棵小树苗走到学校的东大门。当时，他满脸汗珠，一身泥，一身土，像一位农民工。几个农民工一下子就认出这个又像工人又像农民的人就是马校长，然后他们就很感动。

他们在校门口自己人对自己人说："这样实打实干的校长，相信他也不会欠钱不给，咱的钱也没有几个，算了，先回去吧，先不要了。"于是，这些农民工在校门口商量了一下，就自动散去了。

农民工理解学校，学校也理解农民工。学校从建校到今天，从没有发生过欠农民工工资不结算的情况，周围村庄的农民在与学校打交道的过程中，对学校十分放心。

孙春丽说："学校即便是贷款，或是借钱，也会给农民工和工程队结账，从没有因为欠农民工的钱，或者因欠工程款而给人家发生纠缠的事情。保持良好的信誉，也是一个学校发展的重要基石。"

劳动铺就幸福路，汗水浇开幸福花。

在马振红和孙春丽的带领下，郑州理工职业学院的员工发扬艰苦奋斗、自力更生的精神，在330亩曾经荒芜的土地上，不怕风吹雨打，不惧烈日炎炎，洒下辛勤的汗水，用自己的双手，种下了一棵又一棵花草树木，用劳动和汗水改变着学校的容颜。

年复一年，日复一日；季节更迭，奋斗不止。曾经荒芜的土地，如今已经蝶变而成了一座生机勃勃的花园式的现代化大学校园。

第四节　争分夺秒，大搬迁三天三夜创奇迹

日月荏苒，光阴如箭。

转眼一年过去了。现在，已经是 2008 年的 7 月了。

在忙忙碌碌的施工建设中，新郑新校区 330 亩荒凉的土地旧貌换新颜，发生了根本的改变。一栋教学楼、两栋宿舍楼，已经在学校的北面拔地而起；学校的内部道路和操场，此时也已经修建起来了，基本完工了；去年和今春栽下的树木已经扎下了根，长出了嫩绿的枝条；路两旁空地里种下的花草，也开出了各种各样芬芳美丽的花朵，引得蝴蝶和蜜蜂飞来飞去。

在这一年的建设之中，马校长几乎是吃住都在新校区。之所以如此，就是要把主要精力放在新校区的施工建设上，就是为了加班加点、争分夺秒让学校的建设往前推进，以便早日让寄人篱下在劳动干部学校的学生搬迁到这里。

劳动干部学校那个分校区的情况不容乐观，双方的关系此时已经到了不能再合作的地步。劳动干部学校通知金马电脑专修学院：合同一年到期后就解除。双方原来签订的合同是租用三年，现在劳动干部学校单方面提出了要终止合同。当马振红校长找到他们的负责人说这个事情的时候，他们毫不留情地讲：如果金马电脑专修学院还要继续在这里办学的话，也可以，但是房租要涨价。除住宿费每个学生每年 1400 元外，另外每个学生要每年收取教室占用费 2000 元。两项加到一起，每个学生一年需给劳动干部学校交费 3400 元。

这是个十分苛刻的条件！因为金马电脑专修学院每年收取每个学生的费用，学费与住宿费加到一起还不足 3800 元。如果按照劳动干部学校所开出的条件，这不足 3800 元的费用，一下子就要拿出其中的 3400 元交给他们。如此一来，那教职员工的工资从哪里来？学校的办公经费又从哪里来？

既然人家没有再合作的诚意了，那就赶快分道扬镳吧！

虽然新郑新校区还没有建设完毕，教学楼和宿舍楼还没来得及装修，但也不得不考虑，让劳动干部学校的学生在合同结束前搬过来。这里毕竟才是自己的学校，自己的家，自己的根据地。

第二次搬迁，已经迫在眉睫，刻不容缓。

校长马振红掷地有声地说："从现在开始，我们就开始计划搬迁的事情。宁愿我们减少一半的招生量，也要让学生搬到我们自己的地盘上生活和学习。寄人篱下的学习和生活，带给我们师生们太多的委屈和尴尬，不能再这样办学了。"

孙春丽和马振红以及学校的高层管理者在一起开会，分析研究搬迁的方案和存在的问题。大家一致认为，这次大搬迁，可能会造成一部分甚至一大部分学生的流失，还会造成一部分老师的流失。

大家逐层逐项分析了原因。

新郑新校区虽然是自己的地盘，自己的根据地，自己建设的学校，但从距离上说，离市中心大约有30公里，有一点偏远了；而且新校区的位置还在乡镇里，相对于在郑州市区的分校区来说，明显是不占优势；在金马电脑专修学院学习的学生大部分都来自农村，现在等于让他们再一次回到农村去上学，估计很多学生包括他们的家长，可能都不愿意接受。

有不足的地方，也有占优势的地方。对比周围同类电脑培训学校的条件，一般来说没有金马电脑专修学院的条件好。他们大多在郑州的西郊租人家村民的房子办学，而金马电脑专修学院现在的校园，则是自己购置的土地，自己建设的校园，主权是属于自己的。如果教职员工和学生们搬到这个地方，就再也不用担心那种租房办学寄人篱下的麻烦了。

从长远来看，大搬迁可能造成暂时的学生和老师的流失，随着学校办学条件的越来越好，这一切都会得到根本改变。要想让金马电脑专修学院得到长足的发展，朝着更远大的目标前进，必须要在自己的学校里办学，把命运牢牢地掌握在自己的手中。

早日搬迁到新郑新校区办学，是大势所趋，不容改变。

为了让这次搬迁能够有序地推进，学校决定让各分校的负责人和老师做好学生的思想引导工作。各分校区为了让学生们对新校区有直观的印象，也可以带领学生代表到新郑新校区参观。

2008 年 8 月上旬，大搬迁的方案彻底定下：劳动干部学校分校区面临着一年租赁期的结束，必须让老师和学生全部搬迁到新校区；北大学城分校区和陇海路分校区紧接着搬迁；暂时保留科技市场总校区的招生点，师生们暂时不搬；科技市场对面的数码港大厦上面有一个小教学点，也暂时不搬，因为这个地方是自己买下的房子，产权属于自己。

大搬迁的时间，正式确定为 2008 年 8 月 24 日上午开始。

马振红校长具体负责新校区教学楼、宿舍楼的装修和个别基础设施的完善。

从现在开始，搬迁进入倒计时，工人们实行轮班上岗制，24 个小时不停工，保证在 8 月 24 日到来之前所有施工项目完工，绝不能影响学校的大搬迁工作。

孙春丽负责各个分校区的总调度，做好大搬迁的思想安抚工作，包括电脑、床铺及其他办公设施的搬迁准备工作，务必要保证 8 月 23 日前，将各项搬迁的准备工作完成，保证 8 月 24 日能够顺利开始大搬迁。

前方和后方，都在紧锣密鼓地为这次大搬迁准备着、操劳着、奋战着。这次大搬迁，从某种意义上来说，比第一次从白庙校区搬往劳动干部学校还要困难。

孙春丽说："这次搬迁，是学校一年之内发生的第二次大搬迁的大事件，不光是学生们一开始不理解，就算是老师们，也有很多想不通的。大家都已经习惯了都市的繁华热闹的生活，现在突然要把学校搬到那么远的新校区去，而且听说新校区那里还很偏僻荒凉，地处村庄和田野之间，不少师生都产生了顾虑。从热闹的大都市搬到荒凉的村庄去办学，老师们的家都在郑州，来往乘校车至少需要两个小时，住学校吧，不少老师的家里还有老有小。如果不住校，来往的时间又耽误到了路上，总之是个问题。有的老师还存在坐车晕车的困难，有的是对象或家属在市里面等。种种情况表明，这次大搬迁，无论是老师还是学生，可能会流失严重，对学校来说会损失惨重。但搬迁势在必行，方案已经确定，重大而正确的事情，事关学校的长远发展，不能改变，也不可能改变。"

为了尽可能地让老师安心、学生安心，学校针对这种可能存在的情况，召开了多次由老师们参加的搬迁会议，畅谈学校在外面租房办学所存在的困难，和所受到的各种各样的欺负，谈搬迁到自己的校园办学对于学校长远发展的好处。通过会议上摆事实、讲道理、深入细致的思想工作，大部分老师的思想工作算做通了。

接下来，由孙春丽带领学校的老师们，做学生们的思想工作，做搬迁之前的动员和宣传工作。大家把新校区建设的规划图和现在已经建成的学校的环境图，用照片的形式制成展板，展示在学生的宿舍区，让学生们有个接受理解的心理过程。

孙春丽告诉学生们："现在我们有自己的'根据地'了，有自己的学校了，我们从此可以在自己的学校里学习生活，再也不受别人的欺负了。"

经过大量的耐心细致的思想工作，老师和学生们对这次搬迁，都有了比较深刻的认识，大部分老师和学生都表达了支持这次搬迁的意见，对孙校长和马校长自强不息办学的精神心怀敬意。

搬迁计划将如期执行，计划搬迁使用三天时间。搬迁的三天时间内，学生可以暂时休假，所有的老师和后勤工作人员都不能休息，要在搬迁的三天时间内发扬连续作战的精神，各司其职做好自己分内的工作。老师们负责各自区域的桌椅和机房电脑的搬迁，学校的后勤工作人员一分为三，一部分做好各种物资的装车扫尾工作，一部分负责跟车押车保证物资的安全，另一部分跟随孙校长到新校区做好接收工作。

作为学校主要负责人的孙春丽，除前期负责分校区搬迁的总指挥工作外，她提前三天就来到了新郑新校区，查看有关通水、通电和卫生工作，与马振红校长分别指挥着水电工，晚上打着手电筒加班加点干活，力保学生到来之前通水通电，给老师和学生们创造一个比较方便的生活和学习环境。

2008 年 8 月 24 日到来了，紧张忙碌的搬迁工作正式开始。

这天一大早，金马电脑专修学院各个分校区的负责人和骨干老师，都被分配到劳动干部学校分校区和新郑新校区，各有分工、各司其职、有条不紊地投入了搬迁工作。

在这次大搬迁中，很多人很多事很难忘。作为大搬迁主要负责人的孙春丽，在三天三夜的大搬迁中，亲自指挥在一线，战斗在一线，既是指挥员，也是战斗员。

这次大搬迁最为困难的是学生床铺的拆装问题。从分校区那边拆下来，一张床一张床地捆绑好装车，再运输到新校区这边来，然后再将一张一张床送到学生宿舍楼，然后再组装。来回搬运，来回拆装，总共 1000 多张上下铺的床位，经过这次搬迁，损坏率达到 20% 左右。

搬迁之中，作为总指挥的孙春丽，亲自开卷扬机，用吊车将 1000 多张床一张一张送往宿舍楼上，并指挥工人连夜安装。连续三天三夜，她没有休息，跑断了腿，磨破了嘴，喉咙在指挥中都喊哑了，最后都发不出声了。跟她在一起工作的一位名叫陶红的女老师，干着干着活，实在累得睁不开眼了，倒在工地上就睡着了。

即便是这样，作为搬迁总指挥的她，也不能休息，也不敢休息。因为三天后学生们就要来到学校了，如果那时让学生们住不上床，那就是搬迁的失败和遗憾。

孙春丽说："那时自己作为搬迁的主要负责人，可能责任在那儿赶着，真是像打了鸡血一样，全身心的力量都迸发出来了。"

学校领导和老师，还有施工的工人师傅们，三天三夜都是不休息，连轴转。大家忙忙碌碌，通水通电，清扫道路，打扫宿舍，安装床铺。

这次搬迁总体上的部署是到位的，但个别地方也有考虑不足的，那就是只考虑让学生们快快搬迁来到新校区，没有考虑到工作量实在是太大了的问题。1000多张上下床，2000多台电脑，搬迁加安装，在具体的搬迁中才发现，不是正常三天的时间能够完成的，时间太仓促太仓促了！如果不是每天加班加点24小时操作，三天的时间根本完不成这次大搬迁任务。

三天的大搬迁，累倒了学校的几位领导和老师。

三天后，学生开始上课了，孙春丽却病倒了，一病就是五六天，天天打针吃药，难受得无法形容。

她不无后怕地说："这次真是因为学校的大搬迁而累趴下了，累病了，倒下了。当时，身体像被掏空了一样，软绵绵的四肢无力，甚至感觉自己的命，可能只剩下半条了。一个星期后，身体才慢慢地好起来。真庆幸自己当时年轻，身体好，如果是上了年龄，这样不休息，日夜加班，拼命干三天三夜，恐怕是事业辉煌了，人可能就找不到了，以后不敢这样了。"

三天前，学校的建筑垃圾满地，到处一片狼藉；三天前，宿舍楼的上下水管道，还没有通水，校内主干道还没有铺设完整，绿化区还没有绿化完毕；三天后，水电全部通畅，绿化全部完毕，道路施工全部完成，施工的各路队伍全部撤出了校园。

三天之中，新郑新校区旧貌换新颜，发生了翻天覆地的变化。

三天之后，当劳动干部学校分校区的学生们来到新郑新校区的时候，看到的是干干净净的校园，整整齐齐的宿舍，原本垃圾满地、一片狼藉正在施工的学校，变成了一座道路平整、有花有草、窗明几净的崭新的校园。

孙春丽曾说：回忆这三天的大搬迁，是她这一辈子最难忘记的一件事。这件事让她经历了艰难困苦，也分享了惊人成就，从此感觉到自己的内心总有一种力量在涌动，在人生和事业打拼的路上，没有什么困难不可战胜。

前进的道路永无止境，奋斗的人生是如此壮丽。

第五节　损兵折将，胜利"会师""根据地"

劳动干部学校分校区的搬迁成功，只是大搬迁中的第一步。接下来，还要搬迁北大学城分校区和陇海路西校区，两个分校区学生加老师将近3000人。

有了劳动干部学校分校区搬迁的经验，这两个分校区的搬迁就更加顺利，各项搬迁工作在老师们各司其职的负责下，有条不紊地进行。

2008年9月中旬，北大学城分校区近400多名学生，按计划顺利搬入了新郑新校区；2008年10月上旬，陇海路分校区近400名学生按计划搬入了新郑新校区。

至此，这次大搬迁全部完成了任务。金马电脑专修学院三个处在郑州市区不同地方的分校区顺利完成了"大会师"，老师加学生，总共搬来了1000多人。

这次大搬迁虽然如期完成了任务，但也给金马电脑专修学院造成了巨大的人员损失，可以说是损兵折将。搬迁之前，几个分校共有师生4000多人；搬迁完成后，搬入新校区的师生只有1000多人，学生损失多达70%，教师队伍也损失了不少。不过这一结果，也基本是孙春丽和马振红预料之中的事情。

孙春丽认定了一条正确的路，那就是在竞争之中，勇于经历阵痛之中的抉择，才会有更大的发展机遇，或许才能给金马电脑专修学院涅槃重生的辉煌机会。

"新校区是我们自己建立的'根据地'，既然我们选定了这个长远的发展方向，就不能只顾眼前的一点利益而放弃更远大的前途。但这次搬迁，毕竟使我们的学生和老师损失了大半，这是不争的事实；但因为我们有提前的思想准备，所以能够坦然面对这一损兵折将的情况。当时虽然也很心疼和遗憾，但内心对未来却充满了信心和希望。"孙春丽说，"我们想到了当年中国工农红军所完成的两万五千里长征这一人类壮举。当年中国工农红军长征大会师陕北后，红军人数锐减到了不足万人，但中国革命一样朝着建立新中国更伟大的目标前进，最终建立了一个伟大的新中国。"

孙春丽还说："毛主席曾说，星星之火，可以燎原。虽然我们的师生队伍在搬迁中损失了大半，但我们经受住了这次大搬迁的生死考验，最终实现了成功搬迁，从而有了扭转学校被动办学局面的条件。这些留下来的学生和老师，就是金马电脑专修学院的'星星之火'，在我们自己的'根据地'里，一定会成就星火燎原之势，让金马电脑专修学院再一次实现由小到大、由弱到强的创业历程，最终实现完美的跨越，走向自己更加远大的理想和目标。"

这次大搬迁结束之后，孙春丽长长地出了一口气，心里轻松了很多，踏实了很多。内心里从此有了一种在郑州终于有了遮风避雨的"家"的感觉，有了一种历经曲折磨难终于建立了自己的"根据地"的胜利的喜悦和激动。

皇天不负苦心人。在苦苦打拼 13 年后，孙春丽终于迎来了自己人生与事业的又一次大转折。

大搬迁带来的有利的局势，就是学校从此有了自己的"根据地"，可以按部就班地按照自己的计划去制订学校的发展计划。但搬迁的阵痛，在新的发展中所带来的问题，也在不断地显现出来。最大的问题就是给一些老师带来的不便，这在此后的一段时间里，导致了不少老师的又一次流失。

首先就是上下班的问题。为了让老师们上下班更方便、更快捷、更集中，学校专门买了一辆大巴车作为校车，接送上下班的老师。每天早上6点，大巴车准时从郑州市北环路陈寨村出发，绕到郑州西环路，再到南环路，然后将上下班的老师送到新郑新校区。在不堵车的情况下，至少需行驶一个多小时。每天下午5点，大巴车从学校出发，开往市内送上下班的老师回家，正常情况下又是一个多小时。如果遇到堵车的情况下，或者是周末人多车多的情况下，一来一回大概需要3个多小时，甚至4个小时。有时候大巴车司机送完老师们，自己回到家时，通常已是晚上10点左右了。一天之中，有几个小时都耗费在路上，这使不少老师受不了了。加上个别老师还有晕车的情况，每次坐车，都吐得一塌糊涂。

老师们有共性的问题，也有不同的问题。有的因为家里有孩子需要照顾，有的因为家里有病人需要照顾，还有的因为自己的对象不同意自己跑到那么荒凉的地方去教学。种种问题的出现，最终使一些老师不得不提出了辞职。

比如，学校有一位很优秀的女老师，名叫吴锋，她离职的原因就是因为家里的孩子生病，没人照顾。那天她正在上课，突然接到家里的老妈妈打来的电话，说孩子从早上到中午一直高烧不退，孩子最高烧到了40摄氏度，一岁多的孩子一直哭着叫"妈妈"。

知道了孩子的病情，作为母亲，她心急如焚，真想一下子飞到孩子身边。可是，自己教学的地方，距离市里边差不多需要两个小时的路程才能到达，她一时不知如何是好，在教室的走廊里走来走去，急得眼泪都掉下来了。她这边心乱如麻、心急如焚，家那边老妈妈的电话一个接一个不停地打，要她赶快回去带孩子看病。听着孩子一声接一声的哭声从电话里传过来，她的心那一会儿简直都要碎了。后来，学校就派车将她送回了市里边……

面对搬迁后出现的种种问题，孙春丽和马振红理解老师们的苦衷，非常客观并冷静地处理这些问题，解决这些问题。

学校搬迁到新校区之后，为了处理部分老师们的请假、辞职等一些问题，同时也为招聘新的老师进入学校，补充辞职老师所带来的教师资源的不足，新校区专门成立了人事处。学校人事处受学校校长的安排，要求因家庭困难不得不辞职的老师，提前一个月写好离岗申请书，待学校招聘完新的老师并安排上岗后再离岗。

孙春丽和马振红作为学校的负责人，跟每一位曾经跟他们同甘共苦的老师都有深深的感情，面对他们因种种困难不得不忍痛辞职的情况非常理解。那一段时间里，学校为每一位离岗的老师设宴欢送，握手送别。

孙春丽曾经不止一次地在学校的会议上，对教职员工真心真意地说："每一位离岗而去的老师都是金马电脑专修学院的损失，但因为种种实际困难而又不得不离职，作为学校的负责人，我们非常理解，非常不舍。你们都是曾经与金马电脑专修学院一起奋斗、同甘共苦过来的，对于学校来说，每一位老师都永远是学校的老师，对于每一位离职的老师，学校都要设宴送别。同时，学校随时欢迎离去的老师，有机会有条件时再回到学校里任教。这里永远是大家的家，随时欢迎每一位老师再次归来。"

对于金马电脑专修学院来说，新校区虽然使学校有了自己的"根据地"，从此再不用担心在办学中被房东赶来赶去或者乱收房租乱涨价，也不用再担心城市拆迁给学校带来的搬迁问题，更不用担心学校周围的一些地痞无赖随意进出学校骚扰师生们学习和生活的情况。但新校区毕竟是学校的初创时期，很多条件还达不到成熟学校的办学标准，无论是生活条件，还是学校周围的环境条件，都相对比较艰苦。这些情况学校并不能一下子改变，有的也不是自己的能力能够改变的，这就造成了一些老师包括应聘老师，还有没有入校的新生，对学校有一种"很苦很荒凉"的印象。

不过这些情况，确实也是当时的实际情况。

李小军是 2006 年入职金马电脑专修学院的老师，2008 年从西校区搬迁来到了新校区，直到今天一直勤勤恳恳、忠心耿耿地在学校里工作。

他讲述了学校当时的情况。

当时我们学校内部的环境建设应该说很不错，但是学校周围的环境确实很不好，甚至说很糟糕。我们学校的位置就在 107 国道的西面，当时的 107 国道还是一条破破烂烂的道路，可能是因为年久失修的问题，道路坑坑洼洼高低不平，路上的泥土积了厚厚一层。那些大货车一辆接一辆从这条路上驶过，没有风的天气里荡起的尘土就能飞上天。遇到大风的天气，荡起的尘土一浪一浪遮天蔽日，从路的这边看不到路的那边，从路的后面看不到路的前面。

我们的老师或者学生外出办事，或者周末出去采买东西的时候，往往来回一趟就成灰头土脸的人了。因为学校距离 107 国道很近，那些往来的大货车的"哐咣当当"声音，给学校带来的噪声很烦人，那些荡起的尘土，也能随着风飘到我们干净整洁的校园里。那时老师和学生们都会说：没事尽量别出门，出了门，晴天一身土，雨天一身泥，烦人！

学校初创时期，我们新校区的南面是工业学校，东南面是华信学校，北面是一家名叫"中兴轮胎"的经营轮胎并修理汽车的公司。除了这些，周围就是散落的村庄和农民的耕地，看上去我们的学校比较偏僻。

夏天和秋天的时候，能听到青蛙、蛐蛐的叫声，还有成群的蚊子在空中飞来飞去，见人就咬，空气里还时不时地会弥漫着旧轮胎燃烧的味道，有时真能把人熏晕。这情况说明，学校当时的办学环境确实有点荒凉偏僻，但这些情况也不是学校能够一下子改变的，只能跟随着郑州市经济社会的发展和城市道路的改善一步一步地改变。

虽然刚来的时候条件很艰苦，但看到孙校长、马校长他们那种干事创业的精神，我们很多人都被感动了，心里很敬佩两个人。所以，也克服了种种困难，一直不离不弃地坚守下来了。

我们学校资产管理中心的主任马威老师是个女同志，她刚来学校的时候，学校里的住宿条件也不太好，夏天宿舍里连空调也没有，洗澡也没有热水，学校周围的环境也很荒凉，一个女同志就感到很难受。她家在郑州上街区，回家一趟要几个小时，很远很远。那时她就想家了，想回家，不想在学校了。可当她看到马校长和孙校长在学校里不讲吃、不讲喝、没架子、很和气，跟教职员工同吃、同住、同劳动这些情景时，她就感动了，后来就硬是坚持了下来，一直到今天，兢兢业业地工作。

现在 107 国道也干干净净的了，路两旁都种上了树木和花草，距离学校很近的新村镇吴庄村，我们来的时候只有一条破破烂烂的小街卖日用品，现在都发展成了一个繁华的小镇。正像我们孙春丽校长说的：持之以恒，坚持下去就是胜利。

一转眼十多年过去了，你看现在，我们的学校已经从当初的一千多人，发展到现在的将近 2 万人的大学校园了，而且成了全省很有特色的职业教育学院，获得了很多项荣誉。现在，我们学校又在黄帝故里新郑买下了七八百亩教育用地，学校正在努力把现在的大专院校晋升为本科院校……

作为学校的创立者，孙春丽很感慨地说："一路走来，风风雨雨，坎坎坷坷，有艰难困苦，也有成功喜悦，我们非常感谢这些与我们风雨同舟、携手并肩奋斗打拼的教职员工们。没有这些勤勤恳恳、忠于职守、爱校如家的老师们，我们就不会有今天的郑州理工职业学院。是我们同心协力的奋斗，才有了今天'理工人'美好的校园，和一项项金灿灿的荣誉。"

郑州理工职业学院的发展之路，令人感佩而动容。

第六节　大浪淘沙，"金马人"转型定乾坤

金马电脑专修学院搬迁之时，正是世界经济危机爆发的时候。

2008 年，由美国次贷危机蔓延而形成的东南亚经济危机和世界经济危机，对中国国内造成了比较大的影响。中国中小企业对美出口的产品中，纺织品、鞋袜这些低端生活用品，大多是劳动密集型产品，而这些产品主要消费群体是美国等西方发达国家的中低层收入者。金融危机直接影响了这些产品在美国等国家的销售。

同时，中国这些劳动密集型产品的出口，主要依靠价格优势与其他发展中国家进行竞争。由于金融危机带来的美元疲软和人民币升值，使得中国企业的价格优势不再，出口进一步受到抑制，中国经济开始变得疲软，国内的中小企业纷纷倒闭，大量的失业工人和农民工失去了工作和收入，口袋里的钱入不敷出。

金融危机还导致中国股市暴跌，股民的利益受到严重的损害，许多人的钱包被掏空，从中产阶级变为了普通阶层。金融危机对中国国内直接造成的影响就是消费疲软、企业倒闭，各行各业陷入危机之中。

在这场经济危机中，民办学校深受影响。尤其是一些实力不够的民办学校和培训班，学校办着办着就没有学生了。即便是一些有实力的民办学校，生源也在明显地减少。造成这种情况的根源，不是因为全国的学生总数少了，而是因为经济危机的影响，导致很多家庭经济收入锐减，家长给学生交不起学费了。

经济危机下的大环境，中小企业纷纷倒闭，学校也在经历着一次严酷的"洗牌"，不少民办学校特别是职业培训学校，在这次危机中不得不关门倒闭。

孙春丽敏锐地观察着这次经济危机浪潮给学校特别是民办学校带来的各种不利影响。她发现，从首都北京开始，2007 年以来职业教育就受到了美国次贷危机的影响，到了 2008 年，受世界经济危机蔓延的影响，

北京等大城市的职业教育一片惨淡。

孙春丽曾经去北京等地考察学习。北京作为中国的一线城市，最先在经济危机中受到影响，2008 年，这里的许多民办小型职业学校先后关了门。孙春丽意识到，这场经济危机将会波及二线城市的教育，民办职业教育的命运肯定会受到更猛烈的冲击，职业培训学校的大洗牌就要到来。

2008 年年底和 2009 年，郑州的民办职业培训学校在经济危机的影响下，行业的大洗牌终于势不可当地到来了。首先是一大批小培训学校倒闭死掉，紧接着，一些原来比较有规模的较大的职业学院也开始走下坡路，先是学生不断地减少，然后就是不管广告如何宣传，再也出现不了前几年排队报名的现象了，好像大批学生对学习已经失去了学习的欲望。金马电脑专修学院作为全省实力最强的一家民办职业培训学校，感受到了大浪淘沙的冲击和洗礼。

从行业的角度、专业的角度分析，这次经济危机对计算机培训行业的影响尤其严重。短期班影响还不算太明显，但长期班已经几乎无法运营了，因为根本没有几个人有信心来参加长期班的学习了。

孙春丽记得，当时最惨的一个月，报名长期班的只有两三个学生。正常情况下，金马电脑专修学院正常开班的班级有 100 多个，如今每月只有两三个长期班的学生，还不够开班费。学校派到各县市招生的人员发现，各地同行业的学校，命运都一样，无论大家怎么努力，广告怎么宣传，都难以打动学生家长的心，到处都出现了教室大、学生少、校园空荡荡的局面。

经过对各种信息的研判，这种情况的原因有多方面。第一个原因当然是人们受经济危机的影响，口袋越来越瘪，交不起高额的学费；第二个原因就是市场疲软，导致中小企业倒闭潮的到来，给就业带来了困扰，很多学生学习结束找不到适合的工作，对学习也就失去了兴趣。

而对金马电脑专修学院来说，还有第三个原因：这次大搬迁的新郑新校区，有点荒凉偏远，新校区的一些软件和硬件实力达不到，这些都影响到招生的进行。还有第四个原因，就是全国普遍存在的一个情况，那就是计算机培训行业随着电脑的普及，人们对电脑的操作知识认识得越来越丰富，已经不需要进行专门的计算机职业培训了，电脑培训行业已经逐渐被市场所淘汰，出现了一年不死，两年死，两年不死，三年亡，五年必被淘汰的规律现象。

民办职业培训学校要想生存发展，必须要不断地创新，不断地提升内涵并加强内部管理，逐步淘汰计算机培训专业，不断地寻找新的发展机遇。

孙春丽将这些情况汇总，经过反复对比，总结经验。她认为，既然无法改变这种大环境，那就必须要学着适应大环境，改变办学策略，势在必行。

于是，学校冷静地接受这次大环境下的"大洗牌"，采取了一系列的措施：一是不断在学校的硬实力和软实力上下功夫，提升学校的美誉度和影响力，吸引学生家长和学生们来学校参观；二是利用学校搬迁新校区，将几个分校区的房子退租，不再招生，减少大量的开支，学校实现由大到精的发展；三是大搬迁之后，针对教师因不适应环境而大量辞职的情况，通过招聘进行了教师队伍的更新换代，使学校的师资队伍更加精练；四是果断削弱了计算机培训专业而转型，几年间迅速发展了包含工程机械、经济贸易、幼儿教育等几十个专业的职业教育。

一系列具有前瞻性动作的改革措施，最终使金马电脑专修学院在这次大浪淘沙的世界经济危机中渡过了难关，实现了浴火重生、凤凰涅槃的壮丽发展。

孙春丽在她的工作日志上这样描述这次大浪淘沙的市场经济"大洗牌"：这次大浪淘沙，调精了我们的教师队伍，该留的留，该去的去，我们实现了教师队伍的精量化、专业化，同时总结了发展的经验和应对危机的策略，为学校的腾飞积蓄了力量。

利用这次大浪淘沙的机会，完善了我们学校的各项规章制度，提升了我们学校的内涵建设、素质建设，为今后成功申办大专学院奠定了坚实的基础。

这次大浪淘沙，促使我们加强了学生就业课的保障工作，除了学校的就业保障，还教育学生学会如何应聘的技巧和知识，解决了"学校就业和学生就业相结合"的双保障问题。

这次大浪淘沙，促使我们及时调整了学校由大变小的过程、由小变精的调控，让我们学校在危机中寻找到了新的发展机遇，由一个单一电脑培训专业成功转型成为多种培训教育专业的职业学校。

这次大浪淘沙，在整个市场倒闭死亡80%以上的民办职业培训学校的危机之下，我们的学校突出重围、向阳而生，最终实现了华丽转身，实现了学校命运在时代大潮中的大转折。

孙春丽不无激动地说："2009年，随着经济危机的影响和时代的变迁变化，电脑培训行业已经彻底没落，而此时，我们已经开始转型，并且取得了转型的成功。到了2010年，当我们学校成功升格为一所国家全日制大专院校时，郑州市几乎所有的电脑培训学校都纷纷衰落，甚至烟消云散不存在了。"

时代的车轮滚滚向前，奋斗者的脚步永不停息……

第六章
克难攻坚，"升格"成功大转折

2010 年 5 月 19 日，是个载入郑州理工职业学院发展历程的光辉而灿烂的日子。当天上午，在喜气洋洋的节日气氛中，"郑州理工职业学院"的揭牌仪式取得了圆满成功。对于孙春丽来说，从 1995 年到今天，已经整整奋斗了 15 年的时光。从一个老师、一台电脑、一个学生开始，到今天成功"升格"为一所国家承认的全日制高等民办大学，她的心血，她的感情，她的梦想，她的追求，她的青春，她的奋斗，在这一刻，都化作了华丽转身后满心的激动和幸福。

第一节　事业家庭，奋斗人生几多艰辛

人们说，在鲜花的背后，往往伴随着泪水和汗水。

作为金马电脑专修学院的创业者、引领者和重要的负责人之一，有时又作为一个家庭的妻子、妈妈或女儿，介于事业与家庭之间多重角色不断需要转换的一位女强人，孙春丽经受了比常人更多的心酸和委屈，有时甚至是委曲求全、忍辱负重。

她也曾经有过在家好好相夫教子的想法，做好一个妻子的角色、一个母亲的角色，但一路走来，所经历和所遇到的人和事，让她有了一份很清醒的认识，知道这份来之不易的事业，自己是无论如何不能抛下不管的。如果是那样的话，自己可能会有一段时间的轻松，但最大的可能

是，这份打拼而来的事业有可能毁于一旦，家庭也会因此而受到伤害。所以，她宁愿自己辛苦一些，也要尽可能地在事业与家庭两个角色之间转换，努力去平衡事业与家庭的关系。

鱼和熊掌，难以兼得。事业正在上升和爬坡阶段，她不得不在事业上倾注更多的心血。如此一来，有时就不能更好地照顾到自己的家庭，由此而产生的烦恼、委屈实在是太多，特别是感觉到对孩子们的亏欠，最为揪心难过。

在学校的发展过程中，因为对某些事情沟通不够，见解不同，孙春丽与马振红两位学校的重要负责人，也会发生争执。孙春丽作为主抓后勤的领导，很多后勤方面的事情，她都尽心尽力、兢兢业业地与同事们一起做，本来认为做得很好的事情，但在马振红校长看来，并不满意，有的事情甚至是他不愿意让这样做的，因为两个人站的角度不一样，理解不一样，同时也是前期沟通不到位造成的。

有时，两个人因为工作上的某些事情的争执，也会搞得两个人心里不愉快。但这些毕竟是工作，过几天或者过一段时间，双方就都会互相谅解、理解并包容。特别是作为女强人的孙春丽，有一颗特别包容而博大的心，每一次因为工作上的事情出现了矛盾和争执，她都会自己安慰自己，认为这些都是事业发展过程中正常的事情，比起自己奋斗的事业，能够在起起伏伏、风风雨雨中不断发展向前的大事来，这点争执、矛盾甚至是委屈，又算得了什么？在争执、矛盾和理解包容中，求得学校在管理上再上一个层次，事业上再上一个台阶，她无怨无悔。面对这份她为之奋斗的理想和事业，她愿意委曲求全、忍辱负重。

而面对家庭，特别是面对孩子时，有的事情给她带来的心酸、委屈和内心的压抑，有时却久久不能释怀。

说起来，有时确实愧对孩子。

儿子是 2002 年出生的，当时是金马电脑学校发展的第七个年头。事业的快速发展，决定了她不可能坐在家里更多地陪孩子，幸亏那时有父亲和母亲从老家赶来，对孩子和这个家进行照顾，才使得她从家里到学校，从学校到家里，能够忙里忙外地兼顾着两头跑。后来，孩子上幼儿园了，母亲会去接送孩子，孙春丽一有时间，也会自己去接送孩子。偶尔有特殊情况时，马振红也会去接送孩子。再后来，母亲回老家了，孩子也上小学了，接孩子的事情基本是孙春丽自己负责了。

2008 年 8 月，金马电脑专修学院大搬迁，一下子从市中心搬到了有些偏远荒凉的新郑新校区，从这里到孩子的学校有几十公里，接送孩子成了一个大问题。因为家在郑州市里边住，早晨来新校区时早早地起床，就可以把孩子送到学校去，可是等晚上孩子放学的时候，孙春丽就需要从新郑新校区独自开车到郑州市里边，需要跑好几十公里的路才能赶到学校接孩子。

风和日丽的日子还比较好，遇上刮风下雨和冬天下雪的天气，有时路上就会堵车，就会让孩子在学校的大门口等很久，也会在路上很担心孩子的安全。

春天到来的时候，大地回暖，天朗气清，百花盛开，蝴蝶飞舞。明媚的阳光下，微风习习，空气中弥漫着花儿的清香。此时此刻，接送孩子上学和回家的路上，会跟小孩子说说话，聊聊天，问问孩子在学校学习的一些有趣的东西。听着儿子用清脆明亮又奶声奶气的声音，亲昵淘气地跟自己讲述在学校看到的事情时，孙春丽的心里霎时就会涌起一种暖融融、喜洋洋的感觉，能感受到儿子这个小生命带给她的天伦之乐，整个人会沉浸到满满的幸福和轻松之中，有时会因此而一扫工作中的烦恼和压力。

有幸福快乐的时刻，也有烦恼忧愁的时候。

夏天的时候，白天的时间比较长，下午孩子放学的时间是 5 点多，那时天还很明亮，正常情况下从学校赶到学校里接孩子时间不算晚。但有时候，也会因为学校的事情，或者天气的事情，耽误了接孩子的时间，往往是赶到的时候就已经很晚了。

2009 年夏天的一个傍晚。那天刮了大风，下了大雨，当她从学校里赶出来接孩子的时候，路上已经堵车了。外面的风呼呼地刮着，雨哗哗地下着，堵在路上的孙春丽，心里焦急万分，脑子里想到的是，刮这样大的风，下这样大的雨，如此这样的坏天气里，此时的孩子在哪里呢？一定是站在学校大门口的风里雨里等她去接吧！曾经不止一次地告诉儿子，放学后无论多晚，都要等妈妈来接，嘱托叮咛儿子一定要记住妈妈的话。

那天，赶风赶雨，一路奔走，好不容易赶到儿子学校的时候，已经是晚上 7 点多了，此时早已过了放学的时间。她在学校的大门口寻找，没有发现儿子的身影，就急急忙忙地在学校的门口寻找，最后在学校大门口不远处的一棵大树下，终于发现了儿子。儿子很听话，没有远去，一直在等妈妈，可是风大雨大，他只能站在这个大树下避风避雨。那时，儿子浑身的衣服几乎都被雨淋湿了，在风中雨中被冻得瑟瑟发抖。

儿子见到她的那一刻，用颤抖的声音说："妈妈，你可来了，我以为你赶不来了呢！"

此时此刻，此情此景，孙春丽的泪水"哗"地就涌了出来，雨水和泪水在她的脸上横流。她安慰儿子："今天天气不好，路上堵车，妈妈一直在赶路，妈妈一直记着接你呢……"

母子二人回家的路上，儿子又高兴地跟她讲起学校发生的事情。而此时，她听着听着，泪水就又止不住流满了面颊……

冬日的天气，夜长白天短，天黑得比较早，往往是下午 5 点多一点儿，天就已经暗淡无光了。遇到天气不好的时候，天更是早早地就黑了。

2009 年寒冬的一天，因为学校开会开得比较晚，从学校出来的时候已经是下午 5 点多了，天苍苍茫茫的，刮着大风，下着小雪。孙春丽心里记挂着孩子，从学校里开车出来，就飞奔一样上了 107 国道，那一刻，心里只有孩子，顾不上什么了。还好，一路平安赶到了学校。

那时，已经晚上 7 点多了，学校早已关闭了大门。孙春丽飞快下车找孩子，可是在门口并没有见到儿子的身影。此时，凛冽的寒风越刮越大，雪花也纷纷扬扬、铺天盖地，小雪已经不知什么时间悄然变成了漫天的大雪。

儿子到哪里去了呢？儿子一定不会走远！她相信儿子是一个听话的孩子。

她一边焦急地在学校大门口四处寻找儿子，一边焦急地喊着儿子的名字。然后，就终于听到儿子回答的声音了。她循着儿子的声音找过去，原来儿子在学校大门口不远处的一个角落里躲风躲雪呢。孙春丽紧走几步，跑到儿子的身边，赶忙抱起儿子，握起他冰冷冰凉的小手。此时，她内心的疼痛和酸楚，一下子就涌上了心头，眼泪一下子就扑簌簌地流了出来。

孙春丽心里十分庆幸，孩子是一个听话的孩子。如果在这样的天气里，儿子如果着急了，等不到妈妈来时，就自己走回去的话，就有可能迷路，或者出现其他不可预料的情况，那后果真是不敢想象。

那天在风雪之中，母子二人紧赶慢赶，回到家里时，已经是晚上 8 点多了，整个城市都掩映在大雪之中的灯光里。

像这样的事情，不止三五次了，孩子受了太多的委屈。可是，家里又没有其他的亲人能够接送孩子！怎么办？这个问题困扰着孙春丽，让她想了很多很久。是找人接送孩子？还是坚持这样自己接送？还是放弃学校的工作，专门在家里照顾孩子？思来想去，辗转不眠，这个问题始终是个矛盾。

2009 年的金马电脑专修学院，事业到了关键性、转折性的大爬坡阶段。此时，学校正在努力创造条件申办大专院校，在金马电脑专修学院中等职业教育的基础上，升格成为一所国家全日制职业教育的大专院校。如果此时放弃自己所负责的后勤管理工作，那将会给学校的发展带来不可想象的损失。

孙春丽深深地知道，在此关键时刻，没有任何人能够比她更了解学校，更知道后勤管理、财务管理的重要性。在此关键时刻，还有谁能够像她一样全心全意帮助马振红校长开展工作呢？没有任何人能比她更好地去胜任目前学校的后勤管理工作了。如果她偶尔不去上班，尚且可以，如果她天天不去，只在家带孩子的话，估计用不了多久，学校的后勤工作就会乱套。

想想孩子，想想学校。想到孩子所受的委屈，心里就有一种酸酸的流泪的感觉；想到学校正在准备升格，需要打拼的事情一件又一件，内心又不断地矛盾和挣扎。

放弃学校的工作也不是，放弃孩子的管理也不对。作为学校的一个重要的负责人，作为一个幼小孩子的母亲，她的内心为此而备受煎熬。

她爱这个家，爱孩子，也更执着于这份事业。她没有更好的选择和办法，只能让自己付出更多的心血和时间，承受更多的风和雨，来往奔波于家庭与学校之间，宁肯自己多受累，也不愿让学校的事业受到损失。

作为一个有远大理想和目标的奋斗者，作为一个干事创业的女强人，人生所要面对的许许多多的劳累和心酸、委屈和眼泪，只能自己忍着、扛着、坚强着……

第二节　破釜沉舟，酸辣苦咸困难重重

新校区初建时期和学校升格之后的几年间，"金马"学校可谓是困难重重。重重困难不是简单地说说就可以克服的，而是要经历千难万险、酸辣苦咸，才能一个困难一个困难排除掉。

因为学校位置比较偏僻荒凉，因为学校的工作生活条件相对比较苦，也因为计算机培训时代的更新淘汰，金马电脑专修学院搬迁到新校区之后，种种原因导致了金马电脑专修学院教师的"离职潮"。几年之

间，教师由原来的将近 200 人减少到了五六十人，先后因各种原因离职而去的老师超过了一多半，离职率达到了 70% 左右。

不过这个事情有利有弊，离职造成了学校师资资源的短暂不足，但随着学校成立人事处负责对外招聘老师后，许多符合条件的中青年老师来到了学校，弥补了师资不足的问题。考虑到女老师有家庭有孩子不方便的问题，在招聘中学校重点招聘了比较优秀的男老师和一些单身的女老师，这样就避免了女老师因为接送孩子的问题和家庭的其他困难而带来的不便。当时，这也是实在没有办法的事情。

孙春丽特别遗憾和可惜的是，那些原来跟学校同甘共苦，一起多年战斗在金马电脑专修学院的老师，他们许多人是因为行业的更新换代和家庭的困难而被淘汰或者离职的。孙春丽深深地为他们中的每一位老师感到惋惜心疼，如果不是这些原因的话，大家会一直奋战在一起，那该多好啊！

计算机培训市场的萎缩和淘汰，倒逼学校加大了学校的管理力度，也改变了学校的办学思路和追求目标。民办学校要适应由多变少、由大变小、由小变精的转变，还要做好再次由少变多、由小变大、由精变强的更加远大的发展目标。

加大学校的专业扩容力度，将单一的计算机培训专业最终变成学校众多专业中的一个专业，使学校变成一个包含多个专业教育的大学校园，这是孙春丽和马振红下一步办学的追求和目标。要达到这样的转变和发展，学校就要请来各方面的专家和人才，建立高质量的专家团队和教师队伍。同时，还要加大硬件和软件建设的步伐，继续建设教学楼、宿舍楼，包括办公楼、图书馆等基础设施，而这些都需要学校具有一定的经济基础作为坚强的后盾。

为了买新校区这块地，为了早日搬迁所建设的新校区，目前的一栋教学楼、两栋宿舍楼和其他的绿化工程，就已经投资了一个多亿的资金了。后期的各项建设还有很多，包括师资队伍的建设，这些都需要资金的继续投入。筹集建设资金，成为孙春丽和马振红已经面临的最大的困难和问题。

建设资金从哪里来？或者更直白地说，钱从哪里借来？！

现在担任郑州理工职业学院财务处处长的孙国臣，2008年大学毕业后，就直接来到新校区财务处入职上班了。孙国臣是孙春丽的亲弟弟，是姐姐孙春丽亲自做弟弟的工作，让他放弃其他的就业门路，来到新校区工作的。

那时的新郑新校区，正面临老师们的"辞职潮"，弟弟孙国臣就听姐姐的话，来到新校区工作了。在艰苦的创业阶段，最苦最累最难的活，往往需要自己的亲人冲上去。孙国臣入职之后，主要的任务就是跟着马校长一起找钱、借钱、贷钱，不分春夏秋冬，不分节假日星期天，不分白天和黑夜。就是四个字：借钱！筹钱！

孙国臣说："那些年给我的印象就是，借借借！贷贷贷！钱钱钱！难难难！"

孙国臣至今忘不掉那些"筹钱"经历，酸辣苦咸的滋味样样都有。

他回忆了那些曾经的辛酸往事。

他说，学校一直实行的都是"滚雪球"式的稳步发展的策略。一边稳步发展，一边找钱继续建设。在发展之中，马校长和孙校长做到了一点，非常感动人，那就是厚待学校的老师们。不管学校有多少困难，也不管学校的资金有多么紧张，或者学校的资金已经到了山穷水尽的地步，他们两个人首先做到了一点，那就是无论什么情况下，保证老师们的工资一分不拖欠。

记得是2009年的年前，该给老师们发工资了，学校财务上还没有筹集到资金。为了保证老师们的工资能够及时发到手里，在没有办法的情况下，马校长只能通过社会上的一位朋友介绍，从个人手里短期借到了一笔钱，当时利息是3分5厘，比贷银行的钱高了好几倍。

当时，学校也试着找了几家银行，想从银行贷一些钱给老师发工资，但银行到了年底收缩银根，根本不对学校放款。

当学校的老师们知道马校长和孙校长为了给大家发工资，暂时不得不借了个人高息钱时，非常感动，有的经济条件比较好的老师就表示，暂时先不要工资了，缓缓再领这笔钱，愿意与学校同甘共苦渡难关，这让两位校长深为感动。

在学校急需资金实现大发展的阶段，有不少老师还把自己的钱借给了学校用，对学校充满了信任。

在借借借、贷贷贷的筹款路上，马校长和孙校长以及我们财务人员没少吃苦。想起这些往事来，今天还会感觉到心酸。

为了借到钱，马校长孙校长两个人动用了所有的社会关系，所有的亲朋好友，也找遍了几乎所能找到的所有的银行。记得为了借到钱，马校长没少陪人喝酒吃饭，马校长的酒量原本很大，但有一次也喝出事儿了。

那一次，为了贷到一笔贷款，他就陪着人家银行的领导喝酒。自己求人办事，肯定是自己多喝，让人家少喝了，以此表达自己的诚心诚意。可那一次，遇上人家对方的领导酒量也很大。人家酒量大，又是领导，马校长只能喝得更多，不然陪不好人家领导。况且，人家领导还半开玩笑地说："喝酒看工作，你马校长如果不能实实在在多喝酒的话，你就是缺乏诚意，那就不要说事儿了。"

领导如此这样"将军"，马校长肯定喝着喝着就喝多了。那天晚上回来的路上，他就突然摔到了地上，结果将自己的头上磕了一个大口子，当时血流了一地。

这次钱是贷到了，可是也付出了比较大的代价，他的伤口好长时间才痊愈……

孙国臣自己也没少遇到这样的事情。有一次，他去市里边找银行办理相关的贷款手续，办完事情之后，就请人家吃饭喝酒表达谢意。他自己酒量不大，喝着喝着就喝得有点高了。饭局结束回来的路上，他骑了个电动车，晕晕乎乎朝前走，走着走着就摔倒了，头上被摔出了个大包，胳膊也被路上的一块烂砖头划了一道血口子，血流了不少。

还有一次，刮着风下着雨，孙国臣赶到市里边找人家借钱。到地方之后，说事喝茶，事情办好后，又去请人家吃饭。这一次，他倒是没有喝多少酒，可是回来的路上，记得就是在文化路上，走着走着，突然被一个小车撞上了，电动车前面的部件都撞碎了，人也受了点小伤。好在人没有大碍，算是万幸。

说起去找银行贷款的事情，马校长、孙校长和孙国臣心里都有不少委屈心酸。人家都说，银行是最"嫌贫爱富"的主儿，这话一点不差。他们的行业就是要保证银行资金的安全，职业的属性让他们养成了"嫌贫爱富"的本能。越是有钱的主，他们越愿意贷款给人家，那些国有大企业和挣钱的企业，他们找着给人家送钱；越是没有钱的中小企业，特别是小企业，银行一般情况下都不愿意放款。学校要想贷款就更困难了，因为学校不能抵押，银行一般不予支持，只能用个人抵押贷款的方式，还有私人借款的方式，筹款让学校在困难中生存与发展。

不管是金马电脑专修学院时期，还是郑州理工职业学院建设初期，学校都处于急需资金的发展时期，但银行一般会认为学校有一定的风险，不太愿意给这样有一定风险的单位贷款。

马校长、孙校长他们找了不少的银行，但是往往是抱着希望而去，抱着失望而归。这期间，他们没少看人家的脸色，给人家递着好烟，说着好话，请着好饭，还要看着人家的脸色，有的领导"谱"摆得比较大，还爱搭不理的。有一次在饭桌上，有人曾经不无感叹地对马校长说："学校现在是越发展越大，事情也越来越多，做大事，作大难，整天看人脸色办事，马校长委屈了呀！"

马校长说："俗话说得好，干大事作大难，干小事作小难，不干事不作难。要想得劲，学校一卖，几个亿到手了，啥都有了！可那有啥意思？还是人干的事吗？！人这一辈子，总要干点事业，才有意思，才有价值。"

孙春丽说："这些曾经的艰难困苦，是事业发展当中的一部分，还有很多的酸甜苦辣咸，说也说不完，道也道不尽。但一切都已经过去了，苦尽甘来，现在的学校，已经逐步走上了良性发展的道路。"

"也有少数银行对学校的发展前景比较看好，在理工学院困难的时期，没少支持学校的发展。"孙国臣说，"过去我们学校比较困难时，新郑农商银行没少支持我们学校，我们之间至今依然保持着良好的合作关系。现在银行都看到了我们学校广阔的发展前景，愿意与学校合作，不少银行已经主动找上门为学校服务了。现在，我们也会选择比较好的银行去合作，不再像过去那样因为贷款而看人脸色受委屈了。近几年，学院收支平衡，已经进入了良性发展的好时期。"

一位十分了解郑州理工职业学院的教育界的老领导说："这样经过艰难困苦磨砺的学校，会特别珍惜自己的发展机遇和发展成果。有这样的创业者，学校一定会发展得越来越好。"

无数的事实也证明，郑州理工职业学院在跨越发展中，已经走过了最艰难曲折的历程，已经变得越来越好，越来越优秀。这里不但培养了一批又一批学有所成的青年学子，老师们在这里也得到了很好的发展，一个又一个优秀的青年教师，他们在这里正经历着百炼成钢的成长历程。

在这样一个澎湃的崭新的时代，郑州理工职业学院正经风沐雨而化茧成蝶，成为中原大地上一所生机勃勃成就青春梦想的大学校园。

第三节　求贤若渴，请教高人指点迷津

人这一生，最有意义和价值的就是干成一件事情；人这一生，需要有个理想和追求，要为了理想和追求而奋斗。

在办学这件事情上，在把学校一步一步发展到更好的目标和理想

上，孙春丽和马振红的思想是一致的。

孙春丽说："学校就像是自己的孩子，我把青春、热情、心血都倾注给了学校，从金马电脑学校到金马电脑专修学院，再到郑州理工职业学院，一步一步，经风沐雨，茁壮成长。"

马振红说："一辈子就做这一件事，要把这件事做成、做好，做到最理想的目标。"

金马电脑专修学院搬迁新校区后，已经敏锐感觉到电脑培训时代走向衰落的孙春丽和马振红，两个人为金马电脑专修学院的未来想了很多。如果金马电脑专修学院还是按照现在的办学思路，将电脑培训作为主业的话，那么必将是死路一条，纷纷倒闭的中小电脑培训学校就是最好的例证。

曾经与金马电脑学校进行激烈竞争，甚至想吞并金马电脑学校的"方圆""绿叶""新华""创维"等电脑培训界的大鳄，如今的日子也已经风光不再，前途处在风雨飘摇、岌岌可危的境地。

金马电脑专修学院要想重生，要想在未来有光明的前途，转型发展是唯一可以抉择的道路。

其实早在购置土地建设新校园之初，孙春丽和马振红两个人就有了让学校转型发展的目标和规划，之所以在新郑新校区一下子买下数百亩的土地，就是为金马电脑专修学院将来有机会升格为一所职业教育的大学在努力。如今看来，虽然他们从荥阳到新郑购买土地建设新校园的过程花费了几年的时间，但这一步费尽周折的棋，是走对了。这是战略发展的第一步，是为金马电脑专修学院的转型升级，提前一步埋下了伏笔，做好了准备，奠定了基础。

2008年受世界金融危机影响，电脑培训行业的衰落和覆灭已经成为不可扭转的事实。两个人在金马电脑专修学院搬迁的时候，就有了要将单一的电脑培训学校，努力升格为一所多专业教育的大专院校的想法和目标。

这个目标对金马电脑专修学院来说，绝对是一个宏大的目标。

对于孙春丽和马振红来说，绝对是一个十分困难的事情。

从一个民办的电脑培训学校，升格为一所国家承认的全日制大专院校，这是许多电脑培训学校的校长想都不敢想的事情。

勇敢而富有智慧，敢想敢做，敢于为理想而奋斗，一直是孙春丽为人行事的风格。从某种意义上来说，正是孙春丽这种干事创业、为理想奋斗不止的精神，点燃了马振红干事创业的壮志雄心，两个人在学校未来的发展目标上、认识上达到了高度的一致。

从规划、理想到实现目标，要走过什么样的路，经过什么样的历程，他们自己心里也并不清楚，只有这个远大的目标和理想，让两个人热血沸腾，孜孜以求。

从 2008 年下半年开始，两个人就围绕"升格"的事情在努力，一边在学校的软硬件建设上不断完善，一边在想方设法寻找一个在"升格"方面富有经验的人帮助学校。

谁能帮助自己实现这个目标和理想呢？两个人找到了河南省教育厅的有关领导虚心求教。

2009 年的上半年，马振红和孙春丽多次找到省教育厅法规处处长张莉，咨询有关"升格"的事情。张莉对孙春丽和马振红的创业经历比较了解，对两个人干事创业的情怀和事业心也很感动，除给他们讲述"升格"所需要的有关条件之外，还向两个人推荐了一位在"升格"这方面富有经验的专家型人才。

这个人就是后来全力帮助金马电脑专修学院办理"升格"的有关手续，助力金马电脑专修学院"升格"成为郑州理工职业学院，并在后来被聘为郑州理工职业学院常务校长的赵金昭。

当时，张莉处长将赵金昭的简要情况向两个人做了介绍。两个人初步了解，赵金昭确实是这方面的专家，曾任洛阳市嵩县县委书记、洛阳大学党委书记兼校长，经他一手将洛阳大学、洛阳工业高专等四所院校合并，于 2007 年 1 月"升格"本科成功，创办了洛阳理工学院。

当张莉处长向他们推荐了赵金昭这个人后，求贤若渴的两个人立即请求张莉处长引见赵金昭。张莉处长爽快地答应了这件事，并很快电话联系赵金昭，约定了在洛阳见面的时间。

2009 年 8 月初的一天，张莉与马振红一行驱车来到了洛阳。

在洛阳的一家酒店里，由张莉处长出面引见，马振红见到了赵金昭。张莉处长热情而简洁地为双方进行了介绍。张莉处长将赵金昭介绍之后，对赵金昭说："这个就是马振红。"显然，张莉已经在电话里跟赵金昭介绍过了马振红的相关情况，只差两个人见面相识了。

相见相识之后，马振红当面向赵金昭介绍了自己与孙春丽这些年创办郑州金马电脑学校，后来升格为河南金马电脑专修学院，以及后来购买土地建设新郑新校区的情况，大致说了一遍。然后将学校有意升格为大专院校的想法坦诚相告，诚心诚意表达了想聘请赵金昭作为学院顾问指点迷津的愿望。

马振红在介绍自己的过程中，还不忘拉上老乡情。他介绍自己是嵩县人，生长在嵩县的一个贫困的深山村，后来考上洛阳财会学校，毕业后到郑州创业，一步一步走到了今天。

这次双方见面后，赵金昭被马振红的诚意和事业心所打动，答应可以帮助金马电脑专修学院进行大专院校申报"升格"的事情。

然后，赵金昭问了马振红一个问题。赵金昭说："你现在有多少资金？能筹集到多少建设资金？"

马振红说："我现在能筹集到大概一个多亿的建设资金。"

赵金昭说："目前根据你的土地拥有情况和建筑面积来说，这些硬件差不多了，但目前你的专家团队和教师队伍，包括图书馆建设等多方面都还不达标，需要进一步完善。另外，你一个多亿的资金，距离办一个标准的大专院校，差距还很大，基本没有可能性，你要做好筹集资金的准备。虽然'升格'前期需要不了这么多的钱，但升格后的建设还是需要大量的钱，要想建成一个标准的大专院校，你没有几个亿的资金是不行的。一个多亿的资金就想办一个标准的大专，基本没有可能性，根据你们的情况，软硬件都需要进一步投资完善。"

马振红诚心诚意地说道："赵书记，请您到学校考察考察，看现在我们学校的软件硬件到底都缺啥？缺哪方面，我们就想办法解决，钱的事您不用发愁，我们努力筹集，总会有办法的。不管下一步有多大的困难，我们都会想办法克服，争取办成这个事情。"

双方这次见面，应该达到了预期的目的，甚至超过了预期的目的。

此后马振红、孙春丽与赵金昭又数次见面，双方进一步密切了感情和联系，加深了对彼此的了解。几次的见面和交谈，使马振红、孙春丽两个人了解了"升格"大专院校的基本常识，也认识到了"升格"的难度。他们原来根本没有想到，创办大专院校有这么难，需要花这么多钱。还有申报条件所讲究的"生均"：一个学生需要多少房？多少书？多少实验设备？许多方面，国家都有硬性的指标规定和规范。

孙春丽与马振红都认定赵金昭是位有思想、有水平、有远见、有丰富办学经验的人，是个可以信赖的老领导，所以诚心诚意要请赵金昭帮助学校完成"升格"的事情。两个人也下了决心，一定要在赵金昭的帮助下，以破釜沉舟的勇气和精神，全力办成学校"升格"这件大事情。

两个人深知，能否成功"升格"这件事情，关乎着学校的前途命运。

孙春丽当时曾经说："时代在不断地变迁，电脑培训时代的终结必将到来，金马电脑专修学院如果不转型升级，不开辟新的发展道路，必将是死路一条，这种危机有时让我夜不能寐。2008 年的金融危机之后到2009 年，全国中小企业的纷纷倒闭和电脑培训学校的纷纷倒闭，让我的危机意识不断地加剧，深刻认识到金马电脑专修学院的命运，在看似平静之中，其实已经面临着巨大的危机，唯有破釜沉舟，否则将万劫不复。金马电脑专修学院必须抢抓机遇，努力"升格"为国家全日制大专院校，才是唯一的出路，才会有光明的前途。"

赵金昭评价孙春丽和马振红时说："通过几次见面，对他们干事创业的经历有了比较多的了解，我认为这两个人是有情怀、有事业心、有远大抱负理想的人，他们历经风风雨雨，能够把事业干到今天这个地步，确实不简单，令人佩服。加上马振红还是我洛阳嵩县的老乡，我多年前还在嵩县当过县委书记，这一点乡情，也是打动我的原因之一。最后，就决定来郑州帮助他们谋划'升格'的事情。"

赵金昭还说："按照当时我了解的情况，学校除土地面积和建筑面积达标外，其他的包括师资力量、专家团队、图书馆建设、学校管理方面的规章制度等很多条件都不够格。要想达到'升格'条件，学校必须要在软件、硬件的建设上下大功夫，抓紧时间去完善。因为我知道，明年春天就是'升格'考核的关键时间，给予学校完善建设的准备时间非常紧张。当时我很知道'升格'的难度，但是看到马振红、孙春丽他们两个人在这件事情上决心很大，确实感动了我，我就下了决心，要帮他们努力争取去完成这个心愿。"

于是，从2009年8月以后，赵金昭往返于洛阳与郑州之间，参考洛阳理工学院"升格"的经验和相关的资料，帮助金马电脑专修学院完善软件、硬件方面的不足，一项一项补齐金马电脑专修学院的短板。

整个2009年的下半年和2010年的前几个月，金马电脑专修学院从上到下，教职员工们都在努力为学校"升格"做着各项准备工作，所有的人都期待着这个梦想能够有朝一日变为现实。

第四节　专家学者，经验丰富博学多才

在金马电脑专修学院"升格"郑州理工职业学院和其前期的发展壮大之中，赵金昭可以说是一位做出了重要贡献的人，必将载入郑州理工职业学院的发展史册。

在书写金马电脑专修学院成功"升格"为"郑州理工职业学院"的过程时，有必要在此将赵金昭的人生旅程做一介绍，有助于读者更好地了解"升格"的过程和"升格"后郑州理工职业学院的发展，从而认识到丰富的人生经历和一个人所拥有的人品、思想、格局，对于事业的发展和成功的内在联系和重要性。

赵金昭是 1952 年出生的人。他的家在当时的洛阳市孟津县北马屯公社朱坡行政村西相留自然村。这个地方距离黄河很近，国家在这个地方修了一处大型的水利工程，就是黄河小浪底工程。赵家据说是 500 多年前从山西洪洞县迁到这里的，祖上赵峦带领赵氏一族在此繁衍生息，生活富足。传说他家的粮囤上经常卧着一只白公鸡，守护着赵家的粮食。

赵金昭的父亲因为新中国成立前上过中学，新中国成立后就在当地当了教师。受父亲的教育和影响，赵金昭从小就喜欢读书学习，而且天资聪慧，所以老父亲说他是块读书的料。1958 年，赵金昭上了小学；1964 年上了中学；1966 年 10 月 18 日，赵金昭作为红卫兵在北京天安门受到毛主席的接见；1968 年，赵金昭作为下乡知识青年回到农村老家，16 岁的他就当上了生产队的会计。

1969 年，当地建立了高级中学，赵金昭又被推荐上了两年高中，毕业之后回村当上了小学老师。他当时教小学五年级，一年之后在全公社的考试中，他所教的小学五年级学生，考出了全公社第一名的好成绩。

当时的朱坡小学在北马屯公社的条件比较好，可是朱坡村西相留自然村的农业生产却一团糟，粮食产量多年上不去，群众生活一直很艰苦。于是，看在眼里急在心里的赵金昭，就申请要到生产队去当队长。赵金昭要申请当队长的消息一传出，不但家里人不同意，学校的老师们也都不同意。但赵金昭铁了心，找大队领导，说他有办法有能力把生产队的粮食产量搞上去，于是，大队就同意让他当队长试试。

赵金昭当上队长后，带领社员们割草积肥、深耕土地，当年生产队的粮食就由原来的亩产量 230 斤，提高到了每亩 580 斤，这件事当时在全公社都很轰动。

1974 年 4 月，赵金昭光荣地加入了中国共产党。后来，赵金昭被党组织任命为朱坡村大队党支部书记。在公社举行的三次基本农田大会战中，朱坡村三次夺得红旗，是全公社的红旗村。

1977 年 10 月 15 日，这一天赵金昭至今记得很清楚。那天，北马屯公社书记蔡端品告诉他说："你现在立即放下手中的活，赶紧复习书本，国家已经恢复高考了，要通过考试招收大学生了。这是个好机会！机不可失，失不再来，考吧，凭你的功夫，复习一下一定能考上。"

一直热爱学习、热爱读书的赵金昭，对上大学这个事充满了热望。于是，他就按照蔡端品书记说的话，开始日夜不停地复习功课。1977 年 12 月 7 日、8 日、9 日三天，赵金昭如期参加了全国恢复高考后的第一次高考。虽然复习的时间很短，但成绩公布后，他还是考上了当时的豫西农专这所国家大专院校。当时周围人对赵金昭都很佩服，说他真是干啥啥行，考大学也一考就中。

赵金昭原来有个"一本书主义"，就是他自己想当一位作家；后来上了大学，就想当一位农学家；结果三年大学毕业后，组织上让他留校做了团委书记，主要做在校大学生的思想工作。

赵金昭先后在学校工作了 10 年有余，深刻地认识到思想政治工作也是一门科学，需要好好地研究。而后，他写出了《思想教育简明教程》《大学生成才导论》《德育环境学》《人与社会的探导：学生和环境》《共产主义思想教育：大学德育教育》等文章和书籍，获得了中国北方15 省优秀图书奖、河南省科研成果二等奖等荣誉，还被评为"全国高校优秀思想政治工作者"。

此外，他还在河南发起成立了"河南德育教育研究会"。

1991 年 9 月 9 日，由洛阳市委组织部考核后，39 岁的赵金昭从豫西农专调任嵩县县委副书记。

他去嵩县任职的时候，回家看望了父母。父亲对他说："不管你到哪里，都不能占公家一分钱的便宜。初去乍到，要勤调查，少表态，多干事。"

嵩县是个国家级贫困县，是贫中之贫的县，当时县委县政府只有两台桑塔纳车。他到嵩县后的 8 个月时间里，几乎跑遍了嵩县的山山岭岭、村村寨寨。1992 年 6 月 12 日，在干了 8 个月的县委副书记后，他被提升为嵩县县委书记。

他当县委书记后，很多的讲话材料都是自己亲自调研亲自写。一个多月后，嵩县召开了全县的干部大会，专题研究嵩县经济发展的思路。当时的《河南日报》刊发了嵩县经济发展大会的文章，题目是《十八罗汉闹中原，十八罗汉怎么办？》。时任河南省委书记的李长春看到这篇文章后，对嵩县的经济发展思路非常认可，遂将嵩县确定为他的联系点，每年都去嵩县进行考察和调研，给予嵩县的经济发展很大的支持。

1997 年至 2007 年，赵金昭由政界重新回到了教育界，先后任洛阳大学党委书记兼校长和洛阳理工学院党委书记兼校长。

在这期间，他办了一件大事，就是将洛阳 4 所学校合并，创办了洛阳理工学院专科院校。然后，启动了洛阳理工学院异地搬迁扩建工程，采用 10 多种方式融资筹资 6 个多亿，征地 614 亩建设新校区。最终，将洛阳理工学院从闹市区搬到了洛南开发区，并于 2007 年升本成功，是洛阳理工学院由大专院校升格为国家全日制本科大学的重要推动者。

从赵金昭的这些经历来看，这是一个干一行爱一行的人，而且行行都能干出成就来。从教育的角度上来讲，他在这方面有学术专著，有大气魄的办学成果，不仅把 4 所学校合并建成一个大专院校，而且将这个大专院校一步一步"升格"为本科院校，在工作中积累了丰富的办学经验。

河南省教育厅法规处处长张莉，关键时候把他介绍给孙春丽和马振红，真是帮了一个大忙，引荐了一个高人，对于金马电脑专修学院"升格"大专院校起到了重要的推动作用，也为郑州理工职业学院引进了一个高层管理的专家型人才……

2009年年底，赵金昭与马振红、孙春丽几个人坐在一起合计了学校目前软硬件方面的综合实力，感觉到已经可以向有关部门报送"升格"的材料了。

当时对比国家大专职业大学的申报标准，金马电脑专修学院在软硬件方面的建设主要情况如下：第一是土地问题。按照国家教育部门的有关规定，大专院校至少校园要拥有200亩土地，且必须是拥有国家核发的土地使用证的土地。在土地使用面积这方面，金马电脑专修学院已经完全达到并超过了国家规定的标准。

第二是学校的建筑面积。按照国家教育部门的有关规定，大专院校的建筑使用面积至少需要14000平方米。目前，学校已经拥有5栋教学宿舍办公大楼，远远超过了要求的标准。

第三是师资队伍。按照国家教育部门的有关规定，学校至少要有一定规模的专家团队，要有130人以上高学历、高职业资格的教师队伍。目前，学校经过对外招聘教师岗位和寻找并聘请专家团队，已经达到了上述规定和要求。

第四是在校学生规模。学校一直进行着职业教育，目前的学生量已经比刚搬入新校区时增加了将近一倍，规模也达到了国家要求的大专院校的标准。除了这些方面，其他软件方面，比如规章制度的建设、岗位部门的设置等，也都达到了相关的标准和要求。

"升格"的相关的材料，由赵金昭一项一项亲自把关，然后于2009年12月初上报了河南省教育厅。经过河南省教育厅组织专家对学院所上报的"升格"材料的严格审查，教育厅同意于2010年1月派专家组到学校实地考察。

2010年1月16日，由河南大学校长王文金率队组成的河南省教育厅专家组考核组来到了新郑，开始对金马电脑专修学院进行严格的实地考核。

第五节　成功"升格"，"金马"奔腾华丽转身

金马电脑专修学院对这次河南省教育厅专家组的考核高度重视，除提前已经做好的各项准备工作之外，马振红、孙春丽又派专车赶到洛阳，于1月14日晚上将赵金昭接到郑州，便于具体指导学校的各项准备工作。

2010年1月15日早上，马振红赶到赵金昭入住的中州宾馆448房间，先是陪赵金昭用了早餐，然后就在房间内一五一十将报审的准备情况通报了一遍。马振红看上去很疲惫，显然近来是把所有的心思都用到了这次报审上。赵金昭劝他不要太紧张太累了，要抓紧时间好好休息一下。

当天上午，赵金昭赶去新郑"金马"校区，在马振红和胡文帅副院长的陪同下，查看学校准备的几个材料和专家考察路线。赵金昭发现存在不少细节问题，立即做了具体的指导，要求立即补充完善。

当天晚上，在中州饭店，考核组组长王文金在吃饭时见到了赵金昭，先是吃惊，然后笑着说："赵金昭是有名的'升格专家'，只要赵金昭来了，评审的准备工作就不会有啥大问题了！"

当天晚上9点，赵金昭提议再去新郑的"金马"校区，察看学校的一些原始资料。于是，一行人连夜赶路，于晚上10点多来到了学校，立即投入工作，发现并纠正了一些准备不足的问题。马振红等人对赵金昭的精心策划和指导非常满意非常高兴，赵金昭等人一直在学校忙到凌晨2点多，才放心地从学校启程返回中州宾馆。

2010年1月16日，由王文金率队的河南省教育厅专家考核组正式来到金马电脑专修学院，进行了为期一天半的"升格"考核工作。

一向为人严谨、认真的赵金昭，以工作日志的形式将这两天的"升格"考核工作进行了记录，为金马电脑专修学院留下了宝贵的"升格"考核的资料。现摘录如下：

2010年元月16日　星期六　晴

今天专家组正式考察。一切很顺利。上午8:50，我等坐上专家的中巴车，于9:50到达新郑校区。只见校园内设置有8个悬空气球，所挂宣传标语和欢迎标语特别醒目。正门内的喷泉水柱升起有十几米高，甚是壮丽；学校的主要道路两边，插着数百面印有"金马"二字的彩旗，把学校装扮一新。

专家被大家引领着走上办公楼四楼会议室。这是个60多平方米的房间，北边墙上挂着"申办郑州城市职业学院专家组评审汇报会"的会标。专家坐东，校班子坐西，还有郑州市教育局副局长、新郑教育局副局长等领导。

南边墙上是多媒体投影幕布，学校中层及教师有20来人参加。考核会由胡文帅主持；评审组长王文金讲话；马振红致欢迎词；王其顺汇报；然后，又放学校的专题片。

上午11:00，专家开始参观；至11:50，赶去新郑市用餐；下午4:00回校，看学校的有关资料。

专家对学校的准备工作及办学条件非常满意，交流气氛很轻松。

考核结束后，王文金组长安排考核组王生交处长具体负责写考察报告。

2010年元月17日　星期日　晴

上午10:00，评审组开反馈会。地点在中州宾馆四楼的小会议室。

一、组长王文金讲话：

我们来一天半，很顺利，很愉快。

1. 学校的各项准备工作非常充分。看点、查资料等安排很周密，为我们的工作带来很大方便。

2. 在郑州设置一所城市职业技术学院很有必要。作为郑州市这所学院，针对性很强，与城市发展相匹配，学校紧扣城市需要的基本人才来考虑。而且，我省至今还没有一所城市职业学院。

3. 可行性：按照教育部 2000 年 41 号文件。通过考察评审：认为办学条件是充实的，经费是充足的，领导班子力量也很强；学生规模、师资队伍发展空间比较大；专业设置、办学条件等都很好，可行性非常充分。尤其是学校创办人，事业心特别强，办学坚韧不拔，奋斗不止，从中专到高职的建设，舍得投入，会用人。

4. 民办高校用人问题：赵金昭办学很有经验，是升本专业户。学校要以培养人才为中心，不要怕花钱，要引进高层次人才。

结论：根据以上情况，我们的意见：办学条件充实，办学经费充足，办学特色鲜明，组建一所城市职业学院已经成熟。综合各项考核情况，符合教育部设置标准，建议提交省设置审议委员会审议。

赵金昭还记录了郭天榜、郭爱先等专家的主要发言内容。

郭天榜说："学校有证土地 300 亩，另有 700 亩已经选定，学校土地使用面积比较大，留下了很大的发展空间。学校教学行政用房每人平均有 60 平方米，其他基础条件也都很充分。建议办学思路注重特色：你们办个加工中心，对学生实践很有意义；你们也很注重打造学校的文化气氛，很注重提升人文的内涵；国画、声乐等艺术专业很重要，可以办，再配上环艺、装潢艺术专业，会更丰富。"

郭爱先说："对创办人马振红先生和孙春丽女士的奋斗创业精神，非常钦佩；两个人的办学思路很清楚，教学计划特色比较鲜明；学校的管理队伍素质强，学校起点比较高。"

……由此可见，专家组根据国家的相关规定，对金马电脑专修学院的软件和硬件条件等方面进行了逐项的核查核对，以王文金为组长的专家考核组，总体对金马电脑专修学院的各项办学条件比较满意。

专家组这次考核的对象，据说河南省共有 10 家，能批几家并不知道，是个未知数，但肯定是上报的多，最终批的少。赵金昭与马振红、孙春丽等学院的高层，一直在考虑这件事情，因为根据金马电脑专修学院现在的软件和硬件方面的优势，大家比较乐观地分析，应该能在这次考核中通过。

但这种事情，一日没有批复，一日就让人担心。

数月之后，大概是 2010 年 4 月底，传来了好消息：河南省教育厅通过了对金马电脑专修学院的资格审查。但因为金马电脑专修学院上报审批的学校名称与另一所学院申报的名字重复，所以需要临时改名，才能上报国家教育部备案。

金马电脑专修学院上报的名称是"郑州城市职业学院"，省教育厅肖新生副厅长说："就把'郑州城市职业学院'，改为'郑州理工职业学院'吧。"

能够顺利地通过层层审核，已经是十分幸运的事情了，改名字此时已经是很好的结果了。最终决定，金马电脑专修学院上报国家教育部"升格"备案的名称为"郑州理工职业学院"。

孙春丽、马振红、赵金昭和金马电脑专修学院的全体教职员工，还有学校的学生们，大家都在等待着、盼望着"郑州理工职业学院""升格"成功的好消息。

2010年5月初的一天，清风徐徐，白云飘飘，蓝天如海，大地如画，喜鹊在枝头喳喳地叫。在这样一个美好吉祥的日子里，学校终于从河南省教育厅获得了"郑州理工职业学院"已顺利通过教育部备案的好消息！

一年多的努力，一年多的奋斗，一年多的盼望，金马电脑专修学院终于如愿由一所中等专业院校，成功"升格"为一所国家全日制高等教育的大专院校了！

这个喜悦的消息，令孙春丽和马振红万分激动，泪流满面。

2010年5月19日，是个载入郑州理工职业学院发展历程的光辉而灿烂的日子。

这一天，风和日丽，天空湛蓝。只见校园里彩旗飘飘，锣鼓声声，歌曲悠扬，师生欢笑，五颜六色的彩色气球上悬挂着红色的长幅标语，在天空摇摆飘荡。学校里到处喜气洋洋，一派节日气象。

这一天，"升格"成功后的"郑州理工职业学院"，在学校的运动场上举行了隆重的揭牌仪式，庆祝学校发展历程中这件历史性转折的大事。

当天上午10点整，揭牌仪式正式开始。学校的运动场搭建的主席台上，第一排坐的是河南省教育厅肖新生副厅长、陈艮亭处长和郑州市副市长刘东人，主席台下面是各界嘉宾100余人、学校师生千余人。仪式由一男一女两位电视台的主持人主持。第一项：鸣礼炮16响；第二项：由学院理事长马振红致欢迎词；第三项：由河南省教育厅陈艮亭处长宣读省政府批复文件；第四项：由郑州市副市长刘东讲话。紧接着，由当地新华书店向郑州理工职业学院捐赠价值28万元的图书，学院与两个担保公司当场签订了担保贷款1亿元的协议……

当天上午，在喜气洋洋的节日气氛中，"郑州理工职业学院"的揭牌仪式取得了圆满成功。

对于孙春丽来说，从1995年到今天，已经整整奋斗了15年的时光。从一个老师、一台电脑、一个学生开始，到今天成功"升格"为一所国家承认的全日制高等民办大学，她的心血，她的感情，她的梦想，她的追求，她的青春，她的奋斗，在这一刻，都化作了华丽转身后满心的激动和幸福，还有无言的默默流淌的泪水。

第六节　大学初创，高层磨合尴尬心酸

金马电脑专修学院作为一家民办的职业学校，这次能够在国家教育改革发展的洪流之中，抢抓机遇，顺势而为，从一家自主招生的普通民办学校，成为纳入国家统招教育序列的全日制大专院校，成功实现了华丽的转身。

金马电脑专修学院的成功"升格"，当时引起了新闻媒体的关注，媒体纷纷用含有"金马变黑马""民办学校华丽转身"等词语的新闻稿件报道这一事件。

那些已经被历史淘汰关门，或者即将关闭的电脑培训学校，面对金马电脑专修学院的华丽转身，有无比佩服的，也有"吃不到葡萄说葡萄酸的"。有一家过去与金马电脑专修学院竞争十分激烈的比较有实力的电脑学校，嘲笑金马电脑专修学院说："运气来了，猪都会飞！"

嘲笑归嘲笑，他们内心的疼痛，只有他们自己能够最深刻地品尝。大浪淘沙的历史选择，已经决定了他们这些满足于现状，拒不转型去适应历史潮流的电脑培训学校，早一天晚一天都要被时代所彻底扫地出门的命运。

对金马电脑专修学院来说，他们顺应潮流，已经顺势而为实现了历史性的转折，已经将自己的命运与中国教育改革的时代洪流相融合，并成功走向二次创业的崭新的征程。

虽然在二次创业的征程中，他们还要经历探索和曲折，但大的方向

和路途只要没有错误，他们就必定能够走向成功的远方。

2010 年 5 月 19 日揭牌庆典仪式结束后，学校不得不摘下大门口悬挂的"河南金马电脑专修学院"的牌子，换上了"郑州理工职业学院"的校牌。

望着学校大门口悬挂的醒目的"郑州理工职业学院"的标志性校牌，孙春丽突然就哭了，泪流满面。那一刻，没有人知道她内心的波澜。

这次成功申办大专院校，意味着"河南金马电脑专修学院"从此将走入历史的档案之中，取而代之的就是"郑州理工职业学院"这样一所纳入国家统招的民办高等教育大学。按照国家的相关规定，一个学院是不能够同时悬挂两块牌子的，不管"河南金马电脑专修学院"这个名字饱含了孙春丽多少情感和心血，也不管从前为此投下了多少血本和代价，这个校牌都注定是要被取消而存入档案的。

一想到历经 15 年创业而打造的"河南金马电脑专修学院"就这样消失了，孙春丽的内心就莫名地惆怅。金马电脑专修学院在全省职业院校这一块儿多有名气啊，现在说没有就没有了，一下子就要退出历史的舞台了！对于孙春丽来说，金马电脑专修学院就像她自己养育了 15 年的亲生的"孩子"一样，现在突然要改头换面变成另外一个名字了。虽然明明知道这是一种成功和进步，是一件大好事，可就是挡不住内心涌起的莫名的刺痛，眼泪就那么"哗哗"地止不住地一次一次地横流。

盼望着、盼望着"升格"成功，可是心里真的舍不得、舍不得金马电脑专修学院这个"孩子"，心痛了好久，孙春丽才从莫名的忧伤中走出来。

孙春丽毕竟是一个十分聪明智慧、坚强刚毅的女性，她知道这份感情的缘由，更懂得学校未来命运的重要，勇于在时代的潮流中踏浪而歌才是正确的选择。

她轻轻擦干脸上的泪，努力做着迎接二次创业的准备。

2010年8月，郑州理工职业学院迎来了670名国家统招大学生。

郑州理工职业学院从此踏上了扬帆远航的路。

二次创业，一切都将从头开始。未来的征途上会有什么样的风和雨？并不能清楚地知道，但清楚的是，一定会有风和雨的到来。因为15年的打拼，让孙春丽深深地知道，任何事业都没有一帆风顺的路。

伴随着郑州理工职业学院的成立，学校的管理结构、组织结构也与过去不大相同了。过去学校作为民办职业学校是自主经营、自主招生；现在是由国家统一招生，所有新生都纳入国家统招的序列。

为了管理好这所新型的大学，学校成立了理事会，由马振红担任理事长。孙春丽与马振红考虑到自己在大学管理方面经验还不成熟，就从社会上聘请了校长、副校长。学校实行两级制管理：一方面是实行校长负责制，校长全面负责管理学校；另一方面校长对理事长负责，理事长负责监督校长的各项工作。

孙春丽作为学院的高层管理者、副校长，主抓学院的财务管理工作。

这次聘请的校领导，在后来的工作磨合中，也许是双方的理解不同、理念不同、沟通不畅，也许是聘请的校领导没有认清自己的位置、做好自己应该做的本职工作。总之，在管理工作中，高层之间产生了很多不协调的事情，造成了管理上的尴尬局面。

校长在学校里具有至高的权力，负责学校的四大块工作，即教学部门，学生部门，后勤部门，行政部门。原则上，工作中有什么重要事情，校长都应该及时上报理事长。但在实际工作中，这位校长并不是这样做的，他认为孙春丽、马振红两个人并没有管理高校的经验，不应该对他的工作进行干预。

一段时间之后，校长对主抓财务的孙春丽的工作很不满意，因为很多他批的条子，都不能在财务上顺利支出。孙春丽总是认真地核对校长的有关批条，合理的很快支出，不合理的坚决不支。于是，因为财务支出的问题，校长就反映到理事长马振红这里。马振红一时并不能理解孙春丽的财务监管职能，为了照顾校长的面子，不免拍桌子发脾气，惹得三方都很尴尬。

校长认为他批的条子必须要及时支付，不及时支付就是对校长工作的不支持。因为报销条子的事情，有时校长会坐到理事长马振红的办公室里理论，结果就搞得孙春丽与马振红两个人为此而发生争执理论。但孙春丽在财务上的认真，是谁也不能改变的，该支付的支付，不该支付的坚决不会支付。

又过了一段时间，校长要求理事长撤换财务主管，这明显就是要撤销孙春丽财务主管权。虽然这个建议并没有得到最后的执行，但孙春丽为此想了很多。

学校是她和马振红一手创办出来的，现在因为招聘了校长，校长反而成了学校合法的法人代表，他们两个却成了负责人。这位校长在管理学校中只管花钱批条子，而不管不顾学校创业者的艰难困苦，并且认为，孙春丽和马振红没有管理过真正的大学，不知道管理大学这里面的门门道道，不知道管好学校这里面的水有多深。

孙春丽认为："我们是学校的创始人，15年来风风雨雨走过了多少艰难曲折的路，最终才一步一步把学校'升格'成功，创办了这所大专院校。学院聘请校长是好好管理学校的，不是随随便便就立一个项目，预算少则几十万元，多则上千万元，要求学校的财务无条件地支付他校长的批条。学校还处在爬坡阶段，不能这样花钱无度。如果这样随随便便地批个条子，就要求财务无条件支出，那学校的创始人不就成为校长的打工者了吗？如此长久下去，学校会负债越来越多。校长不负责债务，只管以开展学校正常工作的名义花钱，最终债务是需要孙春丽和马振红两个人去负责的。你花钱，我买单，这样发展下去是不行的。"

半年之后，校长与理事长之间的磨合也出现了问题。因为校长是学校的实际负责人，管理学校的几个主要部门，校长在学校里很有影响力，而理事长马振红和副校长孙春丽在学校里被架空，导致了两位学校的创始人被边缘化的局面。这让孙春丽和马振红开始担忧学校未来的发展局面。

作为校长，他在学校受到了理事长的管理监督，又受到了孙春丽所负责的财务部门的监督，他认为正常的批条也不能够正常地支付，心里很不舒服。

三个高层管理者的磨合一旦出现了问题，在工作中就很难达到和谐。校长坚持自己的办学理念，理事长坚持自己的工作方法，孙春丽坚决按照财务纪律管理财务，三方都坚持自己的观点，出现了互不相让的尴尬局面。

特别是在财务方面，孙春丽坚持原则，该放的款，要求财务必须尽快支付，预算外的开支或者明显不合理的开支，不允许财务乱支一分钱。孙春丽心里十分清楚，财务是稳定学校大局的部门，必须要严格管理，否则学校必出大乱子。作为学校的创始人，她宁可把事情搞僵，也不能违背原则，随随便便把钱支付出去，给学校的发展造成损失和隐患。

理事长马振红意识到，在学校里，理事长是管理校长院长的，校长是执行学校既定发展计划的人，假如理事长不能很好地发挥监督的职能，假如校长凌驾于理事长之上，权力集中到校长一个人的手中，那学校的管理必定要出问题，走上危险的地步。由此，他逐步理解了孙春丽一直严格监管财务工作的重要作用。

2011 年 7 月，双方合作将近一年后，因在管理中、磨合中，双方难以达到共同的理念和目标，产生了太多的分歧和矛盾，最终不欢而散，结束了这一段合作。

这次合作的经验，让两个人认识到，学校需要一位真正具有管理水平的优秀的合作者和管理团队，这一点非常地重要，来不得半点马虎。必须找到一个真正能担负起学院发展大格局的校长，才能给学校未来的发展带来光明的前途。

孙春丽和马振红想到了这个最优秀的最合格的人，就是赵金昭。无论是人品、学识、经验，赵金昭都是不二的人选。

第七节　夯实根基，建章立制建设队伍

2010 年 5 月，金马电脑专修学院"升格"成功后，马振红和孙春丽就十分想聘请赵金昭来做学校的校长。

那时，赵金昭还在洛阳理工职业学院做党委书记兼校长，还没有到退休的年龄，此时来学校做校长肯定不行，只能偶尔抽时间来学校帮个忙，讲几次课。

其间，赵金昭曾应马振红、孙春丽的热情邀请，来到学院为师生们讲了一课。他讲课的题目是《我国 21 世纪高等职业教育体系及培养模式研究》，他的课深入浅出、内涵丰富、内容深刻、见解前沿，使师生们深受启发，大开眼界。

2011 年下半年，赵金昭到了退休年龄，办了退休手续。此时的赵金昭，在河南教育界很有声望，他已经成为全国高等职业教育研究会的副会长、河南省高等职业教育学会的会长，当时全国有几所学校都要聘请他去做校长。经过再三考虑，他最终接受了马振红、孙春丽的邀请，来到郑州理工职业学院这个他和马振红、孙春丽共同努力"升格"成功的大学做常务校长。

赵金昭说："马振红与孙春丽两个人当年从办电脑培训学校开始，历经 10 多年的努力，付出了那么多心血汗水，将事业做到今天这个比较成功的地步，我对他们两个人很佩服，从心里想帮他们把事业做得更大更好。他们三番两次去洛阳拜访我，诚心诚意地请我，也是抬爱我，我愿意发挥余热，为这个学校的未来再拼一把。"

2011 年 8 月初，赵金昭受聘来到了郑州理工职业学院，开启了学

院发展史上良好和谐、团结合作的办学时代，使学院逐步走上了良性的稳固的发展阶段。

赵金昭这次从洛阳来郑州，不仅自己来了，还给学校带来了另外一个名叫万振松的好友。在此后数年的时间里，马振红、孙春丽与赵金昭、万振松、胡文帅、卢德顺等人，组成了学校的高层管理团队，开启了一段团结协作、上下齐心、克服困难、开拓进取的建校之路。

赵金昭一生从基层开始发展，一步一步走到县委副书记、县委书记、大学党支部书记兼校长的职位。做过副职，做过正职，对人情世故的处理，对高层管理的认识，对学校发展的规律，方方面面都有丰富的经验和独到的见解。

赵金昭来到郑州理工职业学院任职后，设身处地为孙春丽、马振红夫妇二人着想。初来乍到，他果断与孙春丽、马振红两个人进行了明确的分工。

赵金昭认为，抓好教学管理就是自己的本职，也是自己的特长。

他诚心诚意、开诚布公地对两个人说出了自己内心的想法："我们既然聚到了一起，就是缘分，就是个团队，就要合作好，实现我们管好学校的目标。我有个想法，就是咱们分分工。我不当校长，不做一把手，校长一职由振红、春丽你们当，我只当干活的常务副校长。"

赵金昭说："我们几个老同志负责管好学校的教学工作，把学校的教学质量搞上去，把学校的规范管理搞上去，把学校的形象树起来，名声打出去。你们夫妇两个人就负责学校的三件大事：一是负责招生工作，二是负责基建工作，三是负责财务工作。招生工作是学校的重中之重，你们主抓这项工作，我们也积极配合这项工作。学校要想大发展，基建少不了，现在学校每年都在搞基建，马校长又有基建方面丰富的经验，你就主抓学校的基建工作吧，把学校尽早建成一个规模化的大学校园。财务工作是学校发展的命脉基础，孙校长这方面有丰富的经验，你就管好财务，该花的钱花，不该花的钱，就坚决不花，就算是我赵金昭同意支出的钱，只要财务审核认为不合理的，也不要支出，我不会有意见。学校在发展过程中，我们之间如果因为某些事情意见不一致，造成了一些矛盾，但都是为了学校的发展大计，绝对没有个人的私心，所以以后在这方面请你们两个要理解包涵。"

这是一个不争权，不争利，不争名的人，是一个想干一番事业的人。赵金昭的这些话和他所进行的分工，让马振红、孙春丽感受到了赵金昭在为人处事和在管理经验上的魅力。两个人的心里都很欣慰，感觉到学校有这样一个团队，学校未来的发展一定很有希望。

有了良好的开端和正确的部署安排，一切工作按照计划有条不紊地开展起来。

大学初建，各项规章制度还不健全，已有的一些规章制度也不能很好地适应当下的形势，需要进行必要的修改。赵金昭带领高层管理人员、中层管理人员和各个部门，开始了建章立制的工作。围绕教学管理、学生管理、后勤管理各项工作，先后制定了 63 个岗位职责和守则；围绕院长办公会议、理事会会议，制定了详细的会议规则和制度；制定了一整套对高层、中层和教职员工的绩效考核办法。

紧接着，围绕各个院系设计了发展规划，制定了相关的工作标准。针对一些部门人员不完善的情况，开始完善人员，健全机构，提高效率。

一系列的建章立制工作，使学校的各项工作和发展计划有章可循、有"法"可依，调动了各个部门和教职员工的工作积极性。

在马振红、孙春丽的支持下，赵金昭领导学校多个部门的人员，于 2017 年 3 月编写完成了郑州理工职业学院《教师工作手册》，并在全校教师中学习使用。这本《教师工作手册》，涵盖了学院老师们工作的各个层面，对提高学校内涵，提升教师素质，提高教学质量，有极大的帮助推动作用。

为此，作为主持编写这本《教师工作手册》的常务副校长，赵金昭专门在这本手册的前面，很用心地写了前言：

郑州理工职业学院于 2010 年 5 月挂牌以后，已走过了七年历程，取得了很大成绩。全体教师在这里挥洒汗水，做出了突出贡献。

中国近代著名教育学家梅贻琦先生说："所谓大学者，非谓有大楼之谓也，有大师之谓也。"苏联卓越的无产阶级革命家、教育家——加里宁提出："教师是人类灵魂的工程师。"这两段话，充分体现了高水平教师作为人才，对办好学校的重要性。

当一名人民教师，是光荣的职业，崇高的事业。但是，要做一名高水平的教师，并非易事。学校无小事，事事皆育人；教师无小节，节节是楷模。教师应该对自己有一个充分的正确的自我评价和要求，真正成为学生之楷模。

七年来，学院理事会、院委会高度重视教师队伍建设，通过外引内培及多种措施，已初步形成了一支能适应教学需要的教师队伍。但是围绕学院"十三五"事业发展规划（2016—2020 年）提出的"适时推进升本工作"的目标，建立一支高水平的教师队伍，仍然任重道远。

为此，我们精心选编了《教师工作手册》，供教师学习和使用，这是继续加强教师队伍建设的措施之一。手册内容有两个大的方面：国家法规政策和我院涉及教师队伍建设已形成的规章制度。前者是纲，是我院制定规章制度的依据；后者是目，是我院所有教师必须遵守的行为规范。

希望全院教师认真学习《教师工作手册》，熟记有关条文规定，并在教育实践中，努力贯彻执行。尤其是刚入职的教师，更应该立即学习并熟悉手册内容，身体力行，迅速融入郑州理工职业学院这个大家庭中。

我们完全有理由相信，郑州理工职业学院在炎黄故里这片神奇的土地上，发展会越来越好；我们完全有理由相信，每一位教师在为郑州理工职业学院做出自己卓越贡献的同时，会梦圆杏坛，成为一个高水平的教师，实现自己人生的最大价值！

在建立较为完善的各项管理制度的同时，学校启动了两支队伍的建设工程：一是管理团队的建设，二是教师队伍的加强。学校通过对外招聘，通过各种社会关系推荐，然后再考核招聘，吸收了不少人才进入了学校的管理团队和教师队伍。教务处、学生处、后勤处、办公室、图书馆、组宣部、招生中心，都补充了一大批人才；各个院系也有一批既懂管理又能教学的人才，分别担任了系主任。

学校原有一批中高层管理人员，如，卢德顺、李庆标、孙国臣、李小军、化刘志、韩小伟、薛铁军、徐永兰、王娟等人。除此之外，学校高层管理团队的部分人员、各院系、各部门的骨干人员，大部分都是新招聘入职的。如：高层管理团队中的的万振松、胡文帅、李新明、李书耀、高建炳等人；各科室、各院系的骨干人员如董宝阳、白宝华、李长江、和朝敦、王常慧、马威、杜军伟、赵怀坤、胡俊杰、吕华舟、孟冲、王铁、郑超、王晨晨、王俊华、宋广益、陈磊、李玲玲、刘可诗、赵琳等。

人才队伍的建设，对郑州理工职业学院的稳定发展起到了良好的作用，为培养德、智、体全面发展的大学毕业生奠定了扎实的基础。

赵金昭曾经不止一次地在学校的教职员工会议上说："我们要像农村的木匠、铁匠一样对待学生，培养学生们热爱学习刻苦钻研的精神，让每一位学生在郑州理工职业学院都能够学到一门技艺。学生们掌握了一技之长，才会在社会上找到他们安身立命的工作岗位，实现自己的人生价值，对国家和社会作出应有的贡献。这既是我们老师们的工作任务，也是我们学校的使命责任，每一位老师都要兢兢业业地工作，尽心尽力地教学，将自己的学问技艺传给你的学生们。"

学校同期进行的还有两项工作：一是建立了校团委，二是建立了学校党支部。特别是党支部的建设，还是费了一些周折。

当时学校没有党支部，党员也比较少。后来经过人才的招聘，党员队伍有了很大的扩展，建立党支部有了必要和条件。

为了建立党支部，赵金昭主动找到了学校所在地的新村镇党委，提出了在学校建立党支部，归属新村镇党委领导的申请。经过上级党组织的审批，郑州理工职业学院终于建立了自己的党支部。此后，学校党员数量不断增加，经上级党委研究批准，郑州理工职业学院党支部升为党总支。第一任校党委书记就由理事长马振红担任，后来又由孙春丽接任。

党团组织在学校的建立健全，为学校的发展注入了新的活力。党团组织所开展的一系列的活动，让学校的政治面貌、精神面貌、工作面貌焕然一新，学校也成为全国高职研究会的理事单位。

这一时期，高层管理团队都很注意学习，不断提升自己的素质。马振红理事长通过刻苦学习，获得了本科硕士学位，孙春丽副院长通过三年的学习，光荣获得了西安交大的本科硕士学位。除此之外，两个人还认真学习高等教育法等国家相关教育政策法律，提高办学水平，逐步成为中国高等职业院校教育方面的专家。

在学校发展过程中，困难的问题一个接一个，但是两个人从没有犹犹豫豫，从没有面对困难而退缩，更没有因为缺钱而停步，而是按照办校的实际需求，克服重重困难融资、筹资，保证学校的软件、硬件工程的建设顺利推进。

赵金昭对两个人的学习精神、工作精神和克难攻坚的精神非常欣赏和感佩，也在工作中尽己所能，支持帮助两个人解决问题。特别是在学校缺少建设资金的困难关口，赵金昭没有因为这不是自己的工作义务而置之不顾，而是发挥自己在洛阳的人脉关系，帮助两个人解决资金缺口的难题，先后为学校筹集了 400 多万元的建设资金。

赵金昭还用心良苦地写了两首藏头诗，以诗的语言形式，分别讲述马振红、孙春丽创业励志的故事，赞扬两个人的奋斗精神。其诗如下：

赞马振红

马鸣苍穹示人间，
振兴中华教为先。
红心一颗担大任，
创造价值皆奉献。
理想终生办大学，
功夫到处凯歌还。
职场游刃培桃李，
院落飘香膝下欢。

赞孙春丽

孙子兵法谋略全，
春风得意志向远。
丽质天生神采扬，
办事有度讲风范。
学无止境勤动脑，
下海创业克万难。
功夫不负有心人，
夫妇合唱肩并肩。

第七章
特色立校，抢抓机遇大发展

"为国育才，为党育人。""青马工程"如今已经成为郑州理工职业学院特色教育和素质教育的一张靓丽的名片，多次受到中共河南省委高校工委办公室、河南省教育厅等上级主管部门和有关领导的肯定和赞扬。2017年，学校又被河南省教育厅树立为"全省特色教育学校"。"特色教育"的推广建设，让郑州理工职业学院在全省教育界很快声名鹊起。这所年轻的大学，在中国教育改革的浪潮之中，迈着坚实的步伐，一步一步跨入了中国高等职业院校特色教育的队列。

第一节　建设特色大学，铸就文化灵魂

赵金昭当过多年的大学党委书记兼校长，他在办学中有超前的办学理念，应该说是河南教育界一位当之无愧的教育专家。

如何才能创办一所好的大学？

如何将一所大学办得有特色？

他认为，一定要从"专家治校""文化铸魂""特色立校""人才强校"几方面去扎扎实实地做工作；以科学的态度和专家的思维，不断在办学中总结高等教育的发展趋势，研究如何将学校由小到大、由弱到强地稳步发展；在治学办校当中，一定要对学校的高层中层管理人员和教职员工以及学生们严格管理。

面对郑州理工职业学院这个成立不久的大学，赵金昭说："对这样一个创立不久的大学来说，如何尽快让它在河南教育界站稳脚步树立形象？一定要在'特色立校'上下功夫。一所大学好不好？有名气没有名气？有特色没有特色？不在学校的学生有多少，不在学校的教学仪器有多少，不在学校的藏书有多少，不在学校的建筑面积有多少，也不在校园面积有多大，其根本要旨，在于这所大学有没有特色和自己独立的个性。特色是什么？个性是什么？特色个性就是事物表现出与众不同、独特优异的东西。别人都没有的，我有；别人有的，我更特别，更突出，这就是特色与个性。只有以特色办学，办出学校的特色，才能让一个创立不久的大学，在最短的时间里在全省教育界树立形象，真正在教育界立起来。"

在这里，我们看一看学校的特色教育是怎么具体展现的。

关于"人才强校"特色，本书在上一节已经围绕学校的人才引进、队伍建设，讲到了"人才强校"特色，在此不再赘言。还有学校的另一项特色——"青马工程"，将在后面的章节中专门讲述。

本节主要讲学校的"专业建设"特色、"体育运动"特色和"校园文化"特色。表现在以下几方面：

机电一体化专业：企业进校园，产教深融合。学院与诺巴迪材料科技有限公司合作，积极利用双方优势资源，在学校共建生产性实习基地。校企双方按照共建、共享、共赢的原则，由学院提供场地，企业提供设备，共同组建功能系列化、环境真实化、设备生产化的生产性基地。学院把课堂搬进车间，利用真实的生产环境，实现了生产与教学的融会贯通。学生在这里既是员工，也是学徒；老师既是企业的工程师、师傅，也是学校的兼职教师，使学生专业技能和职业素质得到了全面提升。

汽车检测与维修专业：内外实训互补，双师教学互动。学院充分发挥汽车仿真实训室培养学生基础能力、专项能力和综合能力，增加学生参与实际操作的能力。另外，把学生放到企业中去，使学生在生产岗位上得到实际训练，完成了从学生向工程技术人员的转变，实现了在生产中教学育人的理想结果。如学院利用汽车维修4S店、校东门口的汽车美容维修店、校内的驾校等作为学生的实训基地，学院教师较少采取课堂理论授课的方式，主要与企业的一线工程师和有丰富经验的工人师傅，共同进入车间、实践场地进行授课。

建筑工程专业：校内大课堂，实训进工地。为进一步提高人才培养质量，学院不断深化教学模式改革，增加实践课时，采取与理论教学穿插进行，将部分课堂教学移至校内实验室或实训中心，实行"教、学、练、做"一体化现场教学，形成师生互动、共同参与、学练结合的教学氛围。学校还针对建筑工程测量等课程，由老师带学生到室外，分组测量学院某处的高程和两栋建筑物高差等，有的课程在施工现场（学院近年一直在搞建筑）完成，有的课程在实训基地完成。每一个训练项目的选择，都紧密结合工程实际，做到真题真做，也可以"假题"真做。例如，砌体结构课程，老师带学生动手砌筑各类型的墙体、基坑的围护结构等，从而提高学生的动手能力。

学院充分利用校内在建的施工工地，有组织地安排师生进入施工现场，由基建项目工程师为师生讲解，使师生亲身参与生产实践，接触和了解到真实的施工流程，体验工作的真实环境和氛围，见识在课堂里学不到的知识，体会所学专业的实际用途，充分体现"工学交替"的教学效果。作为常务校长的赵金昭，曾多次一手拿瓦刀，一手拿砖块，在工地上演示砌墙的技艺，让学生们感受到劳动的艺术和快乐。

独具个性的"特色体育"运动令人瞩目。学校将太极拳运动作为体育运动的一个特色去发展，数千师生齐打太极拳，可以说在河南的高校中独领风骚，成为郑州理工职业学院的一大亮点。这项体育运动曾经受到河南省教育厅有关领导的肯定和郑州市教育局的奖励扶持。

身体素质较差，几乎是当代大学生普遍存在的现象，全面提高学生身体素质，是所有高校面临的重要任务。如何通过体育课、早操、运动会及课外的各种体育活动，真正使学生养成"每天运动一小时，健康生活一辈子"的健康理念和良好习惯，是郑州理工学院不断研究和实践的问题。

身为常务副院长的赵金昭，喜欢每天早晨在学校的操场上锻炼身体，他会练剑、扇、刀、棍，又会打太极拳，引来不少教师和学生想跟着学打太极拳等运动。赵金昭想，既然太极拳这项运动特别为师生们所喜闻乐见，何不在全院师生中普及这项运动？

于是，从 2015 年起，他先对体育教师进行 24 式太极拳培训，然后又把 24 式太极拳正式纳入学校的体育课教学，并对学生进行考核。不仅如此，学校还以系部为单位组织比赛，在此基础上，进行学院层面的比赛，同时要求学校的全体教职员工人人学习太极拳。

下面是 2015 年 3 月，郑州理工职业学院关于号召全校教职工打太极拳运动的一份文件，从文件所展现的组织结构和内容形式可以看出，学校对这一特色体育运动的重视程度。

郑州理工职业学院
开展"教职工太极拳"竞赛活动实施意见

为了进一步丰富教职工业余文化生活，锻炼身体，增强体质，活跃校园文化氛围，增进学院的凝聚力和团队协作精神，引导和激发广大教职工更好地参加体育活动，进一步推动全民阳光健身运动的开展，促进我院精神文明及和谐校园建设，经学院研究，决定在全院教职工中开展太极拳推广活动，具体事宜通知如下：

一、组织领导

为加强太极拳活动的组织领导，学院成立专项工作领导组：

组　　长：赵金昭

副组长：孙春丽　万振松　王百木　李新明　李书耀

成　　员：刘　晗　张绍忠　董宝阳　周世中　陈子玉

　　　　　段平生　白宝华　李庆标　李长江　董德志

　　　　　宋广益　杨宏欣　杜军伟　孙国臣　和朝敦

二、活动主题

每天锻炼一小时，愉快工作五十年，幸福安康一辈子。

三、活动内容

24 式简化太极拳。

四、活动阶段的划分与安排

根据运动技能形成的规律和太极拳运动的特点，把整个活动分为三个阶段。

第一阶段（本学期）：主要任务是粗略掌握"24 式简化太极拳"动作阶段。

1. 制定并下发活动方案；

2. 召开专门会议，党政办、院工会、院组宣部和各系部负责人宣传此项活动的意义，并对此项活动进行安排部署；

3. 各系部、机关利用周一至周五课余时间自行安排训练。

第二阶段（8、9 月）：主要任务是矫正、巩固和提高"24 式简化太极拳"动作阶段。

采用集中与分散相结合的模式。共性的问题集中解决，个性的问题采用个别辅导。达到动作与音乐节拍吻合。

第三阶段（10 月）：主要任务是展示学练效果。

五、参赛单位

机电工程系、建筑工程系、信息工程系、经贸管理系、艺术传媒系、基础教学部、机关 1 队（党政办公室、人事处、组宣部、招生办公室、后勤处、财务处）、机关 2 队（教务处、实训与信息管理中心、图书馆、督导办、评建办、学生处、团委、就业指导中心、继续教育处、五年制专科部）。

六、比赛形式

1. 个人赛

凡学院专职教职工均可报名参加。为鼓励大家学练太极拳的积极性，拟对所有参赛人员进行奖励（太极服一套）。

比赛设一等奖 8 名，二等奖 12 名，三等奖 16 名，优秀奖若干名，给予物质奖励。

2. 团体赛

以系部、处室、机关为单位参赛。

比赛设一等奖 1 个、二等奖 2 个、三等奖 3 个，优秀组织奖 3 个，颁发奖金。

七、活动要求

1. 各单位领导要高度重视，把太极拳比赛活动，列为全体教职工特色健身项目之一，当作提高教职工身体素质的一个契机，认真予以组织，将全员参与。

2. 各单位负责具体训练和预选。

3. 各单位要从加强教职工人员体质，培养教职工良好运动习惯及增强参赛人员凝聚力的高度，积极动员，认真组织，保证教职工的训练时间、训练人数和训练水平。

4. 比赛具体时间、比赛细则及未尽事宜另行通知。望各单位按通知要求，抓紧安排，积极训练，认真落实。

二〇一五年三月

随着这项体育运动有声有色地在学校开展，后来学校又通过组织太极养生协会，培养了一批教师和学生骨干，引领全院学生将太极普及活动向更高层次发展。作为这项运动带头人的赵金昭，曾两次亲自带领 10

多名学生登上舞台，在学校组织的文艺晚会上进行表演太极拳，受到师生们的好评。

从 2015 年开始，学校连续三年，每次组织数千名师生在学校的春秋季运动会上进行太极拳展演。2015 年春季运动会时，学院组织了 5000 多名师生，统一穿白色的太极服装表演太极拳，一招一式，步调一致，行云流水，场面壮观，引来了《大河报》记者的专题报道。

如今，打太极早已在学校全面普及，深入人心，成为学校的一道亮丽的风景线，成为郑州理工职业学院体育运动的一大特色，多次受到省教育厅体育专家组的盛赞。太极拳运动不仅让学校师生锻炼了身体，而且成为一项技能造福学生，如 2017 届毕业生张权印等人，因为太极拳打得好，受到用人单位的特别重用。

匠心建设校园，文化铸就灵魂。郑州理工职业学院特别重视"校园文化"特色的建设，表现在两大方面，特色校歌和特色环境。

校歌是校园文化的重要组成部分。对内，可以激发师生们的爱校之情和对人生对未来的理想；对外，可以树立并展示学校的内涵和形象。通过唱校歌，既能反映办学者、教育者的理想、追求和愿望，又能展现学生们的精神风貌和成长心声。

郑州理工职业学院的校歌歌词，由学校常务院长赵金昭亲自作词创作而成。

郑州理工职业学院院歌

一撇一捺谓之人，
学会做人是根本。
是根本，学做人，
郑州理工教我学做人，
我要做个人格完美的理工人！

做人就要会做事，

学会做事为人民。

为人民，学做事，

郑州理工培养做事人，

我要做个做事勤勉的理工人！

做事就要会技能，

学会技能功夫深。

功夫深，学技能，

郑州理工锤炼技能人，

我要做个技能娴熟的理工人！

掌握技能就要会学习，

学会学习长精神。

长精神，学学习，

郑州理工造就终身学习人，

我要做个终身学习的理工人！

　　歌词充分体现了学院以人为本的特点和育人目标。首句歌词单刀直入，"一撇一捺谓之人，学会做人是根本"，用诗的语言，将郑州理工职业学院的育人目标，通过歌词概括为"人格完美、做人勤勉、技能娴熟、终身学习"16 个字，以此激励青年学子形成崇高的时代精神。

　　歌词还体现了学院的地域特色，反映了学院的办学理念、院训和办学特色，与院训精神相一致，字字句句激发教师善教、学子勤学。四段歌词，每段一层意思，写明对师生"四个学会"（学会做人、学会做事、学会技能、学会学习）的要求，又互相衔接，浑然一体。歌词简洁凝练，长度适宜，朗朗上口，朴实自然，舒缓适度。该歌词对比全国高校校歌歌词，独具特色和新意。

2017年4月24日，经郑州理工职业学院院长办公会研究、院理事会批准，这首由常务院长赵金昭作词，由中国音乐家协会会员、洛阳理工学院杨冬梅教授谱曲的歌曲，正式定名为《郑州理工职业学院院歌》。

这首校歌采用了进行曲速度，旋律优美感人，节奏流畅明快，适合于合唱和齐唱等形式，充分体现了学校师生感情激越、昂扬向上的精神气概，很快就在全院师生中传唱开来，成为鼓舞师生们努力学习、昂扬奋进的精神力量。

学院在打造特色环境上，也做得特别到位，以特色环境育人是学校的初衷。站立在学校的大门口，可以看到苍劲有力的大学的名字"郑州理工职业学院"，那是河南著名书法大家陈天然所题写的校名。

进入学院大门，即可见到9根高大的白色石雕龙柱矗立在学校图书馆前面的鼎元广场上，让师生们体味到中华龙的文化内涵和龙的传人的自豪骄傲；进入鼎元广场的北侧，可以看到"滴水之恩"的喷泉设计，让每一位师生都能在内心感悟"感恩"的内在力量；再进入鼎元广场南侧，巨大的基座上，安放着一尊数吨重的铜鼎，基座正面铸有"鼎铸中原"4个雄浑的隶书大字，赫然入目激起人们对中原厚重文化的无限遐想。基座背面铸有"天降大任，育我学子；鼎重千钧，佑我庠序"12个含义深远的大字，表达着郑州理工职业学院的使命和责任。

学院新建的图书馆，正对着学校的东大门和鼎元广场，浩如烟海的藏书成为师生们的最爱；紧邻图书馆的后面，就是学校新建的具有1700个座位的金马礼堂，在金马礼堂的北侧的一块空地上，安放着汉白玉雕刻的高大的"孔子像"，让人们对教育家孔子和由他创立的儒学产生不尽思考；金马礼堂南侧，安放着汉白玉雕刻的职业教育家黄炎培的雕像，彰显着郑州理工职业学院在新时代办好高等职业教育的决心和信心；金马礼堂西侧，是波光荡漾的"云湖"，成为师生们课余散步游玩的好去处。

　　"云湖"上有一座拱桥，拱桥两边的汉白玉上，雕刻着二十四孝图，向师生传递着"孝道"与"感恩"这些优秀的中华传统文化；"云湖"中还修建有明德桥、明理桥和明智桥，向走过这里的学子们倡导着崇礼尚德的中华精神；在"云湖"之中还开辟了一处广场，那里安放着古今中外的 10 多位名人科学家，让在这里散步游玩的学子们能够感受到前人的奋斗精神和科学的博大力量。

　　校园内还修建有象征奔向高科技的"腾飞"雕像、象征赤子之心的"感恩"雕塑和象征金马电脑专修学院创业精神的"金马"雕像；校园内所有的广场、道路和学生宿舍、老师公寓都有命名：鼎元广场、抱一广场、祥云广场、习悦广场、感恩广场；观日亭、望月亭、瞻星亭；云鹤苑、步青苑、学森苑、德馨苑；理工大道、行健路、开物路、天工路、步青南路、步青中路、步青北路、行知路、博学路、秋实路、春华路、云鹤东路、云鹤西路等。

　　这些建筑、道路和雕像的命名，不仅起着标识作用，更阐释着学校的内涵和文化，在潜移默化中向师生们传递着一种精神和力量，形成了郑州理工职业学院丰富丰润的具有鲜明特色的校园文化，让每一个置身其中的人，都能自然而然地感受到弥漫在校园中的浓浓的文化气息。

　　围绕特色教育建设，几年之间，郑州理工职业学院形成了自己的几大特色：一是专业建设特色，二是校园文化特色，三是人才强校特色，四是体育运动特色，五是"青马工程"特色。学校的几大特色教育受到了河南省教育厅的肯定，先是教育厅将郑州理工职业学院设为全省的特色教育试点大学，于 2014 年学校资金困难时期，下拨了 300 万元扶持资金，加上配套资金 900 万元，使学校一下子增加了特色建设资金 1200 万元。2017 年，学校又被河南省教育厅树立为"全省特色教育学校"。

　　"特色教育"的推广建设，让郑州理工职业学院在全省教育界很快声名鹊起。这所年轻的大学，在中国教育改革的浪潮之中，迈着坚实的步伐，一步一步跨入了中国高等职业院校特色教育的队列。

第二节　创立"青马工程"，为国培育精英

"青马工程"是郑州理工职业学院的又一大特色教育，在全省乃至全国的高职院校中都很有名气。

何谓"青马工程"？"青马工程"的全称就是"青年马克思主义者教育工程"。它是郑州理工职业学院站在"为国育才、为党育人"的政治和思想的高度，精心筹办的一项为中国新时代培育政治思想过硬、德才兼备的精英人才的教育工程。

通过"青马工程"系统的培养教育，使青年大学生中的优秀学员，真正懂得并掌握马克思主义世界观和方法论，真正确立共产主义人生观、价值观，坚定地信仰共产主义，真正成为青年马克思主义者，成为中国社会主义事业的建设者、捍卫者、接班人。

这项意义重大的"青马工程"，是由时任学院党委书记孙春丽亲自挂帅牵头，由学院常务副院长赵金昭等高层管理者负责，由学院挑选骨干人才参与的一项系统工程。

"青马工程"在学校建立专门的培训班，培训班学习期限为两年。主要在全校筛选政治思想过硬的学生组成"青马工程"班，每一届培训班由 100 名学生组成，统一进行系统的政治思想教育和培训。

这项工程在学院党委书记孙春丽的主抓下，自 2016 年 10 月开始，就在学院五年制专科部率先开启了"青年马克思主义者培养工程"的试点培训工作，并取得了满意的突出的成果。2017 年 12 月 7 日，由学院党委牵头，由学院党委组宣部、学院团委、学院基础教学部党支部和学院五年制专科部党支部联合参与，正式下发了《郑州理工职业学院党委"青年马克思主义培训工程"实施方案》。

"青马工程"专门成立了培训领导小组，组长由院党委书记孙春丽担任，常务副组长由常务副校长赵金昭担任，副组长由万振松、李书耀、高建炳担任；下设"青马工程"办公室，办公室主任由五年制专科

学院党支部书记宋广益担任；成员有朱建郑、段平生、王军、李长江、胡俊杰、琚爱云、宋广益、杨坡、王培军、樊志阳、赵海霞、晁玉、于行、周亚利。

青年马克思主义者培养工程实施方案具体如下：

"青马工程"的宗旨：学习党的十九大精神，深入贯彻落实习近平总书记对大学生理论学习的重要指示精神，全面推进学院青年马克思主义者培养工程的科学化、专业化、系统化实施，在广大青年学生中着力培养造就一批用马克思主义中国化最新成果武装的马克思主义者，引导青年学生成长为中国特色社会主义事业的合格建设者和可靠接班人。

培养目标：针对青年学生的成长规律和实际需求，通过教育培训和实践锻炼等行之有效的方式，坚持不懈地用社会主义核心价值体系教育青年学生，用马克思主义中国化的最新成果武装青年学生，不断提高青年学生的思想政治素质，引导青年学生进一步掌握中国特色社会理论体系，进一步加深对我国国情及形势政策的了解，进一步坚定中国特色社会主义道路的理想信念，成长为中国特色社会主义事业的合格建设者和可靠接班人，使之成为实现"中国梦"的生力军。

培养对象："青年马克思主义者培养教育中心"面对全校学生招收学员。培养对象是品学兼优的一年级、二年级院、系两级团学干部、学生社团骨干、理论学习骨干及在科技创新、文体活动、社会实践、志愿服务等方面成绩突出的入党积极分子。

培养教育对象具体条件是：政治上积极追求进步，写过入党志愿书，或努力创造条件加入党组织者；思想纯洁，生活简朴，上进心强，不怕吃苦，乐于奉献；努力学习专业知识，学习成绩在全班前 5 名以内；在系部综合考核为优，取得励志奖学金、国家助学金者优先；勤于锻炼身体，身体健康；坚决执行青年马克思主义者培养教育中心规定的纪律。年龄 18 岁以上，自愿申请，志愿成为青年马克思主义者培养教育中心的学员。

培养部署："青年马克思主义者培养工程"分院级和系部两级实施。院级培养实行每学年一期，集中培训；系部培养重在平时，通过各种活动进行；院级青年马克思主义培训学院负责组织培训各系部择优推选出来的积极分子。

系部青年马克思主义者培训是大学生骨干培养的主阵地。由系部党支部主办，团总支具体组织，结合本系部实际，依据青年马克思主义者培养工程实施方案。对本系部一年级、二年级的学生干部、入党积极分子进行培训，每期培养的学生干部不少于本系部学生干部和入党积极分子总数的40%。

培养形式：一是专题报告——邀请党政领导、专家学者就党的创新理论、重要战略思想、重大政策以及社会思潮、社会热点问题进行专题报告，帮助培养对象加深对中国特色社会主义理论体系的理解，初步掌握马克思主义的立场、观点和方法，进一步坚定跟党走中国特色社会主义道路的理想信念；二是红色教育——组织培养对象实地参观爱国主义教育基地、革命遗址等，观看爱国影片、优秀共产党员事迹影像材料等，增强学生骨干对革命传统精神的理解，增强对中国共产党领导地位的认同感；三是志愿服务——组织培养对象在学校、城市社区、农村基层参加扶危济困、文艺演出、政策宣传、环境保护等志愿服务活动，引导学生骨干服务他人、贡献社会，弘扬"奉献、友爱、互助、进步"的志愿者精神；四是课题研究——组织培养对象结合自己所学专业和个人兴趣，对政治、经济、文化、社会发展的重要问题开展调查研究，形成调研成果，以提高观察思考、研究分析问题的能力；五是结业考试——A. 读书笔记（20%）；B. 素质展示（20%）；C. 试卷成绩（50%）；D. 出勤率（10%），总分低于60分者不发结业证书。成绩合格的学员，颁发由学院党委统一印制的结业证书，作为组织发展、评先表优的参考依据。

教学管理：每期培训学员确定为100人，以系部为单位设立临时班委会，指定班长、副班长，选聘经验丰富的辅导员担任班主任，指导学员开展活动。

青年马克思主义者，首先要向青年马克思学习，必须深刻理解和真正具有青年马克思的情怀。学院"青年马克思主义者培养教育中心"制定有《青年马克思主义者培养教育中心学员管理规定》，有严格的规章制度，对学员实行军事化管理。学员必须具有高度自觉的组织纪律观念，必须熟记规章制度，坚决遵守规章制度，做到令行禁止，形成"团结紧张，严肃活泼"的学习氛围。

因此，学员要严格要求自己，战胜自己，做到"三不贪""三不碰"：不贪睡，不贪吃，不贪玩；不碰法律，不碰纪律，不碰邪念（即慎独）。做到"三多三增"：多读书，增知识；多锻炼，增体质；多净友，增进步。

学院"青年马克思主义者培养教育中心"，实行严格的学业考核制度。每期学员集中培训结束后，都要按照规定的学习科目进行考核，达不到结业标准的，不予结业，符合考核标准的，授予结业证书；实行青年马克思主义者淘汰退出机制，按照宁缺毋滥的原则，对在学习过程中不遵守纪律、理想信念淡化的学员，淘汰退出培养队伍；对于成绩优异、表现良好的青年马克思主义者学员，学院将在评先评优、奖助学金评定、入党、就业单位推荐等方面给予优先安排。

学习资料：《共产党宣言》《马克思主义基本原理》《毛泽东选集》《邓小平文选》《党章》《习近平系列重要讲话读本》以及党的十九大有关文件。

自学书目：一是马列原著：1.《共产党宣言》《马克思恩格斯选集》第一卷 2.《反杜林论》3.《法兰西内战》 4.《国家与革命》5.《路德维希·费尔巴哈和德国古典哲学的终结》 6.《唯物主义与经验批判主义》；二是毛泽东选集：7.《矛盾论》 8.《实践论》 9.《人的正确思想是从哪里来的》 10.《纪念白求恩》 11.《为人民服务》12.《愚公

移山》。

2018年3月14日上午，郑州理工职业学院举行了"青马工程"培训班揭牌开班仪式。学院党委书记、"青马工程"培训领导小组组长孙春丽在揭牌开班仪式上郑重宣布：郑州理工职业学院"青年马克思主义者培养教育中心"正式成立。

孙春丽向青年学子们提出了四点要求：一是要爱国，忠于祖国忠于人民；二是要立志，立鸿鹄之志，做奋斗者；三是要求真，求真学问，练真本领；四是要力行，知行合一，做实干家。

孙春丽说："古人说：纸上得来终觉浅，绝知此事要躬行；古之立大事者，不惟有超世之才，亦必有坚忍不拔之志；玉不琢，不成器；人不学，不知义。希望青年学子们能从古人的这些话语中，悟出做人的道理和哲理，在这里不负时代、不负人生，努力学习，早日成为一个信仰坚定的优秀的青年马克思主义者。"

紧接着，学院常务副院长、"青马工程"培训领导小组常务副组长赵金昭，在"青马工程"首期培训班开班仪式上讲话。

在青年马克思主义者培养教育中心
揭牌暨开班仪式上的讲话

老师们、同学们：

大家晚上好！

今天，我们在这里举行我院"青年马克思主义者培养教育中心"揭牌暨第一期培训班开班仪式。在此，我谨代表学院领导班子向为筹备建立中心付出辛勤汗水的同志们表示衷心的感谢！对即将接受培训的学员们表示热烈的祝贺！

早在2007年5月15日，团中央启动了"青年马克思主义者培养工程"。我院一直非常重视青年马克思主义者培养教育工作，尤其自2016年10月，五年制专科部率先开启了"青年马克思主义者培养工程"，现已有两期200余学员顺利结业，取得了显著效果。

在五年制大专部试点的基础上，上学期，经过院党委、院委会研究，决定正式成立我院"青年马克思主义者培养教育中心"，今天正式揭牌，并对第一期学员正式开课。建立郑州理工职业学院"青年马克思主义者培养教育中心"有什么意义呢？

一是努力形成郑州理工职业学院又一办学特色。目前，学院已有特色专业、特色运动（太极）、特色校歌、特色建筑文化。建立"青年马克思主义者培养教育中心"，在青年学生中开展马克思主义者培养教育，期望在全省高校再创一个特色思想政治教育的范例。

二是培养一批用马克思主义理论武装头脑，真懂真信马克思主义，掌握马克思主义世界观和方法论，真正确立共产主义人生观、价值观，坚定地信仰共产主义，逐步成为真正的青年马克思主义者，引领全校学生培养目标的实现。

三是时刻关注经过学院青年马克思主义者培养教育中心培养教育的学生成长成才。学院将对他们进行终生追踪、管理与服务，对他们毕业后的工作、学习、生活进行辅导咨询和服务，使他们在成长的路上不畏挫折，昂扬向上，成为习近平新时代中国特色社会主义建设的佼佼者，成为学院培养的值得骄傲的人才。

上学期期末，学院文件发布之后，在全院学生中反应强烈，同学们踊跃报名，想成为中心学员。经过个人报名，层层选拔，100名学生成为中心的第一批学员。这里，对100名学员提几点要求：

从今天开始，进入培训课程的学习状态。希望大家发奋读书，努力完成中心安排的一切学习任务。

对学员实行半军事化管理。要求学员必须严格遵守学员纪律，不迟到，不早退，形成良好的作息习惯，锤炼意志和作风。

处理好系部正常学业和青马中心培训的关系。每个学员首先是一个普通学生，要完成系部安排的所有学习任务和社会活动；青马中心的一切工作安排，原则上都是在课余时间进行的。就是说，学员要拿出和一般学生相比，用更多的时间，加倍的努力，去度过美好的大学生活。二者不可偏废，要科学规划时间，保证正常学业和青马中心的学习取得双丰收。

今天，让所有中层干部、学生工作专干、思政老师参加了会议，目的是什么呢？要求这些同志在完成本职工作的同时，挤出所有时间，尽量参加听取青马中心开设的所有讲座，并且和学员一样，完成学员必读的一切书籍，尽量参加为学员组织的各项活动，与学员一起受教育，促提高。

今天，还让1000多名学生参加了揭牌仪式和听讲座，目的也是让大家与学员一起受教育，促提高。

同学们！参加青年马克思主义培训班的学习，不仅是一种光荣，更意味着一份责任。在此，我希望大家圆满完成本次培训班的学习，同时祝愿全校同学在今后的学习、工作、生活中取得更大的进步！

最后，预祝郑州理工职业学院青年马克思主义者培养教育中心第一期培训班开班顺利、圆满成功！

从2018年到2023年，郑州理工职业学院的"青马工程"已经走过了六年的历程，连续成功举办了六期培训班，培养了一批又一批用马克思主义理论武装头脑，掌握马克思主义世界观和方法论的青年马克思主义者，真正确立了这批青年人积极向上、昂扬奋进的人生观、价值观，这批优秀的青年学子，成为全校学生崇尚学习的榜样。

学院也时刻关注着这些经过"青马工程"培养教育的学生的成长成才，对他们进行终生追踪、管理与服务。对他们毕业后的工作、学习、生活，进行辅导、帮助和服务，使他们在成长和奋斗的路上积极进取、昂扬向上，更好更快地成就人生、事业与理想。

学院党委书记、"青马工程"培训领导小组组长孙春丽介绍说："学院'青年马克思主义者培养教育中心'教育培养的学员，是学校学生中的骨干和精英，是带领全体学生实现培养目标的先锋队。为此，学院将为青年马克思主义者建立严格、规范的终生档案。学院将从他们入校、学习、培养、教育、考核、就业等，逐人建立系统档案，并时刻关注他们毕业后的工作生活，从中探寻他们用马克思主义的世界观和方法论解决问题和其成长、成才、成功的过程。"

学院常务副院长、"青马工程"培训领导小组常务副组长赵金昭介绍说："郑州理工职业学院是每个毕业生的母校，学院'青年马克思主义者培养教育中心'是每个青年马克思主义者的信仰之家。青年马克思主义者每期结业，中心将印制学员通信录，以便青年马克思主义者与中心和青年马克思主义学员之间的联系。大学毕业后，每个学员都要自觉与中心保持终生联系，及时通过电子邮件、QQ、微信等形式向中心报送工作、生活等情况，以便档案的良好续存。若联系方式变更时，要求青年马克思主义学员一定要及时告知中心，中心将永久关注、帮助、支持每个青年马克思主义者的人生和事业。"

目前，这些毕业于郑州理工职业学院"青马工程"培训中心的青年马克思主义者学员，分布在河南乃至全国各地，有的成了国有企业的高管，有的成为政府部门优秀的公务员，有的自主创业成就了自己的一番事业，不少人成为一些单位部门的优秀党务工作者。

"为国育才，为党育人。""青马工程"如今已经成为郑州理工职业学院特色教育和素质教育的一张靓丽的名片，多次受到中共河南省委高校工委办公室、河南省教育厅等上级主管部门和有关领导的肯定和赞扬。

第三节　"一卡通"多功能，大数据智慧化

作为郑州理工职业学院的创始人，长期的丰富的教学和管理经验，让孙春丽成为一个有远见卓识和前瞻性思维理念的人。

随着时代的进步和科技的进步，以及学校越来越壮大的实际情况，采用更先进的科学化的管理方式方法，成为学校跨越发展的必要。孙春丽由此想到了大数据时代的数字化管理，她想把数字化、智慧化管理手段，引入到郑州理工职业学院。

首先，是利用现代科技所拥有的大数据、信息化，解决"一卡通"的数字化管理问题。

孙春丽说："当一个学校在人数发展到上万人的规模时，从管理上、责任上和义务上，管理者必须要站在最新的科学的管理理念上去考虑学校的发展问题，这样学校才能在时代发展的潮流中不被淘汰。在学校推广使用'一卡通'，就是个比较好的管理办法之一，其便捷和好处很多很多。"

孙春丽曾经深入地思考研究过这个问题，后来她还写下了一篇《智慧化校园管理探究》的理论文章，读来富有见地。

她认为，现代社会进入信息化社会时代，科技发达，信息潮涌，人们之间的交流越来越密切，生活越来越方便，大数据就是这个高科技时代的产物。就像哈佛大学社会学教授加里·金所说："这是一场革命，庞大的数据资源使得各个领域开始了量化进程，无论是学术界、商界还是政府，所有领域都将开始这种进程。"随着大数据时代的到来，人类

文明进入信息化时代，我们的工作、生活、学习等各方面都离不开各种各样的数据信息，它大大提高了人们的工作效率，给人们带来了诸多便利。因此，如何通过大数据进行智慧化校园管理，就成为每个学校都亟待解决的问题。

她在文章中说："学院实行'一卡通'管理，不仅体现了大数据背后的文明，更展现了一种人性化、智慧化的管理模式，极大地方便了学院师生的学习生活，是智慧化校园的'好帮手'。它提升了学院在资金安全、食品安全、消防安全、人身安全及处理各种社会矛盾方面的管理水平，一定程度上加强了学院的安全防范工作。顶层设计是智慧化校园管理不可或缺的一部分，它是学院各职能部门工作的实际需要，要注意避免形式主义及盲目跟风建设，造成不必要的浪费。针对学院发展的不同阶段，管理也应与时俱进。"

何谓"一卡通"？孙春丽介绍说，"一卡通"就是运用数字化大数据建设一种智能数字卡，将老师和学生的相关信息输入其中，实现数字"一卡通"的运用，代替门禁卡、饭卡、银行卡、图书借阅卡、学生证卡、洗澡卡、电费卡、水卡等，实现"九卡一通"的管理模式。

"一卡通"可以解决学生和老师在学校工作生活学习的几乎所有的消费，比如拿上这张卡，就可以去刷卡吃饭、用电、用水、用洗衣机，可以用来在财务办理有关费用，财务也可以用它来给学生发放助学金等。"一卡通"开通之后，可以有效保证学生的资金安全和人身安全，保证学校的食品安全、消防安全，也可以大大减轻财务的工作压力。

2011年，针对学校的学生，一人需办理9张、10张各种各样的消费卡的问题，孙春丽就有了在学校建设"一卡通"的想法，但因为当时技术和资金等条件不成熟，最终没有具体落实。2018年6月，中国银行与郑州理工职业学院达成合作意向，先后投资380万元，终于开发成功了校园"一卡通"，而且当月就办理了6800张"一卡通"，推进和普及速度很快。

"一卡通"正式普及后，确实改变了郑州理工职业学院存在的多部门、多数据、多个卡的无序管理状态，实现了一卡在手、畅通无阻的便捷效果。不仅解决了校园内超市购物、就医、图书借阅、购直饮水、购洗浴水、购电、出入门禁等问题，还为学院的资金管理、食品安全管理、消防安全管理、人身安全管理、防盗防骗等日常管理提供了方便。

有了"一卡通"的数字化、智慧化管理方式，学生进出校园凭借"一卡通"很方便，而外来的人员没有"一卡通"就不能自由进出校园。学生用餐的时候，只要用了"一卡通"，就知道在学校的哪家窗口吃的饭，如有质量问题，一查便知。

"一卡通"普及后，整个学校实现了无现金流通的消费模式，再也不用扫二维码付费和用其他卡付费了，不仅避免了学生现金的丢失，也防止了扫二维码被骗情况的发生，实现了防骗、防盗的信息化、科学化，保证了学生的财产安全，保证了学校对食品安全的监管，保证了校园秩序的安全。

然而，每一个新生事物，总是需要人们有一个认识、理解、接受的过程。即便是"一卡通"这样的好事情，在推行的过程中也出现了一些问题和矛盾。2018年8月28日，由孙春丽组织召开了学校三产、财务、学生处、宣传部、党政办、学生餐厅、信息中兴等部门负责人参加的会议，研究处理推行"一卡通"中所存在的问题和矛盾，并研究商定了处理相关问题的措施和办法。

首先是针对一些学生反映，学校强制性使用校园"一卡通"，不让使用微信和支付宝支付消费，对此表示不能理解。针对学生反映的这种情况，学校就耐心细致地做学生的工作，告诉他们"一卡通"是干什么的。"一卡通"是多种消费卡汇集到统一的一张卡上完成的一项便捷的工具，是学校为了利用信息化大数据科学地更好地统一有序地管理学校而采取的一种探索，旨在使学校由过去分散杂乱的管理逐步实现统一的有序的管理。

　　"一卡通"代替了传统的消费模式，在学校可以代替学生证、工作证、身份证、借书证、医疗证、会员证、餐饮卡、钱包、卡存等几乎一切功能，从而实现了"一卡在手，走遍校园"，"一卡通用，一卡多用"的便捷，同时也起到了资金安全、人身安全、食品安全和防骗防盗等多种安全保障。

　　"一卡通"开通后，老师们反映出入不方便，限制了人身自由。针对这一问题，首先学校肯定了门卫执行学校规定，严格认真查验"一卡通"出进规定的工作纪律。同时对老师们反映的出入不便的问题，进行了相应的改进措施，解决老师们进出大门的不便。

　　针对一些商户对从分散管理到统一管理的不理解、不适应、不配合，学校进行连续检查，要求商户服从管理，执行统一使用"一卡通"的规定。对不执行规定的商户，劝其退出学校。

　　针对学生们反映的原来办理的直饮水水卡、洗浴水卡的退卡问题。学校要求尽快统计，做到心中有数，然后监督办卡的商户或第三方公司给学生尽快退钱，目的是为了更好地推行"一卡通"。

　　发现问题，处理问题。几个月后，"一卡通"的便捷、便利，让学生们、商户们、老师们都真正地享受了、接受了。"一卡通"管理在郑州理工职业学院的全面推开，极大地提升了学校的管理水平和层次。

　　"一卡通"开通之前，学校里有些事情特别麻烦。比如，学校每天有成百上千的学生要充水费、充电费和其他费用，忙得财务团团转。有时经常半夜三更了，学生还给财务人员打电话，要求财务人员赶快给充电费、充水费；有的学生长时间充不上费用，急了就会给财务一遍一遍打电话，大声对财务人员说：你们今天给我充不上费用，你们就别想休息。

　　财务人员小徐，就多次遇上这样烦心的事儿，弄得她吃饭吃不好，休息休不好，心烦意乱。有一次她见到孙院长就说："孙院长，这活我快干不成了，受不了了！"

于是，孙春丽就只能耐着心劝解小徐："不用急，不用急，小徐，我们正在想办法解决这个问题，要不了多久，这些问题就不存在了。耐心工作吧，等我们的'一卡通'顺利开通后，这些所有的问题都能够迎刃而解。"

孙春丽还讲了一件事情。

"一卡通"开通之前，除平常学生们交各种费用麻烦外，到了每年交学费的时候，更是麻烦。要在收学费的时候动用所有的财务人员上阵，也只能开设 5 个窗口，而每个窗口平均要收 2000 多人的学费。学生排起长队在大热的天里交学费，慌慌张张，忙忙乱乱，拥拥挤挤，而财务人员则累得饭都吃不上，水都喝不上。

有一次，赵金昭校长看此情况有点急了，就对孙春丽急躁地说："孙校长，你们不会多派点人吗？你看学生们排那队有多长？不上人怎么办？"

孙春丽只能摇头，说："赵校长，人已经都用上了，只差让他们变成机器了！"

赵金昭想想，也是，是这种情况，最后也只能是摇头。

"一卡通"开通后，学校收费就简单了，卡一刷就结束了，又省时又省力，方便快捷，财务人员再也不用坐那里，累死累活一张一张点钱了。

"一卡通"建设之前，学校里有银行卡支付、微信支付、支付宝支付和现金支付。那时，校园里到处乱贴二维码，师生真假难辨，上当受骗的事情时有发生。学校还曾经有 10 多个学生上当受骗，在网上贷款，其中一个学生利滚利，还了 20 多万元还没还清，学生当时差点自杀。

2008 年 6 月份，学校建成"一卡通"后，就开始清理校内的"三乱"：一乱。没有经校方审核同意，随意进入校园经营的商户，给学校带来不安定的因素。二乱。二维码乱贴，网络乱建，私拉乱扯，造成学生上当受骗和安全隐患。三乱。商户和外来商户打着学校的名义，向学生兜售各种消费卡，骗取学生钱财。

"一卡通"开通后，"三乱"等问题都一一暴露，学校有的放矢，加强管理和整治，彻底根除了"三乱"等问题，给学校师生们的工作、生活、学习创造了一个干净良好的环境。

在学校经营的一些商户，后来对孙春丽说："孙院长啊，说实在话，郑州理工职业学院不光是全郑州大学中管理最严格的学校，也是秩序最好最文明的学校，还是结算最准时最方便的学校。"

孙春丽针对"一卡通"建设过程中，部分管理层和老师一开始不甚理解的情况，她在中层干部会议上说："举个例子，别人已经用上汽车了，你还是用的传统的走路的方式；别人已经开着拖拉机种地了，而你还采用的是牛拉套，你有 10 头牛，也赶不上人家一台拖拉机呀。思想固化是管理上最大的障碍，破除管理难题，第一就应该从中高层管理人员做起……"

孙春丽介绍说，"一卡通"解决了学校许许多多的管理问题，"一卡通"就是大数据，解决了食品安全的问题、人身安全的问题、资金安全的问题、商户无序经营的问题，还有消防安全的问题等，好处实在太多，是改进提升学校现代化、信息化、智慧化、科学化管理的发展之路，特别值得推行。"

比如，在资金管理方面，"一卡通"有效避免了学生资金丢失及卡盗刷现象，卡丢失了，不要紧张，赶紧挂失。纵然出现盗刷现象，"一卡通"管理平台能够跟踪和锁定盗刷人。而且，管理平台的数据信息能保存半年以上，有效确保学生资金安全。

在食品安全管理方面，校园内所有学生的所有消费记录，都可以在"一卡通"平台进行查看，消费明细清晰可见。学院食堂及其他消费场所的窗口，学校禁止使用现金交易或扫码支付，所有消费信息均可追根溯源。一旦出现食品安全问题，可以快速通过管理平台及时查到商家，有效维护学生自身安全。

再比如学校的消防安全，事关众多师生的安危，如何杜绝消防隐患是头等大事。学院宿舍消防安全过去由于无法监管，是管理人员最为头疼的事。"一卡通"管理平台开通后，可以实现大功率电器全楼管控，避免学生消防安全意识淡薄随意使用电器而出现火灾事故，从而有效避免火灾事故的发生。

孙春丽说："能真正用高科技管理学校，潜在的那种力量是无穷的。'一卡通'的开通，只是郑州理工职业学院进行的大数据时代的数字化管理的第一步，学院在未来的发展建设中，整个大学各个部门都要逐步实现数字化、智慧化的管理，实现高科技人工智能化的管理模式，将郑州理工职业学院真正建成一所融合信息化、数字化、智慧化管理的现代化大学校园。"

"一卡通"建设，现在已经成为郑州理工职业学院信息化建设的有机组成部分，实现了多种管理大数据的集成和共享。"一卡在手，走遍校园"，"一卡通用，一卡多用"，让学校的管理赋予了科学的内涵，登上了更高的台阶，带来了崭新的面貌。

2018 年，当郑州理工职业学院在校园内全面开通"一卡通"管理模式时，河南的许多大学，包括河南大学和郑州大学，也还没有开通这一信息化、智慧化、科学化的大数据管理模式。

郑州理工职业学院作为一所民办职高院校，在应用高科技、大数据管理学校这方面的探索与实践，无疑在当时走在了河南全省各大高校的前面。

第四节　重中之重"迎新"，全力以赴战斗

每年的"迎新"工作，都是郑州理工职业学院"重中之重"的工作。

所谓"迎新"，就是每年迎接新生入校的各项准备和接待工作。"迎新"工作，就是要保证每一名新生都能安全到校、安全住宿，并使学生

和家长对学校感到满意。

对"迎新"工作的高度重视，源自金马电脑专修学院的时代。在那个时代，孙春丽、马振红就对新生入校工作特别重视，每年新生的入校工作他们都亲自抓，保证让中期班、长期班这些入校住宿的学生，住得好，吃得好，学得好。

2010 年学校升格为大专院校后，入校的新生来自全国各地，两个人对"迎新"工作更加重视。每一年的"迎新"工作都会提前布置，大到"迎新"的方案，小到"迎新"的细节，都会亲自过问。

马振红院长每年更是亲自主抓"迎新"这项"重中之重"的工作，指挥各路人马做好"迎新"所要准备的方方面面、大大小小的事情。

马振红对教职员工说："'迎新'是'重中之重'的工作，我们就是要做好每年的'迎新'工作。'迎新'工作关系着招生工作，'迎新'与招生工作是一回事，'迎新'工作做得好，就能使我们的招生工作更顺利。所以，各部门各位老师都要把'迎新'当成头等的大事来认识来落实，各项'迎新'工作的具体落实，我们学校实行责任制，只允许做好，不允许应付，要让来到郑州理工职业学院的学生和家长尽可能都满意。"

孙春丽对参与"迎新"的工作人员和学校的学生志愿者们说："每一次'迎新'，都是对我们理工学院的一次检阅，都是展示我们的精神风貌和良好形象的一次机会，也是我们扩大宣传，塑造理工学院良好口碑的机会。我们每一个人都要将'迎新'当作'重中之重'的事情，做好每一个细节，服务好每一个新生和家长，为我们的学校增光添彩。"

"迎新"就是一场战斗。

"迎新"就是一场战役。

"学生是第一位的。"

"一切为学生让路。"

郑州理工职业学院每年的"迎新"工作，都是学校领导亲自指挥，各科室具体负责落实。遇到了困难需要解决，都是领导带头、党员团员带头、骨干教师带头。

学校学生处跟学生们的关系最多最具体，作为郑州理工职业学院学生处副处长的李小军，对每年的"迎新"工作深有感悟。

李小军说：在我们理工学院，把每年的"迎新"工作比作一场战斗、一场战役，一点都不为过。如果说总指挥就是马振红院长的话，那下面的各部门就是各个纵队，各部门领导都是决战的将领，只要进攻的号角响起，他们就会身先士卒，率领所有的士兵前赴后继向前冲，不会有一个人掉队。虽然我也仅是这部队中的平凡一员，但我也为我每年参与"迎新"工作所做出的些许贡献感到光荣和自豪。

李小军还说，为了做好每年的"迎新"工作，学校除在学院大门口和校园内插满彩旗、摆满鲜花、写满标语营造好喜庆气氛外，还会在每年"迎新"工作正式到来之前，郑重举行一次"迎新模拟演练"。马振红院长、孙春丽书记和其他校领导都会参加"迎新模拟演练"，观看老师和学生志愿者扮演的"新生"和学校"迎新"人员的具体表现效果，指出演练中做得不到位需要纠正的细节，直到"迎新模拟演练"各个程序环节都达到预期效果，才会结束演练。

事实上，每年"迎新"工作中都会有一些突发事件，这是"迎新模拟演练"中没有的，处理这些事件，往往需要的是经验、智慧和奉献付出的精神。

2014年8月24日，新生报到的第一天晚上，李小军根据当天报到的人数预测：第二天新生报到的人数，必定超出现有宿舍的床位。他将这一情况立即汇报给马振红院长。马院长十分重视这件事情，当天晚上11点，在原办公楼401学生处办公室，马振红院长、李新明副院长和学生处把第二天预测的人数算了出来，并连夜制定出第二天的应急住宿方案。

马振红院长、孙春丽书记首先把自己当时住宿的1号教师公寓

215、216，腾出来供学生住宿，李新明副院长也把自己的房间腾了出来。方案按照一个房间加装6个高低床、住宿12人的标准，进行房间预估，上述3间房还是不够新生入住，必须再腾空教师住宿的6个房间，才能满足新生的入住要求。

当天深夜，学院为老师另行安排了住处，然后立即组织人员通知住宿老师连夜搬家，并由李新明副院长负责组织后勤处有关人员搬运东西，安装床铺。

当天深夜，很多老师在睡梦中被叫醒，大家穿着拖鞋、短裤、收拾自己的物品，很多大的家具临时就放在楼道里。在整个搬迁过程中，没有一位老师喊冤叫屈，因为所有人都在心里知道并认可一件事，那就是，这是学校"重中之重"的事情，"一切为了学生让路"，"学生是第一位的"。

事实证明，学院当晚的果断决策是正确的。8月25日中午，学生公寓所有房间和床位全部住满，深夜紧急腾出来的6间房也全部住上了学生。当天最后报到的100多位学生，正是住在了大家连夜腾空的房间里，没有发生学生报到后无住宿床位的矛盾和问题。

李小军深有感悟地说："那次'迎新'的突发事件，因为有校领导的果断部署与处置，使'迎新'工作得以圆满结束，也因此让我学会了在每年制定'迎新'住宿方案时，都要考虑新生入校的应急住宿办法。值得一提的是，在解决2019年学生应急住宿办法中，马振红院长、孙春丽书记再次将自己位于2号教师公寓的套房，腾出来改为学生应急住宿的房间。想到校领导和老师们在每一次'迎新'中的敬业精神和奉献精神，心里都有一种感动，感到'理工人'的可敬和可爱。"

郑州理工职业学院每年的"迎新"工作，给很多老师留下了深刻的难忘的印象。

学院党团委书记王晨晨，是2012年8月入职来到郑州理工职业学院的，参加过多次"迎新"工作。王晨晨说："学校对'迎新'工作的重视非同一般，除了搞'迎新模拟演练'，在具体的'迎新'工作中，马校长规定每两个小时要汇报'迎新'工作实时进展情况，每个新生的报到、住宿、安排，要求在半个小时之内解决。记得有一次他来回指挥，喉咙都喊哑了。"

王晨晨还说："每年'迎新'工作结束后，新生就入校了。为了表达学院对入校新生的重视和欢迎，同时也让新入校的大学生能够更好地感受到理工学院师生的精神风貌，一般每年9月份都会组织一场'迎新文艺晚会'。通过'迎新文艺晚会'的演出和互动，一下子就拉近了这些新入校的大学生与理工学院的心理距离，使他们能够尽快地适应大学生活，并从生活到学习、从心理到精神，融入理工学院这个大家庭。"

王俊华现在学院基础教学部工作，她是2011年入职学院的比较早的骨干老师，曾经在校团委工作了很长时间。

为了郑州理工职业学院校团委的工作能够与省团委的工作对接起来，她曾经找到郑州市团市委问询情况，然后又一步一步找到省团委，汇报郑州理工职业学院校团委工作的开展情况，请求省团委将理工学院的校团委纳入省团委的管理范围。2017年3月，校团委终于接到了省团委的通知，让学校上报变更管理部门的请示报告。2017年12月14日，理工学院校团委收到了团省委组织部关于变更管理部门的批复，从此，郑州理工职业学院校团委，终于归属共青团河南省委直接管理了。

王俊华说："校团委每年都参加'迎新'工作，包括每年的'迎新'晚会，校团委也都是最重要的组织参与部门，在每年一度的'迎新'工作中，可以说校团委都为学校的'迎新'工作作出了自己应有的努力和贡献。"

王俊华回忆说："每年的'迎新'工作大概都在8月26日左右开始，月底之前结束。虽然学校每次'迎新'都提前做了大量的准备工作，但有时突发事件还是防不胜防地会出现。记得那年'迎新'时，头天突然刮起了大风，第二天又突然下起了大暴雨，大风大雨把我们学校悬挂的

'迎新'条幅吹跑了，把我们搭建的'迎新'帐篷吹倒了。当时，我们校团委组织的几百名志愿者，立即在马振红院长的部署安排下，顶着风雨把帐篷重新支起来，把条幅重新挂起来。马校长还亲自下到泥坑里，把倒下的广告牌扶起来，弄得满身满手都是泥。然后，在马校长的统一指挥下，我们的老师和志愿者又顶风冒雨分头赶到火车站、汽车站去迎接新生。想起这些事情，心里就像有一团火在燃烧，就像回到了激情燃烧的年代一样。"

郑超是 1986 年的人，现在学校的图书馆工作。他是 2010 年 7 月入职郑州理工职业学院的，曾经历了学校图书馆的三次搬迁。从学校西南角简陋的图书馆，搬迁到实验楼临时的图书馆，再搬迁到现在新建的现代化的图书馆，他都参加了，见证着学校一步一步的发展。

对于学校的"迎新"工作，他也印象深刻。郑超说："当年的'迎新'工作，马院长都是亲自指挥。我们每次去火车站、汽车站'迎新'，马院长许多次都亲自开车送我们去，每一次都是早上四五点钟就起床了，天不亮就出发，跟打仗一样紧张。每一次送我们去火车站或汽车站时，马院长都会给我们提前买上包子、油条、豆浆等早餐，让我们很感动。我们学校每年新生入校前都会组织师生到火车站、汽车站去接新生，直到 2020 年疫情暴发后，这项'迎新'工作才算告一段落。"

徐永兰是 2007 年应聘到金马电脑专修学院的老人，说起"迎新"的事情，她印象最深的就是，孙院长爱美，喜欢买花。她说："每年孙院长会为学校至少买两次花。一次是寒假过后开学的时候，她会买很多花，把学校布置得鲜花一片；另一次买花就是每年'迎新'的时候，她会买来很多花，将学校大门口布置得像花海一样，让人一进校园就能霎时感受到一种热烈、浪漫、温馨的喜庆气氛。"

……

"迎新"，不仅是郑州理工职业学院"重中之重"的一项工作，"迎新"中发生的许许多多的事情，已经成为郑州理工职业学院许多老师萦绕于怀、永远难忘的故事。

孙春丽说："'迎新'是一场战斗，是一场战役。每一年、每一次'迎新'，都是一场历练、一场考验，从中磨砺了'理工人'的智慧和意志，锤炼了'理工人'处理突发事件的应变能力，更展示了'理工人'勇于战斗、勇于开拓、勇于奉献和携手并肩、团结奋战、不畏困难的可贵精神。"

第五节　果断更新教材，一切为了学生

教材的好坏优劣，对于学校的教学与发展来说至关重要，而对于学生来说，则关乎着他们的命运前途。

从创立金马电脑学校开始，一直到后来升格为河南金马电脑专修学院，再到华丽转身成为今天的郑州理工职业学院，无论学校是小是大，是弱是强，是培训学校，还是升格后的大专院校，孙春丽除了重视学校的管理，还特别重视学校的教材。

她一直有一个特别严格的要求和指导方向，那就是学校使用的教材，必须要紧跟时代，及时更新换代，必须要保障学校所使用的教材是最新的、最实用的、最有利于学生学习和就业的。

郑州理工职业学院的很多老师，提起教材的事情，都知道孙院长对教材的重视程度。他们都知道，理工学院的教材之所以能够走在同类大学之前，与孙春丽院长主抓这项工作有重要关系。

2015年上半年，孙春丽发现理工学院所使用的教材，有不少已经到了该要更新换代的时候，如果不更新当下社会所需要的教材，不根据新的教材采取相应的教学改革，就会直接影响学校的教学质量，影响学生的学习效果，进而影响学生毕业之后的就业问题，乃至影响学生一生的命运前途。

经过一段时间细致而深入的调查研究之后，孙春丽于2015年6月

4 日，召开了由学校有关部门负责人参加的会议，专题研究教材更新的问题。

会议召开之前，她将需要解决的方方面面的问题写出来，在会议上进行了有的放矢的指导性发言，题目是《关于本年度教材征订、计划、变化等问题的意见》。她的这个发言和指导意见，可以说在理工学院的教材更新和改革历史上，是坚决果断的，是振聋发聩的，对于理工学院的发展起着十分重要的作用。

孙春丽说，教材是关乎学校教学质量的大事，关乎学生命运前途的大事，只有适合当下时代和社会需要的教材，才会有利于学生们的学习成长，有利于他们将来的就业择业。反之，则会影响学校的教学质量和品牌形象，影响学生的命运前途。

我们现在所用的教材，有些已经极不适用于当下的教学，必须果断地进行更换更新。我们学校，我们老师，我们每个人，不能为了我们自身的利益，而忽视了学生的根本利益，这件事情不管有多大的难度，都要克服困难，克服保守思想，将教材更新换代的事情办好。

我们国家现在有大学 1200 多所，民办高校有 386 所，其中河南有 24 所。民办高校大多为职业培训类高职院校，占比约为 30%。国家院校培养了 70% 的大学生，其中只能有 20% 左右的人能够晋升为干部人才，其余很多大学毕业生找不到合适的工作，国家实际需要的是 80% 的技术工人。

我们郑州理工职业学院是职业教育的高等院校，我们的出发点就是为国家为社会培养有高精技术的工人和技术人员，我们的职业教育需要跟社会的需求融合接轨。这就要求我们做教育的，首先要打破传统的守旧的思想，立足于更新更快的发展理念，永远在教材教学上超越同类学校，才能不断提升我们理工学院的教学质量、品牌形象，培养出一批又一批拥有高精技术，符合国家社会发展需要的大学生来，也才能使我们学校永远立于不败之地。

新学期的教材更新工作，从现在开始必须从如下几个方面做起：第一是，"两个为了，一个打破"；第二是，"更换教材的目的"；第三是，"选择教材的标准"；第四是，"教材的 4 个变化"；第五是，"一个统一，两个不得"。

孙春丽在会上将教材更新换代工作的几个标准进行了明确的阐释。

"两个为了，一个打破"：为了学生的利益和前途，我们必须更换一部分新内容的教材。因为我们现在所使用的教材版本内容，有的已经严重不适应学生的学习，对他们未来毕业后的择业十分不利，所以必须要更换新教材；为了打造学校的"金字招牌"，我们必须收回有些老师和部门的不当权力，不能因为个别部门和老师的落后保守思想，甚至自私自利的行为，而影响了教材的更新换代，影响了我们学校的教学质量和品牌形象。

什么是"一个打破"？就是要打破一些老师惯用的教学方法和案例永远一成不变的问题。过去的教案，从新学期开始，一律重新准备教案并改进教学方法，以便学生能得到更新更实用的知识点。

孙春丽说，"两个为了，一个打破"，是学校教学改革的重要事情。教材更新中一定会触及个别人、个别领导的利益，一定会有阵痛。但是，我们为了学生的命运前途，为了学校的命运前途，必须毅然决然地丢掉落后保守的思想观念，克服一切困难，将这件事情推进到底。

"更换教材的目的"：一是知识点的更新。比如信息化专业计算机材料，很多大学一成不变了很多年，1995 年的 DOS 系统教学，2005 年还是 DOS 系统，到了现在还是 DOS 系统，学生学完了这些知识，参加职业考试，无法适应社会；比如建筑工程事故分析，现在 2015 年的事故案例都已经汇编出新的教材了，咱们用的还是 2012 年、2013 年的版本，那时的法律法规和今天的法律法规明显脱节。为了学生们毕业后能顺利就业和适应社会，职业教材要在原基础上更优化，基础类教材若有新版本推出，必须及时更新。

二是教材出版时间的更新。我们的老师和有关部门选定教材，一定不能图省事省力，更不能一成不变。现在就发现，我们的个别教材书目，根本就没有动过，这次更新教材，有的部门照旧搬了出来，这是不负责任的态度，这不像是我们"理工人"做事的风格，必须予以纠正，必须要把最新的教材、最实用的教材更新过来，把那些老旧的过时的教材一律停用。

三是教材的征订要打破传统。我们原来征订的教材来源于37家出版社，有的规范，有的不太规范，这次一律更换更新为7家国家规定的正规的出版社。这样无论是从征订的角度，还是付款核算的角度，都能够统一有序地管理，不会存在那种到了开学时候，个别教材还征订不到位的现象发生。

"选择教材的标准"：本次征订的教材，必须符合国家高职高专"十二五"规划教材的要求；教材版本的内容，必须符合现代社会就业应用和指导；教材出版时间必须是近两年内出版的，个别教材没有最近年限而内容适当的，经学校研究批准后再统一采购；此次更新的教材，必须在符合国家要求的7家出版社的教材中选定。

"教材的4个变化"：这次教材征订发生了4个变化：一是出版社发生了变化。由原来杂乱的几十家出版社，变为符合国家教材出版规定的7家出版社。二是内容更优化。去除老的、旧的、过时的教材，增添符合最新社会发展和应用的新教材。三是书的版本时间发生了变化。尽可能地征订这两年出版社更新出版的教材，让学生能够学以致用。四是供销商发生了变化。我们采用国家正规出版社的教材，拒绝一些书商提供的教材。

"一个统一，两个不得"："一个统一"，就是关于教材和实验实训、就业实践必须统一，并能够接轨国家社会发展的需要，按照社会的需求培养人才。"两个不得"，就是按照国家有关规定，不达标的教材，一律不得采用；对于出版社不再出版的老教材，特别是一些版本时间不清的教材，一律不得采用。

……从这次严厉、严格、坚决、果断的教材征订改革开始，教材实时更新，不断更新的理念，深入了学校各个部门、各个负责人和各个教学老师的心中，从而推动了郑州理工职业学院的教材更新换代工作。

从2015年新学期开始，学院教材科和相关部门及教学老师都自觉地负起了自身的责任，不断按照学校的要求和教学的实际需求进行教材的更新换代，使理工学院的教材使用能够及时更新，使学生们在这里能够学到最新最实用的知识，为他们的就业、择业打下了良好的基础。

2015年，郑州理工职业学院的学生就业率提升到了91%，此后逐年攀升。2021年，学生毕业后的就业率达到了96.29%。

这份优异的成绩和丰硕的成果，除了理工学院不断提升的高质量的管理，就是对教材征订的大胆改革。在这些成绩和成果当中，应该说，孙春丽作为学校的创始人，作为学校的负责人之一，功不可没。

郑州理工职业学院的老师们，提及孙春丽和马振红，都深有感慨：孙院长和马院长他们两个人，为办学真是呕心沥血。这么多年来，为了理工学院的建设和发展，两个人倾注了全部的心血。学校每年都在建设，都在滚动发展，每年投资的资金都在一个亿左右，而学校的收入却只有不足一个亿。资金遇到缺口时，两个人到处筹款，到处借款融资，甚至把自己在郑州的房屋都抵押给了银行。为了让老师们安心教学，从来没有缺过老师们的工资，就是再困难的时候，借高利息的钱，也要给老师们按时发足工资和奖金……

孙春丽曾经与老师们推心置腹地说："做教育是一份崇高的事业，心思不能是为了挣钱。若是为了挣大钱，我们把学校卖了，七八个亿就到手了，吃也吃不完，喝也喝不完，何必像这样作不完的难、费不尽的心血呢？希望我们的老师们能够理解，在学院困难的时候，能够团结起来，抱团取暖，我们共同为社会的发展，奉献自己的一份力量。"

这么多年来，老师们都很理解他们干事创业的精神。学校推行的各种管理制度和教学改革措施，都能得到大家的拥护和支持。

孙春丽说："名义上，我们学院是民办高等学校，好像是我们自己的学校；实际上，这个学校，已经属于社会和国家，我们永远也带不走的。捧着一颗心来，不带走半根草。此生此世，就把一切献给这个学校了。"

"理工人"都清清楚楚，他们的创业，不是为了个人，更不是为了赚钱，更多的是为社会在做着贡献。大家坚信，有这样的创业者，郑州理工职业学院必定会走得更高更远。

第六节　传承红色基因，崇尚信仰力量

孙春丽是一个有红色情结的人。

作为一名共产党员，孙春丽是一个有坚定信仰的人。

她的红色情节源自家乡。她的家乡宝丰县马街村就是一个红色的村庄，是有着革命传统的村庄。解放战争时期，这里是中国人民解放军陈谢兵团九纵司令部曾经驻扎的地方，也是豫陕鄂五地委机关与陈谢兵团九纵司令部联合办公的地方。这里有许许多多革命的故事，熏陶了少女时代的孙春丽，红色的文化，很早就在她的心里深深地扎下了根须。

后来，她从农村来到城市，在郑州上学、工作，然后创办了金马电脑学校。但无论何时何地，红色的种子、红色的精神，一直在她心里生根发芽，开花结果，对英雄的前辈，对伟大的祖国，对伟大的中国共产党，一直充满了敬仰。

1998年国庆节那天，她组织金马电脑学校的学生，在学校门口，利用门头做旗杆挂国旗，利用手提式音箱放国歌，带领学生们举行了庄严的升国旗仪式。那个时代，很多单位、很多人都已经将升国旗这个事情淡忘了。当时他们在学校门口举行升国旗仪式的事儿，引来很多路过的市民驻足观看，觉得很是稀奇。但这些市民在观看中，也被他们庄

重、庄严的升国旗仪式感动了，有些人竖起了大拇指，有些老人夸赞他们做得好。

在孙春丽的倡导坚持下，金马电脑学校将升国旗这一庄严的仪式，作为学校的一项重要的活动一直坚持了下来，每年在"七一"建党纪念日、"国庆节"等重大的节日，以及学院的大型运动会等活动期间，都要举行升国旗仪式。

后来，学校又规定，每周一早上，在学院广场上都要举行升国旗仪式。

金马电脑专修学院升格为郑州理工职业学院之后，升国旗这个庄严的仪式就这样一直坚持着，而且越做越好。现在，学校还成立了由优秀学生组成的"国旗护卫队"，每天晚上都要举行升国旗的队形训练。队员们身穿制服、肩扛步枪、英俊威武地迈步训练的样子，经常会吸引很多的学生驻足观看。

在清晨的朝霞里，当国旗冉冉升起的时候，很多老师和学生都会感受到国旗的庄严，感受到伟大祖国在心中沉甸甸的分量，内心都会禁不住油然而生一种自豪和骄傲。

在郑州理工职业学院，红色的文化、红色的精神，不仅表现在坚持升国旗这一庄严仪式，还有对党团组织建设的重视。学校先后建立了党组织和团组织，党团组织都是由小到大不断发展，并多次获得省市级荣誉。

2019年5月，郑州理工职业学院校团委获得河南省"五四红旗"团支部荣誉称号；2022年3月，郑州理工职业学院校团委受到河南团省委的表彰。

学院党组织发展迅速。从最初的几名党员成立党支部，到发展为校党委，党员干部迅速从当初的几个人，发展到现在的200多名党员。

为了在青年学生中培养青年马克思主义者，为国育才，为党育人，在孙春丽的主导下，郑州理工职业学院于2018年3月，在学校成立了

"青年马克思主义者培养教育中心"培训班，每期培训100名入党积极分子和特别优秀的学生，简称"青马工程"。目前，已经培训了数百名青年马克思主义者，为国家培养了一批坚定信仰马克思主义的精英人才。同时，校党委还发展了几十个党小组，每个党小组带领党员们争先创优，多次受到上级有关部门的表彰。

2022年3月4日，学院经贸管理学院党总支荣获河南省高等学校"省级样板党支部"光荣称号。

近年来，坚持爱国主义教育，坚持传承红色基因，已经成为郑州理工职业学院的一项满满正能量的事情。围绕这一主题，孙春丽多次带领学院的党员骨干，沿着红色足迹参观学习，重温入党誓词，感受信仰的力量。

2015年以来，他们先后数次来到兰考和林州，学习焦裕禄精神、红旗渠精神。党的十九大召开之后，他们将党的初心教育当作了重要的事情来抓。2017年11月，孙春丽带领学院的党员骨干来到了上海中共"一大会址"参观学习，来到浙江南湖感悟"红船精神"；2018年3月，他们又奔赴漯河南街村参观，学习南街村人走共同富裕道路的精神；2018年7月，孙春丽带领党员干部来到郑州樱桃沟参观学习并重温入党誓词，去了河南宝丰"中原战争纪念馆"和马街村解放战争红色遗迹参观学习，还带领党员队伍寻访延安并来到梁家河寻访习近平总书记当年的知青生活；2019年6月，孙春丽带领部分党员干部来到了井冈山，参观了井冈山这一中国革命的圣地，学习感悟"井冈山精神"。

2018年以来，作为学校的党委书记，孙春丽数次在理工学院为师生们作"弘扬红色文化"的报告，她深情讲述了1921年中国共产党的成立过程，讲述了1935年到1936年间，中国工农红军的两万五千里长征和红军在陕北的大会师，讲述了延安精神的形成过程和精神内涵，讲述了青年习近平在梁家河的七年知青生活。

孙春丽说："每一次参观学习，都给我们党员干部留下了特别深刻的印象，对党员干部都是一种深刻思想的教育，对我们的爱国主义思想起到了重要的提升作用。红船精神、井冈山精神、延安精神、红旗渠精神、焦裕禄精神，让我们知道了新中国是多少共产党人用前仆后继的牺牲换来的，知道了社会主义新中国的建设中有多少党员干部在身先士卒地奋斗。我们的党员干部，从中感受到了中国共产党一路走来的坚强和伟大，感受到了无数先辈流血牺牲的光荣和价值。"

郑州理工职业学院的党员干部，每一个人都非常珍惜每一次参观学习的机会，许多人将自己参观学习的收获，将在各地学习到的红色精神和理念，满怀敬仰之情，书写在他们的学习日志上：

2005 年 6 月 21 日，时任中共浙江省委书记习近平在《光明日报》发表署名文章《弘扬"红船精神"，走在时代前列》，首次公开提出"红船精神"的概念，并对"红船精神"的内涵进行了概括和论述：开天辟地、敢为人先的首创精神，坚定理想、百折不挠的奋斗精神，立党为公、忠诚为民的奉献精神，是中国革命精神之源，也是"红船精神"的深刻内涵。要保持党的先进性，就必须永远铭记我们党的"母亲船"，重温红船的历史沧桑，在继承和弘扬"红船精神"中永葆党的先进性，激发党员干部为中国特色社会主义事业奋斗的信念和力量。

1921 年，中国共产党第一次全国代表大会在浙江嘉兴南湖的一条游船上胜利闭幕，庄严宣告中国共产党的诞生。从此，中国的新民主主义革命就有了坚强的领导者——中国共产党。这条承载着中国人民命运大转折的游船，就被后人称为"红船"。中国共产党在红船中诞生这一伟大革命实践所表现出来的伟大精神就是"红船精神"。中国革命的航船从这里扬帆起航，体现了"开天辟地、敢为人先"的首创精神；中国共产党的诞生，使中国革命从此有了坚定的理想信念和强大的精神支柱，体现了"坚定理想、百折不挠"的奋斗精神；中国共产党从诞生的那天起，从来就没有自己的私利，而是以全心全意为人民谋福利为根本宗旨，体现了"立党为公、忠诚为民"的奉献精神……

井冈山精神是红色革命精神之一，诞生于土地革命时期的井冈山根据地。井冈山精神是中国革命精神之源，是中国共产党宝贵的精神财富，是开创中国特色社会主义事业的强大精神动力，鼓舞着一代又一代中国共产党人为党和人民的事业而英勇奋斗。

1927 年 10 月，毛泽东率湘赣边界秋收起义的部队到达湖南、江西两省边界的井冈山地区。1928 年 4 月，朱德、陈毅率领南昌起义军余部和湘南农军相继抵达井冈山，与毛泽东领导的工农革命军会师，合编为工农革命军第 4 军。井冈山地区地势险峻，经济落后。中国共产党在这一地区建立和恢复党的组织，团结改造地方武装，发展革命力量，建立工农兵政府，领导农民分配土地，经历"三月失败"和"八月失败"两次重大挫折和近百次大小战斗，打退国民党军阀多次进攻，逐渐扩大革命根据地。井冈山革命根据地是第二次国内革命战争时期毛泽东创立的第一个农村革命根据地，开辟了中国革命以农村包围城市，武装夺取政权的光辉道路，被称为"革命摇篮"。

2016 年 2 月 1 日至 3 日，习近平在江西看望慰问广大干部群众时指出：井冈山时期留给我们最为宝贵的财富，就是跨越时空的井冈山精神……

延安精神是红色革命精神之一，是中国共产党创造的一种革命精神。延安精神的主要内容包括：实事求是、理论联系实际的精神，全心全意为人民服务的精神，自力更生艰苦奋斗的精神。

延安是中国共产党和人民军队的根据地，勤劳勇敢的老区人民用生命和鲜血哺育了中国革命；延安是中国抗日战争的总后方，在物资极其短缺的情况下，广大军民开展了自己动手、丰衣足食的大生产运动，为夺取革命胜利奠定了物质基础。

延安是毛泽东思想从形成、发展到成熟的圣地。毛主席关于中国革命的政治路线问题、军事问题、党建问题、哲学问题等一系列具有代表性的理论著作大多是在延安撰写的。在这里,党的"七大"把毛泽东思想确立为党的指导思想。在中国共产党的历史上,马克思列宁主义同中国革命的实际相结合的第一次历史性飞跃就是在延安实现的。

延安在革命战争年代曾是中国共产党的指挥中枢和战略后方,中国共产党在这里运筹帷幄,作出了关系中国革命前途命运的一系列重大决策,为夺取全国政权奠定了坚实基础。这里孕育了伟大的"延安精神","延安精神"是中国共产党的传家宝,是中华民族宝贵的精神财富……

红旗渠精神的内涵是"自力更生、艰苦创业、团结协作、无私奉献",是在修建红旗渠的过程中形成的。红旗渠动工于1960年,勤劳勇敢的30万林州人民,苦战10个春秋,仅仅靠着一锤,一铲,两只手,在太行山悬崖峭壁上修成了这全长1500公里的红旗渠。2021年9月,党中央批准了中央宣传部梳理的第一批纳入中国共产党人精神谱系的伟大精神,红旗渠精神被纳入……

"焦裕禄精神"被习近平总书记概括为"亲民爱民、艰苦奋斗、科学求实、迎难而上、无私奉献"的精神。习近平总书记这样评价焦裕禄同志的精神:"过去是、现在是、将来仍然是我们党的宝贵精神财富,永远不会过时。"

习近平总书记说,全心全意为人民服务是我们党的根本宗旨,也是焦裕禄精神的本质所在。艰苦奋斗是中华民族的光荣传统,是我们党的立业之本、取胜之道、传家之宝,也是焦裕禄精神的精髓。实事求是是党的思想路线的核心内容,也是焦裕禄精神的灵魂。知难而进、迎难而上是中国共产党人的宝贵品格,也是焦裕禄精神的重要内容。清正廉洁、无私奉献,是共产党人先进性的重要体现,也是焦裕禄精神的鲜明特点。

……

2019 年 10 月 15 日，理工学院党组织还在学校举行了"诵读红色家书，牢记初心使命"的活动。多名党员干部声情并茂地诵读了多封革命者的家书，许多党员干部在诵读中深深为革命者的精神所感动，禁不住潸然落泪。

孙春丽诵读了《杨开慧写给毛泽东的最美情书》；陈磊读了《你会看到我们举过的红旗飘扬在祖国的蓝天》；李长江读了《与妻书》；白宝华读了《可爱的中国》；王铁读了《我们临死以前的话》；潘洋读了《临刑前写给弟弟妹妹的诀别信》；田娟读了《你的父母是个共产党员》；王君与何丹共同读了《亲情长留天地间》；高婧读了《我们决心与华北人民共艰苦共生死》；和朝敦读了《切莫为我空悲痛》；彭永超和张岚岚读了《给父母亲的诀别信》；陈鹏飞读了《说到死，我并不惧怕》。

在此，敬录革命者的部分家书：

杨开慧写给毛泽东的话：他是幸运的，能得到我的爱，我真是非常爱他的哟！不至丢弃我，他不来信，一定有他的道理。普通人也会有这种情感，父爱是一个谜，他难道不思想他的孩子吗？是悲事，也是好事，因为我可以做一个独立的人了……谁把我的信带给他，把他的信带给我，谁就是我的恩人……

夏明翰狱中给母亲的信：亲爱的妈妈：你用慈母的心抚育了我的童年，你用优秀古典诗词开拓了我的心田。

爷爷骂我、关我，反动派又将我百般熬煎。亲爱的妈妈，你和他们从来是格格不入的。你只教儿为民除害、为国锄奸。在我和弟弟妹妹投身革命的关键时刻，你给了我们精神上的关心、物质上的支持。

亲爱的妈妈，别难过、别呜咽，别让子规啼血蒙了眼，别用泪水送儿别人间。儿女不见妈妈两鬓白，但相信你会看到我们举过的红旗飘扬在祖国的蓝天！

方志敏写给共产党员的话：我们是共产党员，为革命而死，毫无所怨，更无所惧。只有两件事，使我们不能释怀：做过某些错误，但经党指出，莫不立刻纠正，我们始终是党的正确路线的拥护者和执行者，是马克思、列宁主义竭诚的信仰者。我们相信共产国际的伟大和他（它）领导世界革命的正确，我们相信中国布尔什维克党中央的伟大和领导中国革命的正确。我们坚决相信在国际和中央列宁主义领导之下，中国革命和世界革命必能在不远的将来得到全部成功！苏维埃的制度将代替国民党的制度，而将中国从最后的崩溃中挽救出来！

在此时，如有哪些同志不执行党的决议和指示，而消极怠工，那简直不是真正的革命同志，而是冒牌党员。这样的人，是忘记了国民党囚牢里有好几万的同志，正在受刑吃苦，忘记了国民党的刑场上，党的同志流下的斑斑血迹，忘记了我们的主力红军正在川黔滇湘艰苦的（地）战斗，更忘记了千千万万的工农劳苦群众，正在啼饥号寒无法生存。

我们与你们反革命国民党是势不两立的，你法西斯匪徒们只能砍下我们的头颅，绝不能丝毫动摇我们的信仰！我们的信仰是铁一般坚硬的。

王孝锡烈士写给父母亲的话：纵有垂天翼，难脱今夜险。问苍天！何不行方便？驭飞云，驾慧船，搬我直到日月边。取来烈火千万炬，这黑暗世界，化作尘烟。出铁笼，看满腔热血，洒遍地北天南。一夕风波路三千，把家园骨肉齐抛闪。自古英雄多患难，岂徒我今然！望爹娘，休把儿挂念，养玉体，度残年，尚有一兄三弟，足供欢颜。儿去也，莫牵连！

史砚芬临刑前写给弟弟妹妹的诀别信：亲爱的弟弟妹妹：我今与你们永诀了。我的死是为着社会、国家和人类，是光荣的，是必要的。我死后，有我千万同志，他们能踏着我的血迹奋斗前进，我们的革命事业必底于成，故我虽死犹存。我的肉体被反动派毁去了，我的自由的革命的灵魂，是永远不会被任何反动者所毁伤！我的不昧的灵魂必时常随着你们，照护你们和我的未死的同志，请你们不要因丧兄而悲吧！

妹妹，你年长些，从此以后，你是家长了，身兼父母兄长的重大责任。我本不应当把这重大的担子放在你身上，抛弃你们，但为了大我不能不对你们忍心些，我相信你们在痛哭之余，必能谅察我的苦衷而原谅我。

弟弟，你年小些，你待姊应如待父母兄长一样，遇事要和她商量，听她指导。家里十余亩田作为你俩生活及教育费。因我死以后，不要治丧，因为这是浪费的，以后你能继我志愿，乃我门第之光，我必含笑九泉，看你成功；不能继我志愿，则万不能与国民党的腐败分子同流。现在我的心很镇静，但不愿多谈多写，虽有千言万语要嘱咐你们，但始终无法写出。

好！弟妹！今生就这样与你们作结了。

……

传承红色基因，崇尚信仰力量。红船精神、井冈山精神、延安精神、红旗渠精神、焦裕禄精神，代代相传的红色的革命精神，已经融入了郑州理工职业学院党员干部的内心和血液，成为鼓舞他们不忘初心、砥砺奋进的无穷的动力。

第八章
踔厉奋发，栉风沐雨共成长

岁月如水，时光匆匆。从 1995 年创立金马电脑学校，到今天的郑州理工职业学院，转眼已是 28 个春秋。"理工人"在风风雨雨、坎坎坷坷中奋斗，在栉风沐雨、携手并肩中成长，在跌宕铿锵、踔厉奋发中壮大。每一个"理工人"，都见证着郑州理工职业学院的创业历程、奋斗历程并满含深情。从青涩到成熟，从青年到中年，伴随着"金马"前进的步伐，"理工人"在这里奋斗，在这里成长，也在这里成就着人生的理想，一同分享着这所美丽的万人大学在中原大地傲然崛起的荣光。

第一节　工学交替，学以致用铺就未来的路

胡俊杰是 2014 年 8 月入职郑州理工职业学院的，现任经贸管理学院党总支书记。

他说，他入职时是常务校长赵金昭面试的，录用后被分配到了建筑工程系，是当时学院最大的一个系。他在这里干了三年多，任党支部书记。

2016 年，建筑工程系党支部代表郑州理工职业学院，第一次获得了省级荣誉"河南省普通高等学校先进基层党组织"这一光荣称号。2018 年 3 月 28 日，他来到经贸管理系任党支部书记。2021 年，全校有

8个奖项，经贸学院每一项都夺得了其中之一，各个奖项全都有，获得了"大满贯"。

胡俊杰说，刚来郑州理工的时候，这里兼职的教师比较多，占了大概50%。后来学校致力于培养自己的教师队伍，用事业留人，用感情留人，用待遇留人，巩固了教师队伍。现在，经贸管理学院一共有70多位老师，兼职的只有几个，这从侧面说明了郑州理工职业学院越来越优秀，越来越有凝聚力，学校的"三个留人"的方法，发挥了根本的作用。

这些年，经贸管理学院发展迅速，马振红院长和孙春丽院长都给予了大力支持。学校投资90多万元，给我们建起了"电子商务综合实训中心"；投资60多万元，建起了"会计综合实训中心"，为强化学生们的实习创造了良好的条件。特别值得说的是，学校在各个工程的建设中，都会充分征求老师们的意见，使这些建设项目在10年、20年的发展中都有空间，非常科学。2019年，我们学校的新办公楼正式启用，我们都搬进了新建的办公楼，办公环境获得了彻底改观。2021年，学校撤系建院，我们的党支部也升格为了党总支。

胡俊杰讲得最多的就是，学校于2019年4月开始试行的"工学交替"教学改革措施。所谓"工学交替"，就是让学生一边在校学习，一边进入工厂企业实习，让学生在学校学习的技能，在工厂企业中得到实际的锻炼，为他们毕业之后的就业铺就一条坦途。

改革都会有阵痛。当年学校的"工学交替"试点，就从我们经贸管理系的旅游班开始的。我们为了开展"工学交替"，让学生有个好的实习点，"五一"前夕，就联系到了郑州方特欢乐世界，他们答应让我们旅游班的全部56名学生去那里实习。

郑州方特欢乐世界是河南很有影响力的大型旅游娱乐景点，位于郑州新区中牟产业园区内。项目主要建设了科幻体验区和中国文化体验区两个体验区，和创意基地、数字动漫基地、影视后期基地、人才培养基地4个文化科技产业基地，以及旅游商业小镇、大型演艺中心、旅游配套酒店等商业配套设施。

方特欢乐世界旅游娱乐项目众多，由飞越极限、恐龙危机、海螺湾、逃出恐龙岛、唐古拉雪山、暴风眼、极地快车、飞翔之歌、星球达人秀、电影魔术大揭秘、生命之光、聊斋、宇宙小勇士等 20 多个大型主题项目区组成，涵盖主题项目、游乐项目、休闲及景观项目 200 多项，每年的节假日时间，这里汇聚八方游客，车水马龙，络绎不绝。

为了让学生们从学校走出去，来到方特欢乐世界好好实习，我们提前做了宣讲活动，将方特的有关情况向学生们进行推介，并将方特给出的优惠条件给学生讲了一下，告诉学生们实习期间企业将发给工资，实习时间为六个月，从"五一"节开始。学生们听了还比较满意，都答应去方特实习。

学生们开始实习的时候，正逢"五一"小长假，游客爆满。实习的学生从早忙到晚，"五一"当天更是忙到了晚上 11 点。这下子，一些学生受不了了，特别是一些女孩子，当天晚上抱头痛哭，嚷嚷着不干了、不干了！

发生这种情况后，辅导员一直在微信群里对这些女孩子进行安慰，暂时平复了她们的心情。了解这种情况后，为了从根本上解决这个问题，5 月 5 日，我作为党支部书记，带领团支部书记和辅导员，我们三个人来到了方特，召开班委会，了解学生的具体情况。发现学生们现在最大的问题是心理问题，只有做耐心细致的疏导工作，才能让她们积极勇敢地去面对这一切不适应。

一些学生从小到大一直在学校里上学，现在从学校里突然一下子走入社会这个陌生的地方，就像一个没有经过风雨的孩子，突然之间离开了父母，在外面的世界里又突然要面对吹来的风和雨，心里一下子就没有了依靠，突然就有了一种失去了重心的恐慌的感觉。

那天，我们一个实习点一个实习点地去看望学生，一个一个、一遍一遍地做着学生的安抚疏导工作。那一天，我们走的步数，手机上显示有 3 万多步。然而，即便是这样，还是有一个叫苗苗的女学生，硬是扛着自己的铺盖，一路哭着回了学校。

这样的情况下，我们再直接做学生的工作显然已经不合适了。于是，我们就考虑让学生做学生的工作，发动学生中的骨干在微信群里做苗苗的工作。学生们之间发的一些安慰的话、鼓励的话、开导的话，苗苗能够慢慢地接受。然后，我们的辅导员又去耐心地安慰苗苗，最终做通了苗苗的思想工作。一天后，在辅导员的护送下，苗苗又回到了方特，继续她的实习。

最终，旅游班 56 个学生，全部在方特干到了最后，我们高高兴兴、顺顺利利地把他们接回了学校，圆满完成了实习任务。

旅游班在方特的实习，为学校的"工学交替"教学改革进行了成功的试点。从此之后，郑州理工职业学院开始大规模推动"工学交替"的教学改革，通过实习，让学生们更早更快地熟悉社会、提升技能，为大批学生毕业后的就业、择业铺就了一条成功的路。

对于"工学交替"的教学改革和探索，陈磊有很多自己的体会、认识和见解。

陈磊和胡俊杰两个人都是八十年代初的人，都是在 30 岁出头的时候来到了理工学院。陈磊于 2015 年 8 月入职郑州理工职业学院，先是在机电工程系做辅导员，2016 年 3 月又来到就业指导中心任副主任，2018 年被晋升为主任。他的人生，在这里找到了价值和自信，他努力开拓，将就业指导中心的工作，做到最好最满意。

陈磊说，马院长和孙院长对就业指导中心的工作非常重视，基本上是要人给人，要钱给钱。有时为了考察学生就业的事情出差，打报告申请 1 万元，孙院长会批 2 万元，有时更多。孙院长说，再苦也不能苦路上，多带些资金，可以多跑几个地方，出去了，就把我们要办的事情办到最好。就业问题是大事，关系着学生的命运前途，关系着学校的品牌建设和长远发展。

马院长一直要求就业指导中心，一定要把学生的就业率提上去，而且目标必须要想办法提高到95%以上，越高越好。这既是压力，也是动力，就业指导中心围绕着这一目标，一直在开展着各项相关就业的工作。

每年，就业指导中心都会组织几场专题的就业讲座，为在校的即将毕业的学生提供就业指导服务。每天，都会通过学校的微信群公众号向学生们推送不同专业的就业岗位。学校网站通过与第三方公司的合作，进一步拓宽了就业渠道。学校还印发了比较实用的《大学生创业教育》《大学生就业指导》等资料，从思想上、认识上、经验上指导学生们的就业工作。

为了开拓就业渠道，每年的五六月份，马校长都会亲自过问就业指导中心的工作，将他的社会资源介绍给就业指导中心，让我们给有关企业和单位进行直接的联系。同时，还与我们一起针对就业计划进行商讨，以他多年来积累的丰富的就业经验，给我们更好更实用的指导，当然，他也会再次强调就业率的问题。他有一句话，也就是一个要求，那就是"无论如何要把学生的就业率提升到95%以上"。

2019年，为了走出去，引进来，拓宽省外的就业门路，我们在孙春丽校长的带领下，远赴浙江省湖州市德清县考察当地的企业，并陆续到了江苏昆山、江苏宿迁和浙江义乌、浙江金华等地考察，与当地多家企业建立了校企合作关系。后来，江苏、浙江、安徽等地的县领导和有关企业家也相继来到学校进行考察，在增进了解、加大互信的基础上，学校与多家企业建立了非常和谐的合作关系，为理工学院的学生就业开辟了一条比较通畅的渠道。

陈磊说，经过这些年的努力，我们在校内已经建设了30多个实训基地，校外开辟了130多处实训基地，做到了让每一个学生都能够在学校学习时就锻炼好自己，掌握一门以上的实用的技能。

2020年，郑州理工职业学院的学生就业率达到了96.19%；2021年郑州理工职业学院的学生就业率达到了 96.29%。这些不是空洞的数字，这是经得起第三方考核检查的数字。

河南省教育厅一位领导，有一次在检查了理工学院的基础建设和学生就业指导工作后，非常感慨地说：郑州理工的过去和现在，就是一部铿锵跌宕的创业史，而且是一部优秀成功的创业史。

第二节　感恩母校，从这里走向广阔的社会

董宝阳是 2010 年 7 月入职郑州理工职业学院的老人了，现在是学校信息工程学院的院长。那时，郑州理工职业学院刚刚挂牌成立不久，正需要各方面的人才。

2012 年，董宝阳由数学秘书升任信息工程系副主任；2015 年升任系主任，就是现在的信息工程学院院长。一路走来，他见证了理工学院由小到大、由弱到强的发展历程，也在学校的发展之中贡献了自己的才华和力量。

董宝阳说，他刚来郑州理工职业学院时，信息工程系虽然建立了，但学生人数有限，只有区区 68 人。在老院长赵金昭和马院长、孙院长等领导的重视支持下，信息工程系得以迅速发展，一年比一年发展得好。2022 年，信息工程学院已经有计算机网络班 20 个，学生达到 5000 多人，规模在全国职高院校中屈指可数。

信息工程学院在发展过程中非常注意与社会对接联系，积极融入 IT 行业圈、企业圈，加强与河南电子学会、河南高等学校教育研究会、河南计算机学会的对接，使信息工程学院的计算机网络教育走在了许多高职院校的前面。从郑州理工职业学院走出的大批毕业生，都是省内外 IT 行业和相关企业抢手的人才。

2020 年，河南省高等学校青年骨干教师项目结项后，信息工程学院的品牌价值与教学实力在河南高校同类院系中排名第一。

　　王铁是 2010 年 8 月入职郑州理工职业学院的，现任继续教育学院院长。13 年来，他与郑州理工职业学院共成长。

　　王铁说："印象中，学校 2012 年、2013 年、2014 年非常缺钱，但再缺钱，孙院长和马院长他们都没有耽误过学校的基本建设，没有少发过教师一分钱的工资。孙院长的微信名字就是'舍得'，表达着她的一种情怀。她曾经说过一句话：该节约的一定要节约，该花的也一定要花，既然学校办到这里了，就要为学生的命运前途着想。对于马院长、孙院长这么多年费尽心血创立的这份教育事业，我们学校的很多老师都很钦佩敬重。"

　　"这些年来，我们继续教育学院对大批下岗职工、新型农民工、退役军人进行培训教育，培训结束后发给他们职业技能证书。很多人从这里重新回到社会上，找到了理想的工作。"王铁说，"马院长和孙院长他们的创业，更多的是为社会服务。每年从这里走出去大批毕业生，因为在这里学到了一技之长，他们在社会上大多都找到了比较理想如意的工作。"

　　王铁还说，现在，郑州理工职业学院的毕业生就业率已经达到了96% 以上，学校的口碑在社会上越来越好。今天，作为与理工学院共成长的每一位教职员工，大家共同分享着理工学院这所万人大学蓬勃发展的荣光。

　　宋广益是 2012 年 3 月入职郑州理工职业学院的。

　　他先是在经贸管理系做辅导员，于当年 11 月被任命为经贸管理系团总支书记。当他发现经贸管理系部分学生的学习积极性不够时，便找到了当时的常务副校长赵金昭汇报这件事情。

　　宋广益说："赵校长，学校的学习氛围不够啊！"

　　赵校长当时就问："那咋办？"

　　宋广益就说出了自己的办法，他想在学校组织学生成立"爱学团"。赵校长很支持他的这种想法。

　　宋广益说："每一个孩子都代表着一个家庭，他们既然来到了郑州理工职业学院学习，就是我们的学生，我们就应该为他们的前途命运负责。作为一名老师，我们不仅为孩子负责，其实也是为马院长、孙院长负责，毕竟学校一路走来不容易。既然我们是学校一份子，就应该为学校的发展尽心竭力。"

　　在宋广益的倡导下，经贸管理系的学生首先在学校带头成立了"爱学团"。周六、周日和每天早上，热爱学习的孩子们就会聚集在一起讨论学习，很快形成了浓厚的学习气氛。从经贸管理系开始，"爱学团"将整个学校的学习气氛都带上来了。

　　当年经贸管理系那批学生毕业后，有三个考上了研究生，两个考上了公务员。这与"爱学团"所创造的学习氛围、所引领的学习积极性不无关系。

　　宋广益讲述了自己与一个叫李凯的毕业生的故事。

　　李凯现在河南汝阳县政府工作，是国家公务员。李凯一开始在经贸管理系学习时，学习并不好，甚至有点讨厌学习，但宋广益和辅导员发现，这些学生大部分很聪明，他们一点都不笨。系里决定，除用"爱学团"引导学生们学习外，要求老师在讲课中多讲一些励志的故事，激发他们学习的热情，引导他们树立人生的目标。从此，李凯幡然醒悟了，开始下功夫学习。

　　后来，李凯就顺利考上了本科。再后来，他和他的女朋友又双双考上了研究生。

　　2015年5月的一天，李凯怀着特别兴奋和激动的心情，与他的女朋友一起，带着河南工业大学研究生的录取通知书来到学校，千说万说，一定要请宋广益老师吃饭，还说无论如何要给他面子。

　　这天中午，他们三个人吃了简单的一顿饭。吃饭的时候，李凯向宋广益表达了感激心情。李凯说："没有郑州理工职业学院，没有老师们的精心培养，就不会有我们的今天。"那天。李凯说了好多好多发自肺腑的话，听得出他对母校和老师的感恩之情。

吃饭快要结束的时候，宋广益起身去结账，被李凯发现了，李凯立刻起身抢着结账。两个人推来推去，李凯年轻人，手劲大，一不小心，就抓破了宋广益的手，当时还流了不少的血。

宋广益说："至今手上还留着伤痕印。但看到这个伤痕印，就会想到理工学院这些年来培养出来的学生，他们心怀感恩，从没有忘记母校的栽培之情，这使我们当老师的心里很温暖很激动。"

宋广益还介绍说，2015年学院创立五年制专科部的时候，自己就从经贸管理系来到了这里。2016年9月，学院尝试创立"青马工程"，也是从5年制专科部开始搞的。2018年3月，学院正式成立了"青年马克思主义者培养教育中心"，"青马工程"正式开班。"青马工程"培养出了一大批品学兼优、有坚定政治信仰的马克思主义者人才，如今他们遍布全国各地。

艺术传媒学院的院长王常慧，也有很多这样的故事。

王常慧不是河南人，她是宁夏灵武人，毕业于陕西师范大学。2011年8月，她入职来到了郑州理工职业学院。

王常慧说，这些年来，艺术传媒学院教出了大批的毕业生，他们都找到了好的人生去处。我记得2010级有一个叫王亚超的女孩，当时是团支部书记。王亚超在艺术传媒学院学习勤奋，而且能歌善舞，人缘特别好，也特别有才气。她在这里毕业后，应聘进入了广西漓江学院，后来被评为讲师。

2018年年底，全国广告设计大赛颁奖典礼在北京全国政协礼堂举行，艺术传媒系的学生荣获了一个优秀奖，我就带着学生来这里参加颁奖活动。特别意外的是，在这里竟然遇到了我的那个学生王亚超。她也是来参加颁奖典礼的,她高兴地告诉我,她教的三个学生的作品,同时获得了这次全国广告设计大赛的三等奖。

除了说学生获奖的事情,王亚超还表达了她对母校的思念和感激之情。当时我特别感动,眼泪都掉下来了。一想到自己的学生的学生都获奖了,想到自己的学生这样优秀,心里别提有多高兴多激动多幸福了。

王常慧还说,这些年艺术传媒学院毕业的学生很多,有不少学生成为一些单位的骨干力量,有的学生后来成立了自己的公司,但无论他们在哪里,他们都没有忘记母校对他们的栽培,回过头来,他们就会力所能及地回馈母校。

2010级的刘大伟,现在中铁七局上班,是个高管。这些年来,中铁七局招工时,他一直都把这些机会留给郑州理工职业学院的学弟学妹们;2011级的高鹏飞,自己开了家公司,叫龙济万家装饰公司。事业成功不忘母校,他每年都来学校招人,为母校尽自己一个学子的责任。还有不少毕业生,如刘柯诗、杨小萍、王晓晨、赵琳、潘阳等,他们都留校了,从助教做起,然后取得本科学历,然后被评为讲师并在这里结婚生子。他们在这里成家立业,一步一步地成长起来。

李玲玲是学前教育学院主持工作的副院长、党总支书记。

她是2015年8月来到学校的。她说,当时学前教育学院只有100多人,而现在已经发展到了2000多人。

李玲玲对孙院长的印象特别深。她说,孙院长对我们学前教育系很重视,有一次,我们申请购买十几台钢琴,她却说,不是十几台,每个琴房都要配上一台。结果,总共给我们配了53台钢琴,另外又配了电钢琴100多台,一下子就把学前教育的音乐教学设备配置到了顶端水平,当时在河南同类大学院系中,我们绝对是最好的。

为了提升我们的教学质量,孙院长鼓励我们多举办话剧、舞蹈等一系列的演艺活动,让师生们在演艺活动中提升教学的质量。孙院长还经常抽时间来学前教育学院听课并进行点评。每一次，她都带着微笑提出自己的见解，对我们的教学帮助很大。时间长了，次数多了，孙院长来听课了，我们就不紧张了，反而感到特别亲切，也深受鼓舞。

为了学生们有个好的就业好的前途，孙院长和马院长经常带着企业界的朋友到我们的学校搞校企合作，为学生实习就业搭平台。这些年来，一批一批从学前教育学院毕业的学生，都在社会上找到了自己工作的平台，很多学生毕业后一路奋斗事业有成，一步一步实现着自己人生的理想。

学校团委书记王晨晨说："郑州理工职业学院培养出来的学生，内涵都比较丰富，素质都比较高，因为学校在这里一直进行着特色文化教育。"

每年4月，学校都会组织社团文化节。学校以学生为主成立了太极养生协会、动漫社、英语学会、微电影学会、轮滑社、汉服社等社团组织，这些社团组织都会在社团文化节里举行各有特色的文化活动。

每年11月，学校都会准时拉开"校园文化月"的活动大幕，举行歌曲比赛、模特比赛、主持人大赛、打太极比赛、中华经典诗歌朗诵比赛等丰富多彩的文艺活动和体育活动。

王晨晨说："在这样充满艺术氛围、文化氛围的环境里培养的学生，他们不仅会在这里学到更多更丰富的知识，也会在这里度过他们最美好的青春年华，然后沿着学校为他们铺就的路走向四面八方，去实现他们的人生抱负和理想……"

王晨晨说，从这里走出去的许许多多的学生，他们都有一个共同的心声：怀念母校，感恩母校。多年来，他们用各种形式表达着这份满满的情谊，讲述着他们与郑州理工一个又一个感人的故事。

第三节　人生无悔，爱金马爱理工爱这个家

王娟是 1987 年的人。2007 年农历 12 月，她来到金马电脑专修学院应聘教学老师，记得很顺利地就被录取了。

2008 年 2 月，她来到了金马电脑专修学院劳动干部学校分校区，正式开始上班。从那时到今天，一干就是 15 年。

王娟说："这是我人生成长和进步的 15 年，也是我成就事业和家庭的 15 年，有太多的人生经历和感慨，有太多难忘的美好的记忆。"

王娟将自己 15 年来的人生经历和感慨，还有美好难忘的记忆写了下来，文章的名字叫《往事小记：我爱"金马"，我爱"理工"》。附录于此，既可以见证个人的成长点滴，也可以见证郑州理工的发展历程：

回首往事，思绪万千。

今天，回顾自己这些年所走过的路，真是有很多难忘的记忆。从金马电脑专修学院到郑州炎黄科技中等专业学校，再到现在的郑州理工职业学院。转眼之间，已经整整 15 年的岁月了。

作为曾经的"金马人"和今天的"理工人"，我一直很骄傲。今天，我是唯一一位长期工作在教学一线的教师，爱着我的职业，爱着我的学生们，每天忙忙碌碌充实地生活着、工作着，尽心尽力为郑州理工的发展贡献着自己的一份力量……

2008 年 2 月，我正式成为金马电脑专修学院索凌路校区（劳动干部学校分校区）的一名机房辅导教师。当时主讲教师是魏净老师，她负责在课堂上讲解理论，我负责在机房辅导学生实训练习。记得当时还分配给我一个班的班级管理任务，也就是当班主任。大约干了一个月左右，2008 年 3 月，由于工作需要，我被调到了东风路科技市场校区，当了一名建筑装饰

专业的教师，给学生讲课并辅导练习。

记得，我们的教室是在东风路数码港大厦 15 楼 1508 房。一间很大的房子，分为 1508A 和 1508B 两个教室，一个教学用，一个做机房用。这间大房子是学校自己购买的，在这里开设了建筑装饰设计和平面设计两个专业。平面设计的授课教师是杨武老师，我是建筑装饰专业的教师。当时的学生层次比较复杂，有长期班的，有短期班的，年龄最大的有五六十岁，年龄最小的学生有十几岁，学生随到随学，有的时候，同样的内容，一天会讲很多遍。当老师虽然比较辛苦，但当时我们都很有责任心，对学生很负责任。

现在回想起来，其实我很感谢那段时间的教学工作，正是那样一遍又一遍不厌其烦地讲课，让我把所教的知识深深地印入到我的脑海里，为以后我的教学打下了扎实的基础。

那时我刚刚工作，学校没有住宿条件，我就在文化路大铺社区租了一间标间房。所谓标间，也就是只有一个卧室、一个小卫生间和厨房，每天上下班步行大约需要十几分钟。每天八点就上课了，晚上一般到九点才能回来，有时甚至会更晚些时候才会回来，因为有些学生是利用下班时间去学习的，他们赶去的时间晚了，我们做老师的就跟着晚下班。

那段时间，记得报名学习建筑装饰设计专业的学生有很多，我们做老师的也就更加辛苦，但我们乐在其中。因为那时我们也年轻，充满了干事创业的精气神。

我第一次认识孙院长，大概就是一个多月后的时间。

那天中午去签到时，碰到了孙春丽院长。那是我第一次近距离见孙院长，她给人的感觉很优雅，又很大方，说话是那么地和蔼可亲，没有一点领导的架子。她对我说："你是新来的王娟吧，嗯，不错，好好干！"

虽然是孙院长平平常常的一句话，可是作为新来的一名年轻的教师，我的内心里却感觉特别地亲切和温暖。也许孙院长并不知道，正是她的这样一句温暖的鼓励的话语，一直激励着我认真教学，努力把工作干到最好，也成为我在学校一直坚持这么多年的动力之源。

2008年这一年，发生了很多事情。印象最深的是经历了"5·12"汶川大地震。那天正在上课，因为教室是在15楼，就感觉楼在摇晃，震感特别明显。觉察到情况不对，我们赶紧组织学生走步梯从15楼快速走下来。这个过程，至今回想起来还是有点害怕，就怕地震了，我们的学生出什么事儿。

在科技市场校区时，每天从早到晚一直在上课，因此过得很充实，和学生们关系也处得很融洽。直到现在，还有一些学生一直保持着联系，他们说是我的学生，其实更像是我的朋友一般。今天，我和杨武老师、董淑英老师，也一直保持着深厚的同事情谊，我们经常在一起开玩笑说，我们是科技市场的"三剑客"。

那时懵懂的青春岁月，如今也别有一番滋味，成为人生旅程中难忘的记忆。

2008年夏天，我第一次参加了由学校组织的赴新乡八里沟景区的旅游。这是我工作后第一次参加旅游。八里沟景区的景色很美，玩得很开心，感觉了到"金马"这个大家庭的团结、友爱与和谐。

在"金马"这个大家庭里，每次过节的时候，学校都会发很多的福利。马校长、孙校长那种对员工的好，一般的人真的是做不到，让我们感觉到在"金马"做一名老师，特别充实，特别开心，挺好！

2008年年底，我被学校评为了"优秀教师"。这是我参加工作后的第一份荣誉，我特别激动，也骄傲和自豪。

再后来，学校在新郑建了新校区。教学院长卢德顺院长提出"金马"要走职业教育的道路，这样学校才会长久。孙院长采纳了卢院长的意见，学校紧跟着申报了"新郑炎黄科技中等专业学校"，很顺利地通过了。

记得2009年春天，我们科技市场的老师来到新郑新校区植树。印象中最有意思的是，我们种树时，挖的坑是有尺寸要求的。卢德顺院长拿着一根长度为1米的小棍丈量尺寸，我们挖的树坑，他要一个个地检查，长宽高不足1米的，要重新挖。后来等到树苗运过来时才发现，是一棵棵小树苗，挖的坑太大了，又要求我们往坑里填土，我们都哈哈大笑。

那时我们都很年轻，大家在一起干起活来，说说笑笑，从没感觉到累，感觉到的是充实。看着自己亲手栽下的青绿的幼小的树苗在风中摇摆，我们就好像看到了它们要长成参天大树的样子，心里很欢喜。除了种树，我们还种观赏性的花草，我们开玩笑说，我们每个人除了会教学，还是干园艺的好手。

每次干完活坐车回郑州时，车上的老师们都会一个个累得睡着。但每个老师都没有什么怨言，因为看着校园在我们的劳动中变得越来越美丽，感觉自己再苦再累也值得了。

2009年6月，我被调到新郑校区上班了。当时的107国道破烂不堪，坐在车上感觉颠簸起伏得特别厉害。刚来新校区时，学校只有3栋楼，分别是办公楼、科研楼、实验楼。我们住宿在办公楼的4楼，6人一间，住的是上下铺，条件确实比较艰苦。

上课我们是在实验楼的教室，当时学校初创，学生不多，每个班只有几十个学生。但不管学生多少，我们都会认真上课。课余时间，我们还划区域分配了拔草的任务，每天过得依然很充实。

后来，又建了教师公寓，我自己分了一间房，有独立的卫生间和厨房，条件得到了很好的改善。教学不太忙时，就会去学校旁边的"破破烂烂"的街上买菜做饭，有时也和同事们一块拼饭。

学校每年都在发展，每年都在建设。再后来，学校又建了5号、6号教学楼。操场在学校的正中间，是个土操场，经常尘土飞扬。学校的图书馆当时在学校的西南角，是用工厂的旧车间改造的临时图书馆。后来学校就建起了现在这个气派的图书馆，我们就将临时设立在车间里的这个图书馆，搬到了新建的图书馆大楼。那时，校长和我们老师都一起忙着搬书，将临时图书馆搬到了图书大楼。为此，我又学会了一项新的技能，那就是搬书、捆书，干得不亦乐乎。

这些年学校发展得真是太快了，建起了一栋栋新的教学楼、学生宿舍楼，还有操场和餐厅。2010年5月，学校申报高职院校，成功"升格"，被正式命名为"郑州理工职业学院"，我也成为一名高职院校的教师。

人生中有太多的第一次。第一次旅游，第一次获得优秀教师荣誉，第一次领取单位福利，第一次考普通话证，第一次考教师资格证，第一次参加教学培训……但那么多的第一次，都是在金马电脑专修学院和郑州理工职业学院取得的、度过的、拥有的。

一年又一年，学校不断地在发展。作为一名忠于职守、爱岗敬业的老师，我一路见证了学校的成长、壮大。其实，学校也见证了我的成长和成熟。

我从一个懵懵懂懂的小女孩，现在已经成为两个孩子的妈妈。更重要的是，我的人生和事业在不断地提升和进步。学历上的提升，职称上的提升，素养上的提升，让我变得更加强大和自信，也更加充实和开心。

我很庆幸，在学校不断发展的几个阶段，我一直都在，一直在坚守自己的岗位。

曾经的一切，都将成为我人生中最美好的回忆。

我爱"金马"，我爱"理工"，我爱"理工人"这个大家庭。我相信，在不久的将来，学校一定会发展得更好。而我，更愿意为了这个"家"，奉献我全部的青春、才华和热情！

第四节　风雨兼程，奋斗中我与理工共成长

李小军是最早入职金马电脑专修学院的老师之一。

他在这里学习，在这里工作，在这里生活，也在这里成长和奉献。一路走来，见证着"金马"的前进，见证了郑州理工的辉煌发展。

他也写了一篇文章，叫《我与理工共成长》，让我们从他的亲身经历中去感受这一切：

光阴似箭，日月如梭。自 2005 年 5 月踏进河南金马电脑专修学院那一刻起，至今已有 18 个年头了。

从一个追风少年，我变成了一个中年大叔；由一个学生眼中的小哥哥，变成了一个两鬓染霜的老师；当然，也从当年金马电脑专修学院一个最普通的老师，晋升为郑州理工职业学院这所大学的一位学生处的副处长了。

可以说，18 年的理工生活，让我变得成熟了，让我懂得了很多人情世故，让我品尝到了做一名教师的酸甜苦辣，更让我在教师岗位上实现了自己人生的价值。

这些年来，学校经历了风风雨雨，乘着国家扶持职业教

育发展的历史机遇一步一步成长壮大，逐渐走向了成熟和辉煌，我也变得更加成熟和自信。而今，看着学校里一个个精神抖擞、意气风发的年轻老师和学生，就禁不住想起当年对生活充满了向往刚刚入职的我，想起了对未来充满了希望的年轻的我的许多往事。

18年来，我见证了学院由郑州金马电脑学校、河南金马电脑专修学院、郑州炎黄科技中等专业学校，一步一步升格为全日制大学学历教育的郑州理工职业学院的历程；见证了学院由郑州科技市场校区、新柳路校区、陇海路校区、高新数控车床校区，大搬迁到现在的新郑新校区的艰难的过程；见证了学校由刚来新校区时的几百人，到现在的近20000人的蓬勃发展；见证了学校由刚来时的一片荒凉，到现在的一栋栋高楼林立的繁荣；见证了学校由黑色的煤渣碎石铺就的运动场，变成了如今宽阔漂亮的运动场……

一个个可喜的变化，无不诉说着理工人奋斗的故事。今天，我就用4个篇章把自身的经历，向大家讲讲我和金马电脑专修学院和郑州理工的那些难忘的故事。

初识理工

我从南阳师专毕业后，迈入了社会，开始了自己在南阳市的打工生涯。2001年5月，由于我不甘心在南阳工作，通过老乡来到了郑州。站在车水马龙的郑州的一个十字街头，看着鳞次栉比的高楼大厦，我暗自下定决心，一定要留下来，干出一番事业来。就这样，我在郑州开始了另一段的工地打工生涯。

工地的日子是辛苦、难熬的，我时常问自己，难道就这样一直睡在这能让人热醒的午休工棚吗？难道就这样一辈子碌碌无为和水泥钢筋为伴吗？特别是有一天中午，我去项目工程监理的办公室送资料，从室外近 40 摄氏度的高温，一下子进入二十几摄氏度的空调房，身体的冰爽再次激发了我不甘平庸的心。我给自己定下一个现在看来十分可笑的目标，那就是有一天，我也要有一间能吹着空调的自己的办公室。

当时我是在南阳老乡的公司上班，闲暇之余我喜欢看新闻，听广播。新闻广播中有一句话令我印象十分深刻：进入21 世纪的现代人，一定要学会三种技能：会电脑、会开车、会英语。因此，我就利用业余时间，首先学会了开车，考取了驾照。然后，就寻找学校学习电脑技术。当时郑州的电脑培训学校有很多，像金马、新华、绿叶、北大青鸟等，我是听着"走进金马，马到成功"的广告语，踏进河南金马电脑专修学院的大门的。

报名学习电脑后，我在工地的老板知道了我的心思。由于我是业务骨干，为了挽留我，他对我大开方便之门，允许我上夜班，腾出白天的时间去学习电脑技术，而且每月 800 块钱的工资照发。半年后，恰逢金马电脑专修学院陇海路分校区学生处需要一名专职管理人员，并且提供免费学习电脑软件的机会。我当时斟酌再三，就决定放弃工地老板的挽留，加入金马电脑专修学院这个大家庭。

如果真有宿命的话，我相信可能从那时起，我就已经和"金马"结下了不解之缘。我也万万没有想到几年后，我能作为一名"金马"的教师，带领着"金马"的学员，举着"走进金马，马到成功"的牌子，穿着印有"走进金马，马到成功"的衣服，走进河南电视台演播大厅，为学院的发展宣传贡献自己的力量。

在陇海路校区工作时，我身兼三职，学生处干事、宿舍管理员和兼职司机，在做好学生宿舍管理工作的同时，时常要送一些报名的学生到新校区参观学习。辛勤的劳动和付出，为我赢得了一项项荣誉。从 2006 年至 2009 年，我连续四年被评为金马电脑专修学院"优秀教育工作者"；我所管理的学生宿舍，每月都被评为各分校区"优秀学生宿舍"；工作也常常受到时任分校区校长李书要、魏爱梅的表扬与肯定。

2010 年 5 月，经过全校上下的不懈奋斗，河南金马电脑专修学院成功升格为全日制的普通高等院校，也就是我们今天的郑州理工职业学院。这是众多"金马人"翘首以盼的大事，也是马院长、孙院长呕心沥血换来的丰硕成果。

2010 年 7 月，根据工作需要，马院长要求我交接陇海路校区工作，调入新郑新校区担任学生公寓管理科科长一职。带着依依不舍，带着对陇海路校区同事的留恋，我步入了新的工作岗位。

说句实话，来到新校区的第一个月，校园周边的"环境"超出了我的想象。107 国道每天尘土飞扬，到处坑坑洼洼、破烂不堪；新村镇只有一条小小的购物街，那里吃饭的街道，污水横流，又脏又臭，一直被大家调侃为"破街"。到新校区的第一个月，我只出过一次校门，因为晴天一身灰、雨天一身泥的体验，谁都不愿去感受。

那时，学校的办公条件也比较差。4 号学生公寓值班室，既是我的办公室，也是我的休息室，睡觉时上有蚊虫叮咬，下有蛐蛐哼叫，空气中还弥漫着学校隔壁那家"中兴轮胎厂"散发出来的难闻的塑胶味道。当时我思想上有些动摇不安了，经常扪心自问，当初的选择对吗？迷茫！徘徊！甚至对自己当初的选择也产生了怀疑。

经过激烈的思想斗争，在一个下午，我下定决心：申请调回郑州。借着到马院长办公室签署文件的机会，我艰难地向马院长吐露了我的心声。马院长听后，很严厉地批评了我，并对我进行了开导和鼓励。

事后，我进行了认真的反思，是啊！困难都是暂时的，学校一步一步发展，前景显而易见是一年比一年地好，能够从事教育行业也是我乐于接受的事情呀！于是，三思之后，我下定了决心，再苦再累，扎根理工，扎根教育事业。

干在理工

学生公寓管理工作是我工作职责中非常重要的一项，特别是每年的"迎新"宿舍准备工作，更是学院迎新工作的重点。因为每一名新生和家长到校后的第一感受，就是宿舍硬件设施怎么样？环境卫生怎么样？这在很大程度上是关系着学校生源稳定的头等大事。

记得 2014 年 8 月 24 日，新生报到第一天结束后的晚上，我们根据当天报到人数预测：第二天新生报到人数必定超出现有宿舍床位。马院长要求我连夜制定出第二天的应急住宿方案。马院长、孙书记首先把自己当时住宿的 1 号教师公寓 215、216 房间让出来供学生住宿，李新明副院长也把自己的房间腾了出来。除了上述 3 间房间，老师们又腾出了 6 间教师宿舍。8 月 25 日中午，学生公寓所有房间和床位全部住满，后报到的 100 余名学生，就住进了老师们腾出来的房间里，最终没有出现学生报到后没有宿舍的尴尬情况。

学院自 2010 年升格至今，每年都有新的学生公寓建设，宿舍卫生打扫也就成为"迎新"工作的重点和难点。记得 2015 年的"迎新"，8 月 23 日就已有学生提前到学校报到，但当时新建的学生公寓室内还有部分柜子没有安装完毕，整栋楼的卫生还没有打扫。于是，马院长召开紧急会议，要求全体辅导员、宿舍管理员分层打扫卫生。

由于粘在宿舍地板砖上的水泥大沙太多，必须要用草酸才能铲除干净。马院长身先士卒干活，当时我们用草酸刷地，气味很大，由于他没有佩戴口罩，当天就被熏得喉咙沙哑。第二天的"迎新"现场，马院长不顾病痛，依然坚持处理各种"迎新"事务。他这种吃苦在前的工作作风，深深地感染着感动着我，也感染着感动着我们学校的教职员工。

每年的"迎新"工作都有讲不完的故事。

2012年的7月8日，由于前期降雨太多，铲车无法挖沟平地，耽误了3号学生公寓门前的水泥路和下水道的施工，临近开学，路面平整工作迫在眉睫。利用一个天晴的机会，马院长、李院长要求铲车司机和工人尽快施工，到了那天傍晚时分，要推平的地面还有很多，部分工人却不愿意加班了。天气预报说，近几日还有大雨，情况紧急，时不我待。于是，马院长、李院长我们一个照明、一个帮助画线、一个帮助下水井定位，忙至深夜，铲车司机终于把下水管道挖好，地面推平，使第二天的工作顺利开工。

我想，把每年的"迎新"工作说成一场战役，一点都不为过。总指挥就是马院长，下面的各部门就是各个纵队，各部门领导就是军长、师长，只要进攻的号角响起，他们就会率领所有的士兵前赴后继地向前冲，没有一个人掉队。虽然我也只是这大部队中的平凡一员，但我为我能参与学校的发展，并能做出的些许的贡献而骄傲和自豪。

学生公寓安全管理是我必须要做好的一项本职工作。作为学生生活的场所，学生的大部分时间都是在学生公寓，没有学生公寓的安全稳定，就没有学校的和谐发展。

2018 年 4 月 20 日晚上，3 号学生公寓值班老师在巡查的过程中，发现外来人员胡某正利用在校生做代理，组织同学网络借贷以及分期购买奢侈品。我到达现场后，感到情况严重，当即报警。后来，我从公安机关了解到，胡某涉嫌诈骗，诈骗金额 10 万余元，河南省其他高校已有 200 多名学生上当受骗。正是由于我们的学生公寓管理工作尽心尽责，反应迅速，处理果断，让骗子在我们学校栽了跟头，才为学生和社会减少了财产损失。

还记得，我院 2019 级新生报到的第二天，宿管员在巡查中发现学生公寓门口有两名校外传教人员。前天，我们公寓中心全体成员刚刚召开了"双防"宗教工作部署会，对在校园传教的防范和处理做了严密的工作安排。我们协调保卫处联系了新村镇派出所，当晚传教的两人就被郑州市国家安全局从新村镇派出所带走，做进一步的处理。

正是由于我们对公寓安全工作的严格要求和努力，学校公寓管理中心多次被评为校级"先进集体"，公寓管理工作得到了学院和学生处领导的好评。特别是公寓管理中心副主任张继红，像母亲一样把学生当孩子关心，为孩子们服务，被几千名学生亲切地称为"张妈"。

爱在理工

2013 年，由于工作调整，我开始担任学生处副处长。职务调整了，我也感到自己身上的担子更加重了。李书要副书记找我谈话时说，让我同时兼任学生资助管理中心主任、学籍管理中心主任，我诚惶诚恐。一方面是领导的信任让自己充满自豪，另一方面是对自己能否胜任这些工作心中缺少底气。

我不禁问自己：管的部门多了，能行吗？学生管理、学生公寓管理是自己的老本行，轻车熟路，现在让我管理资助、学籍这些过去没有接触过的工作，的确压力山大。

如果说一个人的成长离不开一个好的平台和优秀的团队，要有一个亲密无间的队友，那么我的成长就离不开学生处、校团委这个优秀的团队，离不开这些同事。李长江处长是我的领导，我们是搭档，是同事，也是朋友。我们有一个共同的爱好——打篮球，就连我们的名字也取长补短，一个李长江，一个李小军。我们的手机除了没有电的特殊情况，从来都不关机，不能关，也不敢关，就怕学生出现突发事件无法联系处理。

这些年来，以学生处为主的学生意外事故处理小组，成功地协调解决了多起学生事件。每一次处理学生事件，我们都分工明确，争取主动，既要照顾学生的自身利益，还要维护学校的合法权益。有一个家长曾说，是不是这个学校有你们的股份，要不你们怎么这么为学校着想？家长哪里知道，只是因为我们爱校如家，我们的心里装着的是全校师生的利益，学院和学生的正当利益、合法利益，我们都应该尽职尽责地去维护。

我们曾调侃，我能熬夜，晚上的事都交给我处理；他能早起，白天的事都找他。我们两个人本来 500 年前就是一家人，生活上我们相互照应，工作上也不分你我。感谢有这样一个领导伴我成长，让我进步。

负责好学生的安全也是我的重要工作，这项工作虽然烦琐和忙碌，但也有让人自豪的一刻。

2015 年 8 月 28 日，我在马院长的亲自指挥下，成功地挽救了一条鲜活的生命。当时正值我院新生军训，当晚我和保卫处处长张喜山正在马院长办公室汇报工作，突然接到经贸管理系学管负责人的报告：某专业一女生在军训第一天结束回到宿舍后，突感肚子疼，送到新郑市中医院后发现，该生腹中有大量血液，确诊是腹腔大出血，情况非常严重，需要立即进行手术，并且在手术过程中会有很大的生命危险，应立即通知家长。

得知紧急情况后，我们立即赶到医院。在得到家长同意后，我代为签署了手术同意书和病危通知书。当天抢救至晚上12点，医生告知说，病人因血红素太低，新郑中医院和新郑其他医院血液储备不足，必须马上转院至郑州手术。随即，众人帮忙把这名女生抬上救护车，辅导员跟随救护车先走，我们立即返校向马院长汇报。马院长要求，要不惜一切代价，全力配合医院抢救学生，随即给了我1万元现金和一张他个人的银行卡。

我们到达郑州大学第一附属医院急诊科时，已是凌晨1点左右。此时，这名女生已经休克，胳膊已经抽不出血。医生向校方讲解了手术的危险性，让校方和家人做好心理准备。凌晨2点，病人再次被送进手术室；凌晨3点左右，女生的父母赶到；凌晨5点左右，传来喜讯，手术成功，女生被送至病房观察区；凌晨7点左右，这名女生终于度过了危险期。

闻听此讯，虽然我们所有的人都一夜无眠，但得知学生平安后，我们的心情都无法形容地欣慰。这名女生出院后，她的父母激动地给校方送来了锦旗，送来了土特产，向学院感谢救命之恩。

每每回忆起这件事，总能感到我们学生工作的重要性，也总觉得被一种浓浓的爱意所包围。为此，学院至今还有一个传统，为了预防学生突发疾病急用资金，孙春丽院长特批：学校在学生处放置3000元"应急备用金"。2018年，"应急备用金"又增加到5000元。

永在理工

辛勤的付出，换来的是同事的称赞和上级领导对我的肯定。

这些年来，我曾多次被评为"优秀中层干部""优秀共产党员""迎新先进个人""全省民办教育优秀工作者""全省资助工作先进个人""郑州市疫情防控先进个人""全省征兵工作先进站长"等。

在这里，我还买了房，买了车，结了婚，生了子，考取了高校教师资格证书，评上了职称。我清楚地知道，这一切成绩的取得，都离不开我身后的这个舞台，它的名字叫"郑州理工职业学院"。

曾几何时，在新郑市打车回校的学生这样对司机师傅说：我到郑州理工职业学院。师傅说郑州不去！去新村炎黄科技学校，师傅说没去过！最后学生说去"中兴轮胎厂"，师傅回答，早说轮胎厂啊！如今，轮胎厂早已倒闭，而我们则不断地扩建新校区，迈着豪迈的步伐，向着本科院校挺进。

曾几何时，我穿着印有"郑州理工职业学院"的篮球服去校外打球，别人问的最多的就是郑州理工职业学院在哪儿？而今我和李长江处长去轩辕湖打球，那里的球友都会说，理工学院的老师来了就开战！这说明了什么？说明郑州理工职业学院的社会影响力越来越大。

还记得，为了理工的发展，我们很多同事一起经历了很多事情。我们一起不辞劳苦为学校的图书馆搬家；一起顶着太阳为新栽的树苗浇水；一起顶风冒雪为校园的冬青树施肥；一起给新生刷过马桶、擦过桌子；开运动会时一起给煤渣跑道画线洒水。

还记得，在学校理工大道修剪法桐树时，王培军书记的手受伤了；暑假所有值班老师手拉肩扛送电缆线时，曾把高建炳院长的手夹伤了；拆除1号实验楼顶层模板时，钢管差点把马智处长砸成重伤；为了解救被困电梯的学生，我们甘为人梯让学生踩着肩头爬出电梯；在移栽美人蕉树时，万振松院长的手因对美人蕉过敏肿得像馒头，他也没有停下手中的工作；为了护送生病学生返回家乡治疗，我们千里驾车奔走……

为了理工的发展，我们流过血，流过泪，迷茫过，徘徊过，头发变少了，变白了。但一路走来，我们从未掉队。

人生只有走出来的美丽，没有等出来的辉煌。作为骄傲自豪的"理工人"，我们愿意携手并肩与理工学院共成长，齐心协力为理工学院更加美好的明天而努力奋斗。

我骄傲，我是"金马人"！我自豪，我是"理工人"！

第五节　结缘金马，留下最美好的青春年华

曾经的青春岁月里，留下了曾经难忘的故事。

当年金马电脑学校的很多老师，后来因为种种原因，不得不依依不舍离开了这个学校，但是在他们的内心，始终保留着对"金马"深深的怀念和依恋之情。

魏净，原金马电脑学校的一名中级主讲教师。当她听当年的同事王娟说，有一位知名作家要写一部书，写金马电脑学校和郑州理工职业学院的创业历程，写孙春丽院长和同事们28年创业奋斗的人生经历。闻听这一消息，魏净按捺不住自己激动的心情，便把自己与金马电脑学校的经历写了出来，愿意尽自己的一点心意支持作家的创作，也表达她内心对金马深深的怀想之情。

2022年2月17日，魏净写下了一篇回忆录《那是关于青春、理想

和奋斗的故事》：

　　2000年，我在商丘老家的一所电脑培训班里工作。

　　后来，我感到自己对电脑专业知识还有很多不足，很想提升一下自己的专业知识。2002年11月，我抱着到郑州学习提升专业知识技能的目标，毫不犹豫拿着两年工作积攒下来的那一点儿工资，只身一人，背着行李乘火车来到了郑州。我的计划是，等学业完成后，依然回到原学校继续教学。

　　可谁又能想到，我却在这个陌生的城市里结缘了"金马"，并从此留在了郑州这座城市。

　　当我在郑州火车站下车时，看到了熙熙攘攘的人群，看到了陌生的环境。但这些并没有让我感觉到恐惧，因为我的心里有希望有目标。我的希望和目标就是——科技市场创新大厦的金马电脑学校。

　　我把行李寄放在火车站的行李寄存处，便坐上6路公交车，奔向了我向往已久的地方。公交车上人很多，具体我也不知道应该到哪一站下车，只担心坐过了站，便问了旁边的一位乘客，听她的话，我在新通桥那一站下了车。结果，这个地方距离创新大厦还有很远。

　　于是，我边走边问，硬是一路步行走到了创新大厦。那时，天色已经暗下来了。当我真正到了创新大厦时才知道，老家的那位学生给我介绍的地方只是一个广告公司，并不是学习电脑专业知识的专业培训学校，我的希望之火霎时被眼前的情景浇灭了。

　　这个时候，我一个女孩子，心里真的有些开始慌乱了。

　　天色已经黑了下来，此时此刻，我突然像是一个迷失了方向的小鸟，我该去哪里呢？出了创新大厦，漫无目的地一路向北走去，走在文化路的街道上（现在想想，如果回头向南走，可能就到另外一家电脑培训学校了，呵呵！真可谓是方向决定了人生），我看到了一所电脑培训的学校——金马电脑学校，这让我重新燃起了希望。

学校招生处的老师热情地接待了我，我在简单了解了一下学校培训的专业内容后，便愉快地报了名，并很快安排好了在学校的住宿。想到终于找到了自己想要找的地方，在这个陌生的城市里将有一处安心学习电脑技术的培训学校，我的心里一下子踏实了。把报名手续办理完毕后，我又坐上公交车来到火车站，把寄存的行李取出来，一路顺利就回到了金马电脑学校，从此开始了我在金马学校的学习生活和青春之旅。

青春总是不知疲惫，喜于展现。我是一个对任何事物都充满希望与好奇的人，同时也是一个愿意为自己的理想和追求付出行动的人。

我在金马电脑学校的学习，虽然只有短短两个月的时间，但是这短暂的时间，却让我像是回到了从前上学时代的感觉。在这里，我认识了学校的平面设计专业的主讲老师王云、辅导老师关慧强、办公室主任王祥生，还结交了新的同学和朋友，这一切感觉，都是那么美好和充实。

记得我们那个培训班临近结业的时间，刚好赶上学校举办 2003 年元旦晚会。对于这种活动，性格活泼的我，积极发动宿舍里的全体人员参与这场新年元旦晚会。晚会上，我又主持，又表演，当时演唱了一首歌曲《至少还有你》，赢得了老师和同学们热情的掌声，心里很是激动。印象最深的就是同学刘欢欢（后来也成为同事），她跳了一支现代舞《眉飞色舞》，真的是活力四射，青春激昂，在场观看的师生们都为之喝彩。

或许是因为这次活动，我的表现比较显眼出众，后来办公室主任王祥生就找到了我，说学校有意让我结业后留下来当老师。这样的消息对我来说是意外的，让我既激动兴奋，又突然让我有些犹豫不决。激动的是如果留下来，我可以在郑州这个更高更广阔的平台上从事教学工作，同时也会有更多学习提升的机会；犹豫的是，我答应过原来工作单位的负责人，学业完成后还要回去继续任教，此时我真的有些两难了。

人往高处走，水往低处流，青春的岁月总是要去拼搏的。在学校老师的一再挽留下，在宿舍同学的鼓励下，我最终选择了留下来。因为原来有一定的 Office 办公专业任教基础，在申庆辉老师的指导下，很快我就熟悉并掌握了学校的教学模式以及教学内容。

2003 年 3 月，我正式开始了在金马电脑学校的任教工作。

从 2002 年 11 月来到金马学校，直到 2009 年 11 月离开，整整七年的时间，人生中最美好的青春年华留在了"金马"。一路走来，我在这个团结一心、互助友爱的大家庭里，与这里的同事们结下了深深的友谊，经历了学校一步又一步的发展和壮大。从白庙村主校区，到后来兴华南街创办西校区，还有随着技术培训行业中数控机床专业的兴盛应运而生，学校又在郑州西开发区创办了数控机床培训分校区，白庙主校区后来又因城市拆迁不得不搬迁至新柳路劳动干部学校分校区。直至最后，也就是 2008 年 8 月，金马学校几个分校区先后搬迁至新郑新校区，最终学校有了一个自己固定的办学场地，金马学校实现了华丽的转身。

在每一次的增扩校区以及校区搬迁的过程中，无不倾注了每一位教职员工的辛苦付出，同时也一次次地见证着金马学校不断成长壮大的历程。

在这七年的时间里，有些零星的碎片式的记忆，也给我留下了深刻的印象。

2003年4月份，非典疫情暴发了，一下子让学校的所有工作都变得紧张起来，每天进出学校大门口，都有专人给所有学员测量体温，学员到教室后，要进行登记，测量温度。负责宿舍管理的史涛、高洪亮老师，每天都要对学生宿舍进行消杀。那段时间，学校上上下下的教职员工都是连轴转，真的太辛苦了。后来随着天气转暖，这次疫情也自动消失了，学校的所有工作才进入了正常化。

大约是在2003年秋季，学校领导为全校的学员们，争取到了一次观看河南建业足球队与成都五牛足球队的一场足球比赛的机会，我们主要是去为河南建业足球队加油助威。

这是我第一次进入郑州市足球体育场，在现场观看两支足球队的比赛。记得当时现场的观众席上人山人海，啦啦队是锣鼓喧天。无论是给比赛的哪一方加油，只要有进球的势头，热心的观众们都会高喊助威，时不时地还要参与波涛似的人浪表演，感觉这些足球观众可真是会找乐趣啊！原来只能在电视里看到这些，现在自己亲身体验了一回。对于我这么一个并不是球迷的人而言，到现场观看足球比赛，可能这将是终生唯一一次了吧。

在白庙主校区的时候，有一年的夏天，经历了一次严重的暴风雨天气。那天，大雨夹杂着乒乓球大小的冰雹砸落下来，我在五楼机房里亲眼看到嵌在北面墙体上的玻璃窗整体就被风吹落下去，就像是一个蹦极的人一瞬间跳下悬崖一样。窗户没了玻璃，风呼呼地刮着，机房里很快就随着大风进入了大量的雨水，在场的学生以及吴庆丽老师我们都慌了，赶快组织学生去搬临近窗户的电脑，怕雨水弄坏了这些电脑。最终，这次极端恶劣的天气，造成了面向整个楼体北面的教室、机房的窗户玻璃被吹落砸碎，教室里、机房里刮进了大量的雨水，虽经我们全力抢救，但还是造成了不小的损失。

随着学校宣传力度的不断加大以及教学规模的不断扩大，前来报名参加培训的学员数量，如雨后春笋般急速地增加。学生人数的急剧增加，开班数量的持续增多，随之而来的就是课程安排越来越多，我们白班 8 个课时，加上晚班 2 个课时，每天都在不断地讲课说话。由于自身也没有学习过专业的发声技巧，所以因为讲话过多，几天下来，嗓子开始疼痛难忍。每天下班回家后，一句话也不想再说，只想当个哑巴。

曾经和同事赵良开玩笑说，如果以后离开这个岗位再找工作的话，一定要找个说话少或者不说话的职业。他还特意到百度里给搜了一下，结果这个职业是"墓地看护员"，哈哈！我们都笑了。我心想，就我这个胆量，可能还没到那个地方，自己就先吓晕过去了。

因为嗓子痛，我的最大爱好之一"唱歌"，也没能更好地在学校组织的各种活动中表现出来。为了以后还能参加学校组织的各类表演活动，我特意在校外报名学习了弹奏古筝，一学就是四年。也可以说，我这是塞翁失马，因祸得福吧，否则，我永远也不会考虑去学习一样乐器。同时，更令我惊喜意外的是，我的这个举动，也深深地影响着其中的一位学生对古筝这门乐器的喜爱，他的名字叫纪奥峰，他后来也学习了古筝弹奏。我离开学校很多年后，一次在无意间与他聊天时得知，纪奥峰现在的古筝弹奏级别已经达到了业余十级的水平。

新郑新校区的建设，最终结束了金马学校到处租房办校的历史，"金马"像是一个成长的少年一样长大了、成熟了，越来越坚强，越来越勇敢，无论前面有多少艰难困苦，他都能披荆斩棘，迎难而上。

2009 年春天，全校教职员工被组织去参加植树挖坑的义务劳动，根据教研小组分组，每个小组分片区按照事先规划好的正方形白灰线挖树坑。

为了保证树木的成活率，要求挖的树坑必须要足够深，否则领导检查后不合格，还得继续挖，直至符合标准才能过关。这对于很少干体力活的老师，特别是女老师们来说，确实是个不小的挑战。那天起风了，遍地黄土飞扬，大家奋力挖坑，争先恐后，相互比赛，一个个树坑伴着一个个小土堆，很快就出现在了我们的校园里，远远看去，就像是土拨鼠打的一个个小地洞，很有美感。

直到下午下班的时间，所有的树坑才都挖完，每个人都是精疲力尽，在乘班车回来的路上，再也不像来的时候那么兴奋、激动、热闹，车上没有人说话，大家在路上一个个都累得睡着了……

七年的时间里，有太多太多难忘的记忆。

我一直非常感恩"金马"给予我的知识和力量。我在金马学校走过了七年的青春岁月，奋斗、成长、惊喜、艰辛、欢乐……所有的一切，早已融入了我的生命之中。

最让我感动的是，在这里，我结识了真诚相待的同事们，认识了孙春丽校长这样励志的女性，与大家一同分享和见证了金马学校成长的光荣。

我相信，此生无论走到哪里，无论如今大家都在从事什么行业，因为"金马"的缘分，相信我们在彼此的记忆里，都将留下一段最美好的回忆，那是关于青春、理想和奋斗的故事……

第六节　共创事业，用一颗真心传递正能量

2016 年，郑州理工职业学院在校园的最南面、紧邻 107 国道的地方，建起了一座自己的酒店，取名叫"理工酒店"。

之所以要建设这个酒店，是考虑到学校的周边缺少一个中高档水准的酒店。这个酒店建起来之后，一是前来送学生上学或者看望学生的家长有了一个舒适的住宿的地方，另外也能为学校学习酒店管理职业的学生，提供一个比较好的实习的地方，同时还能方便周边村民们摆酒办事的需要，是一个一举多得的事情。

这个酒店的建设是孙春丽院长提出来的，得到了学院领导班子的支持。酒店建成后，所有的装修设计都是孙春丽一个人具体负责的，无论是酒店大堂、餐厅厨房、酒店客房，还是酒店大院中的景观山水、过道走廊，所有的设计装修，都凸显着高雅、大气、时尚、温馨。整座酒店装修完成后，许多人称赞，进了"理工酒店"，真有进了星级酒店的感觉。

孙春丽对自己亲自负责的这一"作品"，也感到非常满意。

2017 年 3 月 1 日，理工酒店开始试营业。那天，孙春丽代表郑州理工职业学院的领导，面对刚刚组建的酒店经营团队热情洋溢地讲了话，对 70 多名员工讲述了郑州理工职业学院的创业和发展历程，希望每一位员工从此融入"理工人"这个大家庭，在这里开开心心、快快乐乐地工作，在一起共谋事业，齐心协力经营好理工酒店，并在这里锻炼自己，提升自己，使自己的未来有更好的成长和发展空间。

孙春丽的话，让大家既感到亲切温暖，内心又深受鼓舞……

时间过得飞快，转眼就将半年。

2017 年 8 月 24 日，理工酒店召开了酒店经营管理半年度总结报告会。在这次半年度总结报告会上，孙春丽就酒店半年来的运行、经营、管理、发展，以及管理者和普通员工的工作职责、工作情况进行了用心

良苦的讲解，犹如给大家上了一堂高级的酒店管理经营课，更像是给酒店的每一位员工上了一堂深刻生动的人生奋斗课。

直到今天，酒店的老员工还记得当时孙院长开总结会时所讲的很多的话。他们说，孙院长的话，让他们受益终生。

在此，特摘录孙春丽院长的部分讲话内容：

各位同事家人大家好！

时光过得真快啊，转眼已经半年了。半年的时间里，大家或多或少都收获了一些知识，丰富了一些经验，同时，我也知道很多人也经受了不少的委屈。

今天，我就和大家谈一谈酒店管理经营方面的一些事情。

酒店管理的确不同于其他行业，酒店是八方来客汇聚下榻的地方，服务要求热情，环境要求舒适，硬件配套还要到位，方方面面离不开服务。要让客人无论什么时候，都感觉到宾至如归，心情舒畅，这的确不是一件容易的事情。

我们通过这半年的摸索经营，酒店有了很大的提升，这归功于大家共同的努力。虽然经过磨合与淘汰，酒店由最初的72名员工，精简到现在的38人，该走的走了，该留的留下了，现在留下的人员可以说是酒店的精英和骨干。

当然，我们酒店在发展中还存在不少问题，比如管理步子跟不上要求的问题。我们的要求是什么？我们的要求就是四星级、五星级酒店的服务标准。现实工作之中，我们的管理团队始终理解不了领导的意图，在高标准的要求和执行中，一些工作落实不到位。个别员工的思想觉悟还没有提升上去，总是感觉着自己干的活多、干的活累，待遇没有别人的高，心里有点想不开，自然也会发泄发泄情绪，说一些怨言。

我们应该怎么理解这些事呢？工作中一时有想不开、解不开的疙瘩，有想法、有怨言，其实也是正常的。关键是我们要讲一下这些怨言、这些想法，到底合适不合适？对不对？我想告诉大家的是，真正投入工作是不会太累的。你总是跟别人比待遇，心肯定会累，心里累比体力上的累更累。有人说，他们不干活，反而领了那么高的工资，而我整天干活，发的工资为什么这么少？这是因为岗位不同，工资不同。经理、中层管理者和员工，大家的工资肯定从高到低，不在一个档次上。普通员工要想拿高工资，你可以提升自己，去竞聘经理和其他中高层管理人员，你的待遇就会上去，但这需要你的资历、你的经验、你的管理水平。如果你没有人家的水平、资历、资本，没有比较高的管理水平和能力，那你就不要与人家比待遇、比工资，就要安心干好自己的本职工作。如果你想做经理或者中高层管理者，你就要努力学习，提升技能，有朝一日成为像他们一样的中高层管理者，自然待遇也就上去了。

　　有时候表面之后的东西我们看不到，作为经理作为高层管理者，他们付出的努力其实是很多的。就拿我们酒店来说，他们需要管理好酒店，让客人没有任何的异议，让学院领导挑不出毛病，所以他们要整天制订计划，落实计划，验收计划，还要制定各种制度，做到奖罚分明，还要做到公正公平。每天员工的问题，客人的问题，餐饮的问题，内部的问题，外面的干扰，方方面面都需要他们这些管理者去解决。表面上看着，他们有时候工作很光鲜，待遇比较高，其实，他们有时候也经常被领导批评被领导吵，甚至有时候被领导处罚。他们有时候也很苦恼，也很烦躁，有比员工更大更多的压力。

　　说到处罚和奖励，其实这是一个单位的管理手段和措施。有些员工在被处罚时，可能就不会太理解，在此，我要给大家举例解释一下。比如说某家大工厂的员工吧，每天他们在流水线上作业，干一件事就只是干好这件事，做好自己的本职工作就对了。如果你把不合格的产品当好产品放到了一起，或者生产出的不合格产品比较多，企业肯定会对你进行处罚。如果你认认真真地工作，按计划生产出合格的产品，甚至超额完成生产任务，你就会被奖励。当然，企业光靠这些措施也解决不了所有问题的，但作为企业，它这是提升管理手段的方法之一。

现在说一说我们的餐饮。我们的酒店因为刚刚开始，管理经验不足，曾经导致采购过量、剩菜过多、客人对饭菜不满意的问题。经过几个月的磨合、调整、改进，我们现在已经改掉了当初菜品味道不足、上菜比较慢、态度不够好等影响酒店声誉的事情。我们的餐饮，现在既掌握了当地人的口味，也综合了南北客人的口味，目前菜品比当初提升了很高的档次，酒店的生意和声誉越来越好。

酒店的文化建设也是很必要的。我们看电视小品中赵丽蓉表演的一个小品，她把一盘大萝卜，说得是有声有色，让客人对这道菜充满了品味的欲望。我们还给大家请来了一位服务行业的精英，他对饮食文化非常了解，对我们酒店的服务起到了很大的提升作用，有的服务员很用心，就学到了不少这方面的知识。

我现在还清楚地记得一件事。酒店刚刚开始的那会儿，我们大家都在打扫卫生，有一个员工与我谈话之后，她就发动身边的员工说，让我们撸起袖子加油干吧！我为这句话，我也撸起袖子干，但大家谁懂得撸起袖子真正的意义吗？

我是这样理解的：撸起袖子是一种态度，说得好不如干得好，喊破嗓子不如甩开膀子，干一行，爱一行，干什么，像什么，热爱自己从事的工作，才能不断提升自己；撸起袖子是一种人生精神，人无精神不立，国无精神不强；撸起袖子是一种实干精神，是一种对美好生活的希望和追求。我们只有撸起袖子加油干，热爱自己的工作，才能让人生更有价值。

我希望，无论是我们酒店的中高层管理者，还是每一位普通员工，都要努力成为一个有目标的人。因为一个人有目标和没有目标是不一样的。没有目标的人，工作只是为满足现有的需求，领导让干什么就干什么，甚至领导让干什么，也不一定能够干好，工作中对自己没有严格的要求，活重了不想干，干累了不想干，甚至会有这样那样的怨言，这样就会影响一个人的进步和发展。反过来，如果是一个有目标的人，就会在工作中严格要求自己，就会尽职尽责，爱岗敬业，把工作干得有声有色超过一般的员工，在工作中会不怕苦、不怕累，会充满自信，这样的人一定会有比较好的未来。清华大学有一位教授曾经做过这样的调查，发现有目标的人，大部分都很成功，没有目标的人，事业发展得都比较平庸。

在这里，我还要给我们酒店的管理者特别说几句话。

作为酒店的管理者、领导者，要努力做好如下的几件事：

要学会凝聚人心。凝聚人心要靠德行，不要靠权力，要靠品行和魄力来赢得员工对你的尊重。作为领导者，也要尊重每一位员工，多倾听员工的意见，正确的要积极采纳，错误的及时纠正，工作中多帮助他们，引导他们，支持他们。要放下当领导的"架子"，不要整天打着"官腔儿"跟员工讲话，跟员工在一起工作，要多一些人情味，多一些理解沟通，多一点带头实干的行动。

作为管理者、领导者，一定要言必行，行必果，做事认真，沉稳行事，切记不要咋咋呼呼，说话满嘴放空炮，一言一行都要让员工们信任自己。管理者喊破嗓子，不如弯腰干个样子，一定要做员工干事创业的榜样，一定要做员工心中的靠山，让员工从心里承认你是他们靠得住、信得过的"领导"。

……

各位同事，各位家人，半年的工作已经过去，我们今天总结成绩，也总结不足，总结工作，也总结人生，为的就是在未来的工作中能够扬长避短，将酒店的工作做得更好更优，也在工作的磨炼中，提升我们每一个人的管理素质、工作素质、人生素质。

我很希望，理工酒店能够成为每一个人成长的平台和腾飞的起点。从这里开始，愿每一个人的未来都能够走得更远更高……

第九章
搏风击雨，奋斗者踏浪而歌

2014 年的春天到来了。当白云在碧蓝的天空浪漫地游走变幻时，当春风吹拂大地的花草树木时，当飞鸟划过西安这座古城的头顶而欢快地鸣叫时，孙春丽已经怀着喜悦的心情来到了西安交通大学。她在这里穿上了硕士服，戴上了硕士帽，手中捧着的是西安交大的红色烫金的研究生毕业证书。上天又一次疼爱了她这个那么努力、那么刻苦、那么倔强而又那么坚强、刚毅的女子。孙春丽说："这是一次人生的殊荣，一次精神的富足。这份殊荣和精神，不是靠谁的同情才会有的，而是经过努力的学习拼搏才赢得的。"

第一节　自强不息，她从西安交大光荣毕业

凡所过往，皆为序章。

人生若远行，生命乃星辰。

不负韶华的前进与奋斗中，总会有一种力量鼓舞着自己，让你在岁月中，在风雨中，历经磨难和跌宕，而后风雨涅槃，灿灿如花，灼灼生辉。

回望孙春丽 28 年的创业与奋斗之路，其中的酸甜苦辣咸，只有她自己的内心最清楚。那些艰难困苦，那些风风雨雨，那些彷徨、苦闷和泪水，她体味甚深，刻骨铭心。

但今天，她发自内心地说：我感谢生命里曾经的这一切！

她认为，假如从一开始她就是一个富有的人家，或者她嫁的也是一个有钱的人家，生活很安逸，很安定，没有压力，没有风和雨，一切只用坐享其成。那么，今天的她，可能就是一只养在金丝笼里的小鸟，或者穿金戴银的一个庸俗的女人，就不会是今天事业有成的有着丰富精神世界的职业女性。

其实，在真正的人生世界里，生活何曾容易过？没有人给你想要的一切，每一个人都要学会自己坚强地生存生活。人生所有的坚强，所有的成就，有时都是被压力逼迫出来的，被苦难、委屈、泪水鞭策和洗礼出来的。

面对昨天和今天的所有的一切，今天的孙春丽，只有一颗感恩生命、感恩上苍的虔诚之心。

有时在夜深人静的时候，孙春丽会想到自己这些年所走过的那些曲曲折折、风风雨雨的路，想到在那些巨大的压力之下，自己的内心被逼迫所迸发出来的无穷的不可思议的力量。

当年创办金马电脑学校时所经历的那些艰难困苦。

当年面对打压和竞争者围攻时所经历的那些艰难困苦。

当年因为拆迁寄人篱下办学时所经历的那些尴尬委屈。

当年因征地建设新郑新校区时所经历的那些艰难困苦。

当年建设学校四处筹借资金时所经历的那些艰难困苦。

……

一幕一幕，历历在目。

一次一次，跨过险阻。

还有自己作为生命个体的一个人，在这个过程中所经历的那些磨砺和蝶变，一切的一切，早已深深地刻进了生命里。

记忆犹新的是，2010年学校成功升格之后，自己所面对的事业压力、精神压力和感情压力……

2010 年学校成功升格后，更名为"郑州理工职业学院"。

过去，学校是一所中专院校，现在是一所大专院校，学校的升格给管理也带来了比较高的要求。一批老师因为学校偏远、家庭困难而不得不离职；另有一批老师因为大环境的变化，越来越不适应现代的管理要求而离职。比如，学校升格后，管理上对老师有一项严格要求：凡新招聘的老师，没有研究生以上的学历，学校不考虑；学校的每一位老师，不管你是创业者，或者是老资历，包括自家的亲戚，学历达不到一定的要求，一律退出。

此时的学校，进入了高标准、严要求、大浪淘沙的时代，对人才的要求标准越来越高，同时也显得越来越残酷无情。如果按照这个标准和要求的话，孙春丽自己也面临着"高学历"上的被淘汰。

在家庭方面，随着学校的工作越来越多、越来越繁重，丈夫马振红回家的时间越来越少，两个人有时好多天都不能坐到一起说说家庭的事情。长时间因工作繁忙而缺少交流，让孙春丽有时会感觉到两个人产生了一定的距离。距离主要表现在：丈夫已经把所有的精力投入了学校的工作中，已经很少顾及家里的一切。作为一个女人，她有时感到很寒冷很痛苦，生活和事业所带来的压力扑面而来，逼迫她不得不学会理解和包容，继续做一个坚强的女人。

她痛定思痛，认为自己必须在事业上追上来，才能跟丈夫在事业上缩短距离，才能够做到在学校的发展中与丈夫比翼齐飞，并肩战斗，也才能维护和保持这个家庭特别是孩子们永远的安宁和幸福。

她有时也不断自己安慰自己，夫妻两个人有距离，也是生活中常有的事情，关键是怎么把拉开的距离追上来。犹如那两个人同时爬山，一个人已经快要爬到山顶了，一个人还在山的半腰，如果后面的人不努力地向前攀登，那前面的人就会将自己远远地甩在身后，独自一人翻过山顶去看更美好的风景。后面的人如果你坐下来休息，或者放弃了攀登，那前面的人就会永远消失在山顶，或者山的那面风景里，你就再也追不上他的步伐了。

孙春丽下定了决心，要追上老公的步伐，自己也要看到山顶和山那边最美好的最壮丽的风景，而不是作为一个落伍者、一个失败者、一个懦弱者，而蜷缩在山腰处无助地哭泣。

回到现实之中，2010 年就是事业的分界线。孙春丽十分清楚，这是自己二次创业的开始，要付出比常人多几倍的努力，才能够成功。如果自己甘于平庸，那就只有放弃创业者的责任，在家里相夫教子过最平平庸庸的生活。

这绝对不是她想要的生活，更不是她当初创业的初心。

性格决定命运！

孙春丽是个永远不会向命运低头的人，更是一个永远不甘平庸生活的人。

作为一个创业者，为了郑州理工职业学院这份远大的事业，她愿意贡献自己的一切；作为一个母亲，为了孩子们未来的成长和幸福，什么委屈和困难她都能够承受。

这或许就是人生的力量、母爱的力量吧。

作为学校的创立者、领导者之一，她必须率先响应学校的管理制度，按照要求不断提升自己。只有自己做好了榜样，才能带动学校的教职员工们一同奋进。

当年在金马电脑专修学院的时候，因为自己不会开车，有时办事很困难，她就决心自己学开车。然后，她就报了一所驾校，开始利用业余时间去练习开车。那时正值夏日，天热得像火烤一样，每一次练车衣服都被汗水湿得透透的，人也被晒黑了，但最终，她靠自己的努力取得了驾照。从此，她再不羡慕丈夫有车开，说走就走，说去哪里就去哪里了，自己也能开着车东奔西走，更便捷高效率地为学校的事情而忙碌了。

学驾车获得驾照这件事情，让她的人生又实现了一次突破，让她增强了极大的自信心。她说，世界上没有什么困难能压倒人，只要去努力，就有可能获得成功。就算是暂时失败了，那又有什么？持之以恒，再难的事情也终将如愿。

面对学历不够的压力，她痛下决心，无论多么困难，自己也一定要突破这个关口，取得学校要求的高学历！

2010年4月，一位朋友告诉她，西安交通大学研究生班开始招生了。

得知这一消息，孙春丽没有告诉丈夫马振红，就毫不犹豫地报了名，然后参加了考试。幸运的是，她很顺利地通过了西安交通大学研究生班的考试。从此，她开始参加西安交通大学研究生班的学习。

在三年的学习时间里，每个月上课时，她都准时上课，从没有缺过一次课，无论是课上或是课下，她都在如饥似渴地学习。

她那种学习的精神，她自己应该都很佩服自己。作为学校的负责人之一，她的工作应该是很忙的；作为母亲，她还要接送孩子，负责孩子的学习，可以想象她的工作与生活的压力有多大，时间有多紧迫。

特别是2013年的时候，丈夫马振红的身体因积劳成疾不得不医治。那时，她最小的儿子才刚刚一岁，她既要照料幼小的孩子和老母亲，又要照顾生病的丈夫，还要处理学校里一大堆的事务，真正是既要做好一位妈妈，又要做好一个女儿；既要做好一位妻子，还要做好一个校长。那段时间里，她一个人要扛几个人的担子，一天之内要转换几个人的角色，真的是压得她快要喘不过气来了。

但即便是这样，她也没有放弃研究生的学习。她的心中充满了热望和期待，期待着自己有朝一日拿到西安交大的研究生毕业证。

当别人在喝咖啡、在逛街、在买衣服的时候；当别人在卿卿我我、儿女情长的时候；当别人在享受着节假日的悠闲、在旅游观光的时候，她一直在这些时间里坚持挤时间学习、苦读、钻研。

她非常喜欢当时网络上的一段话，并且将它抄写到了自己的工作日志上，以此激励自己去拼搏、去努力。

逼出来的坚强

哭的时候没人哄，我学会了坚强；怕的时候没人陪，我学会了勇敢；烦的时候没人问，我学会了承受；累的时候没人替，我学会了独立自强。

就这样，我找到了自己，原来我很优秀。更可贵的是，在这个世界上，我只有一个，只有一个我。渐渐地我成熟了，知道了人都是被逼出来的！

有了压力，才会有动力。因为没有更大的不如意，所以现在的不如意，也是幸福的！

想要化茧成蝶，就要破茧；想要重生，就要涅槃；想要坚强，就要独自悲伤。不要去乞求怜悯，要来的都是廉价的，是没有价值的。

追求美好的同时，我们不要失去自我，要始终做好我自己。只有自己才拥有自己全部的风格，谁也模仿不了最真实的你。

相信爱拼才会赢。

是骏马就应该去驰骋辽阔的草原。

是雄鹰就应该去翱翔无垠的天空。

……

机会永远是给有准备的人准备的。

上天从来不会辜负每一个勤奋而努力的人。

2013 年年底，孙春丽的研究生论文答辩顺利过关！

2014 年的春天到来了。当白云在碧蓝的天空浪漫地游走变幻时，当春风吹拂大地的花草树木时，当飞鸟划过西安这座古城的头顶而欢快地鸣叫时，孙春丽已经怀着喜悦的心情来到了西安交通大学。

她在这里穿上了硕士服，戴上了硕士帽，手中捧着的是西安交大的红色烫金的研究生毕业证书。

此时此刻，她光荣地从西安交通大学研究生班顺利毕业了！

孙春丽说："这是一次人生的殊荣，一次精神的富足。这份殊荣和精神，不是靠谁的同情才会有的，而是经过努力的学习拼搏才赢得的。"

辛勤的努力和付出，最终换得的是幸福和成功。

孙春丽还说："当我拿到西安交大的硕士生毕业证的时候，老公一下子不相信这是真的。感觉我这怎么会不声不响突然就拿到了西安交通大学的硕士毕业生证书？！他特别地吃惊，甚至有点疑惑。我骄傲地告诉他：你拿一个试试，看看容易不容易？！"

孙春丽终于光荣地从西安交通大学研究生班顺利毕业了，她的奋斗和努力，终于又一次获得了成功和胜利。

上天又一次疼爱了她这个那么努力、那么刻苦、那么倔强而又那么坚强、刚毅的女子。

那时那刻，天空是美丽的，白云是美丽的，小鸟是美丽的，这座古城、这所大学的一切，都是美丽的。

她眼中的这个世界，一切的一切，都是美丽和欢喜的。

奋斗的青春，在她前行的路上闪烁着璀璨的光芒……

第二节　感悟生命，"舍与得"的人生智慧

28 年的创业和奋斗之路，让孙春丽悟出了很多的人生哲学，其中最重要的就是"舍与得"。

孙春丽在写文章、在给朋友聊天、在给师生们讲课时，经常会讲到自己对"舍与得"的理解和感悟。

她还把自己的微信名字，标记为"舍得"。

她认为，"舍"便是"得"，"得"便是"舍"，"舍"中有"得"，"得"中有"舍"，人生需要有舍得的情怀和精神。

我们看看她在给师生们讲课时，对"舍与得"深刻而丰富的解读与阐释。她说：

人生哲学中，"舍与得"既是一种生存发展的哲学，也是一种做人做事的艺术。"舍与得"就如同冰与火、天与地、阴与阳一样，是既对立又统一的矛盾概念，相生相克，相辅相成，存在于天地，存在于人世，存在于人心，存在于微妙的细节，囊括了万物运行的所有机理，万事万物都在"舍与得"之中，才能达到和谐，达到统一。

一个人若真正悟出了"舍与得"的奥秘，能够把握"舍与得"的分寸，就等于你拥有了一把打开成功和胜利之门的"金钥匙"。

我们在为人处事之中，需要懂得"舍与得"的关系，舍去私心杂念，舍掉妒忌猜疑，从而得到一身从容，和谐亲密。大舍有大得，小舍有小得，不舍就很难得到。一个人能够做到坦然面对"舍与得"，人生就能从容做事，不会因得到而大喜，也不会因失去而变得过于伤悲，一切都会从从容容、坦坦荡荡，变得自然而和谐。

在自己的工作岗位上，当你面对服务的对象，在某些方面不能做到100%让人满意的时候，就要尝试着不断地提升自己，直到让你的服务得到对方的理解，或者无可挑剔，那就成功了。我们有时在服务对象面前，或许会失去暂时的理解和尊重，但其实对于我们每个人的成长却是至关重要的。每一个人都需要经历挫折和坎坷，如果不经历这些，一个人就很难长大和成熟。当你经历过这些考验和磨砺时，就会变得成熟起来，你就会大方做事，从容面对"得与失"，在自己的不断提升之中拥有成功和美好的未来。

我的朋友开了一家酒店，有一次一帮地痞无赖在她的酒店里吃饭。将要吃完饭的时候，有一个人用筷子突然夹了一只死苍蝇，非说就是上菜的盘子里挑出来的，不但他们不付饭钱，还要求酒店赔偿他们的精神损失。他们扬言，如果不赔偿，他们就要投诉到工商部门，投诉到电视台。这帮人在酒店里吵吵闹闹，不依不饶，明眼人一看他们的穿着打扮，就知道这是一群地痞无赖在找事。

遇到这样的事情，的确是很棘手。如果"赔偿"他们，这明明就是敲竹杠的；如果不给他们钱，这帮人绝对不会善罢甘休，而且他们挑明甚至威胁要来砸她的酒店。

酒店的服务员急忙把电话打给了我这个朋友，服务员告诉她，对方要求赔偿 3 万元，这事就算了了。问她怎么处理此事？朋友在朋友圈里问我们，该如何处理此事？大家的意见基本都是说，为了避免小事变大事，3 万元就 3 万元吧，也许这事会变成好事。这 3 万元对酒店来说也不算什么，就算是交个学费算了。

这件事情就这样过去了。

从此之后，朋友对这个酒店好好地整顿了一番。对前台的服务员进行培训，对后台的餐厅卫生进行整治，整个酒店焕然一新，结果酒店的生意比原来还要好。这 3 万元的"舍与得"，朋友就算掏钱买了个教训，掏钱买了个管理，不但免去了更大的经济损失，反而在经营中将失去的钱财赚了回来。

金马电脑学校刚开始创建的时候，因为自身条件和管理经验等方面的不足，无论你怎么做都不能让所有的学生和家长100% 地满意，这样在招生和教学工作中，就会有个别的学生因不满足于现有的办学条件，或者对老师有意见，或者自己不愿学习了，就要求退费退学，有时还会说一些不好听的话。

我们在办学和教学过程中，做到了坦然面对这些问题，笑脸解释一切问题，对学生退学退费的要求，从来都是满足他们。然后，我们在发展之中，不断地改进我们的教学服务，加大我们的软件、硬件的建设，反而使学校办得越来越好，生源越来越多，最终成为河南省内最大最好的专业电脑培训学校。

应该说，在这个过程之中，我们也把握了"舍与得"的关系和分寸。我们把家长和学生们对学校的各种挑剔当作了监督，当作了学校改进的尺寸，把我们的学校建设得越来越完美。有时候真的很感恩那些为学校发展而提出意见的学生和家长，因为正是因为有了他们的意见和监督，学校才不断在改进中得以迅速的发展，由小到大，一步一步发展到今天。

所以，我们在工作、在学习、在为人处事中，都需要感悟一下"舍与得"的关系和妙处。

我们若是平常注意了，就会发现"舍与得"的关系在建筑学中也有很大的应用。比如，建在十字路口的商城，在建设之前首先要设计好"舍与得"的空间搭配问题，不要整块地不留任何空间或留取的余地太小。如果你不懂得留余地，那么等大楼建好了，这种楼就变成了缺少人气的楼。你想象着十字路口的位置是十分好的位置，应该人流量比较大，做生意比较好，可当你留的空地方太小，留不住车、留不住人时，你的生意何来？

我在北京学习时，看到了很多建在路口的商业建筑，发现凡是靠近路口的地方，而且能留有足够空间的大厦，一般生意都非常好。而那些没有留足停车停人位置的大楼，一般生意都半死不活。有一家商场建在十字路口的一角，建设时他们把大部分的空间留作了广场和人们行走的路，而且用花草树木美化这个地方，结果这个商场的生意就非常非常兴旺。

俗话说，人来财聚，人去财空。能留住人的地方，才是真正的好地方。所以，不光为人处事上要讲"舍与得"，建筑上也要讲"舍与得"，建在十字路口的建筑物，最好是在楼的前面留足地方，而把大楼向后建设，看似失去了宝贵的土地，但是却得到了性价比很高的赞誉，会带来很高的人气和财气。

面对"舍与得"，做人也如此。记得有一则故事，讲一富人和一位乞丐的故事。乞丐面对路人经常乞讨，乞丐表面上看是得到了钱，但实际上是失去了做人的尊严。而一位富人经常施舍给乞丐钱财，看似他失去了钱财，实际他得到了别人的尊重。还有，当我们在平时遇到别人有困难的时候，如果我们能尽自己的能力帮助一下，内心就会得到一种精神上的快乐。所以，那些热爱公益事业的人，大多都有一颗善良开朗的心，他们会受到很多人的尊敬。

2014年，我也经历了"舍与得"的选择。当时孩子生病，身体很不好，必须要带着孩子到另外一个环境寻求生存。面对多年创立的事业，自己确实很舍不得离开。但面对自己的家庭和自己孩子的生命健康，没有什么舍不得的，就毅然带着孩子来到了广西南宁。

实际上，离开了长期生存的地方，在南方断断续续的两年里，反而想明白了很多事情，就是"舍与得"的关系。

在这里，我利用照顾孩子的机会，深入系统地学习了教育管理方面的知识，还写出了《民办高校管理方法》一书，后来由河南人民出版社出版发行。不仅如此，我在这里还学会了远程操控的管理方法，尝试探索了学前教育的事情。

特别欣慰和幸福的是，在这里，我还收获了家人的理解和亲情，收获了孩子们的健康成长，收获了很多成功的经验。

岁月让我经历了许多，也让我顿悟了很多。看似失去了"权力"等一些外在的东西，实际上在这两年里，学校依然在大家的共同努力下健康地发展。而自己的人和心，在暂时放下的同时，视野反而变得更加开阔了，格局占位也更加高远了。

由此，我对"舍与得"的关系，有了更加深刻的理解。

"舍与得"是永远相伴的朋友，无论什么时候，只要坚持目标，坚持方向，不迷失自己，懂得把握"舍与得"的分寸，人生和事业总是会有收获的。

那些许许多多的"舍"，其实就是许许多多的"得"。相信老天和命运是公平的，是有温情和温暖的，当你失去一扇门时，世界就会为你开启另一扇窗，这或许就是"舍与得"的机缘与奥秘吧。

感悟生命，懂得"舍得"，人生的路就会变得无限广阔，奋斗的路上就会一往无前。

第三节　心系学校，呕心著述收获一部好书

2014 年春天，孙春丽的两个儿子一先一后都生病了，在郑州一直没能彻底治好，后来经朋友介绍，就来到了广西南宁进行康复治疗。

朋友说，南宁这里鲜花盛开，空气湿润，天气温暖，适合孩子在这里疗养治病。孙春丽了解了一下南宁的地理和气候情况，认为这里的空气和环境，确实比郑州更适合孩子恢复身体。

南宁是广西壮族自治区首府，简称"邕"，与郑州一样，也有"绿城"之称。南宁河系发达，河流众多，有郁江、右江、左江、武鸣河、八尺江、清水河、良凤江、香山河、东班江、沙江、镇龙江等 39 条，是国务院批复确定的北部湾经济区中心城市，还是西南地区连接出海通

道的综合交通枢纽。

此地处于北回归线之南，属湿润的亚热带季风气候，阳光充足，雨量充沛，霜少无雪，气候温和，夏长冬短，年平均气温在 21.6 摄氏度左右。春秋两季气候温和，一年四季绿树成荫，繁花似锦，有"草经冬而不枯，花非春而常放"之美誉。为了孩子的健康，孙春丽再三思考，最终决定暂时放下手头的工作，陪着两个孩子到南宁治病。

母子三人和一位姓杨的阿姨一块来到南宁后，孩子的病症很快就明显减轻了。于是，孙春丽就决定将两个孩子暂时安排在当地的学校开始上学，这样康复身体与学校学习就两不误了。从此，她开始了郑州到南宁、南宁到郑州两地奔波的生活和工作。

孩子上学之后，她就在南宁租住的房子里，开始大量阅读有关高校管理方面的书籍。她来到南宁后，突然产生了一个想法，要结合郑州理工职业学院的实际情况，写一部民办高校管理方面的书籍。于是，她四处搜集这方面的文章和图书进行参考和学习。那段时间里，她简直进入了知识的海洋，进入了高校管理的研究之中。因为有实际的教学和管理经验，所以那些文章和图书，很多她一看就懂，而且能从中吸收很多有益的东西。

这一时期，她阅读了国内外几十位专家学者关于教学教育改革和民办高校管理方面的书籍。如：国暑星的《课堂教学质量评价中存在的问题及完善评价》，汗文斌的《高校课堂教学评价体系思想》，呈立忠的《关于高深教学评价改革存在问题的反思》，张丽丽的《论高职院校课堂教学质量评价》，张文中的《高校课堂教学评价体系的比较》，张国华的《高职院校培养学生职业软技能的途径》，董刚的《高职教育内涵建设的互动》，章建新的《产业型升级高职专业结构分析》，王国平的《品牌战略：中国高等教育的必然选择》，尹干闽的《对福州大学城体育教育资源比较》，王亚飞的《安徽高校园区体育教育资源比较》，林还远和王丽新的《新视域下高校体育资源的赏析》，雷飞的《关于大学城体育资源共享的若干思考》，郑淑蓉与吕庆华的《中国商学教育的历史演进》，吕庆华与郑淑蓉的《福建省高校创业教育体系构建思考》，郑淑蓉的《金融危机背景下大学生就业问题探析》，朱永新的《民办教育路在何方》，张博树与王桂兰的《重建中国私立大学理念、现实与前景》，马清学的《企业管理现代化与我省高等企管人才教育》，袁捷敏的《社会化进程中的企业管理现代化阐释》，鲁桐的《公司治理：董事与经理指南》……

还有中国人民大学出版社出版的斯蒂芬·P.罗宾斯所著的《组织行为学》，加里·德斯勒所著的《人力资源管理》，以及雷蒙德.莱西卡与玛丽·E.弗拉特里所著的《基础商务沟通》等。

知识的火花打开了孙春丽的智慧之门，在她的内心产生了强烈的著书立说，为郑州理工职业学院写一部管理学方面的专业书籍的愿望。这个想法和愿望，让她的内心燃起了一团火，就像当年创立金马电脑学校时一样，激动不已，激情燃烧。

2014年暑假到来了，两个孩子都从学校回到了租住的房子里。此时的孙春丽，已经做好了写书的准备工作。她每天买个大西瓜，让大孩子负责带着小孩子一起学习和玩耍，她自己则开始了书稿的写作。

很快，2015年的新春元旦就要到来了。一边写书一边牵挂学校的孙春丽，有感于学校创业以来的跨越发展，她想到了全校老师的团结、拼搏和奋斗，内心有一种感动之情。于是，她提笔在南宁给郑州理工职业学院全体老师写来了一封《致谢信》。

敬爱的老师：

大家好！

时光荏苒，转眼20年过去了，感谢所有为教育事业奉献青春、奉献智慧的"理工人"。因为你们付出的大量的辛苦和汗水，我们才拥有了今天辉煌的事业（郑州理工职业学院）。在此，向辛勤耕耘的老师们说一声："老师，您辛苦了！"并向你们致以最真诚的问候和最崇高的敬意！

为了让学院事业发展得井井有条，为了让学生们能有一个好的教育环境，不断探索教育模式，不断改革教学方法，始终是"理工人"的梦想和追求。老师们亲口说出"我愿意把我的青春和梦想献给我的学生、我的事业"这样的话，我感动了，这么多年，久违的泪水让我感到丝丝的慰藉。

一直以来，我们奉行着"捧着一颗心来，不带一根草走"的信念，真诚地对待老师，对待学生，用点滴真情陪伴着学生的每一步成长，用和顺体恤的心搭建着老师和学生沟通的桥梁。

感谢师恩：有责任感、有亲和力、善解人意。

还有那些为学院建设而放弃节假日休息，在炎炎烈日下辛勤工作的老师们，你们是默默无闻的奉献者，是学院建设发展的开拓者。

回首昨日，思考今天，展望明朝。从你们身上，我们知道了什么是人梯，什么是奉献，什么是言传身教，什么是永恒的真善美。

感谢大家为我们一代又一代青年学生所做出的一切努力和奉献。

最后，我代表院委会向亲爱的老师们致以最诚挚的祝福，愿你们身体健康、工作顺利、全家幸福！

孙春丽

2015 年 1 月 1 日

在马振红校长和全校中高层管理者的支持下，孙春丽经过一年多的学习、研究、写作和修改，最终于 2015 年年底于南宁完成了自己的书稿，并通过了河南人民出版社的审读。

2016 年 3 月，这部名为《民办高校管理方法》的民办高校管理方面的专业书籍，正式由河南人民出版社出版发行，成为河南省唯一一部由民办高校创业者自己所著的首部民办高校管理方面的专业书籍。

该书出版后，被教育界视为工具书，被多家高校收藏学习。

在此，特别介绍一下此书的纲要内容，以飨读者。

孙春丽在为此书所写的内容提要中这样说：《民办高校管理方法》一书，主要是为了突出民办高校在社会地位上的特殊性汇编而成。民办高校的高层管理者，往往既是投资人，又是学院的院长。在管理方面的特殊身份，决定了他们在管理层面又多了一层关系，既要抓好学院的教育教学工作，又要考虑如何创造最大效益，营造品牌化校园。

本书在管理方法上的写作，采用理论（引导）+ 实践（表格管理）+ 科学方法（数字化管理），在民办高校 SWOT 战略的制定引导下开展工作。在书的第八部分、第九部分，用 SWOT 战略实践及保障措施做本书的结尾，为民办高校在管理方面保驾护航。本书突出应用，以固定的管理模式，适应于高校内各个管理处室。

孙春丽在此书的绪论中，写出了编写本书的重要出发点和用意。

她写道：高校在管理方面因受环境因素、人文因素、资金局限等条件限制，产生了不同的管理模式，同时受传统教育管理的影响，许多大学的管理者凭经验进行管理。例如：人管人的管理方法；制度管人的管理方法；民主管理的管理方法等。但无论哪一种管理模式，在管理方面都或多或少地存在一些管理中的不足，在日常的管理中出现"人管人气死人，制度管人得罪人，民主管理少核心"等现象。

学校是人与人交往的地方，最容易因管理方法的不合理性造成诸多矛盾，不但没有起到规范高效的作用，反而伤及学生或老师或领导者本人。所以，研究高校管理模式，探索高校管理方法，是很多管理者为之头痛的事。怎么让人与人之间减少矛盾，工作变被动为主动，并且工作效率高效？这就要利用现代信息技术，走科学化管理之路。

本书要研究的高校管理工作模式、数据库建设和工作表格的应用，是高校管理中较为规范、便捷的一种管理模式，适合人员较多、工作量较大，操作时间较长的工作。通过互联网技术应用，建立工作沟通平台，为领导提供快速、准确、高效的数据信息，便于领导们决策，引领教师队伍和学生队伍健康发展，为教育事业快速发展奠定基础。

多数学校都曾经出现过管理无序的问题，造成人与人之间的矛盾不断、管理混乱、效率低下、领导头痛甚至员工频繁跳槽的现象。针对这些问题，为克服人与人之间的矛盾，本书采用数字办公 + 表格办公管理为指导，以科学性、公平性、透明性为原则，解决各部门的工作矛盾问题。

本书以学校部门处室为单位进行汇编，指明了每个部门的工作目标、服务宗旨、工作职责及工作计划。有了工作计划，工作不再盲目；知道领导的意图，只需要在特定的时间段向领导请示决策就行了。这样既完成了工作的目标，又不被领导批评，促进了职工和领导之间的和谐相处。

有了数字化管理，效率就提高了。传统的做法是，当我们急需查找某些资料时，需要翻箱倒柜，需要人力、时间去查找，导致我们错过很多宝贵的时间和机会；而科学化的管理，只需要在电脑平台上通过搜索、相互沟通就能达到工作目的，减少了管理上的不科学性，以及人与人之间因沟通不到位而导致的矛盾的发生，同时提高了工作效率。

有了数字化管理，又有制度做保障，领导就不会再为管理混乱而头痛，我们也可以腾出一部分时间，搞些文化娱乐等方面的活动，促进人与人之间的交流，建立其乐融融的和谐校园。

管理的规范性就是让人做事并取得成果；管理的科学性就在于让人高效做事；管理的艺术性，就在于让人愉快地做事；管理的战略性，就在于让人做正确的事。本书以郑州理工职业学院为例，概括了民办高校的管理方法……

这部书包括绪论和结束语，共有十个部分的章节。

第一部分是绪论。第二部分是理论综述及结构应用推广，分数字化管理和工作表格的应用两部分内容。第三部分是高校日常管理：一、理事会的管理。二、学院党委的管理。三、院委会的管理，四、办公室的管理。五、学院组宣部的管理。六、学院工会组织的管理。七、学院妇联组织的管理。八、人事处的管理。九、财务处的管理。十、文印室的管理。十一、车队的管理。十二、信息中心的管理。

第四部分是学院的教学管理：一、教务处。二、科研处。三、督导处。四、基础教学部。五、五大系部。六、实验实训中心。七、教材科。八、图书馆。九、继续教育处。第五部分是招生就业：一、招生处。二、就业指导中心。第六部分是学生管理：一、学生处。二、院团委。三、宿管科。四、学生资助管理中心。五、辅导员的管理。

第七部分是后勤保障部门的管理：一、资产科。二、基建处。三、后勤产业办公室。四、后勤维修中心。五、后勤保洁。六、后勤绿化管理。第八部分是学院 SWOT 发展规模战略的内容。第九部分是民办高校的保障措施。第十部分是结束语与展望。

从这部书的目录内容来看，可以说覆盖了民办高校各个部门的管理工作，有些方面在当时来说应该是教育界的热点和前瞻性观点。特别是这部书在绪论之后，开篇就把数字化管理和工作表格的应用当成了重要内容来写。

在论述"数字化校园建设的功能作用"时，孙春丽这样写道：

通过数字化校园项目建设，构造能够满足数字化校园长期持续发展的应用框架。通过这一框架，为应用系统建设提供良好的支撑和服务。该应用框架将充分支持学院的应用需求和未来发展，同时采用先进的理念和思路，以成熟的、主流的、符合未来发展趋势的技术，运用现代系统工程和项目管理规范标准，科学合理地进行建设。

按照"顶层设计、统一标准、数据共享、应用集成、一站式服务"

的规划和建设理念，数字化校园系统为教学、科研、管理、生活提供一个开放、协同的数字化环境，实现规范高效的管理，为领导的决策提供实时有效的信息依据，为师生提供高效、便捷、丰富的一站式信息服务，为提升学校的核心竞争力，实现高校的跨越式发展提供有力的支撑……

在写"工作表格的应用"这部分内容时，孙春丽进行了深入浅出的论述：

数字化开展建设的前提是以单位内各部门常用的工作管理方法为基础，以表格的形式展现开发成数据库管理软件，从而实现管理数字一体化。本书介绍了部门职能结构、理念、职责、工作计划、工作表格的使用等，部分工作表格已开发成数据库软件进行工作管理，其他表格运用在日常办公和网络平台中，互通、方便、快捷，并且工作方向明确，工作失误率低，提高员工的主动性，为校园自动化办公提供了基础支持。

例如：学校办公室在车辆管理方面，采用车辆运行记录表，凡外出车辆，必须由驾驶员本人填写当天出车的情况，包括出车时间、出车人、去往何处、运行公里数、加油情况、百公里耗油指标等，回来后由驾驶员携加油发票及过路费和运行记录表到财务处核对报销即可，减少了领导审批的环节，解决了财务人员与司机班的不信任等问题的发生，同时达到了预期工作目标……

值得在此再次说明的是，正是从《民办高校管理方法》这部书出版之后，郑州理工职业学院真正开始了表格化应用的规范化管理。2018年，学校又进入了数字化建设的科学管理时代。

数字化和科学化的管理，带来了学校支出的更加合理和浪费的大量减少，使原来管理中存在的诸多问题迎刃而解。从此，大家事少了，气顺了，和谐了，团结了，轻松了，教职员工都尝到了管理的甜头，学校也由此进入了稳健而快速的发展阶段。

第四节　南宁创园，探索学前教育的新领域

春天的南宁，绿树青翠，百花盛开，阳光明媚而灿烂。

和煦的春风，从远处徐徐地吹来，湿漉漉、清凉凉、温柔柔地弥漫在城市的街头，让置身此地的孙春丽，心里有一种别样的惬意。她以女性特有的敏感和细腻，能从空气里嗅到花草和阳光的清香的味道，也能从清新的空气中感受到风从大海和江河中带来的特有的湿润和温柔。

这座美丽而干净的城市，让她和两个孩子在这里暂时找到了一处安宁的可以学习可以康复的环境，让作为一个母亲的她，内心里有了几丝轻松和慰藉。

但作为一个职业女性的她，作为郑州理工职业学院的创始人的她，却又时时在心里牵挂学校的一切，总想在这里为学校做力所能及的事情。

孙春丽知道，自己是一个一刻也闲不下来的人，是一个命中注定一生要执着于奋斗的人。

于是，她开始学习研究民办高校的管理方法，写了那部《民办高校管理方法》的书。除此之外，那段时间，其实她还在南宁办了另外一件事情，那就是她与朋友一起在这里创立了一所中高层次的幼儿园。她想以此探索一下学前教育这一领域，以便为刚刚创立的还很弱小的郑州理工学院的学前教育提供一些借鉴和经验。

2014 年春天，她来到南方不久，一直想办一所幼儿园的那个朋友，可能考虑到她一直从事教育行业，就邀请她一起创办一所幼儿园。她想了想，就同意了，于是，两个人就开始在南宁考察公办和民办的不少的幼儿园。

孙春丽对教育行业的了解和感触确实是专家级的。她告诉朋友："不管是公办的还是民办的幼儿园，我们考察了这么多，反反复复做对比，硬件、软件做对比，师资力量做对比，餐饮做对比、全方面做对比，以及对幼儿园周边的居民情况做对比，发现最重要的是幼儿园要办出特色，才会有吸引力和竞争力。"

孙春丽还特别告诉朋友说："办一所像样的幼儿园，其实就是在创一份事业。因为这份事业关乎到孩子们的成长，所以不光是责任问题，而且是一种爱心的体现，可以说是一份责任重大的职业。干这份事业，不能有赚多少钱的愿望，也不能从挣钱的角度去考虑问题，因为它是需要投入的。不只是投入金钱，还需要投入爱心，需要从院长到幼儿老师，都要用一颗爱心，去兢兢业业地工作，一切为孩子们的成长去努力，才能办好这所幼儿园。"

朋友对孙春丽这位合作伙伴非常地满意，对自己能找到孙春丽这样的合作伙伴比较庆幸。

长期的办学经验，让孙春丽学会了在干事创业中，不仅要从细节入手，还要从大局出发去考虑问题。从考察南宁幼儿教育入手，她了解了国家对创办幼儿园所要求的相关标准。按照国家办园的标准，大部分地方建设的幼儿园是不符合国家标准的。首先硬件方面，南宁的要求是园区硬件建筑面积必须在 2500 平方米以上，户外运动场面积在 500 平方米以上，楼高不能超过三层等。

创办幼儿园，安全保障是第一位的。在安全保障、消防达标的情况下，才有可能被批准为幼儿园 A 级、B 级、C 级。幼儿园的硬件要求很高，不少公办幼儿园都没达标，民办幼儿园更是很难达标，不少幼儿园在环境方面比较差，甚至孩子们上课的教室，没有通风见阳光的条件，整个活动场地都在楼内进行。对这样条件的幼儿园，一般情况下家长是不愿意考虑让孩子入园的。

考察了这么多幼儿园，有的是环境有问题，有的是餐饮有问题，有的是教学有问题。总之，如果自己创立一所幼儿园，一定要在硬件上、软实力上都能够过关才行。

2015 年 4 月份，经过近一年的考察准备，孙春丽的朋友在南宁市郊区的一个地方，经人介绍进驻了一处社区幼儿园。孙春丽看了看幼儿园周边的环境，觉得没有大问题。这里房租也不太高，附近的居民也比较多，环境也比较僻静，比较适合办一所幼儿园。有所不利的是，这里的居民大多是外地的租户，附近还有一所学费比较高的幼儿园。

孙春丽认为，幼儿园的选址很重要，定位很重要。如果定位太高端、收费太高的话，怕这里的孩子们上不起幼儿园；如果定位中低端的话，幼儿园的资格可能降低至托儿所的资质，也不是她们创办幼儿园的初衷。最后，她们决定办一所中高端的幼儿园，以中高端的内部装饰、环境布置和教学质量，以中低端的收费优势和特色，在这一带的居民中形成吸引力、影响力。

目标和方案定下之后，她们就按照设计方案，投入资金开始装饰建设这所幼儿园了。幼儿园总共设定为大、中、小、学前几个班，定位为"双语幼儿园"。在周边的幼儿园之中，这是唯一一所双语幼儿园，而且她们这所幼儿园一年的保育费，仅比公办幼儿园稍高一点，几乎相当于是一所公益幼儿园。

2015 年 8 月中旬，经过几个月的装饰建设，这所双语幼儿园开始对外招生了。因为学校的环境比较好，保育费又不高，所以前来报名的家长还不少，应该说第一步是走得比较平稳和成功。但是很快孙春丽就发现了一个问题，那就是幼儿园里没有真正实现"双语"教学的承诺。

孙春丽认为，既然创办的是一所"双语幼儿园"，那在教学方面，就必须要配备对应的外语老师。因为孙春丽在忙着照顾孩子和写书，幼儿园开学后主要是朋友在主管教学方面的全面工作。当时外籍老师的工资待遇每小时大概在 200 元到 300 元，可能是考虑到聘用外籍老师的成本比较高，幼儿园开学之后，朋友一直没有聘请外籍的老师来教授外语。

孙春丽对朋友说："既然我们对外宣传说是有外教，是双语幼儿园，已经开学两个月了，我们还没有一个外籍老师入园授课，这样会给我们带来负面的影响，我们就成了自欺欺人的人。长此下去，幼儿家长们会有意见的，会对幼儿园产生负面的影响，进而会影响学校的办学。我们至少要招聘一两名外籍老师，才能名副其实地创办双语幼儿园。"

在孙春丽的建议和坚持下，2015 年 11 月初，幼儿园招聘来了一位美籍教师，开始教授孩子们外语，实现了招生时给家长们的承诺。在创办这所幼儿园之中，孙春丽超前的办学理念，一步一步改变了朋友的行事风格。

孙春丽认为，既然创办了一所幼儿园，就要办好办规范办出影响力，让周边的学生家长们认可，这样才能够长远生存和发展。作为办学者，从一开始就不能从赚钱的角度去考虑问题，要从孩子们的教育上去考虑问题，不然的话，第一年你就要搭上房租和工资，第二年、第三年还是要搭上房租和工资，甚至让你彻底亏损办不下去都有可能。

孙春丽说："万事开头难。做什么事情，宣传是必不可少的，尤其是创业前期，凡是能宣传的地方，必须要宣传到位，因为'酒香也怕巷子深'。如果事情开始就有好的开局，那就有利于成功。"

为此，在幼儿园开园前，她们对所有招聘的老师都进行了严格的训练。8 月份正是南宁最热的天气，但在教练老师的带动下，幼儿老师们却在进行各种舞蹈的训练，并且在每周五的幼儿园门口展现幼儿老师的风采。

为了让家长们放心孩子入园后的安全问题，从幼儿园的各个楼层到室内生活区，全部安装了监控摄像头，家长们随时可以看到孩子们在幼儿园的活动情况；为了让幼儿教师们能够统一上下课，楼层里安装了电铃设备，各个班级统一听铃声准时上下课，这样就完成了统一的教学模式。

从 2015 年 9 月初正式开学到 10 月 1 日国庆节，其间大概有一个月的时间。孙春丽考虑，让所有的孩子们和老师们在这段时间里完成一些节目，然后在国庆节那天展示给家长们。

朋友说："这是不是有点仓促，太麻烦了，而且需要花很多的钱吧？"

孙春丽说："不需要花很多的钱，也不是麻烦的事，而是个大好事。我们如果是做广告的话，不是需要花几千元几万元吗？而这次国庆表演，所有的演员都是我们自己培养的孩子，是我们自己的老师，全部是免费的。而通过国庆节的节目表演，我们可以提升幼儿园的内涵建设，让几百名家长还有孩子们成为我们的义务宣传员，这是多么好的事情啊！我们为什么不做？"

孙春丽说着，还从口袋里拿出了 1 万元交给朋友，对朋友说："这点钱就作为给幼儿园的国庆节贺礼吧，用来筹办这次国庆节表演。"

国庆节那天，她们的幼儿园一共拿出了 21 个节目，有教师们的节目，有孩子们的节目，节目内容丰富多彩。尤其令人欣慰的是，大班和学前班的孩子们，在 20 多天的时间内背会了两本书，一本是《三字经》，一本是《弟子规》，孩子们在舞台上那种自然可爱的姿态，感动了下面所有的观众和家长们。家长们第一次感受到，他们的孩子在这个幼儿园里竟变得那么地优秀，那么地有表演的天赋！一下子，家长们对这个幼儿园充满了好感，口口相传地为幼儿园做起了义务宣传员。

表演归表演，教学归教学。无论如何，幼儿园在教学上能放松，要有计划、按计划执行教学的目标任务，让孩子们从小在这里德智体美全面发展。根据孩子们的年龄段，两三岁的孩子是语言发育期，突出双语教育，强化孩子们的认识能力，礼貌性和独立性的辅助教育不能少；三四岁的孩子，是大脑完善期，孩子的记忆能力特别强，也是进行很多基础教育的关键期，语言艺术、礼貌特长，包括对文字的认识，开发好了孩子的大脑，能够容纳很多的诗词文字等内容的东西。

4 至 6 岁的孩子，要让他们边读书边玩耍，一些有意义的知识在玩耍中能够教会很多东西，尝试打破传统教育方式，在兴趣中寓教于乐，让孩子们大量认识并学会很多知识是必须的，让孩子们在学习中开发好大脑，为孩子们不输在起跑线上而努力。

幼儿园按月制订教学计划，老师们按计划教育学生，这样一来就由被动教学变为主动教学了，孩子们学习、玩耍的所有的节奏都是跟着老师们的计划来，根本不可能出现放养的形式。这样一来，管理起来也就更有规律了，这样的教育方式，再难管教的孩子，基本在一两个月内，都会形成良好的学习和生活习惯。

针对幼儿园的餐饮，要求一日三餐按照营养配餐的标准，早中晚各吃什么？都按科学的标准配置。刚开始的时候，孩子们爱吃什么，不爱吃什么，很难掌握，但通过一段时间的观察摸索，基本掌握了孩子们的餐饮规律。为了让生活饮食多样化，幼儿园每月还要求给孩子们包一次手工水饺和包子，做到让孩子们吃饱、吃好、吃得营养均衡，做到把孩子们交的餐费花光花净。对于个别孩子因事没有在幼儿园吃饭的，根据天数退还他们相应的餐费。

孙春丽和朋友经常到后厨看厨师的配餐情况，不只是因为自己的孩子在里面，重要的是要像对待自己的孩子一样，更好地关心和爱护幼儿园所有的孩子。对孩子们人性化的餐饮关怀，不但让这里的孩子们能够健健康康地成长，也成为幼儿园一个效果非常好的宣传，使幼儿园在周围的社区中越来越有影响力。

孙春丽说："教育无处不在，处处留心细心，人性化为孩子着想，拿别人的孩子当自己的孩子去教育，不能有任何的私心，这是搞好学前教育的初心和责任。"

在幼儿园的实际运行当中，往往会遇到一些特殊困难的家庭，不能及时给孩子交学费。在这种情况下，幼儿园便实行缓交或是减免学费的办法；对个别因特殊情况导致家庭特别困难的孩子，直接免除学费。

孙春丽说："绝不能因为家长交不起学费，而拒绝孩子入园，在我们的幼儿园里，这是绝对不可以、不允许发生的事情。"

孙春丽还说："教育功能本来就是义务为社会服务的，只是我们用多收的学费，给孩子们提供更优越的学习条件而已，绝不能因为少收学费而降低教育成本，更不能多收少花谋取暴利。我们要遵从教育的规律，抓好幼儿教育的内涵建设，努力用最优越的办学条件，用最低的收费标准，来引领其他更多的幼儿园坚守行为操守和职业道德，为国家幼儿教育事业的探索做出自己的一份贡献。"

孙春丽在南宁的这一次创园创业的经历，为她积累了很多学前教育方面的有益知识和宝贵经验。此后，在郑州理工职业学院学前教育学院的发展之中，她不仅大力支持学前教育学院的建设工作，还多次到学前教育学院听老师和学生们讲课，并将自己在南宁办园的宝贵经验和感悟，分享给学前教育学院的老师和学生们。

今天，郑州理工职业学院的学前教育学院，已经成为河南职业教育的一个具有鲜明特色的知名教育品牌，为社会培养出了一批又一批优秀的学前教育的师资人才。

第五节 脚踏实地，别幻想随随便便地成功

作为一个长期从事教育职业的人，作为一所现代职业教育高等院校的一名负责人，孙春丽对教育有特别的感情和特别的理解。

孙春丽一直认为：我们的高等院校不能仅仅教给孩子们知识，还要从学生时代，就培养他们树立脚踏实地、自强自立的精神，教育他们从青年时代就要丢掉幻想，丢掉依靠父母、依靠朋友，依靠别人的懒惰思想。只有这样，在他们走出校门踏入社会后，才会一步一步地走好自己的人生路，最终少走弯路，少有失败，走向成功的人生。

为此，她总结了很多这方面的感悟和经验，并将它整理成为一篇题为《成功是需要具备条件的》的讲稿，使很多听过她课的学生深受启

发。现将讲稿摘录如下：

　　在人生的长河中，每个年轻人都会有自己多姿多彩的梦想。有的想在未来成为一名走在科技前沿的著名科学家，有的梦想自己在未来能成为一名医术高超、济世救人的名医，也有的梦想自己在未来能够成为一位成功的拥有亿万资产的企业家，也会有人梦想自己的未来能够成为一名心怀天下苍生的政治家。

　　总之，每一个人都会梦想自己有一个光明的未来，这一切都无可厚非。因为人类正是因为有梦想，才从远古跨越漫长的历史和文明走到了现在。也正是因为有多姿多彩的梦想，才成就了一个个青年人建功立业的伟大志向。

　　在古代社会，很多读书人想改变人生、建功立业，就必须要苦读，通过科举考试来取得功名，然后有志向的读书人，从此开始实现自己的人生理想。这样的例子在历史上不胜枚举。

　　到了19世纪末20世纪初的孩子们，只有努力学习，才能使自己变得更优秀，考学几乎成为他们唯一的出路。如果能考上个中专师范之类的学校，那就一辈子有了铁饭碗；如果能考上更高的学府，前程就会更光明。

　　而到了今天，仅有考学是不足的，就是有了大学的毕业证，也不一定就会有稳定的职业和成功的事业。因为教育的改革，已经使大学生的就业之路走向了多元化的方式。

　　面对日益竞争的社会，其实每个人的压力都很大。你要想在这个社会上生存和成功，你就必须要给自己创造更多更好的条件，提升自己各方面的素质，你才能距离成功越来越近。

　　我认为成功有几个条件：第一，除了有学历，自身一定要有名副其实的过硬的技术，才能更好地在社会上找到自己的立足之处；第二，要努力工作积累一定的资本，然后再去围绕自己的目标而创业；第三，一定要熟悉自己想要投资的环境，将创业的风险降到最低；第四，努力给自己创造实践的环境，在实践中积累丰富的经验和阅历，然后才能驾驭自己的事业；第五，一定要有良好的自身修养和脚踏实地独立自强的精神。

有了上述这些方面的条件，你就可以树立目标，大胆地去创业了，成功也就不远了。否则，一味地幻想成功，结果只能是惨痛的。

我遇到了一位朋友，她讲述了她家孩子的事情，听后令人叹息。她说她的孩子从小到大干什么都干不成，真是一事无成，不知道是什么原因？别人家的孩子眼看着一个个事业有成，家庭稳定，而自己的孩子如今已经结婚了，还要他们养活，更气人的是自己不争气，还总想坐在家里当老板。

有一次大家聚会聊天的时候，他的父亲说到他的儿子，有些生气地说："我这儿子一点不争气！"结果，一句话惹到了他这个儿子。儿子指着他爸爸说："你没有给我树立榜样，从小没有管过我，是因为你没有本事，没有给我留够足够的家底，才造成我如今的这个样子。"

作为朋友和旁人，听到他儿子的话，我们感觉非常生气。就对他的儿子说："你爸爸妈妈给了你生命，把你养活到了18岁，已经够不容易了。现在你已经到了成家立业干自己事情的时候了，怎么还在怪父母呢？人生的路都是自己走出来的，你应该自己去悟去修去干才对。"他的儿子立马说道："怎么修？如何悟？我啥都没有，我咋干？"说起话来，理直气壮的样子。

他的父亲后来很委屈地对我们说：他的儿子在社会上学什么东西家里都很支持，拼命挣钱供他花，可是往往他都是三天打鱼，两天晒网，往往是学到一半，甚至一半不到，就不学不干了。后来他又要学驾照，驾照还没有拿到手，就要求给他赶快买车。作为工薪阶层，一下子拿出七八万元买车实在有些困难，但为了儿子，他们还是为儿子贷了 5 万元的款交给了儿子。结果，他的儿子没买汽车，而是买回了一辆跑车。首先跑车在烧油方面是普通车的三四倍，就像喝油一样，根本就开不起养不起，无奈只开了三个月就又卖掉了，卖时又赔了 2 万元钱，短短三个月连油带车亏掉了将近 5 万元，而这些债务只能由父母替他还银行了。

两年后，他们的儿子吵吵着又要创业，需要一大笔款。他的爸爸妈妈把家里的房子卖了 19 万元，想着支持儿子干事业，结果这次短短三个月就把钱挥霍完了，他的父母差不多都要疯了。即便是这样，他们的儿子也不领情，说他爸爸妈妈还是给的钱太少了。

他的妈妈诉苦说：每次给儿子的钱，他在外面都请狐朋狗友吃喝玩乐，花完了就回家，还总是欺骗说，他在外面干活快累死了，为了生存拼命干活，有时没钱几天都吃不上饭。有一次因为身上没有一分钱，也没有地方住，无奈只有在公园的长椅上睡了几天。他的妈妈信以为真，可怜孩子，所以每次儿子要钱，父母都借钱给他，如今发现儿子是个败家子，要把人气疯了。

这样的孩子，属于败家的儿子，也是不孝的儿子。他的每一次失败，都不从自身找原因，只是怪父母，怪别人，一切都是别人的错。这样自私自利没有修养的人，他如何会有成功的一天？

让人想不到的是，突然有一天，他们的这个儿子找到了我，告诉我，他要创业，要开个比较大的饭店，将来搞成连锁店。他还说，他找遍了亲戚朋友，没有借来钱，想让我借给他一笔钱，帮助他创业。

我听了很好笑。父母都被他掏光了经济，朋友都不信任他了，现在他突然又说要开一个大饭店，这种想法跟痴人说梦有什么区别？

我告诉他："在这个社会上，只要你勤奋，只要你劳动，饿不死人的。你不能看着别人发财了，你就要异想天开干个大事业，想要一下子发大财。你现在连最基本的资金都没有，你怎么能够幻想着开一个大饭店，甚至连锁店，这是不现实的。你有经验吗？你有人脉吗？你懂经营吗？一切投资的条件你都不存在，所以这个事业是没法干的。你要踏踏实实、脚踏实地去做人，别幻想着拿别人的资金去做生意，这怎么可能呢？别人的钱怎么会不知深浅地就投给你，让你任意去进行风险投资呢？那别人不是傻子吗？你现在给人的印象连最起码的信任都不存在，别人是没有办法帮你的。如果你有一半的经济实力的时候，而且有经营的经验，别人就会愿意帮你，至少别人会看到成功的希望。你现在的情况，无论是你父母，还是别人，再给你投100万元、200万元，也不可能开得起一个大酒店啊！你现在只有放弃这样不切实际的幻想，踏踏实实地做人做事，才会有前途，不然的话，将来会跌得很惨。如果从现在还不改变你的为人处事的方法，如果不从现在起脚踏实地一步一步地从小事做起，你就是到了40岁、50岁，也很难有成功的事业。"

……

作为青年人，作为青年学生，我们绝不能像这个故事中的年轻人那样为人处事，那一生就毁掉了。

在这个社会上，每个人的成功，都不是随随便便得到的，需要一番艰苦的努力，还需要自身的修养和积淀。人生的修养，过硬的技术，资金的积累，人脉的沉淀，机遇的把握，这些都很重要。

作为一个青年人，在人生的路上、创业的路上，绝不能幻想随便变得成功。唯有努力上进，不断拼搏和奋斗，才有可能赢得人生与事业的成功。

我曾经讲过一个"石板"和"石佛"的寓言故事，听来对人很有启发。有一天，石板对石佛说："咱们俩都是石头，为什么我每天被人踩来踩去，而你每天被别人高高地供在那儿虔诚地礼拜。为什么？为什么？"

石佛对石板说："我俩经历的修行不一样，过程不一样，结果当然不一样了！我是咋来的？你是咋来的？我是被人们千锤百炼才造出来的，而你只是石匠简单几下锤打就成型了，只能做石板铺在那里。我是经历千锤百炼才有了人形，你是简单几锤敲打便成了石板，自然人们放我们的位置就不一样了。所以，我们的命运也就不同了。"

石板听了石佛的话，只得点头默认。

这则寓言故事，其实就告诉了我们一个道理：这个世界上没有随随便便的成功，只有你经历了千辛万苦的努力，才会拥有来之不易的成功事业，受到人们的尊敬。

当代成功的民族企业家任正非、曹德旺、董明珠，没有一个人的成功是随随便便的成功。任正非从负债200多万元开始，创业由小到大，建立了华为的产业帝国，其间经历了多少磨难；曹德旺从一个乡村的销售员开始做起，然后一步一步地创业，最后才把生意做到了国际上，成为全世界著名的"玻璃大王"；董明珠作为一个女企业家，她在创立格力品牌的过程中，经受住了外国资本的掠夺和国内企业的竞争，最终才让格力品牌成为世界空调行业的知名品牌。

古人说，欲成大事者，必劳其筋骨，苦其心志，饿其体肤，空乏其身。这是非常励志的话，也是非常实用的话。我国古代经典文献《大学》中有这样的至理名言：致知在格物，物格而后知至，知至而后意诚，意诚而后心正，心正而后身修，身修而后家齐，家齐而后国治，国治而后天下平。

这段话也告诉我们，做人首先要学会修身，修身才能立德，立德是立世之本。有了好品德，才会有优秀的才能，才会德才兼备，也才会事业有成，直至建功立业于天下。

我们作为青年学生，首先就要从学习开始，从学徒开始，练就过硬的技术和本领，修好我们的思想与品德，然后走出校门，脚踏实地去做人做事，积累人气，积累财富，积累人脉，寻找机遇。

江河不负长流水，苍天不负苦心人。

我们一定要坚信：勤奋努力的你，孜孜以求的你，拼搏奋斗的你，最终将走向成功的彼岸，实现你人生的价值和理想。

第六节　持之以恒，奋斗者才会有胜利成功

这么多年来，孙春丽养成了一个良好的习惯，那就是勤于思考，善于总结，并喜欢动笔书写。她曾经写过一篇文章，名字叫《坚持就是胜利》。

她曾将这篇文章的内容，多次讲给朋友和学生，听来颇有意义。

孙春丽说，作为一个教育工作者，她思考了很多关于人生的事情。她认为，青年学生除了需要脚踏实地，不幻想随随便便地成功，另外一个优秀的品质，就是应该养成持之以恒的精神。因为坚持才是胜利，只有持之以恒地奋斗，才会迎来最后的胜利和成功。

在此，摘录她的文章《坚持就是胜利》的部分内容：

我曾经观察和总结了许多成功人士做人做事的风格，无论做什么事，他们事前都有计划步骤、有投资预算，有风险评估。但最重要的是，在他们朝着既定的目标追求奋斗的过程中，他们有一种可贵的坚守和坚持，正是这种坚守和坚持的恒心和精神，最终让他们赢得了胜利和成功。反观那些失败者的经验，他们往往都有一个共性，在投资某一个项目时，少了一定的计划性和对风险性的评估，一旦中途遇到了风险和困难，他们就无所适从，就止步不前了，结果造成了得不偿失、前功尽弃的失败。

有个淘金者的故事很有启发，这位淘金者，每天都拿着探金的工具，到处寻找金子和金矿。他听说有个山崖，那地方有金矿，于是他就赶到那里，拿着挖掘的工具开挖金矿。他辛辛苦苦挖了一天又一天，挖了很长一段时间，挖过的地方形成了长长的一个山洞，但是仍然没有看到金子的影子。有人告诉他，你这样挖下去没有啥希望，估计这地方是没有金矿了，不如再换个地方找找吧。

于是，他长长地叹了口气，就真的拿上工具又去寻找别的地方挖金去了。他走后，来了一位年轻人，他觉着既然已经挖出了这么长的洞，不如再往前面挖一下吧。于是，他就拿着工具开始向前挖，刚挖了不久，就看到了眼前金灿灿的金矿石。

这个年轻人的成功，源于他的智慧和努力，一般的人认为没挖的价值就不会再挖了，而他相信继续挖下去或许能成功，于是他就真的成功了，获得了巨大的财富。如果前面那个挖金者不放弃的话，继续持之以恒挖下去，要不了多久，他就会获得这座金矿。其实，做事情就在于，锁定了目标就要坚持，坚持就是胜利。

我们做事情，尤其是我们年轻人做事情，绝对不能心情急躁，不能一蹴而就，锁定了目标，就要一心一意地去做，去认真经营，持之以恒地坚持下去，或大或小都会迎来成功。从古到今，无数的事实证明：无论干什么事情，只有持之以恒，坚持到底，才有可能功到自然成。

冰冻三尺，非一日之寒；绳锯木断，非一夕之功；铁杵磨针，看似不可思议，持之以恒，必能功成；天地之柔，莫过于水，始终如一，也能创造滴水穿石的奇迹。人世间的成功，从来没有什么捷径，一切胜利都不是偶然，都源自于坚持不懈的努力和奋斗。

中国古代先贤荀子说：锲而舍之，朽木不折；锲而不舍，金石可镂。世界著名科学家爱因斯坦说：相信耐心和恒心，总会得到报酬的。德国著名诗人歌德说：只有刚强的人，才有神圣的意志；凡是战斗的人，才能取得胜利。著名物理学家居里夫人说：我们应有恒心，尤其要有自信心！我们必须相信，我们的天赋是要用来做某种事情的。

在中国历史上，无论是古代还是现代，都有很多持之以恒而成就事业的名人故事。我们在这里讲一讲说一说孟母教子、铁杵磨针、七口水缸、化石为泥的故事，相信这些故事能够给同学们带来启发。

战国时期，儒家学派有位代表人物名叫孟轲，就是孟子。小的时候，孟子的母亲送他到学堂读书，开始的时候，孟子还懂得用功，后来就跟别的孩子学会偷懒贪玩了，如此一来就不肯用功读书了。有一天，他竟然逃学回家了。母亲此时正在家中织布，一看见他逃学回来，就斥责他并让他跪下，然后拿起剪刀把织布机上织了一半的线剪断了。

孟子跪着，很惶恐地问母亲："为何要把线剪断？"母亲责备说："求学苦读，跟织布的道理是一样的，必须一丝一丝不断积累，才能织成有用的布料。如果中途把它剪断了，那就会前功尽弃，而你现在却偷懒逃学，不肯用功读书，这样自我堕落，如何能成就学业？"

孟轲听了母亲这番话，幡然醒悟，立刻向母亲认错，并从此发愤苦读，经过多年持之以恒的努力，终于成就了名贯古今的大学问。

说到大唐"诗仙"李白，很多同学都知道他。李白小的时候天性活泼，非常贪玩，不肯用功读书。有一天，少年李白到野外游玩，突然见河边有位白发苍苍的老婆婆，手里拿着一根大铁棒，在一块大石头上用力磨着。少年李白很是奇怪，轻轻地走到老婆婆面前，十分好奇地问道："老婆婆，您这是在做什么呀？"老婆婆一边磨铁棒，一边笑眯眯地回答说："我想把它磨成一根绣花针。"

李白很聪明，听了老婆婆的话，一下子就被老婆婆的行为感动了，他恭敬地向面前这位白发苍苍的老婆婆深深行了个礼，然后就跑回家了。从此，李白发奋读书，最终成为中国历史上最伟大的诗人之一，写出了许多脍炙人口、流传后世的诗歌，后人称为"诗仙"李白。

晋代大书法家王羲之，他有个儿子叫王献之。王献之八岁的时候就开始跟父亲学习书法，他聪明好学，每天都要伏案练字。可是，时间一长，王献之就有点儿沉不住气了，感到厌烦了，想走捷径。有一天，王献之憋不住问父亲："父亲大人，学书法有何秘诀？可否告诉我？"王羲之指着家里的七口大水缸说："秘诀就在这七口水缸里，你若能把这七口水缸里的水写完了，自然就知道其中的秘诀了。"

王献之似有所悟，并从此苦练基本功，真的写完了七口大水缸里的水，也终于成为与父亲王羲之齐名的一代大书法家。

大画家齐白石，相信很多人都听说过他的事迹。他年轻的时候就爱好篆刻，有一天，他去向一位老篆刻家拜师求教。那位老篆刻家说："你挑来一担石头，刻了磨，磨了刻，等到哪天把这些石头都磨成了泥浆，你的篆刻技艺也就成功了。"

齐白石是个敦厚质朴的人，后来果真就挑了一担石头，开始夜以继日地练习篆刻。他一边刻，一边拿篆刻名家的作品对照琢磨，就这样刻了磨，磨了再刻，天长日久手上磨出了泡，然后又磨成了茧子，但齐白石依然恒心坚持。日复一日，年复一年，石头越磨越少，地上淤积的泥浆越来越厚，最后终于"化石为泥"了。

后来，齐白石成为中国当代著名的画家和篆刻家了。

从我个人这些年人生感悟和经验中，我也悟出了一些道理。

比如，一个人打算做事业之前，首先要做好市场调查，根据市场需求再做计划。比如做餐饮，南方和北方不一样，南方的米粉到北方很难生存，北方的面条在南方也很难生存，一方水土养一方人，各个地方的生活习惯不一样，吃饭的喜好也是不一样。在南方的两年多的时间里，我发现北方的烩面在北方很红火，而到了南方却很少有人吃，寥寥无几的生意，还都是北方来的游客。做烩面生意的老板说："这生意没法做，开业大半年了，连房租都顾不上。"于是，他就增加了南方人喜欢吃的米粉，这样生意才勉强能够维持生存。

再比如，中国的中餐到了西方国家也很难单独生存，只有把生意开在华人区才能生存；反之，肯德基、麦当劳到了中国，必须放到人群密集的商场和公共场合才能生存。

所以，做什么生意，做好市场调查少不了，选择好地方很重要，然后还得有坚守坚持的精神。如果生意稍微不赚钱你就放弃了，你就彻底地赔了；如果改进方法，选择适合当地人的口味，你就能够生存下去，也能够把赔进去的钱再赚回来。

我的经验和感觉是：如果做餐饮行业，就要考虑如何在短期内盈利。一般情况下第一个月，第二个月，因为没有经验，能够生意平平，顾得住房租和工人工资，就很不错，但是第三个月就必须得有盈利。如果不能盈利，就要查找原因，看一下是外界的原因，还是自身的原因，还是饭菜口味的原因，还是管理不善的原因。发现不合理的地方，立即纠正提升，然后坚持下去，就能够赢得人气，让生意慢慢红火起来。

如果做的是教育事业，那就是长期投资的问题，做的是一份爱心事业，不可有急功近利的心态。做教育事业，第一年是基础建设年。要打造名气，要想尽一切办法，努力树好学校的形象，争取建设的每栋学生楼都成为精品，让家长和社会对学校有个好口碑。第二年是平稳年。多搞些公益活动，多加强学校的内涵建设和硬件提升，让学生们多长知识，让家长们放心。第三年是良性发展年。经过几年的建设，学校能够进入平稳发展的时期，也不需要投资太多的资金了，学校的生源基本稳定，社会声誉稳步增加，在国家教育政策的大力支持下，学校就会获得跨越发展的机遇。

学校再往后发展，那就是要继续做大做强，不要想着能够赚多少钱，因为教育从来就不是需要赚多少钱的行业。如果坚持下去，把多余的钱用于加大学校的内涵建设，这个学校就会由小到大、由弱到强，做成一个真正培育人才、享誉社会的成功学校。

　　总之，人生贵在坚持，事业贵在坚持。坚持就是胜利，持之以恒，是一切胜利和成功的根本⋯⋯

此时此刻，突然想到了孙春丽曾经说过的一段话。

她说："从创办金马电脑学校开始，到今天的郑州理工职业学院，风风雨雨28年的岁月转眼已将过去了，我依然坚守在教育这片我一往情深的土地上，或者这就是冥冥之中我的命运。我这一生已经注定离不开教育了，但我永远的坚守和初心就是：为了让更多的学生能够享受到公平而有质量的教育而努力！为了让更多的学生大学毕业后能够就业就好业而努力！为了郑州理工能够早日建设成为国内职业教育的一流大学而努力！"

恒心与初心，理想与坚守，永远点燃着奋斗者远大的人生梦想。

拼搏与奋斗，奉献与追求，不负时代不负青春不负生命向前行。

胜利和成功，鲜花和光荣，也必将照亮奋斗者壮丽无比的人生。

创作札记
美丽的大学，壮丽的奋斗

我们坚信，孙春丽和他们的团队在未来的征程上，必将留下他们携手并肩、砥砺前行、披荆斩棘、跋涉奋斗的脚步和身影。他们坚韧不拔、踏浪而歌的奋斗故事和精神，堪为楷模，值得书写。在苍茫、雄浑而广阔的中原大地上，他们所创造的非凡事业，是这个伟大时代涌现出的崭新而壮丽的奋斗诗篇，必将融入博大厚重的中原文化，汇入源远流长的中华文明的滚滚洪流之中而熠熠生辉……

一

正值春光明媚的三月之初，我开始了在郑州理工职业学院的采访。此时此刻，春风徐徐，清爽而有暖意，花草染绿，盎然而有生机。置身于花草树木之中，感受到花园一样美丽的大学校园里，充满了诗情画意和美好的畅想。

那时，校园里的木瓜树，才刚刚在春风细雨中染绿枝头，一丛丛嫩绿的枝芽，从坚硬厚实的陈年枝条上破绽而出，让人感受到幼小生命的可爱和它所蕴藏的无穷的生机和力量。我禁不住举起手机，为这些嫩绿的枝芽拍下了几幅绿意盎然的图片，将它们最可爱、最生动、最诗意的样子，特意留存在这个美丽的春天、这个美丽的校园，也留存于我在这个校园、在这个春风三月里最美好的记忆之中。

蓝天白云下，明媚阳光中，不知为何，我总是把这些花草树木与这所学校有意无意地联系在一起。是因为它们顽强的生命力？！是因为它们在这个春天带来的无穷的生机？！抑或是它们与这所学校本质上那种坚韧不拔的毅力和精神，天然就有着一种内在的密切的契合与相似？！

采访的细节和过程，给我留下了许许多多美好而难忘的记忆。

二

每天晚上，我都会在学校里走路散步，想把学校里所有的道路记下来，想把学生宿舍、教学楼、图书馆、报告厅、实训基地、美食街、餐厅、操场、学校大门等，都清楚明白地记在自己的心里。

校园内修建有鼎元广场、抱一广场、祥云广场、习悦广场、感恩广场和观日亭、望月亭、瞻星亭等设施；有象征着奔向高科技的"腾飞"雕像；有象征着赤子之心的"感恩"雕塑；更有象征着金马电脑专修学院创业精神的金马雕像；还有汉白玉雕刻的高大儒雅的孔子像和同样用汉白玉雕刻的职业教育家黄炎培的雕像。

走着、想着，观察、观看，实地看了一遍又一遍，将学校的两条主路理工路、行建路认识清楚了，还有天工路、开物路、春华路、步青南路、步青中路、步青北路、行知路、博学路、秋实路、云鹤东路、云鹤西路，包括相对应的云鹤苑、步青苑、学森苑、德馨苑等学生公寓和教师公寓，都将它们的名字和位置记在了心里。

因为它们与每一位师生都有着千丝万缕的联系，日出日落陪他们走过了春夏秋冬的岁月。

紧挨着报告厅大楼的西面，这里有一个名曰"云湖"的人工湖。白天，湖水在阳光的映照下，波光粼粼，熠熠生辉，给人如诗如画的感觉；夜晚，湖水在灯光的映照下朦朦胧胧，能看得到湖中的小桥和湖边茂密的草木，一切都笼罩在梦幻神秘之中。"云湖"之中，有雕刻着二十四孝图的石拱桥，还有"明德桥""明理桥"和"明智桥"三座寓意美好的石桥，更有一个安放着古今中外 10 多位著名科学家雕像的小广场。整个"云湖"，如镶嵌在校园里的一颗湛蓝蓝、水晶晶的明珠，给我留下了深刻的印象。

这些建筑、道路和雕像的命名，不仅起着标识作用，更阐释着学校的内涵和文化，在潜移默化中向师生们传递着一种内在的精神和力量，形成了郑州理工职业学院丰富丰润的具有鲜明特色的校园文化，让每一个置身其中的人，都能自然而然地感受到弥漫在校园中的深厚的浓浓的文化气息。

每天，走在这个如花园一样的学校里，在静静的轻松的欣赏中、品味中、思考中，不但把学校的各种设施、建筑、道路认清楚了，也将校园里的各种各样的花草树木看了个遍。在这里，我更看到了一张张朝气蓬勃的年轻而灿烂的孩子们的脸。他们在青春的季节里，每天在这样一个花园一样优美的校园里，幸福快乐地学习和成长，也将从这里走向广阔的世界，成就他们的人生和理想。

"理工人"面对花园一样的学校，骄傲地说：他们学校的绿化面积现在已经达到了 45% 以上，花草树木有梧桐树、银杏树、垂柳树、国槐树、枇杷树等 30 多种。这里的每一株草木都是他们亲手栽植的，是他们用劳动和汗水培育浇灌了这些花草树木，并在春风夏雨中陪伴着它们一同成长。

财务处的孟冲说：每一次走过校园，都像是走在花海之中；每一次看到我自己种下的那棵枇杷树，在阳光下蓬蓬勃勃地生长着，心里就特别特别地亲切、温暖和感动。

春天的校园里，放眼望去，到处是青翠的树木，到处是美丽的花草，空气中到处弥漫着花草树木的清香。站在青青的草坪上，听着小鸟清脆的鸣叫，望着盛开的鲜花和春风里舞动的枝叶，真是令人心旷神怡啊！

那时我就想，将来创作时，一定要写一写这些花草树木们，让它们在我的笔下，美丽地、曼妙地、灿烂地、幽幽地生长生香，因为这里的一草一木，都与"理工人"有着难以割舍的情感上的紧密相连。

三

夜晚的操场上，锻炼身体的学生有很多。校园里三三两两的学生到处都是，三五成群的、十个八个扎堆儿的，随处可见，他们悠闲地说话散步，或者成群结队喊着口号在操场上跑步。那边的球场上，有打篮球、乒乓球、羽毛球的很多的学生，他们一拨一拨生龙活虎的样子，给这个学校增添了青春、活力、律动和勃勃的生机。

偶尔，在操场的看台的最上面，还有几个处于青春萌动期的学生，有点亲昵的样子，在那里说着话，看着手机，指指点点，平添了春日校园里夜色下的温柔色调。

我还看见操场边有红色的横幅标语，写着这样的文字："像爱护篮板一样爱护喜欢的人""这件衣服显得你愈加阳光""学习雷锋好榜样，做时代好青年""学习雷锋精神，争做时代楷模""让雷锋精神在新时代绽放更加璀璨的光芒"……这些标语横幅让人感受到温馨和力量。

"为建设一所人民满意的大学而努力奋斗"的理想追求；"富强、民主、文明、和谐、自由、平等、公正、法治、爱国、敬业、诚信、友善"的社会主义核心价值观……校园里还有多处红底黄字满满正能量的标志性宣传语。

在这个学校里漫步，感受到的是一种积极向上、轻松和谐、美丽轻松的气氛，既澎湃昂扬，又温馨阳光，就像这闪耀着璀璨星光的夜空，令人怀想和向往。

我还看到了学校的餐厅食堂，规模很大，饭菜品种也很丰富，应有尽有。加上"樱花街""海棠街"两条美食街和一座"馨苑美食城"，大概他们把全中国东西南北中的美食都集中过来了吧！

学生们在这样的校园里生活和学习，应该是琳琅满目、丰润丰盈、多姿多彩一样的充实。这样的学校，精神是昂扬向上的，物质是健康丰富的，环境是优雅静谧的。

这样的学校，怎么会不发展壮大呢?！学校的内涵、魅力和精神，支撑着它伴随着岁月的前行而前行，栉风沐雨而不断发展壮大，一步一步必将走向更加美好的未来。

此时此刻，终于对整个学校的布局了然于心，真正做到了清清楚楚、明明白白。一座生机勃勃的大学校园，都在我的心里装下了，画了像，连同那盛开着花朵的草木，也如诗如画一样在心里铺展开来。

我想，这样我就差不多能做到胸有千山，下笔有神了吧……

四

黄河之水天上来，奔流到海不复回。

诞生于黄河之南中原大地上的郑州理工职业学院，在踔厉奋发、开拓前行的路上，犹如黄河之水，浪花飞溅，澎湃激荡，奔流向前。

现在，郑州理工职业学院正在朝着学校战略布局的更高更远的方向和目标前进。2019 年，学校在新郑再次征地 870 亩，将以现代化高校的标准，建设一个崭新的职业本科标准的大学校园，为申报一所高标准的职业本科院校而努力。

2022 年春，首期 460 多亩的校园工程开工建设。一年多的时间过去了，现在放眼望去，10 多栋教学楼已经在这片土地上拔地而起了。

未来，一所高标准高质量的现代化本科校园，将会屹立于黄河之南的这片中原大地上，河南郑州将会再添一所全日制本科高等院校。

更加令人振奋的是，受河南尉氏县人民政府的诚恳邀请，郑州理工职业学院于 2022 年年底，在尉氏县征地 1000 多亩，拟投资 15 亿元，在这里再筹建一所现代化的大学校园。

这是孙春丽和他们这个教育团队的伟大梦想和人生理想，也是孙春丽献身教育事业、奉献社会、报效国家、实现她人生价值的奋斗前行之路。

也许奔向前方的道路并非坦途，也许奋斗的路上还会布满荆棘，但她早已做好了克难攻坚、一往无前的准备。

孙春丽曾经这样说："虽然说我们是一所民办大学，但今天一切奋斗的成果，包括自己的财富积累，终将属于这个社会和国家。此生此世，作为一个平凡的不断奋斗和创造的人，能够为社会为国家奉献自己的力量，既是我人生的理想和追求，也是我生命中的喜悦和快乐。"

孙春丽坚信，自己永恒的初心和伟大的理想，一定会在砥砺前行的奋斗与追求中得以圆满实现。

五

青春是用来奋斗的！

在28年的奋斗之路上，孙春丽曾经历过一次次风雨的洗礼、跌倒和站起，但没有什么能阻挡她前行的路。

回首曾经的执着和奋斗，多少心酸和委屈！多少曲折和艰难！多少光荣与梦想！如今，这一切早已随着流淌的岁月和奋斗的脚步，在她的生命里定格成了如诗如歌、如烟如雨、如山如水的一道道多姿多彩而绚烂壮丽的风景。

一路走来，从乡村到城市，从少年到青年，从青年到中年，无论何时何地，孙春丽的初心始终未变。在看似平淡无奇普普通通的时光里，在日月星辰无声无息的变幻里，在她永远孜孜以求的事业里，在她饱满激昂的生命里，她走过了自己无悔而壮丽的奋斗人生。

28年的奋斗岁月里，她挥洒着青春、激情和信念，挥洒着热诚、智慧和心血。无论是黑夜或黎明，无论是顺境或逆境，她都始终坚定地虔诚地追寻着她内心勾勒的远大而光明的理想和前程。

我们坚信，孙春丽和他们的团队在未来的征程上，必将留下他们携手并肩、砥砺前行、披荆斩棘、跋涉奋斗的脚步和身影。

他们坚韧不拔、踏浪而歌的奋斗故事和精神，堪为楷模，值得书写。

在苍茫、雄浑而广阔的中原大地上，他们所创造的非凡事业，是这个伟大时代涌现出的崭新而壮丽的奋斗诗篇，必将融入博大厚重的中原文化，汇入源远流长的中华文明的滚滚洪流之中而熠熠生辉……

后 记

一

这次采访，我抱定了深入生活、扎根生活、感悟生活的决心。

这次创作，我要求自己一定要在采访扎实、获得丰富的鲜活的第一手资料的基础之上，努力写出一部充满励志故事的报告文学作品。

创作之中，我想尝试一种"报告＋文学＋思辨"的创作笔法，去书写这部反映中国民办普通职业培训学校——河南金马电脑学校一步步发展壮大，并跨越发展成长为一所国家全日制民办高职大学——郑州理工职业学院的跌宕铿锵的创业之路。

本书浓墨重彩书写了主人公孙春丽的青春岁月和奋斗人生。作为一个一直以来坚持正能量书写的作家，我深知主人公孙春丽的奋斗事迹在这个时代的意义和价值。我想以文字的力量，让她不负岁月、不负青春、不负时代的执着追求和奋斗精神，成为这个时代大潮中涌现出的一个值得学习的榜样，成为鼓舞更多青年人重树理想并为之奋斗追求的一种澎湃的力量。

我愿以报告文学真实而动人的书写，来反映创业者、奋斗者、开拓者孙春丽和他们的团队二十八载的奋斗历程，反映他们风风雨雨克难攻坚、曲曲折折披荆斩棘的创业故事和拼搏精神，努力将这部报告文学写得有人物、有故事、有情趣、有思想、有精神、有力量。

这也是我努力创作《奋斗的青春如此壮丽》这部长篇报告文学的理想和初心。

二

本书在采访之中，得到了郑州理工职业学院许许多多老师的支持，他们在百忙之中接受采访并提供了宝贵的资料，非常温暖而感人。

学校原常务副院长赵金昭先生，不顾辛劳专程从洛阳赶到郑州接受采访，作为郑州理工职业学院发展的参与者、见证者，生动讲述了郑州理工职业学院从成功升格到跨越发展的铿锵历程，令人感动。

在整个采访过程中，年轻而充满活力的王宇老师，每天负责联系老师和学校的领导接受采访，将作家的采访活动安排得井然有序，为作家的成功采访提供了最好的服务，让我感受到了他的周到、热情和力量。

本书完稿之际，我还要特别感谢真诚热心的文友——《河南文学》主编李一先生。是他，最先将本书主人公孙春丽女士感人至深的事迹告诉了作家，从而让我在感佩之中，最终确定了此书的书写主题。玉成好书，在此铭记。

三

我十分期望，当这部书有一天呈现在读者的面前时，它能够引人入胜，令人感动，并为那些正在追求理想的青年人带来温暖、光亮和启迪。

如果读者能从本书主人公孙春丽的身上，感悟到一种拼搏的勇气、一种奋斗的精神、一种令人激荡的青春的力量，那本书将会因之而熠熠生辉。像秋天的大地上那株成熟而饱满的向日葵，在金色的阳光的照耀下，展露生命的活力和奔放。

而满怀期待的作家的一颗坦荡而赤诚的心，也将因之而无比欣慰和骄傲，一如铺满鲜花和阳光的春天的大地一样，温润而丰盈、美好而生机勃勃……

在此，也真诚感谢所有与此书有缘的读者朋友，愿你们用一颗丰润、博大、友爱的心，雅正此书之不足，包涵作者学识之浅薄。心怀虔诚，恳望读者诸君，不吝赐教，宽宥指正。

郑旺盛

2024 年 3 月 25 日定稿

图书在版编目（CIP）数据

奋斗的青春如此壮丽／郑旺盛著. -- 北京：作家出版社，2024.10

ISBN 978 - 7 - 5212 - 2894 - 6

Ⅰ.①奋… Ⅱ.①郑… Ⅲ.①纪实文学 – 中国 – 当代 Ⅳ.①I25

中国国家版本馆 CIP 数据核字（2024）第 101101 号

奋斗的青春如此壮丽

作　　者：郑旺盛
责任编辑：袁艺方
装帧设计：天行云翼·宋晓亮
出版发行：作家出版社有限公司
社　　址：北京农展馆南里 10 号　　邮　　编：100125
电话传真：86 - 10 - 65067186（发行中心）
　　　　　 86 - 10 - 65004079（总编室）
E – mail: zuojia@zuojia. net. cn
http: // www. zuojiachubanshe. com
印　　刷：唐山嘉德印刷有限公司
成品尺寸：152×230
字　　数：280 千
印　　张：20.5
版　　次：2024 年 10 月第 1 版
印　　次：2024 年 10 月第 1 次印刷
ISBN 978 - 7 - 5212 - 2894 - 6
定　　价：68.00 元

作家版图书，版权所有，侵权必究。

作家版图书，印装错误可随时退换。